KB267467

멀티 엔터테이너
로서의
중국 고대 기녀

지은이 권응상(權應相, Kwon, UengSang)
1962년 경남 의령에서 태어나 대구에서 초·중·고를 다녔고, 영남대학교 중문학과를 거쳐 서울대학교 대학원에서 석사학위(「徐渭의 〈四聲猿〉 硏究」, 1988)와 박사학위(「徐渭 文學論 硏究」, 1993)를 받았다. 서울대학교, 가톨릭대학교, 상명대학교, 세종대학교, 한국방송대학교 등에서 강의를 하고, 1994년 대구대학교 중국어중국학과 교수로 부임했다. 2000년 한국학술진흥재단 해외파견 교수로서 중국 蘇州大學 訪問學者로 있었으며, 2010년에는 미국 Murray State University에 Visiting Scholar로 있었다. 논문으로는 「元代 戲曲論 硏究」(1994), 「중국 고전 희곡배우의 성격규명을 위한 시론」(1995) 등 다수의 중국고전희곡 관련 연구, 「唐代 妓女―시인과 시가전파자로서의 만능 엔터테이너」(2002), 「송대 기녀의 문학 예술적 역할 규명을 위한 시론 : 詞의 형성과 발전을 중심으로」(2008) 등 이 책의 모태가 된 다수의 기녀 관련 연구, 「양귀비 이야기의 〈梧桐雨〉와 〈長生殿〉에서의 변용 : 雜劇과 傳奇의 양식적 특징 규명을 위한 시론」(2006), 「유삼저(劉三姐) 이야기의 형성과 그 문화사적 의미」(2013) 등 다수의 이야기 관련 연구, 「최근 중국 곤곡현상(崑曲現象)에 대한 평가와 전망」(2011), 「예술과 산업으로서의 중국 실경무대극(實景舞臺劇)에 대한 평가와 전망」(2011) 등 다수의 최근 중국 공연예술에 관한 연구가 있다. 저서로는 『서위 희곡 연구』(연극과인간, 2000), 『徐渭의 삶과 詩文論』(중문, 1999), 『中國 詞曲의 理解』(중문, 1995) 등의 학술서를 비롯하여 다수의 대학교재가 있다.

멀티 엔터테이너로서의 중국 고대 기녀

초판 인쇄 2014년 12월 10일 **초판 발행** 2014년 12월 20일
지은이 권응상 **펴낸이** 박성모 **펴낸곳** 소명출판 **출판등록** 제13-522호
주소 서울시 서초구 서초중앙로6길 15(란빌딩 1층)
전화 02-585-7840 **팩스** 02-585-7848 **전자우편** somyong@korea.com **홈페이지** www.somyong.co.kr

값 20,000원
ISBN 979-11-85877-84-6 93820

이 저서는 2012년 정부(교육부)의 재원으로 한국연구재단의 지원을 받아 수행된 연구임(NRF-2012S1A6A4017347).
(원 과제명 : 멀티엔터테이너로서의 기녀―중국 고대 기녀의 문학 예술적 역할에 관하여)

멀티 엔터테이너 로서의 중국 고대 기녀

당唐 · 송宋 · 원元 기녀의 문학 예술적 역할에 관하여

The Courtesan(妓女) of Ancient China as a Multi-faceted Entertainer
The Role of Courtesan(妓女) in Literature and Art of Tang(唐), Song(宋) and Yuan(元) Dynasty

권응상

소명출판

멀티 엔터테이너라면 일반적으로 다방면에 능한 연예인을 지칭한다. 'entertainer'가 '예능인' 정도로 번역될 수 있지만 그 어원이 되는 'entertain'의 본래 뜻이 '(손님)을 접대하다' 또는 '즐겁게 하다'였다는 점을 생각해보면 예능의 본래 의미는 사람을 접대하면서 즐겁게 하는 것이니, 이러한 엔터테이너의 특성은 바로 기녀의 직업적 특성과 일치한다고 할 수 있다. 기녀의 사회적 신분은 노예와 같이 증여되고 매매되기도 했으며, 한번 기적(妓籍)에 이름이 오르면 세습되는 최하층 신분이었지만 그들이 보여준 재능과 만들어 놓은 문화는 결코 요즘의 엔터테이너에 뒤지지 않는다. 기녀들은 재치 있고 재미있는 이야기를 잘 하는 지적인 '개그맨'이었고, 노래를 잘 부르는 '가수'였다. 그리고 직접 노래의 가사를 쓰는 '시인'이기도 했고, 또 때로는 유행 음악을 잘 선택하여 노래로 만드는 '작곡가 겸 편곡가'였다. 그리고 춤을 추는 '무용가'였으며, 기본적으로 악기를 연주할 줄 아는 '연주가'였으며, 또 때로는 글씨와 그림에도 능한 '서예가'이자 '화가'였다. 아마 당시에 영화나 드라마 같은 장르가 있었다면 당연히 이들의 주 활동영역이 되었을 것이니, 실제로 기녀는 중국 고대 공연예술의 연예인(演藝人)이었다.

이 책은 사대부 문인의 풍류 취미 혹은 그 작품 속의 피조물로 인식되어온 '기녀(妓女)'를 문예계의 주도적 한 계층 혹은 능동적 문예창작 집단이라는 관점에서 그 성격과 의의를 고찰하고자 한 것이다. '기녀'라는 말이 갖고 있는 선정성이나 진부함 등은 21세기에 접어든지 한참인 지금도 여전히 기녀를 문학예술이라는 제법 고상한 영역에서 다루기가 쉽지 않게 만든다. 이러한 선입관은 근대적 연구가 시작된 초기부터 있어온 것으로 이미 하나의 터부가 되어 중국의 문학예술사에서도 메워지지 않는 구멍을 만들어 온 것 같다. 저자는 이러한 문제의식을 갖고 고대 문학예술사에서 기녀라는 존재의 의의를 증명하기 위한 여러 연구들을 진행해 왔다. 현재의 연구경향이 대부분 사대부 문인 중심의 작가와 작품에 치중되어 있는 것도 어느 정도 이러한 맥락이 있다고 여겨진다. 중국의 문학예술사에서 이러한 사대부 문인이 중심적 역할을 했다는 점은 자명한 사실이나 또 그 발전과 변화의 과정에서 결정적 혹은 적지 않은 역할을 한 또 다른 주체가 기녀들이라는 것이 저자의 생각이다.

　기녀는 신분상의 비천함과 아울러 상대적으로 문예사를 장식할 현존작품이 드물다는 점 때문에 우리는 그들의 문예사적 역할을 애써 외면해 왔는지도 모른다. 그러나 많지는 않지만 기녀의 작품이 엄존하고, 또 그에 관한 문학예술사적 내용과 일화들이 존재하므로 저자 주장의 근거자료로 삼기에 충분하다고 여겨진다. 일찍이 왕서노(王書奴)는 "내 고금을 살펴보건대 가장 수구적이지 않고, 시대의 기풍을 따라 전이한 사람들로는 창기(娼妓)만한 이가 없었다. 시대가 시를 숭상하면 시를 읊고 지을 수 있었으며, 시대가 사를 숭상하면 사를 노래하고 지을 수 있었으며, 시대가 곡을 숭상하면 곡을 노래하고 지을 수 있었다. 내가 당(唐)·송(宋)·원(元)의 시기(詩妓), 사기(詞妓), 곡기(曲妓) 등을 보니, 강을 지나는 물고기만큼 많았는데, 이에 창기는 당시 문인묵객(文人墨客)의 부우(賦友)였을 뿐 아니라 시대의 학술문화를 찬조한 공신임을 알게 되었다"[1]고 했고, 임어당(林語堂)도 "기녀의 중국 애정, 문학, 음악, 정치 등 방면에서의 중요성은 아무리 강조해도 지나침이 없다"[2]고 했다. 이처럼 기녀는 문학예술사의 중심에 있었던 사대부 문인과 문학 예술적 교감을 주고받으며 중국의 문학예술 수준을 제고시키는 데 큰 역할을 했던 것이다. 그런데도 이제까지 이러한 기녀에 대한 논의는 사대부 문인의 입장에서 미화된 로맨스 정도로 취급되어 기녀의 문학예술사적 역할과 가치는 도외시되어 왔다. 저자는 중국의 문학예술을 연구하면서 그 변화와 발전 과정 속에서 기녀라는 존재가 홀시할 수 없는 역할을 했음을 확인할 수 있었으니, 특히 새로운 장르의 형성과 변화라는 측면에서 기녀의 역할은 적지 않았다. 이처럼 저자가 기녀에게 관심을 가지게 된 것은 고대 희곡 배우에 주의하면서부터이다. 저자는 『청루집(青樓集)』을 통해 원잡극(元雜劇) 배우를 연구한 바 있는데, 이 과정에서 기녀가 희곡뿐만 아니라 중국의 문학예술 전반에 두루 적지 않은 영향을 미치고 있음을 확인하였다. 이에 저자는 그 범위를 중국문학의 대표 장르인 시·사·곡으로 확대하여 이들 장르가 생성되어 발전하는 과정 속에서 기녀들의 역할이나 그 문학예술 세계를 연구하는 작업을 계속하고 있다.

　현재 기녀에 관한 연구는 사대부 문인의 풍류나 호사 취미의 상대자

1　王書奴, 『中國娼妓史』, 上海生活書店, 1934 : "我看古今最不守舊, 隨時代風氣爲轉移者, 莫如娼妓. 時代尚詩, 則能誦詩作詩, 時代尚詞, 則能歌詞作詞, 時代尚曲, 則能歌曲作曲. 我看了唐宋元詩妓, 詞妓, 曲妓, 多如過江之鯽, 乃知娼妓, 不但爲當時文人墨客之賦友, 且爲贊助時代學術文化之功臣".

2　林語堂, 『中國人』, 學林出版社, 1994 : "妓女在中國的愛情, 文學, 音樂, 政治等方面的重要性是怎麼强調都不會過分的".

로 조명된 것이 대부분으로서, 그 문학예술에 관한 연구는 찾아보기 힘들다. 기녀에 관한 관심은 문예연구가 태동하며 근대정신이 발현되던 20세기 초반에 싹트기 시작했는데, 그것은 여성에 대한 관심이 고조되면서 그 한 부분으로 다루어졌다.[3] 이러한 일련의 관심 이후 한동안 기녀에 관한 논의는 맥이 끊어졌다가 중국의 개혁개방 물결과 함께 다시 출현하기 시작했다.[4] 이렇게 볼 때 기녀에 관한 논의는 30년대의 서구사상 유입기와 90년대의 사상적 해빙기에 특히 두드러졌음을 알 수 있는데. 근자에는 페미니즘과 함께 기녀에 대한 새로운 시각이 대두되고 논의도 다양해졌지만 여전히 그 연구는 부진하다고 할 수 있겠다.

이 책은 중국문예사에서 기녀의 역할과 그 작품을 고찰함으로써 능동적인 문예 주체자로서의 기녀를 조명하고자 한다. 이를 위해 특히 중국 문예의 대표 장르인 시·사·곡이 가장 극성했던 시기, 즉 당시(唐詩), 송사(宋詞), 원곡(元曲)이라는 보편적인 문예사 정설을 따라 주로 이 시기의 기녀와 기녀문인, 기녀문인의 작품, 사대부 문인과의 관계 등을 고찰하고자 한다. 좀 더 구체적으로 말하면 기녀와 사대부 간의 관계에 대해 구체적인 예를 통해 점검하고, 그러한 관계 속에서 여러 문예 장르들이 생성되고 변화하고 발전하는 과정에서 끼친 영향과 그

---

[3] 1928년 謝無量의 『中國婦女文學史』(台灣中華書局)를 필두로 1930년 譚正璧의 『中國女性的文學生活』(光明書局), 1932년 梁乙眞의 『中國婦女文學史綱』(開明書店) 등이 출간되었다. 譚正璧은 1934년(第三版)에 내용을 보충하여 『中國女性文學史』(開明書店)를 줄판했고, 1984년에는 이전의 원고를 다시 정리해 『中國女性文學史話』(百花文藝出版社)를 출판하였다. 따라서 이 세 저서는 출판연도와 서명은 다르지만 동일한 관점 하에 저작된 증보판이라 할 수 있다. 그리고 1934년 王書奴의 『中國娼妓史』(生活書店)는 기녀만을 다룬 최초의 전문서로서 기녀의 시대적 변천과 흐름에 주목했다.

[4] 武舟, 『中國妓女生活史』, 湖南文藝出版社, 1990; 嚴明, 『中國名妓藝術史』, 台灣文津出版社, 1992; 陶慕寧, 『靑樓文學與中國文化』, 東方出版社, 1993; 修君·鑑今, 『中國樂妓史』, 中國文聯出版公司, 1993; 徐君·楊海, 『妓女史』, 上海文藝出版社, 1995; 廖美雲, 『唐伎研究』, 台灣學生書局, 1995 등이 그 대표적인 것들이다.

들의 작품을 고찰하고자 한다.

제1장 「'말을 아는 꽃[解語花]'에서 '홍안지기(紅顏知己)'까지」는 이 책의 서론 부분으로서, 중국 고대 기녀의 기원과 위진남북조(魏晉南北朝) 시기까지의 기녀문화를 개괄적으로 다루고자 하는데, 중국 고대 기녀의 성격이 남성 위주의 '꽃'이라는 성적인 노리개에서부터 최고 지식인인 사대부 문인과 교감하는 지기(知己)였음을 밝히고자 제목을 이렇게 달았다. 제2장 「멀티 엔터테이너」는 당대(唐代) 기녀를 고찰하는 부분으로서, 당대 기녀와 기녀시인을 조사하여 당대 사대부 문인과의 관계, 그리고 당대 시에 끼친 영향 등을 고찰하고자 한다. 당대 기녀가 당대 사회의 각종 엔터테인먼트를 담당하는 만능 엔터테이너로 기능하면서 당대의 문학예술, 특히 시가(詩歌)를 변화 발전시키는 중요한 역할을 했음을 밝히고자 하며, 아울러 '소희(小戲)'로 대표되는 당대 공연예술계에서 배우로 활약한 기녀들도 조망하고자 한다. 제3장 「'선비 기녀'와 '가수'의 이중주」는 송대 기녀를 다루는데, 송대 기녀문인을 기녀시인과 기녀사인(妓女詞人)으로 구별하여 각각의 영향관계를 고찰할 것이다. 송대 기녀는 송대에 가장 흥성한 사의 가창을 담당하여 사의 전파와 발전에 큰 영향을 끼쳤다고 일컬어지는 '가수'였으며, 작시(作詩)를 주로 한 기녀시인의 경우에는 또 어느 조대에서도 찾아보기 힘든 지조 있는 선비의 모습, 즉 '선비 기녀'의 모습을 보여주고 있다. 이 장에서는 이러한 기녀의 두 성격을 바탕으로 당대 문예와의 연장선에서 당대 기녀 시와 구별되는 송대 기녀 시의 특징 및 송대 문인 시에 끼친 영향 등을 조명하고자 하며, 또 당대에 발생한 사가 송대에 본격적으로 꽃 피우게 되는 과정에서 기녀와 기녀사인들의 역할 및 문인 사와 구별되는 기녀 사의 고유 특징을 도출하고자 한다. 아울러 소희가 본격적으로

흥성하여 대희(大戱)로 발전하는 과정에서 송대 기녀배우들의 역할도 고찰하고자 한다. 제4장 「무대 위의 예술가」에서는 주로 원곡(元曲)에서의 기녀의 역할을 다루고자 하는데, 먼저 『청루집』에 수록된 기녀들을 개괄하여 원대 기녀와 기녀문화를 일별하고, 산곡(散曲)작가로 활약한 기녀들을 살펴보고자 하며, 이어서 잡극배우로 활약한 기녀들을 선별하여 잡극배우로서의 원대 기녀의 역할과 의미를 고찰할 것이다. 이는 희곡에서 가장 핵심적 역할을 하는 공연자 중심의 작업으로서, 기존 중국고전희곡사의 작가나 작품 위주의 편향된 서술을 보완할 수 있을 것으로 여겨지는 바, 이제까지의 작가나 작품 위주의 원잡극사 서술을 보완하는 작업이라 할 것이다.

제1장

'말을 아는 꽃[解語花]'에서
'홍안지기(紅顏知己)'까지[*]
─중국 고대 기녀의 기원과 변천

1. 기녀의 기원

기녀라는 단어에서 느끼는 불온한 감정은 일정 부분 남성 위주의 역
사적 산물이다. 그러나 그 기원을 찾아보면 성스럽다. 서양에서는 기

---

*   '解語花'는 『開元天寶遺事』의 "황제[唐明皇]가 귀비[楊貴妃]와 함께 太液池의 千葉蓮을
구경하다가 좌우에게 귀비를 가리키며 '이 解語花는 어떠한고?'라고 물었다[帝與妃子共
賞太液池千葉蓮, 指妃子與左右曰, '何如此解語花也']"라는 말에서 유래된 것으로, 당
현종이 楊貴妃를 '말을 아는 꽃'으로 비유한 것이다. 후에 이 말은 해당화를 지칭할 때도
쓰였지만 주로 미인을 가리키는 비유로 쓰였고, 또 기녀의 이름(『靑樓集』)으로 사용되
기도 하면서 기녀를 지칭했다. 1927년에 초간된 이능화의 『朝鮮解語花史』(이재곤 역,
동문선, 1992)의 부제가 '朝鮮妓生史'인 것도 이러한 이유에서이다. '紅顏知己'는 '정신적
으로 감정을 나누고 말이 통하는 여성 친구'를 의미하는데, '홍안'은 예로부터 아름다운
여자를 지칭하였으니, '美人薄命'과 같은 의미로 '紅顏薄命'을 사용하기도 한다. 저자가
이처럼 첫 장의 제목에서 '해어화'와 '홍안지기'를 병칭한 것은 고대 남성들의 기녀에 대
한 인식의 폭이 이처럼 넓다는 사실을 설명하기 위해서이다.

녀의 기원을 'Religious Prostitution' 혹은 'Holy Prostitution'에서 찾고 있으니, 기원전 3000년경 고대 바빌론 왕국에서 기녀가 처음 등장한다고 보았다. 함무라비가 집권했던 기원전 1750년 전후 신전에는 남성 사제와 함께 존경받는 여사제가 있었으니, 바로 신과 신도 사이에서 서비스를 하는 소위 '성창(聖娼)'이다. 고대 그리스의 역사학자 헤로도토스(Herodotus)의 『역사』[1]에는 바빌론 사람들이 1년에 한 번씩 혼기가 찬 여자들을 경매를 통하여 결혼시키는 풍속이 있었을 뿐 아니라 또 이 나라 여자들은 누구나 아프로디테 신전에 앉아 낯선 남자에게 몸을 주어야 하는 풍속도 소개하고 있다. 신전 안에 줄지어 앉은 여자들은 남자들이 던지는 은화에 의해 간택되면 그 남자와 몸을 섞어야 한다. 예쁜 여자는 빨리 간택되어 금방 집으로 돌아갈 수 있었지만 간택을 받지 못해 3, 4년씩 기다라는 여자도 있었다고 한다. 이러한 풍속은 종교적 신성성에 의해 미화되긴 했지만 여성의 성을 팔아서 신전의 수입으로 삼은 매춘이라고 할 것이다.

버트런드 러셀(Bertrand Russell)은 『결혼과 성』[2]에서 "성창은 고대에 매우 성행했던 일종의 제도이다. 많은 지역에서 보통 신분의 여자들이 사원으로 가서 사제 혹은 낯선 남자와 관계를 맺는다. 그 외에 여사제 자체도 모두 성창이다. 이러한 풍속은 아마도 하느님의 은혜를 통하여 여자의 생육을 얻는다는 관념이나 무술(巫術)로써 농가의 풍성한 수확을 기원하는 목적에서 출발한 것일 것이다"라고 하였다. 이러한 '신묘매음(神廟賣淫)'은 고대 키프로스(Cyprus)나 이집트 등지에도 있었으며, 고대 인도에도 이와 유사한 '사창(寺娼)'[3]이 있었다. 고대 인도에서는 딸

---

1   헤로도토스(Herodotus), 박광순 역, 『역사』, 범우사, 1996.
2   버트런드 러셀(Bertrand Russell), 김영철 역, 『결혼과 성』, 간디서원, 2004.

을 낳으면 그 딸을 부처에게 바치고 매춘할 수 있는 권리를 얻는 여인들이 있었는데, 이 딸이 바로 '사창'이다. 엄마는 저잣거리에 방을 얻어서 주렴을 쳐놓고 딸에게 매춘을 시킨다. 인도 사람은 물론 외국 사람들도 돈을 내기만 하면 그 딸을 살 수 있다. 이렇게 번 돈은 모두 사원에 헌납하였다.

중국 고대 기녀의 여러 기원설 가운데 이것과 가장 유사한 것이 '무창(巫娼)'설일 것이다. 왕서노(王書奴)는 중국 창기가 은상(殷商)의 여무(女巫)에서 기원했다며 이 시기를 '무창시대(巫娼時代)'라고 불렀다.[4] '여무'는 무당으로서, 기본적으로 고대 서양의 성창과 마찬가지로 종교적 산물이다. 왕일(王逸)은 "무함(巫咸)은 옛 신무(神巫)이다. 은(殷)나라 중종(中宗) 시대에 있었다"[5]라고 했고, 『설문해자(說文解字)』에는 "무(巫)는 축(祝)이다. 옛날 무함(巫咸)을 처음에는 무(巫)라고 했다"[6]라고 했다. 또 『독자치언(讀子巵言)』에는 "고대의 관리는 오직 무(巫)와 사(史)만이 있었다. (…중략…) 사람의 일을 기록하는 사람을 '사'라고 하고, 귀신의 일을 기록하는 사람을 '무'라고 한다"[7]라고 하였으니, 은나라 때 '무'는 그 지위가 상당히 높았음을 알 수 있다. 왕서노는 은나라에 '제사지내는 무당[祭祀之巫]', '하늘을 예측하는 무당[測天之巫]', '점치는 무당[卜筮之巫]', '치료하는 무당[醫藥之巫]' 등이 있었다고 했으니,[8] '무'는 주로 종교적 역할을 담당했던 것으로 보인다.

이러한 '무'가 종교적 행위를 하는 과정에서 소위 '무창'의 성격을 갖

---

3   최남선, 허용호 역, 「매음의 종교적 기원」, 『민속문화론』, 경인문화사, 2013.
4   『中國娼妓史』, 上海生活書店, 1934.
5   『楚辭章句』 「離騷」 注 : "巫咸, 古神巫也. 當殷中宗之世".
6   『說文解字』: "巫, 祝也. 古者巫咸初作巫".
7   『讀子巵言』: "古代之官, 唯巫與史. (…중략…) 記人事曰史, 事鬼神曰巫".
8   『中國娼妓史』, 上海生活書店, 1934.

게 된 것으로 보인다. 원시시대에는 각종 자연현상에 대한 불안함을 극복하는 방법으로 초월적 존재, 즉 신에게 의존하고 신을 섬겼다. 그 가장 보편적인 방법이 신에게 여자를 바치는 것이었다. 그 방법은 두 가지이다. 하나는 제물로서 신의 여자가 되는 것이고, 또 하나는 가무(歌舞)로써 신을 즐겁게 하는 것이다. 그런데 가무는 신의 시청각만을 만족시키는 데 그치므로 인간의 관점에서 신의 정욕을 해소해주는 존재가 필요했으니, 그것이 여무이다. 여무는 자신의 몸을 신에게 바칠 뿐 아니라 신의 희로애락을 인간에게 알리는 사람과 신의 매개자였다. 여무는 대부분 가무에 능하고 말솜씨가 좋은 아리따운 여자였으며, 그들은 나체로 제사를 올려 신을 즐겁게 하기도 했으니, 이들이 바로 '무창'인 것이다. 1981년 11월에 절강(浙江) 소흥(紹興)에서 발굴한 월(越)나라 사람의 묘에서는 청동신묘(靑銅神廟)의 모형이 출토되었는데, 묘 안의 제사(祭師)와 여무(女巫)가 모두 나체였다. 이에 대해 임하(林河)도 "고고(考古) 발굴의 장강(長江) 유역 문물에서는 종종 여무가 나체로 가무하며 제사지내는 장면이 출현한다. 이것은 나문화(儺文化)에 나제(裸祭, 나체 제사)의 역사가 있었던 적이 있음을 설명한다"[9]라고 주장했다. 왕국유(王國維)는 또 중국희곡의 기원을 설명하면서 "요컨대 무(巫)와 우(優)의 구별은 무는 신을 즐겁게 하고 우는 사람을 즐겁게 하는 것이다. 무는 가무를 주로 하였고 우는 조롱을 주로 하였다. 무는 여자가 주로 하였고 우는 남자가 주로 하였다"[10]라고 하였다. 왕국유의 이러한 견해는 또 중국 공연예술의 공연담당자인 기녀가 '무'에서 출발했음을 말하는 것

---

9   『'九河'與沅湘民俗』, 三聯書店上海分店, 1990, 93쪽.
10   『王國維戱曲論文集・宋元戱曲考』, 中國戱劇出版社, 1996, 6쪽 : "要之巫與優之別; 巫以樂神, 而優以樂人, 巫以歌舞爲主. 而優以調謔爲主, 巫以女爲之, 優以男爲之".

으로, 공연예술이 제의(祭儀)에서 비롯되었다는 것은 각 문화권의 공통적 현상이라 할 것이다.

이러한 제의에서 신을 즐겁게 하는 존재가 '여무'였고, 또 미녀를 희생으로 삼았다거나 '나제(裸祭)'를 올렸다는 역사적 기록은 모두 신이 남성으로 인식되었음을 의미한다. 따라서 여무들은 남자와 교합하는 방식으로 자신의 재색(才色)을 신에게 바치는

〈무도문채도분(舞蹈紋彩陶盆)〉
1973년 청해성(靑海省) 대통현(大通縣)에서 출토된 신석기시대 유물로서, 현재 중국국가박물관(中國國家博物館)에 소장되어 있다. 머리 장식을 한 다섯 명의 춤추는 여인들은 전문 무희로 보이는데, 그림으로 봐도 절도 있는 동작이 느껴진다. 이것으로 5,000여 년 전 원시 사회의 가무 활동도 매우 활발하고 전문적이었음을 알 수 있는데, '여무'의 활동도 이와 비슷할 것으로 짐작된다.

것이다. 『상서(尙書)・이훈(伊訓)』의 "늘 궁에서 춤을 추고 집에서 술 취하여 노래 부르는 것을 당시에 '무풍(巫風)'이라 하였고, 색과 재물을 쫓으며 늘 사냥터에서 노니는 것을 당시에 '음풍(淫風)'이라고 했다"[11] 라고 했으니, '무창'으로서의 성격이 보다 확연하며, 또 '풍'이라고 부를 정도로 매우 성행했음을 알 수 있다. 『진서(晋書)・하통전(夏統傳)』에는 하통(夏統)의 집안 제사 때 여무 장단(章丹)과 진주(陳珠)가 그의 종형제들과 "밤에 함께 희롱하며 마음껏 방탕한 정을 드러내고 멋대로 음란한 행위를 하여 남녀의 예를 어지럽혔다"[12]는 기록이 있는데, 이 역시 '무창'의 성격과 성행을 더욱 분명하게 확인할 수 있는 기록이다. 이러한 '여무'는 기녀의 속성을 갖고 있으므로 서양의 '성창'과 같은 성격의 '무창'으로 볼 수 있으며, 중국 기녀의 기원도 여기에서 찾을 수 있다 할 것

---

11 『尙書・伊訓』: "有恒舞于宮, 酣歌于室, 時謂巫風', 有殉于色貨, 恒游于激畋, 時謂淫風".
12 『晋書・夏統傳』: "夜與游戲, 放傲逸之情, 縱奢淫之行, 亂男女之禮".

이다.

이 외에 '여악(女樂)'이나 '창우(倡優)'에서 비롯되었다는 설이 있다. 무주(武舟)는 왕서노의 주장을 반박하면서 "서적에서 찾을 수 있는 중국 최초의 기녀는 천자(天子)나 제후(諸侯)의 궁중 오락을 담당한 여악과 창우이다"[13]라고 하였다. 이 여악과 창우는 중국 중세시대 기녀의 성격과 더욱 가깝다 할 수 있다. 『설문해자』에는 '기(妓)'를 '부인소물(婦人小物)'[14]이라고 했고, 위(魏)나라 장읍(張揖)의 『곤창(坤蒼)』에는 '미녀(美女)'로 해석하고 있다. 그 외 『절운(切韻)』을 비롯하여 『정자통(正字通)』과 『강희자전(康熙字典)』에서도 '여악(女樂)'으로 해석했다. '여악'은 용모가 아름답고 가무를 잘하는 여자를 지칭했는데, '기(妓)'는 '기(伎)'나 '기(技)'와 통용되어 음악이나 무용, 희곡 등의 기예를 잘하는 예인을 지칭했으며, 또 '창(娼)'이나 '창(倡)'과 함께 쓰여 가무를 전문으로 하는 여자를 지칭하기도 했다. 이처럼 '기녀'는 원래 가무에 종사하는 여예인(女藝人)을 지칭했으니, 지금과 같은 어감은 상당한 굴곡의 역사를 거쳤음을 짐작할 수 있다.

이러한 양자의 견해에 대해 유달임(劉達臨)은 다종기원설을 제시하며 동시에 기녀의 성격에 따라 그 기원을 구분하였다. 그는 현재 기녀를 규정하는 금전 목적의 '매음(賣淫)'이라는 관점은 고대 기녀의 성격과 완전히 부합하지는 않는다는 점을 그 주요 이유로 들었다.[15] 그러나

---

13 『中國妓女文化史』, 東方出版中心, 2006, 15쪽.
14 『說文解字』의 "妓, 婦人小物也"에 대해 段玉裁는 "小物은 자질구레한 물건을 이른다[小物謂用物之瑣屑者]"고 注를 달았다. 이에 대해 王琢은 「『說文解字』"婓", "妓"解」(『辭書研究』2011年 第6期)에서 段玉裁와 桂馥은 '여자가 사용하는 자질구레한 생활 도구'라고 여겼지만 朱駿聲과 嚴可는 小物이 '小弱, 小巧'의 字形訛[글자 모양으로 인한 오기]라고 주장하고, 鄭紅은 '몸이 날씬하고 아름다운 여자', 王衍軍은 '여자의 陰物'이라고 주장했음을 설명하면서 단옥재의 해석이 더욱 합리적이라고 결론을 내렸다.

역설적으로 기녀와 기녀문화가 활성화되면서 기녀라는 단어에는 지금과 같은 불온한 의미가 부가되었으니, 그 시작은 본서에서 논하고자 하는 당송대(唐宋代)로 여겨지며, 그 불온한 의미가 원 의미를 넘어선 시기가 명청대(明淸代)로 보인다. 명대(明代) 사조제(謝肇淛)는 "지금 창기가 천하에 가득 퍼져 있는데, (…중략…) 종일 문에 기대어 웃음을 팔고 색을 팔아서 살아간다"[16]라고 했으니, 명나라 때에는 '매소(賣笑)'와 '매음(賣淫)'이 기녀와 동의어가 되었음을 알 수 있다. 따라서 기녀의 성격과 역할을 역사적 시기와 견주어 보면 위진남북조(魏晉南北朝) 이전까지는 '매예위주(賣藝爲主)'의 시기이고, 명청(明淸) 이후는 '매음위주(賣淫爲主)'의 시기로 볼 수 있는데, 그렇다면 저자가 논하고자 하는 당·송·원은 '색예겸중(色藝兼重)'의 시기로 보는 것이 적당해 보인다.

봉건 기녀의 마지막 시기인 청(淸)나라 서가(徐珂)의 『청패류초(淸稗類鈔)』에는 고대 기녀를 지역에 따라 경사기(京師妓), 천진기(天津妓), 개봉기(開封妓), 봉천기(奉天妓), 소주기(蘇州妓), 상해기(上海妓), 강녕기(江寧妓), 양주기(揚州妓), 항주기(杭州妓), 성도기(成都妓), 한구기(漢口妓) 등 총 25종으로 분류하였다. 이 가운데 양주(揚州), 소주(蘇州), 남경(南京), 항주(杭州), 성도(成都), 광주(廣州), 개봉(開封) 등은 기녀가 특히 흥성한 지역이었다. 또 각 지역별 특징에 따른 기녀의 별칭도 유행했는데, 특히 '촉중재부(蜀中才婦)', '서자교낭(西子嬌娘)', '진회금채(秦淮金釵)', '고소선낭(姑蘇船娘)', '양주수마(揚州瘦馬)' 등이 유명하다. 성도의 기녀를 일컫는 '촉중재부'는 "촉(蜀)에서 재부(才婦)가 난다"[17]거나 "촉의 여자들은 재주가 많으

---

15   劉達臨, 『中國古代性文化』, 寧夏人民出版社, 1993.
16   謝肇淛, 『五雜組』: "今時娼妓滿布天下, (…중략…) 終日倚門賣笑, 賣淫爲活".
17   『鑑戒錄』: "蜀出才婦".

니, 예로부터 그러했다"[18]라는 말에서 알 수 있듯이 '성도 지역의 재능 있는 여자'라는 뜻이다. 이것은 "촉의 창기는 대체로 글을 잘 했으니, 아마도 설도(薛濤)의 유풍(遺風)인 것 같다"[19]라는 말에서 그 유래를 찾을 수 있다. 항주의 기녀를 일컫는 '서자교낭'은 송대(宋代) 진관(秦觀)의 "서호의 물 매끄럽고 예쁜 아가씨 많다네[西湖水滑多嬌娘]"라는 시구에서 유래된 것으로, '색해(色海)'로 불리는 항주와 서호를 배경으로 한 기녀문화가 잘 결합된 표현이다. 남경의 기녀를 일컫는 '진회금채'에서 '진회'는 남경을 거쳐가는 운하로서, 예로부터 교통의 중심지가 되어 수많은 기원(妓院)이 모여 있던 곳이다. 명대 진회에는 열두 명의 명기를 지칭하는 '금릉청루십이채(金陵青樓十二釵)'가 있었고, 청대에는 '진회팔염(秦淮八艶)'이 특히 명성을 떨쳤는데, 『홍루몽(紅樓樓)』의 '금릉십이채(金陵十二釵)'도 여기에서 기원하였다. '고소선낭'은 중국의 베니스라고 일컬어지는 소주의 기녀를 지칭하는 것으로, 소주는 당대(唐代)부터 백거이(白居易)나 이상은(李商隱) 같은 유명시인에 의해 가송된 진낭(眞娘)이라는 명기로 명성을 떨쳤다. 송대(宋代)에는 이른바 '오문화방(吳門畵舫)'이라 불리는 선기(船妓)의 명성이 자자했으니, '고소선낭'은 이를 지칭한 말이다. 양주의 기녀를 일컫는 '양주수마(揚州瘦馬)'는 명대 양주 기업(妓業)의 상업성이 낳은 용어로서, '사과자(私窠子)'[20]나 '반폐문(半開門)' 혹은 '양빈(揚浜)'[21]으로 불리는 민간 기녀가 다른 도시까지 진출하여 세력을 넓혔다. 이것은 여윈 말 같은 가난한 집 여자를 싼값에 사서 잘 가르치고 길러 비싼 값에

---

18   『二刻拍案惊奇』: "蜀女多才, 自古爲然".
19   周密, 『齊東野語』 卷11 : "蜀娼類能文, 盖薛濤之遺風也".
20   謝肇淛, 『五雜組 · 人部四』: "又有不隶於官, 家居而賣奸者, 謂之土妓, 俗謂之私窠子".
21   李斗, 『揚州畵舫錄 · 小秦淮錄』: "官妓旣革, 土娼潛出, 如私窠子, 半開門之屬, 有司禁之. (…중략…) 遂相沿蘇妓爲蘇浜, 土娼爲揚浜".

되파는 것을 말한다.

이러한 용어에서 알 수 있듯이 중국의 고대 기녀들은 전국적으로 확산되어 있었으며, 또 지역적 특색을 지닌 기녀문화를 형성하였음을 알 수 있다. 이러한 전국적이면서도 지역적인 중국 고대 기녀와 기녀문화는 앞서 언급한 '무'나 '여악', '창우' 등에서 출발하여 역사적 변천을 거쳐 정착된 것이다. 이어서 이 글의 시대적 논의 시점이 되는 당대 이전까지 기녀의 역사적 변천을 살펴보자.

2. 기녀의 변천과 발전 — 위진남북조(魏晉南北朝) 이전 시기의 기녀

기록으로 보면 기녀의 역사는 대략 기원전 2,100여 년 전의 요순(堯舜) 시대까지 거슬러 올라갈 수 있을 것 같다. 『상서(尙書)』에는 요(堯)의 아들 단주(丹朱)가 밤낮 없이 쾌락에 빠져 "집에서 붕음(朋淫)했다"[22]는 기록이 있다. '붕음'은 '그룹 섹스'로 보이는데, 그 상대는 지금의 기녀와 같은 성격의 여자일 것이므로 기녀가 이미 요 임금 때부터 존재했다는 증거로 인용되곤 한다. 또 걸(桀) 임금은 "여자에 빠져 미녀를 구해 후궁에 쌓아두었다"[23]고 했는데, 걸은 하(夏)나라의 마지막 임금이므로 대략 기원전 1,600년경의 일이다. 그 이전에 "태강실국(太康失國)"의 태강(太康)이나 "공갑난정(孔甲亂政)"의 공갑(孔甲)도 주색에 빠져 나라를 기울게 한

22　『尙書·虞夏書·益稷』: "朋淫于家".

23　劉向, 『烈女傳·夏桀末喜傳』: "淫于婦人, 求美女積之于後宮".

〈관이오상(管夷吾像)〉
중국 최초의 기원(妓院)을 만들었다고 전해지는 관중(管仲). 명대(明代) 삼재도회(三才圖繪) 각본(刻本).

하나라의 임금들이다. 군신을 막론하고 성매매가 이때부터 시작되었다고 주장하는 사람들이 많은 이유이다. 대략 기원전 680년경인 춘추(春秋) 때 "제환공(齊桓公)은 궁중 일곱 거리에 여려(女閭)가 칠백 개나 되었는데 나라 사람들이 그것을 비난했다. 관중(管仲)은 일부러 삼귀지가(三歸之家)[24]하여 환공(桓公)을 덮어주려 했으니, 스스로 백성들에게 해를 끼치고자 한 것은 아니었다"[25] 라는 기록이 있다. '여려'는 궁중에 설치한 기원(妓院)으로서, 『견호집(堅瓠集)』에는 "관자(管子)가 제(齊)나라를 다스릴 때 여려(女閭) 칠백 개를 설치하고 그 야합(夜合)의 돈을 징수하여 나라 재정에 충당했다. 이것이 곧 화분전(花粉錢)의 시작이다"[26] 라고 했다. 이것은 국가가 영리목적으로 만든 기원의 시작인데, 또 이 시기에 사회적으로 매춘 시장이 형성되어 있었음을 짐작할 수 있다.

기녀의 기원에 대한 원매(袁枚)의 다음 이야기도 흥미롭다.

---

24 '三歸之家'에 대해서는 여러 설이 있으나 고대에는 일반적으로 "三歸"를 "娶三姓女[세 성씨의 여자를 아내로 맞는 것]" 혹은 "娶三國女[세 나라의 여자를 아내로 맞는 것]"로 해석하였다. 근자에는 또 管仲이 당시 일반적인 卿大夫가 한 번밖에 못 받는 賜邑을 세 번이나 받았다는 뜻으로 해석하기도 한다. 어쨌든 관중이 제환공에게 쏟아지는 비난을 덮기 위하여 일부러 비정상적인 일을 했다는 것이다.
25 『戰國策·東周策』: "齊桓公宮中七市, 女閭七百, 國人非之. 管仲故爲三歸之家, 以掩桓公, 非自傷于民也!"
26 褚人獲, 『堅瓠集』: "管子治齊, 置女閭七百, 征其夜合之資, 以充國用. 此卽花粉錢之始也".

어떤 사람이 "기녀는 언제 시작되었소?"라고 물어서 내가 "삼대(三代) 이전에는 백성의 의식이 풍족하고 예교(禮教)가 분명했는데 어찌 기녀가 있었겠소? 춘추(春秋) 때 위(衛)나라에서 여인으로 하여금 남궁만(南宮萬)에게 술시중 들게 하여 취하게 만든 후에 그를 포박했지요. 이 여인이 마땅히 기녀의 출발이겠지요. 그렇지 않다면 어찌 양가녀(良家女)에게 술시중을 들게 하겠소? 관중(管仲) 때의 여려(女閭)가 삼백 개였다거나 월왕(越王)이 파녀(罷女, 행실이 불량한 여자)로 하여금 병사들을 위해 바느질하게 한 것 등은 진실로 이 후의 일들이지요"라고 했다.[27]

여인을 이용하여 남궁만을 체포한 이야기는 『좌전(左傳)·장공십이년(莊公十二年)』에 보인다. 남궁만은 송(宋)나라의 대부(大夫)로서 자신을 조롱한 송민공(宋閔公)에게 앙심을 품고서 반란을 일으켰다가 실패하고 진(陳)나라로 도망을 갔다. 송나라는 진나라에게 남궁만을 넘겨줄 것을 요청했고, 진나라는 기녀를 이용하여 취하게 한 후 체포했던 것이다. 따라서 원매가 말한 '위(衛)'는 '진(陳)'을 잘못 알고 쓴 것이다. 어쨌든 그는 이 역사적 사실을 기녀의 출발로 여기고 관중이 설치한 국영기원(國營妓院) 이전에 관기(官妓)가 존재했다고 본 것이다. 진나라의 명으로 술시중을 든 여자는 양가녀가 아니라 역관(驛館)의 '여초대(女招待)'로서 곧 관기이다. 관기는 나라의 녹을 먹는 관리와 같은 존재로서, 관의 명령에 따라 자신의 접대임무를 수행하며 개인적 영리를 목적으로 하지는 않는다. 이들은 국빈에게 성적 서비스를 제공하는 정치적 수단이

---

27 袁枚, 『隨園詩話·第六卷』: "有人間: '妓女始於何時?' 余云: '三代以上, 民衣食足而禮教明, 焉得有妓女? 唯春秋時, 衛使婦人飲南宮萬以酒, 醉而縛之. 此婦人當是妓女之濫觴. 不然, 焉有良家女而陪人飲酒乎? 若管仲之女閭三百; 越王使罷女爲士縫紉, 固其後焉者矣'".

었다. 이에 반해 관중의 국영기원은 완전히 영리를 목적으로 한 것으로, 이른바 '야합지자(夜合之資)'는 매춘으로 번 수익이다.

이처럼 적어도 4, 5천 년의 역사를 가진 기녀는 변천을 거듭하면서 그 종류와 역할도 다양해졌다. 우선 그 역할에 따라 예술 공연을 위주로 하는 예기(藝妓)와 매춘을 위주로 하는 색기(色妓)로 나누기도 하고, 서비스 대상에 따라 궁기(宮妓), 영기(營妓) 혹은 군기(軍妓), 관기(官妓), 가기(家妓), 시기(市妓) 혹은 사기(私妓) 등 다섯 부류로 구분하기도 한다. 궁기는 황궁에서 황제를 위해 일하는 기녀를 말하며, 영기나 군기는 군대의 군관이나 사병에게, 관기는 각급 지방 관원에게 서비스하는 기녀를 말한다. 그리고 가기는 사대부 관료나 부상 등이 집안에서 '축양(畜養)'하는 기녀로서 집안의 주인에게 봉사하며, 시기 혹은 사기는 민기(民妓)라고도 하며 민간에서 일반인들을 상대로 영업하는 기녀를 말한다. 그 외에 기녀는 남의 희첩(姬妾)이 되거나 승니(僧尼, 비구니)나 여관(女冠, 여도사) 등으로 출가하는 경우가 많으므로 이들도 넓은 의미에서 일부 '기녀류(妓女類)'에 포함시키기도 한다. 봉건왕조의 출발인 하상(夏商) 시기부터 궁정에는 수많은 '여악(女樂)'과 '창우(倡優)'를 두었고, 제후나 경대부들도 많은 잠자리 시녀를 두었으니, 이것이 궁기와 가기의 전신이라고 할 수 있을 것이다. 사료에 의하면 궁기는 하(夏)나라 때 출현하였으니, 『열녀전(烈女傳)』에는 다음과 같이 기록하고 있다.

걸(桀)은 이미 예의를 버리고 여자에 빠져 미녀를 구해 후궁에 쌓아두었고, 창우(倡優, 배우), 주유(侏儒, 난쟁이 익살꾼), 압도(狎徒, 연회석상의 바람잡이) 등 기이하고 빼어난 놀이를 할 수 있는 자를 거두어 곁에 두었다. 낭만적인 음악을 만들어 밤낮으로 말희(末喜) 및 궁녀와 함께 술을 마시며 쉴 때가 없었는데, 말희를 무릎 위에 앉히고 그녀의 말을 듣고 따랐다. 어지럽고 무도하며 오만방자 했으니 주지(酒池)는 배를 띄울 수 있었으며, (…중략…) 취하여 익사한 자를 말희의 웃음거리로 삼아 즐겼다.[28]

이 외에도 "옛날 걸 임금 시대에는 여악이 삼만 명이나 되었다"[29]고 했으니, 그 상황을 짐작할 수 있겠다. 망국의 황제로 늘 걸과 병칭되는 은(殷)나라의 주(紂)도 이에 못지않다.

주 임금은 (…중략…) 술과 음악에 탐닉하고 여자들을 좋아했다. 특히 달기(妲己)를 총애하여 그녀의 말이면 무엇이든 들어주었다. 그는 악사인 사연(師涓)에게 새롭게 음탕한 음악을 만들게 했으니, 북리(北里)에서 추는 것 같은 저속한 춤과 음탕하고 퇴폐적인 음악이었다. 세금을 무겁게 부과하여 녹대(鹿臺)의 돈을 채우고 거교(鉅橋, 곡식 창고)의 곡식을 채웠다. 또한 개나 말, 기이한 애완물 등을 두루 수집하여 궁실을 가득 채웠다. 사구(沙丘)의 원대(苑臺)를 크게 확장하여 여러 종의 야수와 새들을 잡아다가 이곳에 풀어놓았다. 주 임금은 귀신도 우습게 알았다. 또한 사구에 수많은 악공과 광대를 불러들이고, 술로 연못을 만들고, 숲처럼 고기를 매달아놓고서 벌거벗은 남녀들이 그 안에서 서로 쫓아다니게 하면서 밤이 새도록 술을 마시며 놀았다.[30]

---

28   劉向, 『烈女傳·夏桀末喜傳』: "桀旣棄禮義, 淫於婦人, 求美女積之於后宮, 收倡優·侏儒·狎徒能爲奇偉戲者. 聚之于旁. 造浪漫之樂, 日夜與末喜及宮女飮酒, 無有休時, 置末喜于膝上, 聽用其言. 混亂失道, 驕奢自恣, 爲酒池可以運舟 (…중략…) 醉而溺死者, 末喜笑之爲樂".

29   『管子·輕重』: "昔者桀之時, 女樂三萬人".

30   『史記·殷本紀』: "紂帝 (…중략…) 好酒淫樂, 嬖於婦人. 愛妲己, 妲己之言是從. 於是使師涓作新淫聲, 北里之舞, 靡靡之樂. 厚賦稅以充鹿臺之錢, 而盈鉅橋之粟. 益收狗馬

주지육림의 방탕한 생활은 이처럼 궁기가 큰 부분을 차지했으며, 후대에도 큰 차이 없이 이러한 문화가 이어졌다. 특히 춘추전국 시대에는 통치계층의 다처풍속과 호색행각이 자주 보인다. 제경공(齊景公)은 재위 때 "왼쪽에는 창(倡), 오른쪽에는 우(優)가 있었다"[31]고 했고, 초장왕(楚莊王)은 "왼손으로 진희(秦姬)를 끼고 오른손으로 월녀(越女)를 안았다"[32]고 했으며, 위왕(魏王)은 연회할 때 "초희(楚姬)는 앞에서 춤을 추고, 오주(吳姝)는 뒤에서 노래하며, 월녀(越女)는 왼쪽에서 거문고를 타고, 진아(秦娥)는 오른쪽에서 쟁을 켠다"[33]고 했으며, 오왕(吳王) 부차(夫差)는 더욱이 "궁기가 수천 명이었다"[34]고 했다. 제후와 사대부들도 이에 못지 않았으니, 집안에 "수놓은 비단 옷을 입은 여자가 수백 명이었다"[35]고 한 이가 적지 않았다. 당시에 경제력을 가진 부상이나 장사치들도 가기를 두기 시작했으니, 여불위(呂不韋)는 그 대표적 예이다.

여불위가 한단(邯鄲)에서 춤을 잘 추는 무회를 취하여 같이 동거하던 중 그 무회가 임신을 한 사실을 알았다. 자초(子楚)가 여불위와 함께 술을 들다가 그 무회를 보고 마음이 동하여 자리에서 일어나더니 여불위를 위해 축수를 하고 그 여인을 달라고 청했다. 여불위는 화가 났으나 이미 자초를 위해 집안이 파산될 정도로 일이 진행되었음을 생각하고는 그를 이용하여 큰 이득을 얻고자 하여 그 무회를 바쳤다. 그 무회는 자신이 임신한 사실을 숨기

奇物, 充仞宮室. 益廣沙邱苑台, 多取野獸蜚鳥置其中. 慢於鬼神. 大聚樂戱於沙丘, 以酒爲池, 縣肉爲林, 使男女倮, 相逐其間, 爲長夜之飮".

31 『晏子春秋・內篇問』下第三 : "今君左爲倡, 右爲優".
32 『吳越春秋』卷1 : "淫於聲色, 左手擁秦姬, 右手抱越女".
33 黃憲, 『天祿閣外史』卷4 : "楚姬舞於前, 吳姝歌於后, 越女鼓瑟於左, 秦娥泛箏於右".
34 『述異記』 : "宮妓數千人".
35 『墨子・貴義』二十五 : "婦人衣文綉者數百人".

고 있다가 출산 시기가 되어 아들 정(政)을 낳았고, 자초는 그 무희를 자신의 부인으로 삼았다.[36]

일설에는 이 무희가 낳은 정(政)이 바로 진시황(秦始皇)으로서, 여불위는 진시황의 아버지이고, 생모는 여불위의 가기(家妓)라고 했다.

이처럼 지배계층 중심의 궁기는 점차 영기나 관기의 등장으로 이어지고, 다시 가기와 시기도 출현하게 된다. 그 역사적 시기는 제환공(齊桓公) 때로서, 이 시기에 시기와 기원이 탄생했다. 앞서 언급했듯이『전국책(戰國策)·동주책(東周策)』에는 관중이 제나라를 다스릴 때 "여려칠백(女閭七百)"을 설치하여 국가 재정을 충당했다는 기록이 있다. 이 '여려'는 국영기원의 시초인데, 거기서 영업하는 기녀는 일반인을 상대로 한 시기라고 할 수 있다. 이것은 수하들을 위무하여 단합하고자 하는 정치적 목적과 국가의 수입을 증대시키고자 하는 경제적 목적이 병존하는데, 목적이 어떻든 간에 제환공과 관중이 설립한 이 '여려'가 시기와 기원의 출발인 셈이다.

이러한 시기는 점차 개인적 영업 위주로 확대되어 민간에도 출현했다.『사기(史記)』에는 "조(趙)나라나 정(鄭)나라 미녀들이 곱게 화장하고 꾸미고서는 거문고를 켜고 긴 소매를 나부끼면서 경쾌한 발놀림으로 춤을 추어 이목을 끌고 마음을 유혹하는 행위나, 천리 길도 멀다하지 않고 달려가 노소 불문하고 손님을 찾는 목적도 돈 때문이다"[37]라고 했

36　『史記·呂不韋列傳』: "呂不韋取邯鄲諸姬絶好善舞者與居, 知有身. 子楚從不韋飮, 見而悅之, 因起爲壽, 請之. 呂不韋怒, 念業已破家爲子楚, 欲以釣奇, 乃遂獻其姬. 姬自匿其身, 至大期時, 生子政, 子楚遂立姬爲婦人".

37　『史記·貨殖列傳』: "趙女鄭姬, 設形容, 揳鳴琴, 揄長袂, 躡利屣, 目挑心招, 出不遠千里, 不擇老少者, 奔富厚者也."

〈악무백희도(樂舞百戱圖)〉와 〈악기여백희도(樂伎與百戱圖)〉

왼쪽의 그림은 내몽고(内蒙古) 허링거[和林格尔] 현(縣)에서 출토된 동한(東漢)의 묘실벽화(墓室壁畫)이고, 오른쪽의 그림은 감숙성(甘肅省) 쥬츄안딩쟈[酒泉丁家]의 쟈베이량[閘北凉] 묘에서 출토된 북조(北朝) 시대의 그림이다. 전자는 묘의 주인과 그 가족들이 앉아서 악대(樂隊)와 잡기(雜技) 배우의 공연을 보고 있는 광경이며, 후자는 악대가 음악을 연주하는 광경으로서 비파(琵琶), 장소(長簫), 요고(腰鼓), 금슬(琴瑟) 등의 악기가 보인다. 그 하단은 잡기 공연 모습이다. 이 그림으로 위진남북조 이전 시기의 기녀들도 매우 활발하게 활동했음을 짐작할 수 있다.

다. 이것에서 경제적 이익을 위하여 힘들고 먼 거리를 오가며 자신의 색예(色藝)를 파는 여자들이 존재했음을 알 수 있으니, 이것이 본격적인 시기의 시작이다. 그 외 영기 혹은 군기도 실제로 이 시기에 시작되었다. 『오월춘추(吳越春秋)』에는 "월왕(越王) 구천(勾踐)이 산 위로 과부들을 수송하여 향수에 젖은 병사들과 놀게 함으로써 그들의 마음을 즐겁게 해주었다"[38]라고 했으니, 전방의 군인을 위해 성적 서비스를 제공한 것이다. 전국시대의 여러 도읍에는 또 '군시(軍市)'[39]로 불리는 기원이 설치되어 있는 곳이 많았는데, 주로 군대를 위문하기 위한 목적이었지만 누구나 출입할 수 있었다. 2,600여 년 전에 이미 군대를 따라다니는 기녀가 있었으니, 이것은 아마도 세계 최초라고 여겨진다.

---

38   『吳越春秋』: "越王勾踐輸寡婦於山上, 使士之憂思者游之, 以娛其意".
39   『漢書・馮唐傳』: "李牧之爲趙將, 居邊, 軍市之租, 皆自用饗士".

진한(秦漢) 시기에도 궁기가 매우 많았으며, 영기 제도가 자리를 잡았고, 가기도 성행하기 시작했다. 진시황은 통일 황제답게 수많은 궁기를 거느렸으며, 한대의 여러 황제들도 진시황을 능가하는 궁기를 거느렸는데, 한무제(漢武帝)는 18,000여 명의 미녀를 두었다고 했다.[40] 어질고 검소하다는 평을 받는 원제(元帝)도 "후궁이 너무 많아서 늘 볼 수가 없었으니, 이에 화공(畵工)에게 그림을 그리게 하여 그 그림을 보고 불러 들였다"고 했다. 그러다 보니 "여러 궁인들은 모두 화공에게 뇌물을 주었는데 많으면 10만, 적어도 5만에 모자라지 않았다. 왕소군(王昭君)만 홀로 그렇게 하지 않아서 황제를 만날 수 없었다"고 했고 결국 왕소군은 빼어난 미모를 지니고도 황제에게 간택 받지 못한 채 흉노(匈奴)에게 보내진 비운의 여인이 되었다.[41]

이 시기 귀족 사대부들은 또 집에 가기를 두는 기풍이 유행하였다. 『한서(漢書)・원황후전(元皇后傳)』에는 "오후(五侯)[42]의 여러 아우들은 다투어 사치를 했다. (…중략…) 후원에 희첩을 각각 수십 명씩 두었으며, 동노(僮奴)는 천백을 헤아리는데, 종경(鐘磬, 악기)을 늘어놓고 정나라 여자를 춤추게 했으며, 창우에게 개나 말처럼 쫓고 달리게 했다"[43]라고 했다. 이처럼 가기를 두는 기풍은 동한(東漢) 때 더욱 유행을 했다. 영기는 춘추 말년에 시작되었지만 그 제도는 한대에 확립되었으니, "한무제(漢武帝)가 처음으로 영기를 설치하여 군사 가운데 아내가 없는 자를 접대하게 했다"[44]라고 했다. 한무제 때는 해마다 전쟁을 치러 수십만 명의 병

---

40 王儉, 『漢武故事』 : "凡諸宮美女萬有八千".

41 葛洪, 『西京雜記』 : "元帝後宮旣多, 不得常見, 乃使畵工圖形, 案圖召幸之. 諸宮人皆賂畵工, 多者十萬, 少者亦不減五萬. 獨王嬙不肯, 遂不得見".

42 漢 成帝가 봉한 平阿侯 王譚, 成都侯 王商, 紅陽侯 王立, 曲陽侯 王根, 高平侯 등을 말한다.

43 『漢書・元皇后傳』 : "五侯群弟, 爭爲奢侈. (…중략…) 后庭姬妾, 各數十人, 僮奴以千百數, 羅鐘磬, 舞鄭女, 作倡優, 狗馬馳逐".

<한궁춘효도(漢宮春曉圖)>

명(明)나라 구영(仇英)의 <한궁춘효도> 일부로서, 한(漢)나라 궁녀의 아침 일상을 표현한 그림인데, 위의 그림은 춤을 연습하고 산책을 하는 광경이며, 아래 그림은 놀이를 하고 악기를 연습하는 모습으로 보인다.

사들이 동원되었으니 가족과 단란하게 지낼 여유가 없었다. 이에 병사들의 사기를 높이기 위해 군영에 영기를 설치하여 병사들의 생리적 욕구를 해결한 것이다. 그러나 시기는 상대적으로 그다지 활성화 되지 못했다. 이 시기의 시기는 과거 유풍대로 상인이나 군인들에게 성적 서비스를 제공하거나 귀족 사대부 및 호족 집안 등에서 '헌예(獻藝)'를 했다.

44　　『漢武帝外史』: "漢武帝始置營妓, 以待軍士之無妻室者".

 멀티 엔터테이너로서의 중국 고대 기녀

위진남북조(魏晉南北朝) 시기에는 궁기가 줄어든 반면 가기가 특히 발전을 했고, 영기와 시기도 지속적으로 늘어났다. 이 시기에는 귀족 사대부나 지주, 호족, 부상들 사이에서 가기(歌妓)를 두는 것이 매우 일반화되었다. 『태평어람(太平御覽)』에서는 당시의 상황에 대해 "왕후장상(王侯將相)들은 가기(歌妓)가 집을 가득 채웠으며, 홍상거고(鴻商巨賈)들에게는 무녀(舞女)가 무리를 이루었다. 다투어 서로 크게 만들고 치열하게 쟁탈하였는데 마치 다른 사람에게 미치지 못할까 두려워하는 것 같았으니, 어느 누구도 금령(禁令)을 내리지 못했다"[45]라고 하였다. 이처럼 가기는 귀족들의 즐거움을 채워주는 도구였을 뿐 아니라 그들의 권력과 지위를 상징하는 전리품이기도 했는데, 가기를 축양하는 기풍은 한대(漢代)에 시작되어 남북조(南北朝) 시대에 극성했다. 예를 들면 진(晉)나라 사안(謝安)이 출유(出遊)할 때마다 데리고 다녔던 이른바 '동산기(東山妓)'[46]는 후세까지 명성을

〈동산휴기도(東山攜妓圖)〉

동진(東晉)의 명사 사안(謝安)이 기녀를 데리고 유람 가는 그림이다. 그는 여러 번 조정의 부름을 받았으나 병을 핑계로 거절하고 만년에 회계(會稽, 지금의 浙江 紹興) 동산(東山)에 은거하면서 기녀와 함께 시주(詩酒)로 소일하였다. 명(明)나라 곽후(郭詡)의 그림으로서, 현재 타이베이[台北] 고궁박물원(故宮博物院)에 소장되어 있다.

---

[45] 『太平御覽』: "王侯將相, 歌妓塡室. 鴻商巨賈, 舞女成群. 競相今大, 玄有爭奪, 如恐不及, 莫爲禁令".

[46] '謝妓'라고도 하는데, 『世說新語箋疏』 「識鑒」에는 "사공이 동산에서 기녀를 축양했다[謝公在東山畜妓]"는 이야기가 전해지며, 『晉書』 卷79 「謝安列傳」에도 "會稽에 거할 때, (…중략…) 매번 游賞할 때마다 반드시 기녀를 따르게 했다[寓居會稽, (…중략…) 然每游賞, 必以妓女從]"고 기록되어 있다.

날린 그의 가기들이었으며, 송(宋)나라 완전부(阮佃夫)는 "기녀가 수십 명이었는데, 금옥과 비단 장식이 궁녀도 따르지 못할 정도였다"[47]고 했으며, 양(梁)나라 서군천(徐君倩)은 "시첩이 수십 명이었는데, 모두 황금과 비취를 차고 비단옷을 끌고 다녔으며 옷의 노리개는 모두 금은이었다"[48]고 했다. 또 도간(陶侃)은 "잉첩(媵妾)이 수십 명에다 가동(家僮)이 천여 명이었으며, 진기한 보화가 천부(天府)보다 많았다"[49]고 했고, "기녀와 시첩이 방에 가득 찼다"[50]고 한 북위(北魏)의 고양왕(高陽王) 원옹(元雍)은 "동복(僮僕) 육천에 기녀가 오백 명"[51]이나 되었다. 이러한 상황은 모두 당시 가기가 극성한 상황을 설명한다.

이러한 가기는 주인의 오락적 도구로서, 그 주인은 생사여탈권도 갖고 있었다. 예를 들면 후위(後魏) 때 조창(曹彰)은 말을 기녀와 바꾸었으며,[52] 조조(曹操)나 왕개(王愷) 같은 이는 또 가기를 마음대로 죽이기까지 했다.[53] 이처럼 가기는 주인이 그 생명까지도 마음대로 할 수 있는 노예와 같은 신분이었다. 첩과도 달랐으니, 가기는 성적 서비스도 했

---

47 『宋書·恩倖傳』: "妓女數十, 金玉錦綉之飾, 宮掖不及也".

48 『南史·徐君倩傳』: "頗好聲色, 侍妾數十, 皆佩金翠, 曳羅綺, 服玩悉以金銀".

49 『晋書·陶侃傳』: "媵妾數十, 家僮千余, 奇巧宝貨, 富於天府".

50 『魏書·高陽王雍傳』: "妓侍盈房".

51 『洛陽伽藍記』卷3: "僮僕六千, 妓女五百".

52 唐 李冗의 『獨異記』 卷中에 "後魏의 曹彰은 성격이 거리낌 없었는데 우연히 駿馬를 만나 좋아하게 되었지만 그 주인이 아끼는 말이었다. 이에 彰이 '내게 美妾이 있으니 바꿀 수 있겠소? 그대가 고르시오'라고 했다. 마주는 이에 따라 한 기녀를 지목했고, 彰은 마침내 바꾸었다[后魏曹彰性倜儻, 偶逢駿馬, 愛之, 其主所惜也. 彰曰, '予有美妾可換, 惟君所選.' 馬主因指一妓, 彰遂換之]"라는 이야기가 실려 있다.

53 曹操의 한 가기는 色藝가 빼어났는데 특히 목소리가 가장 뛰어나 타의 추종을 불허했다. 그러나 성격이 좋지 않아 그녀를 없애버리려고 했지만 그녀의 목소리 때문에 주저했다. 이에 그는 美女 백 명을 뽑아 함께 훈련시키고는 그 가운데 가장 잘 하는 기녀와 비교해 보고는 마침내 그 기녀를 죽여 버렸다. 그리고 西晋의 王愷는 집안에 초청된 손님을 위하여 가기에게 피리를 연주하라고 명하였는데, 잠시 그 명을 잊어버리고 나타나지 않자 사람을 시켜 산 채로 때려죽였다고 한다.

지만 대부분은 가무 같은 예술적 재능으로 주인에게 봉사한다. 진(晉) 나라의 은중문(殷仲文)이 송무(宋武)에게 '축기(畜妓)'를 권하자 송무가 '아불해성(我不解聲, 나는 음악을 잘 알지 못한다)'이라며 거절하고 있는 것[54] 도 가기의 역할과 성격이 예술적 방면에 집중되어 있음을 알려주는 예 이다. 따라서 이러한 가기들은 중국 고대예술사에서 중요한 역할을 했 다. 가기들은 그들 시대의 가무예술을 대표하면서 통치계급의 수요를 충당했던 것이다. 그 성격이나 역할이 이러했으므로 그들은 타고난 소 양 뿐 아니라 엄격한 수련을 받았으니, 아래와 같이 석숭(石崇)이 상봉 (翔鳳) 등의 기녀를 훈련시킨 것이 대표적 예이다.

석계륜(石季倫, 석숭)의 애첩은 이름이 상봉으로서, 위(魏)나라 말기에 호 중(胡中)에서 얻었다. 당시 나이 겨우 열 살이어서 안사람에게 기르게 했다. (…중략…) 석씨의 시녀 가운데 아름답고 예쁜 자가 수천 명이었지만 상봉 이 가장 문사(文辭)로써 사랑을 받았다. 석숭은 일찍이 그녀에게 "내 백 년 뒤에는 당연히 흰 해를 가리키게 될 텐데 너와 함께 묻히고 싶다"라고 하자 "살아서 사랑하다가 죽어서 이별하는 것이 사랑 없이 사는 것보다 낫지요. 첩이 함께 묻히게 되면 이 몸도 어찌 썩겠나이까!"라고 대답했다. 이에 더욱 총애를 받았다. 석숭은 늘 용모가 아름다우면서도 비슷하게 생긴 기녀 열 명을 골라 장식과 의복의 대소를 똑같이 하여 얼핏 보면 서로 구분할 수 없 게 만들어 늘 곁에서 시중들게 했다. 상봉에게 옥을 골라 공인(工人)에게 '도룡(倒龍)' 장식의 패물을 만들게 하고, 금을 입혀 '봉관(鳳冠)'의 비녀를 만들게 하고는 옥에다 '도룡지세(倒龍之勢)'라는 글자를 새기고, 금비녀에

다 '봉황지관(鳳皇之冠)'이라는 글자를 주조하게 했다. 그리고는 소매를 묶고 들보를 돌면서 춤을 추는데 밤낮으로 이어져서 이를 "항무(恒舞)"라고 했다. 부르고 싶은 기녀가 있으면 이름을 부르지 않고 모두 패물 소리를 듣거나 비녀 색을 보았는데, 옥 소리가 경쾌한 자는 앞에 두고 비녀 색이 요염한 자는 뒤에 두고서 줄을 지어 차례로 들어오게 했다. 수십 명에게 각자 다른 향을 품게 했으니 줄지어서 떠들고 웃으면 입의 향기가 바람을 타고 날렸다. 또 침향목을 먼지 분말처럼 가루로 만들어 상아 침대 위에 뿌려 놓고는 총애하는 자에게 그것을 밟도록 했으니, 발자국이 남지 않는 자는 진주를 하사하고 발자국이 남는 자는 그 음식을 절제하여 몸을 날씬하게 만들도록 했다. 따라서 규중(閨中)에서는 서로 놀리며 "너는 날씬한 몸매가 아니라서 그 많은 진주들도 못 얻겠네"라고 했다.[55]

석숭은 거부로서 금곡원(金谷園)이라는 별장을 지어놓고 늘 문인묵객들과 어울린 한량이다. 그는 수많은 가기 중에서 이처럼 상봉을 총애했는데, 그것은 그녀의 문학적 소양과 심성 때문인 듯하다. 상봉을 비롯한 석숭의 가기들은 어려서부터 직접 가무를 지도받았을 뿐 아니라 몸매를 가꾸고 춤추는 자태도 교육받았다. 따라서 이러한 가기의 가무는 당시의 예술 수준을 대표한다고 할 수 있을 것인데, 이것은 악

---

55 王嘉,『拾遺記·晉時事』:"石季倫愛妾名翔鳳, 魏末於胡中得之, 年始十歲, 使房內養之. (…중략…) 石氏侍人, 美艷者數千人, 翔鳳最以文辭擅愛. 石崇嘗語之曰, "吾百年之後, 當指白日, 以汝爲殉." 答曰, "生愛死離, 不如無愛, 妾得爲殉, 身其何朽!" 於是彌見寵愛. 崇常擇美容姿相類者十人, 裝飾衣服大小一等, 使忽視不相分別, 常侍於側. 使翔鳳調玉以付工人, 爲倒龍之佩, 縈金爲鳳冠之釵, 言刻玉爲倒龍之勢, 鑄金釵象鳳皇之冠. 結袖繞楹而舞, 晝夜相接, 謂之'恒舞'. 欲有所召, 不呼姓名, 悉聽佩聲, 視釵色, 玉聲輕者居前, 金色艷者居后, 以爲行次而進也. 使數十人各含異香, 行而語笑, 則口气從風而揚. 又屑沉水之香, 如塵末, 布象床上, 使所愛者踐之. 無迹者賜以眞珠百琲, 有迹者節其飮食, 令身輕弱. 故閨中相戲曰, "爾非細骨輕軀, 那得百琲眞珠?"

〈금곡원도(金谷園圖)〉

석숭(石崇)이 금곡원(金谷園)에서 가기(家妓) 녹주(綠珠)가 부는 퉁소를 들으며 즐기는 광경을 묘사한 그림이다. 청(淸)나라 화엽(華嵒)의 그림으로서 상해박물관(上海博物館)에 소장되어 있다.

기연주에서도 마찬가지였다. 한무제 때 장건(張騫)이 서역에서 '호악(胡樂)'을 들여온 이후 악기 연주에 뛰어난 가기들도 많아졌으니 송윤(宋閏) 같은 고취기(鼓吹妓)"[56]를 비롯하여 공후기(箜篌妓), 비파기(琵琶妓) 등이 출현했다. 가무와 악기에 모두 능한 기녀도 있었으니, 북위(北魏)의 "미인 서월화(徐月華)는 공후(箜篌)를 잘 탔고, 〈명비출새(明妃出塞)〉라는 노래에 뛰어났다. (…중략…) 집이 청양문(靑陽門) 근처였는데, 서월화가 공후를 타면서 노래를 부르면 애절한 노래 소리가 구름까지 들어갈 정도여서 행인들이 멈춰 서서 듣느라 저잣거리를 이루었다"[57]라고 했다.

위진남북조 시기는 중앙집권적 권력이 약하여 궁기의 규모는 진한 시기와 비교가 되지 않을 정도로 쇠락하였다. 그러나 없어질 수는 없었으니, "술을 앞에 놓고 노래를 부르노니 인생은 얼마나 되겠는가?"[58]라고 탄식한 위무제(魏武帝) 조조(曹操)는 방중술을 이용한 불로장생을 추구했다고 알려졌는데, "창우가 곁에서 늘 저녁때까지 머물렀다"[59]고 했다. 위진남북조 시기의 영기제도는 한대와 크게 다를 바 없었으니, 조조는 전공을 세운 하후돈(夏侯惇)에게 '기악명창(妓樂名倡)'을 하사했다는 기록[60]이 있다.

이 시기에는 시기들도 많아지기 시작했다. 북방에서는 시기들이 영업하는 기원도 있었으니, 당시의 구자(龜玆)나 전(闐) 등지에는 "여시(女市, 妓院)를 설치하고, 남자전(男子錢, 매춘 돈)을 거두어 관에 넣었다"[61]고 했다. 개인적으로 영업하는 시기도 남조(南朝) 강남(江南) 일대의 번화

---

56   『後漢書』卷72「濟南安王康傳」.

57   『洛陽伽藍記』卷3 : "美人徐月華善彈箜篌, 能爲「明妃出塞」之曲歌, 聞者莫不動容. 永安中, 與衛將軍原士康爲側室. 宅近靑陽門, 徐鼓箜篌而歌, 哀聲入雲, 行路聽者, 俄而成市".

58   曹操,「短歌行」: "對酒當歌, 人生幾何?"

59   『曹瞞傳』: "倡優在側, 常日以達夕".

60   『魏志』: "夏侯惇은 太祖를 따라 孫權을 정벌하고 돌아왔는데, 淳都督의 二十六軍으로 하여금 巢에 머물게 하고 妓樂과 名倡을 하사했다[夏侯惇從太祖征孫權還, 使淳都督二十六軍, 留居巢, 賜妓樂名倡]".

61   『魏書・西域傳・龜玆國』: "置女市, 收男子錢入官".

한 성시 속에서 서서히 번성하기 시작한다. 이것은 『옥대신영(玉臺新咏)』과 『악부시집(樂府詩集)』의 여러 시에 반영되어 있다. 예를 들면 "아침에 양양성(襄陽城)을 출발하여 저녁에 대제(大堤)[62]에서 묵게 되었네. 대제의 여러 여자들은 꽃처럼 요염하여 남자의 눈을 놀라게 하네"[63]라는 시에서 당시 이 지역 시기가 매우 번성했음을 짐작할 수 있다. 또 "계정(鷄亭)에 옛사람은 가고 구리(九里)에 새사람이 돌아왔네. 하나를 보내고 둘을 맞이하니 잠시도 한가할 틈이 없구나"[64]라는 시구에서 당시 손님을 맞이하는 상황을 짐작할 수 있다. 더욱 주목할 만한 것은 "밤에 눈서리를 무릅쓰고 왔다가 새벽에 풍파를 헤치며 가네. 비록 작은 정을 풀긴 했지만 이 몸이 얼마나 고단한지!"[65]라는 시인데, 이 시에서는 손님에게 불려가 시침한 기녀의 고단함을 엿볼 수 있다. 이 손님은 당시의 관료 귀족들로서 이들도 기원을 찾았음을 알게 하는데, 양(梁)나라 간문제(簡文帝)의 "검은 소 붉은 바퀴의 칠향거(七香車)[66]를 타고서 가련케도 오늘 밤은 창가(娼家)에서 묵는다. 창가의 높은 나무에 새도 둥지를 틀려고 하니, 비단 휘장 아래 비취색 이불을 그대에게 덮어준다"[67]는 시를 보면 황제도 기원에서 숙박하고 있다. 남조의 심약(沈約)은 "남은 입술 흔적 아직도 따듯하고 남은 분내 여전히 짙구나. 어제 저녁 어디서 잤던고? 오늘 새벽에 이슬로 털어내고 돌아가야겠네"[68]라고 하였으니 기원에서 자고나온 사대부의 익살스러운 표현이 눈에 띤다.

---

62 지금의 湖北省 襄陽縣에 있는 제방 이름.
63 「襄陽樂」: "朝發襄陽城, 暮至大堤宿. 大堤諸女兒, 花艶驚郎目".
64 「潯陽樂」: "鷄亭故人去, 九里新人還. 送一却迎兩, 無有暫時閑".
65 「夜度娘」: "夜來冒霜雪, 晨去履風波. 雖有叙微情, 奈儂身何苦?"
66 여러 香木으로 만든 화려한 수레.
67 梁 簡文帝, 「烏栖曲」: "靑牛丹轂七香車, 可憐今夜宿娼家. 娼家高樹鳥欲栖, 羅帷翠被任君低".
68 沈約, 「早行逢故人車中爲贈」: "殘朱犹暖暖, 余粉尙霏霏. 昨宵何處宿, 今晨拂露歸".

당시 기원을 찾는 손님은 앞서 언급한 "성중제소년(城中諸少年)"과 관료, 귀족 외에 상인들도 많았다. 상인들은 교통이 발달하여 유동 인구가 많은 장강(長江) 유역의 성시에 모여들었고, 자연히 시기들도 이들을 주요 고객으로 삼았다. 이에 따라 후세까지 제법 명성을 날린 기녀들도 등장하기 시작했는데, 남송(南宋)의 요옥경(姚玉京)과 남제(南齊)의 소소소(蘇小小)가 대표적이다. 요옥경은 지조가 높고 문재가 남달라 후세까지 칭송되며,[69] '전당명창(錢塘名娼)' 소소소는 기녀 생활의 애환과 진정한 사랑에 대한 염원을 담은 「서릉가(西陵歌)」를 지었는데, 다음과 같다.

妾乘油壁車,	첩은 유벽거(油壁車)를 타고 있고,
郎騎靑驄馬.	그대는 청총마(靑驄馬)를 타고 있으니,
何處結同心?	어디서 동심결을 맺을까?
西陵松柏下.	서릉(西陵)의 송백나무 아래겠지.[70]

이 시는 「소소소가(蘇小小歌)」라는 이름으로 『옥대신영』에 실려 있는데, 중국문학사상 기녀의 이름을 내건 최초의 기녀시로 전해진다. 이 시에 등장하는 소소소의 '그대'는 완욱(阮郁)이라는 사대부로서, 두 사람은 사랑하면서도 헤어질 수밖에 없는 비극적 사랑을 했다고 전해진다. '서릉(西陵)'은 지금의 항주(杭州)에 있는 서랭교(西冷橋)로 소소소는 죽은 후에 여기에 묻혔다고 한다. 이루어질 수 없는 사랑에 대한 애절함이 단순하면서도 직설적으로 표현되어 있는 이 시는 소소소를 후

---

69   梅禹金, 『靑泥蓮花記』 참고.
70   『玉臺新詠』 「蘇小小歌」. '유벽거'는 칸막이벽에 기름칠을 한 수레를 말하고, '청총마'는 검은색과 흰색이 섞인 명마를 일컫는다.

<소소소(蘇小小)>(明 仇英, <千秋絕艷圖>)와 <소소소묘(蘇小小墓)>
<천추절염도(千秋絕艷圖)>는 6m가 넘는 긴 비단 위에 진한(秦漢)부터 명대(明代) 사이의 유명 여인 70명을 그린 그림이다. 위의 그림은 그 가운데 일부로서, 기법이나 기타 그림으로 보아 명나라 구영(仇英)의 그림으로 여기고 있는데, 현재 중국역사박물관(中國歷史博物館)에 소장되어 있다. 소소소는 사후 항주(杭州) 서호(西湖) 서랭교(西泠橋) 근처에 묻혔는데, 1964년 12월에 훼손된 이후 한동안 방치되었다가 2004년 시 정부가 이처럼 복원하였다.

대까지 명성을 떨치게 만들었다. 당(唐)나라 시인 이하(李賀)가 그녀의 묘를 지나다가 읊은 「소소소묘(蘇小小墓)」를 비롯하여 후대 수많은 문인들이 그녀를 노래했다. 이러한 기녀의 시에서 수당(隋唐) 이후 멀티 엔터테이너로 활약하는 기녀의 단초를 발견할 수 있다.

이상으로 중국 고대 기녀의 기원과 선진시대부터 위진남북조시대까지 기녀의 역사적 변천 과정을 살펴보았다. 서양의 '성창'처럼 종교적 기능과 역할을 했던 '무창'에서 '헌예' 위주의 '여악'과 '창우'가 전체적으로 이 시기 기녀의 특징을 이루고 있다. 앞서 '색예겸중'으로 성격

을 규정한 당·송·원 기녀의 '예'는 전적으로 이 시기 기녀의 유산이
라고 할 수 있는 것이다. 가수로서, 무용가로서, 악기연주가로서, 배우
로서 중국 고대 문예계의 '연예'를 총괄한 멀티 엔터테이너로서의 기녀
는 이러한 과정에서 탄생된 것이다.

제2장

멀티 엔터테이너

―당대(唐代) 기녀

당대(唐代)는 정치·사회적으로 가장 번성한 시기였을 뿐 아니라 문학·예술적으로도 찬란한 꽃을 피웠던 시기이다. 특히 '당시(唐詩)'가 하나의 고유명사가 될 정도로 시의 황금기였다. 이 시기 기녀는 이러한 문학예술을 매개하고 보조하는 멀티 엔터테이너로서의 독특한 위치를 확보하고 있다. 가무 예술을 위주로 하는 '예기(藝妓)'가 시대적 분위기와 함께 크게 흥성했을 뿐 아니라 문인과 교감하며 직접 시문을 수작(酬酌)하던 '문기(文妓)', 즉 기녀문인(妓女文人)의 등장은 당대 기녀문화의 가장 핵심이라고 할 수 있다.

당대는 사대부문화가 꽃을 피웠고, 또 이들 사대부의 의식과 사고를 반영하는 시문 같은 정통 문학이 극성했던 시기이다. 이러한 당대의 사회 문화적 분위기는 기녀들을 사대부 문화 속으로 끌어들여 그들 문화의 주체자로 동참시켰다. 당시의 상황을 종합적으로 고려해 볼 때 기녀는 지식인 사회에 합류하여 그 문화를 창조하고 매개한 존재가 되었던 것이다. 그래서 저자는 당시 기녀에 대한 전반적 이해를 바탕으로 사대부 문인과의 관계, 상호 교류, 그리고 양자의 교감 등을 고찰하고자 한다. 이러한 작업은 당시 문화의 창조자이자 매개자로서의 기녀의 역할을 밝혀보고자 하는 것인데, 기녀 입장에서 접대부라는 왜곡된 이미지를 벗고 사대부 문인과 동등한 문화의 주도자로 인정받을 수 있을 것으로 기대한다.

1. 당대 기녀문화와 멀티 엔터테이너로서의 소양

당대 기녀 역시 일반적으로 궁기, 관기, 영기, 가기, 시기 등으로 분류한다. 궁기는 궁정에 거주하면서 황제의 성적 욕구를 만족시키는 궁녀와 '헌예(獻藝)'를 위주로 하는 교방(敎坊) 소속의 가무예인(歌舞藝人)을 포괄한다. 그리고 관기는 각급 관리들이 점유하는 기녀를 말하며, 영기는 각 지방 관부나 군진(軍鎭)에서 설치한 '영서(營署)'나 '악영(樂營)'에 소속된 관기를 포함하여 군대나 군사기구가 장악하여 무장이나 군인을 위해 봉사하는 기녀를 말한다. 또 가기는 귀족관료나 부상들이 개인적 욕구와 오락을 위해 집안에 두는 기녀를 말하며, 시기는 악적(樂籍) 없이 매소(賣笑)로써 생계를 잇는 기녀를 말한다. 이렇게 볼 때 전 삼자는 국가 소유의 관비(官婢)와 비슷한 신분이며, 가기는 가비(家婢)와 같은 처지이고, 시기는 민간 기원(妓院)의 직업적 여성이다.

궁기는 이전 시대부터 대규모로 존재했는데, 당조(唐朝)의 기틀을 다졌던 수(隋)나라의 상황을 통해 당대의 상황도 짐작할 수 있으니, 다음은 수양제(隋煬帝) 때의 기록이다.

매년 정월이면 만국에서 조공을 바치러 오는데 보름간 머물렀고, 단문(端門, 남문) 밖 건국문(建國門) 안에 팔리나 이어 희장(戲場)이 늘어선다. 백관(百官)들은 길을 끼고 붕(棚)을 세워놓고는 해질 무렵부터 새벽까지 마음껏 구경을 하다가 깜깜해져서야 파했다. 기인(伎人)들은 모두 화려한 비단옷을 입었고, 그 가무하는 사람들은 대부분 여자 옷을 입었다. 패옥 소리를 울리며 깃털 꽂으로 장식한 사람이 거의 삼만 명이었다. (…중략…) 사치스러운 기물과 화려한 의복을 좋아하여 모두 비취구슬, 금은, 자수 융단, 희귀 비단 등을 사용하여 그 운영비만 억만의 거금이었다. (…중략…) 금석포혁(金石匏革) 등의 악기 소리가 수십 리 밖까지 들렸다. 관현악기를 연주하는 사람이 일만 팔천 명이었고, 횃불이 늘어서 불이 천지를 밝혔다. 백희(百戲)의 성대함은 옛날과 비길 수 없었으니, 이로부터 매년 정례화 되었다.[1]

수양제는 또 당대 기녀제도의 중요한 핵심인 교방악무제도(敎坊樂舞制度)를 처음으로 창시한 황제인데, 그는 이처럼 궁기를 이용하여 국력을 과시했던 것이다. 이 글에 등장하는 '희장'에서의 공연이나 가무, 악기 연주, 백희 등의 퍼포먼스는 모두 기녀들이 담당했으니, 기녀의 역

---

1   『隋書·音樂志下』: "每歲正月, 萬國來朝, 留至十五日, 于端門外, 建國門內, 綿亘八里, 列爲戲場. 百官起擁夾道, 從昏達旦, 以縱觀之, 至晦而罷. 伎人皆錦綉繪彩, 其歌舞者多爲婦人服. 鳴環佩, 飾以花毦者, 殆三萬人. (…중략…) 崇奢侈器玩, 盛飾衣服, 皆用珠翠金銀錦罽希綉, 其營費巨亿萬 (…중략…) 金石匏革之聲, 聞數十里外. 彈弦, 奏管以上, 一萬八千人, 大列炬火, 火燭天地. 百戲之盛, 振古無比. 自此每年以爲常焉".

당대 궁궐 여인들의 연회 모습으로 차를 마시고 주령(酒令)을 하고 있는 여인들은 비빈(妃嬪)들로 보이며, 악기 연주를 하는 네 사람과 서 있는 두 사람은 궁기(宮妓)와 시녀(侍女)로 보인다. 연주하는 악기는 오른쪽부터 차례로 필율(篳篥), 비파(琵琶), 고쟁(古箏)과 생(笙)이며, 서 있는 시녀 가운데 한 명은 아판(牙板)을 두드리면서 박자를 맞추고 있다. 이 그림에서 당대 궁기(宮妓) 모습을 상상할 수 있다. 현재 타이베이[台北] 고궁박물원(故宮博物院)에 소장되어 있다.

할이 점점 다채로워지고 있음을 알 수 있다.

당대에도 궁기의 흥성은 수나라 못지않았으니, 사서의 기록에 따르면 당 태종(太宗) 무덕(武德) 연간에 궁녀가 3,000명이었고, 현종(玄宗)은 "궁녀팔천인(宮女八千人)"에 "후궁가려삼천인(後宮佳麗三千人)"이라 했다. 당나라의 궁기제도는 수나라를 따라 교방제도를 시행했으니, 무덕 연간에 교방을 설치하였고, 현종 때는 교방예인이 11,409명에 달했다. 교방의 여예인들은 '색예(色藝)'의 고하에 따라 '내인(內人)', '궁인(宮人)' 등의 여러 등급으로 나뉘었다. 현종 이후에 국력이 쇠하면서 교방 기녀의 수가 줄어들긴 했지만 여전히 활발하게 유지되었다. 이 시기에 현종은 또 갖가지 재주가 빼어난 궁기들을 모아 이원(梨園)을 만들었으니, 『신당서(新唐書)』에는 "현종은 음률을 잘 알았을 뿐 아니라 법곡(法曲)을 매우 좋아하여 좌부기자제(坐部伎子弟) 삼백 명을 뽑아 이원에서 가르쳤다. 소리에 틀린 부분이 있으면 황제가 반드시 그것을 알고 바로잡아 주었으므로 황제이원제자(皇帝梨園弟子)라고 불렀다. 궁녀 수백 명도 이원제자가 되었는데, 의춘북원(宜春北院)에 거주하였다"[2] 라고 했다. 이러한 '이원기(梨園妓)'는 '교방기(敎坊妓)'와는 달랐으니, 교방기는 가무 공연에 치중하고, 이원기는 기악 연주를 위주로 한다. 이원은 일종의 황가악대(皇家樂隊)로서 유지비가 많이 들었으므로 대종(代宗)의 대력(大曆) 14년에 해산되었다.

궁정의 이러한 풍조는 귀족 관료는 물론 일반 사인들에게까지 영향을 미쳐 당나라 사회에는 이른바 기녀문화가 형성되었다. 관부의 영송(迎送) 의식이나 관리들의 모임, 산수유람 등에 모두 기악(妓樂)이 동원되었고, 이에 따라 각급 관부에 예속된 방대한 기녀 군단, 즉 '관기'가 형성되었으니, "여러 도(道)의 방진(方鎭)을 살펴보니 아래로 주현(州縣)의 군진(軍鎭)에 이르기까지 모두 음악을 설치하여 오락용으로 삼았다"[3] 라고 했다. 여기의 '음악'은 관기로 구성된 예술단을 일컫는다.

당대 영기는 군진의 악영(樂營)에 예속되어 있으므로 '영적기(營籍妓)', '악영기인(樂營妓人)', '악영자녀(樂營子女)' 등으로도 불린다. 이들은 군진의 악영에 거주하면서 '영장(營將)'이나 '악장(樂將)'의 감독을 받는데, 마음대로 외출하거나 손님을 받을 수는 없지만 또 그다지 엄하지는 않았다. 당나라의 가장 유명한 영기인 성도(成都)의 설도(薛濤)는 15세 때 사천(四川)을 진수(鎭守)하던 위고(韋皐)에게 불려가 시주부시(侍酒賦詩)하

---

2   『新唐書・禮樂志』: "玄宗旣知音律, 又酷愛法曲, 選坐部伎子弟三百, 敎於梨園. 聲有誤者, 帝必覺而改之, 號皇帝梨園弟子. 宮女數百, 亦爲梨園弟子, 居宜春北院".

3   『唐會要』卷34: "寶歷二年, (…중략…) 伏見諸道方鎭, 下至州縣軍鎭, 皆置音樂以爲歡娛".

<센락도(行樂圖)>

장대천(張大千)의 당대(唐代) 인물풍속화로서, 사대부 귀족이 곱게 단장
한 기녀들에 둘러 싸여 행락하는 모습이 표현되어 있다.

여 매우 총애를 받았다. 이 외에도 설도는 백거이(白居易), 원진(元稹), 영
호초(令狐楚), 장호(張祜), 유우석(劉禹錫), 배도(裴度), 우승유(牛僧孺) 등의
문인 사대부와 교류하며 수창(酬唱)하였다. 원래 영기의 주요 임무는
군중 병사들에게 음락(淫樂)을 제공하는 것이었지만 이 시기의 영기는
지방 관기와 비슷해졌고 서로 역할을 교환하기도 하였다.

당나라의 도시경제가 번영하면서 시기도 함께 성장하였는데, 노조
린(盧照鄰)의 「장안고도(長安古道)」에서 그 일단을 엿볼 수 있다.

妖童寶馬鐵連錢,　　요동(妖童)의 보마(寶馬)는 검은 동전 무늬가 이어져 있고,

娼婦盤龍金屈膝.　　창부(娼婦)의 용비녀는 금빛 고리가 굽이치네.

(…중략…)

俱邀俠客芙蓉劍,　　부용검(芙蓉劍)을 찬 협객(俠客)들이 모여드니,

共宿娼家桃李蹊.　　함께 잠을 자는 창가(娼家)는 도리(桃李) 밭에 길이 나듯 붐빈다.

娼家日暮紫羅裙,　　창가에 날 저무니 자줏빛 비단 치마 나풀거리고,

淸歌一囀口氛氳.　　맑은 노래자락 퍼지며 입 향기 자욱하다.

北堂夜夜人如月,　　북당(北堂)에는 밤마다 달 같은 사람들 모여 있고,

南陌朝朝騎似雲.　　남쪽 거리에는 아침마다 구름처럼 말을 몬다.

(…중략…)

羅襦寶帶爲君解,　　그대 위해 비단 조끼와 보석 혁대를 풀고,

燕歌趙舞爲君開.　　그대 위해 연(燕)나라와 조(趙)나라의 가무를 펼치노라.

이 시는 당나라 수도인 장안성(長安城)의 시기 생활을 생동적으로 묘사하고 있는데, 성당(盛唐) 시기에는 시기들이 어느 정도 규모를 유지하였을 뿐 아니라 '거관접객(居館接客)'과 '응소출국(應召出局)'이라는 두 가지 접대방식이 형성되었다. 『개원천보유사(開元天寶遺事)』에는 "장안에는 평강방(平康坊)이 있는데, 기녀들이 거주하는 곳이다. 경도(京都)의 협객과 청년들이 이곳에 모여들 뿐 아니라 매년 새로운 진사(進士)들도 홍전명지(紅箋名紙, 과거급제 통보지)를 가지고 이곳으로 놀러오니 당시 사람들은 방(坊)을 풍류가 모이는 곳이라고 불렀다"[4] 라고 하였는데, 장안 시기와 기원의 규모가 대단했음을 알 수 있다. 이처럼 당나라의 선

비들은 일단 과거에 급제하면 '종주압기(縱酒狎妓)'하는 것이 일반적이 었는데, 시기들도 이러한 풍류재자를 접대하는 것을 즐겼으니, 그들의 풍류재정을 흠모했기 때문이기도 하고 또 접대비를 두둑이 받을 수 있기 때문이기도 했다.

장안 이외의 여러 도시들도 크게 다르지 않았는데, 양주(揚州)는 특히 기녀가 발달하여 많은 문인묵객들의 시문에 오르내렸다. 우업(于鄴)의 『양주몽기(揚州夢記)』에는 "양주는 빼어난 곳이다. 성에 저녁이 되면 창루(娼樓) 위에는 늘 비단 등이 수없이 내걸려 휘황찬란하게 공중을 밝힌다. (…중략…) 구리에 걸친 삼십여 길거리에 진주와 비취로 치장한 여인들이 가득 찼으니, 마치 선경(仙境)처럼 아득하였다"[5] 라고 했고, 장적(張籍)의 「강남곡(江南曲)」에는 "창루의 양쪽 언덕에는 수책(水柵)이 걸려 있는데, 밤이 되자 〈죽지(竹枝)〉를 노래하여 북객(北客)을 붙잡는다. 강남의 풍토는 즐거운 곳이 많으니, 유유히 곳곳마다 다 지나가보노라"[6] 라고 했으며, 왕건(王建)의 「야간양주시(夜看揚州市)」에도 "야시(夜市)의 수없는 등불이 푸른 구름을 비추고, 높은 누대의 붉은 소매 자락(기녀)에 손님들 들끓는다. 지금은 시대가 태평한 날이 아닌데도 생가(笙歌)가 새벽까지 들려온다"[7] 라고 했다. 장호(張祜)는 「종유회남(縱游淮南)」에서 다음과 같이 극언하고 있다.

十里長街市井連, 십리장가(十里長街)에 시정(市井)이 이어져 있고,

---

4   『開元天寶遺事』：“長安有平康坊, 妓女所居之地. 京都俠少萃集于此, 兼每年新進士以紅箋名紙游謁其中, 時人謂此坊爲風流藪澤”.

5   于鄴, 『揚州夢記』：“揚州, 勝地也. 每重城向夕, 娼樓之上, 常有絳紗燈萬數, 輝羅耀列空中, (…중략…) 九里三十步街中, 珠翠塡咽, 邈若仙境”.

6   張籍, 「江南曲」：“娼樓兩岸懸水柵, 夜唱竹枝留北客. 江南風土歡樂多, 悠悠處處盡經過”.

7   王建, 「夜看揚州市」：“夜市千燈照碧雲, 高樓紅袖客紛紛. 如今不是時平日, 猶自笙歌徹曉聞”.

月明橋上看神仙. 월명교(月明橋) 위에서 신선 같은 기녀들을 구경한다.

人生只合揚州死, 사람이 살다가 단지 양주(揚州)에서만 죽어도 괜찮을 터,

禪智山光好墓田. 선지산(禪智山, 江都縣 서쪽의 蜀岡)의 빛을 보면 묘 터로도 좋으리니.[8]

이상은 모두 양주 지역 시기의 번영 양상을 반영하고 있다.

이어지는 오대(五代)도 '십국(十國)'으로 분열된 혼란한 시대였지만 기업(妓業)은 여전히 왕성하였다. 이 때의 궁기는 당나라 제도를 계승하였으며, 규모는 축소되었지만 그 성황은 당나라 못지않았다. 전촉(前蜀)의 궁기는 교방 중심이었는데, 당시 궁녀의 생활을 묘사한 100수의 「궁사(宮詞)」를 지은 왕건(王建)은 "청루(青樓)의 소부(小婦)들은 매끈한 비단치마를 끌고 다니는데, 늘 명부에 이름이 오르면 교방에 들어간다. 봄이 되면 궁전 앞에 자주 대무(隊舞)을 펼치니, 붕두(朋頭, 악장)는 각자 의상을 준비하라 이른다"[9] 라고 하였다. 후당(後唐)의 장종(莊宗)은 궁중에 교방을 설립하여 기악(妓樂)으로써 빈객을 접대하곤 했는데, 또 일찍이 업(鄴) 지방을 행차했을 때 "업의 미녀 수천 명을 뽑아 후궁으로 충당하였다"[10]고 했다. 후촉(後蜀)의 임금 맹창(孟昶)은 "공놀이와 승마를 좋아했으며, 또 방사(方士)의 방중술(房中術)을 하였으니, 대부분 양가의 자식들을 뽑아서 후궁으로 채웠다"[11]라고 하였다. 이에 "민간에서는 뽑혀갈까 두려워 모두 시집보낼 궁리를 짜냈는데, 이를 '경혼(驚婚)'이라고 불렀다"[12]고 하였다. 오대의 관기와 영기들도 당대와 다르지 않았으

---

8   張祜, 「縱游淮南」.
9   王建, 「宮詞」: "青樓小婦硏裙長, 總被抄名入敎坊. 春設殿前多隊舞, 朋頭各自請衣裳".
10   『新五代史·伶官傳』: "采鄴美女數千人以充後宮".
11   『新五代史·後蜀世家第四』: "昶好打球走馬, 又爲方士房中之術, 多采良家子以充後宮".

〈왕촉궁기도(王蜀宮妓圖)〉
명(明)나라 당인(唐寅)의 그림으로, 오대(五代) 전촉(前蜀)의 후주(後主) 왕연(王衍)의 후궁고사(後宮故事)를 근거로 그린 것이다. 그림 속의 궁기(宮妓)들은 임금을 받들 준비를 하고 있는 것으로 보이는데, 복장과 머리장식이 화려하며, 얼굴 화장도 한 것으로 보인다.

니, 명기 전전(轉轉)과 후소사(侯小師)는 각각 후당(後唐)과 후진(後晋)의 관기였고, 전쟁이 잦았던 덕분에 영기도 성황이었다. 시기는 당대에 미치지 못하였지만 또 가기를 두는 풍속은 여전하였다. 예를 들면 후촉(後蜀)의 이호(李昊)는 "사치가 특히 심하여 비단 옷을 끌고 다니는 후당의 기첩(妓妾)이 수백 명이었다"[13]라고 하였으며, 남당(南唐)의 유승훈(劉承勛)은 "수백 명을 축기(蓄妓)했으니, 매번 기녀를 들일 때마다 가격이 수십만을 넘었으며, 기예를 가르치느라 또 수십만을 썼다"[14]라고 하였다. 남당은 이러한 풍조가 특히 심했으니, 〈한희재야연도(韓熙載夜宴圖)〉로 유명한 한희재(韓熙載)는 "그 재산이 파산될 정도로 기악(妓樂)을 사들여

12　『五國故事・後蜀孟昶』: "民間懼其搜選, 皆力求謀伐而嫁之, 謂之驚婚焉".
13　吳任臣, 『十國春秋』, 中華書局, 1983, 774쪽: "奢侈尤甚, 後堂妓妾曳羅綺數百人".
14　吳任臣, 『十國春秋』, 中華書局, 1983, 443쪽: "蓄妓數百人, 每置一妓, 價盈數十萬, 教以藝, 又費數十萬".

〈한희재야연도(韓熙載夜宴圖)〉 일부

중국십대전세명화(中國十大傳世名畫)로 평가받는 이 그림은 오대(五代) 남당(南唐)의 권신(權臣) 한희재(韓熙載)가 집에서 야연(夜宴)을 펼치는 광경을 묘사한 것이다. 이 그림에는 기녀들의 악기 연주와 춤은 물론 휴식하면서 웃고 즐기는 광경도 표현되어 있어서 당송(唐宋) 기녀문화의 일면을 가장 잘 확인할 수 있는 자료이다. 이 그림은 궁정화가(宮廷畫家) 고굉중(顧閎中)이 남당(南唐)의 후주(後主) 이욱(李煜)의 명을 받고 그린 그림으로 알려져 있다. 이욱은 한희재의 정치적 야심을 의심하여 고굉중에게 염탐하고 그림을 그려오도록 했다. 이를 눈치 챈 한희재는 일부러 흥청망청 밤마다 연회를 베풀며 정치에 무관심함을 보여주었고, 이욱은 이 그림을 보고 한동안 안심했다고 한다. 현재 북경고궁박물원(北京故宮博物院)에 소장되어 있다.

거의 수백 명에 이르렀으니, 매일 함께 거침없이 즐겼다"[15]고 했다.

이들이 기녀로 전락하는 과정을 보면 주로 그들의 험난한 인생역정과 무관치 않다. 궁기는 아포사(阿布思)의 처나 오원제(吳元濟)의 가기 심아시(沈阿翹)처럼 죄인의 식솔인 경우와 허영신(許永新)이나 설경경(薛瓊瓊)처럼 민간의 악호(樂戶)나 창우(倡優)가 선발되는 경우도 있으며, 장홍홍(張紅紅)처럼 신하나 번장(藩將)이 진상한 경우도 있다.[16] 또 민간의 양가녀(良家女)가 궁기로 선발되는 경우도 있는데, 『교방기(敎坊記)』에서 말한 "평민의 딸 가운데 외모로써 선발되어 입궁한 자"[17]로서, "때때로 교방에서는 갑자기 밀지를 받들어 양가녀 및 명문 귀족 별채의 기녀를 데리고 갔으니, 온 장안이 떠들썩하였다"[18]고 했다. 관기나 영기가

---

15   黃朝英, 『緗素雜記』 卷10 : "破其財貨, 售集妓樂, 迨數百人, 日與荒樂".
16   이상 각 『新唐書』 卷813의 「諸帝公主列傳」; 蘇鶚의 『杜陽雜編』 卷中; 『樂府雜錄·歌』 (「許永新」, 「張紅紅」); 『靑樓小名綠』 참고.
17   『敎坊記』 : "平人女以容色選入內者".

되는 경로도 크게 다르지 않는데, 죄인 집안의 가속이나 세습악적(世襲樂籍)을 비롯하여 "본래 장안의 양가녀였으나 아버지의 벼슬을 따라 촉중(蜀中)을 유랑하다가 마침내 악적(樂籍)에 들게 되었다"[19]는 설도처럼 집안의 파탄 때문에 풍진으로 떨어진 경우도 적지 않다. 가기는 노륜(盧綸)의 「연석부득요미인박쟁가(宴席賦得姚美人拍箏歌)」에 등장하는 요미인(姚美人)이나 유언사(劉言史)의 「증진장사기(贈陳長史妓)」에 등장하는 진장사기(陳長史妓)처럼 황제가 하사한 경우도 있고, 이장군(李將軍)이 한굉(韓翃)에게 증정한 류씨(柳氏)나 이원(李愿)이 두목(杜牧)에게 증정한 최자운(崔紫雲)과 같이 물건처럼 증정된 경우도 있으며,[20] 그밖에 매매나 교환, 또는 재색을 지닌 노비 중에서 선발한 경우도 있다.[21] 당대에는 관료나 귀족들은 물론이고 문인이나 부상들도 기악(妓樂)을 두는 풍조가 만연했는데, 『채소지(釵小志)』에 따르면 당신왕(唐申王)은 매년 겨울이 되면 자기 주위로 기녀를 둘러싸게 하여 추위를 막았으니 이를 '기위(妓圍)'라고 했으며, 『개원천보유사(開元天寶遺事)』에는 기왕(岐王)이 겨울이면 불을 쬐는 대신 기녀의 품속에서 손을 녹이는 이른바 '난수(暖手)' 고사가 실려 있다. 이로써 볼 때 집안에 둔 기녀의 수도 매우 많았을 뿐 아니라 노비처럼 천대받았음을 알 수 있다. 이처럼 기녀로 전락한 요인은 권력에 의한 강제, 악적가정(樂籍家庭) 출신의 운명적인

18 　『舊唐書』卷164「李絳傳」: "時敎坊忽稱密旨, 取良家女及衣冠別第妓女, 京師囂然".
19 　『全唐詩』卷803 : "本長安良家女. 隨父宦, 流落蜀中, 遂入樂籍".
20 　이상 각『全唐詩』卷277;『全唐詩』卷468;『本事詩・情感』;『全唐詩』卷800 참고.
21 　이러한 예는 白居易의 시에 자주 보이는데, 매매의 경우는 白居易의 「有感」第2首(『全唐詩』卷444)에서, 교환의 경우는 裵度가 말을 白居易에게 증정하면서 그의 歌妓와 바꾸고 싶다는 뜻을 전하자 白居易가 거절의 뜻을 전한 「酬裵令公贈馬相戱」(『全唐詩』卷457)에서 그 대체적 상황을 짐작할 수 있다. 또 白居易는 刑部侍郎 때 官屬이 正四品이어서 규정에 따라 세 명만 蓄妓할 수 있었으나 樊素와 小蠻, 春草 외에도 노비로써 기녀를 충당하였다.

예속, 생계를 위한 불가피한 선택 등으로 대별할 수 있는데, 이것에서 그들의 낮은 지위와 비참한 인생역정을 짐작할 수 있다.

또 기녀의 수요가 넘쳤던 당대의 사회 풍조도 이들을 기녀로 전락시키는 한 요인이었다. 당시 상인 부호나 문인 관료들이 기원을 출입하거나 연회에 기녀를 불러서 여흥을 즐기는 것은 매우 보편적인 풍속이었다. 그래서 장단의(張端義)도 "한(漢)나라 사람들은 도박을 좋아했고, 진(晉)나라 사람들은 공허(空虛)를 숭상하고 술 취하길 좋아했으며, 당(唐)나라 사람은 글을 숭상하고 기녀들과 노는 것을 좋아했다"[22]고 했다. 여기서 당인(唐人)의 풍속 특징을 "문(文)"과 "압(狎)"으로 병칭하고 있으니, 문인과 기녀는 당대 사회와 문화를 이해하는 데 매우 중요한 요소임을 알 수 있다. 이 "문"과 "압"은 사대부 문인들이 그들의 문화를 구성하는 중요한 두 축으로서, 전자는 그들 상호 간의 의사소통 수단이자 사회적·정치적 행위 수단이며, 후자는 그들의 유흥과 사교 방식이라 할 수 있다.

다음은 당대 압기의 전형적인 광경이다.

당 개성(開成) 2년(837) 3월 3일에 아남윤(阿南尹) 이대조(李待詔)가 낙빈(洛濱)에서 계제(禊祭, 악귀를 제거하려고 물가에서 목욕재계하는 의식)를 하려고 하여 하루 전날 유수(留守) 배령공(裴令公)에게 알렸다. 다음 날 태자소부(太子少傅) 백거이(白居易), 태자빈객(太子賓客) 소자(蕭藉), 이잉숙(李仍叔), 유우석(劉禹錫), 중서사인(中書舍人) 곽거중(郭居中) 등 열다섯 명이 배에 모여서 연회를 했다. 아침부터 저녁까지 앞에는 수희(水嬉, 물 위

에서 하는 각종 놀이)요 뒤에는 기악(妓樂)이며, 왼쪽에는 필연(筆硯)이요 오른쪽에는 호상(壺觴)이라, 바라보니 신선 같아서 구경꾼이 담처럼 둘러 쌌다. [23]

이러한 연회석상은 귀족이나 사대부 문인의 '엔터테인먼트'였고, 기녀는 그 중심의 엔터테이너였던 것이다. 따라서 기본적으로 기녀에게 가장 필요한 소양은 관에 소속된 '공기(公妓)'이든 개인적으로 영업하는 '사기(私妓)'이든 연회석상의 흥을 돋울 수 있는 가무나 음악 재능이었다. 그래서 궁정 내의 교방(敎坊)이나 의춘원(宜春院), 이원(梨園) 등의 기녀들은 우선적으로 가무나 음악재능을 가진 자들이 선발되었다. 기녀에 대한 이러한 요구는 가기나 사기의 경우에도 다르지 않았다. 앞의 글처럼 각종 연회에 기녀의 조흥(助興)은 빠지지 않았으니, 기녀의 가무나 음악 재능은 가장 기본적인 소양이었던 셈이다. 따라서 당대에는 이러한 가무나 음악 재능을 가진 기녀가 매우 많았으니, 후대까지 명성을 날린 이로는 춤에 뛰어난 태낭(泰娘), 사아만(謝阿蠻), 유배정(留杯亭), 관반반(關盼盼) 등이 있고, 노래가 빼어났던 허영신(許永新), 염노(念奴), 장홍홍(張紅紅), 두추낭(杜秋娘), 맹재인(孟才人), 번소(樊素) 등이 있으며, 장사낭(張四娘), 추낭(秋娘), 유채춘(劉采春) 등은 각종 공연으로 명성을 날렸으며, 정중승(鄭中丞)은 비파 연주로 명성을 날렸다.

그 가운데 사아만은 '능파무(凌波舞)'에 뛰어나 현종에게 총애 받았던 성당(盛唐) 때의 교방무기(敎坊舞妓)이다. 당시 궁정에서 연회할 때 사아

---

23   洪邁, 『容齋隨筆』: "唐開成二年三月三日, 阿南尹李待詔將禊于洛濱, 前一日啓留守裴令公. 明日有太子少傅白居易, 太子賓客蕭藉, 李仍叔, 劉禹錫, 中書舍人郭居中等十五人, 會宴于舟. 自晨及暮, 前水嬉而后妓樂, 左筆硯而右壺觴, 望之若仙, 觀者如堵".

만의 춤에 양귀비(楊貴妃)가 비파를 타고 영왕(寧王) 이헌(李憲)이 옥피리를 불었으며, 그 외 유명 악공인 마선기(馬仙期)가 방향(方響)을 치고, 이구년(李龜年)이 필률(篳篥, 古樂器), 장야호(張野狐)가 공후(箜篌), 하회지(賀懷智)가 박판(拍板)으로 반주를 했다고 하니 당시 궁정 연회의 성대함과 함께 즐기는 모습을 상상할 수 있다. 허영신과 염노도 현종이 총애한 가기이다. 허영신은 "후전(喉囀, 악기소리를 모방한 창법) 일성에 그 울림이 장안 중심가까지 울려 퍼졌다"[24]라고 하여 그 음역이 악기보다도 높았다고 한다. 염노는 또 "미색이 있고 노래를 잘 불러 궁기 가운데 제일이었다"[25]고 했다. 송대(宋代) 소식(蘇軾)의 사로 유명해진 사패(詞牌)【염노교(念奴嬌)】는 염노가 살았던 당대 천보(天寶) 연간에 만들어진 곡보로 원래 염노를 찬미한 노래였다. 장홍홍은 처음에 아버지와 함께 노래로 구걸하던 거리의 가수였으나 위청(韋青) 장군이 그 노래를 듣고 부중(府中)의 가기로 들였으며,

〈명황안악도(明皇按樂圖)〉
장대천(張大千)이 당대(唐代) 화가 장훤(張萱)의 동명 그림을 모사한 것으로 명황(明皇)이 악기 연주를 감상하는 모습을 표현하고 있다.

후에 의춘원에 들어갔는데, 특히 곡보를 잘 기억하여 '기곡낭자(記曲娘子)'로도 불렀다. 교방 악공 임지방(任智方)의 네 딸도 모두 노래를 잘했는데, "그 가운데 둘째 딸은 호흡이 처완(悽惋)하고 마무리가 자연스러

---

24   『樂府雜錄』: "喉囀一聲, 響傳九陌".
25   『開元天寶遺事』, "有色, 善歌, 宮伎中第一".

우며, 셋째 딸은 용모와 행동거지가 느긋하고 온화하여 옆에서 보고 있으면 노래에 마음이 없는 듯 무심하게 노래하며, 넷째 딸은 발성이 씩씩하고 윤택하면서도 허정(虛靜)하여 하늘에서 내려온 것 같다"[26]라고 했다. 이 외에도 궁기 초련사(肖煉師)는 탁지무(柘枝舞)[27]로 명성을 날렸고, 궁기 홍도(紅桃)는 당 현종이 만든 〈양주곡(涼州曲)〉을 노래하여 유명해졌으며, 궁기 정중승은 비파 연주로, 교방기 장사낭은 가무희(歌舞戲) 〈답요낭(踏搖娘)〉의 공연으로 유명했으며, 안대낭(顔大娘)과 방삼낭(龐三娘) 등도 가무에 뛰어난 교방기였다. 공손대낭(公孫大娘)은 '검기무(劍器舞)'를 잘 추었는데 두보(杜甫)가 "선제(先帝)의 시녀가 8천 명이었지만 공손(公孫)의 검기무가 처음부터 제일이었다"[28]라고 칭송하여 더욱 유명해졌다.

그리고 멀티 엔터테이너로서의 능력을 발휘한 기녀도 적지 않았다. 관반반은 노래와 춤, 문재 등 다방면에 빼어난 멀티 엔터테이너였는데, 백거이의 「장한가(長恨歌)」를 노래할 수 있었을 뿐 아니라 특히 '예상우의무(霓裳羽衣舞)'를 잘 추어서 이름을 날렸다. 백거이는 그녀의 춤을 보고 "취한 교태는 어느 누구도 비길 수 없으니 바람에 흐느적거리는 모란꽃이로다"[29]라고 경탄했다. 태낭 역시 노래와 춤 모두에 뛰어났는데, 특히 그녀의 '경홍무(驚鴻舞)'는 장안의 수많은 귀족자제들을 감탄시켰다고 한다. 이에 유우석(劉禹錫)은 「태낭가(泰娘歌)」까지 지어서 "구름 같은 긴 귀밑머리에 안개 같은 옷을 입고 비단 자리 위로 가벼운 걸음 이어가

---

26 崔令欽, 『教坊記』: "任智方四女皆善歌. 其中 二姑子吐納悽惋, 收斂渾淪, 三姑子容止閑和, 旁觀若意不在歌, 四姑子發聲遒潤虛靜, 似從空中來".
27 '자지무' 혹은 '석지무'로 발음하기도 한다.
28 「觀公孫大娘弟子舞劍器行」: "先帝侍女八千人, 公孫劍器初第一".
29 「燕子樓三首·幷序」: "嬌胜不得, 風裊牡丹花".

네. 춤은 봄날 수사(水榭)에 노니는 놀란 기러기에게 배운 듯 하고, 노래
는 저물녘 난당(蘭堂)을 메운 귀한 손님에게 전해지네"[30]라고 하여 그녀
의 뛰어난 노래와 춤을 칭송하고 있다. 강절(江浙)의 명기 유채춘은 시를
잘 지었을 뿐 아니라 〈나홍곡(囉嗊曲)〉을 잘 불러 전국적으로 이름을 떨
쳤으며, 장안 가기 두추낭은 〈금루의(金縷衣)〉를 잘 불러 명성을 떨쳤을
뿐 아니라 가무희 〈의양주(義陽主)〉 공연으로도 유명하였다. 또 촉중 명
기 설도와 장안명기 조문희(曹文姬)는 서법으로도 명성이 높았다.

이처럼 당대 기녀에게 요구된 것은 일차적으로 가무나 음악 같은 재
능이었다. 그것은 기녀의 존재가 성적 문제를 해결하는 도구로만 기능
하지는 않았다는 의미이다. 사실 봉건 사회의 남성에게 있어 성적인
문제는 해결할 수 있는 길이 매우 많았다. 따라서 당대 기녀는 성적 욕
구 보다는 문화적 욕구를 해소하는 존재로서 당대 지배층 유흥문화의
핵심축이라고 할 수 있다. 따라서 기녀들은 성적 매력도 중요했지만
그들의 문화적 욕구를 충족시킬 수 있는 재예(才藝)가 더욱 필요했다.
앞서 언급한 "상문호압(尙文好狎)"의 기풍이나 기녀들이 거주하는 장안
평강방을 "풍류수택(風流藪澤, 풍류가 모이는 곳)"[31]이라 부른 당시 기녀에
대한 인식 등은 영업적으로도 이러한 재예가 필요하게 만든 조건이라
할 수 있다. 당대의 진사들은 급제 후 기녀를 찾아 즐기는 소위 "탐간화
(探看花)"의 곡강연회(曲江宴會)가 공식적으로 베풀어졌고, 사도에 들어
선 이후에도 임지마다 관기나 영기가 있었으며, 또 개인적인 축기도 매
우 보편적이었다. 이러한 사회적 조건은 울창한 숲에서 머리까지 풀어
헤치고 나체로 기녀들과 나뒹구는 "전음(顚飮)"[32]같은 극단적인 퇴폐행

---

30   「泰娘歌」: "長鬟如雲衣似霧, 錦茵羅荐承輕步. 舞學驚鴻水榭春, 歌傳上客蘭堂暮".
31   『開元天寶遺事』 卷3.

위로 이어지기도 했지만 '압기'는 유산유수(遊山遊水)와 부시음주(賦詩飲
酒) 같은 사대부 문화의 필수적인 요소였던 것이다.

『북리지(北里志)』에는 당시 기녀와 관련된 여러 가지 일화나 풍속 등
이 자세하게 나와 있는데, 이 책은 당나라 말기 장안성의 북평강방(北平
康坊) 가기와 대중(大中) 연간(847~860) 진사들의 생활을 기록하고 있다.
이 책에 이름이 적시된 기녀는 19명으로, 천수선가(天水仙哥), 초아(楚
兒), 정거거(鄭擧擧), 아낭(牙娘), 안령빈(顔令賓), 양래아(楊萊兒), 양영아(楊
永兒), 양영아(楊迎兒), 양계아(楊桂兒), 왕소윤(王小潤), 왕복낭(王福娘), 왕
소복(王小福), 유락진(兪洛眞), 왕소소(王蘇蘇), 왕련련(王蓮蓮), 왕소선(王小
仙), 유태낭(劉泰娘), 장주주(張住住), 초낭(楚娘) 등이다. 이러한 기녀들은
대부분 교방에 예속되어 있으며, 어릴 때부터 가무나 악기, 시사(詩詞)
등의 소양 교육을 받는다. 그들이 상대하는 손님은 대부분 음시작문(吟
詩作文)을 좋아하는 문인 사대부나 황친귀척(皇親貴戚) 혹은 조정 관리들
이므로 이들을 상대하기 위해서는 꼭 필요한 소양이었다. 따라서 기녀
들은 이러한 소양을 갖추기 위해서 피나는 노력을 했으니, 『북리지』에
는 다음과 같이 적고 있다.

기녀의 어머니는 대부분 가짜 어미[假母]인데, 또한 노쇠하여 은퇴한 기녀
들이 기생어미를 했다. 여러 기녀들은 어려서부터 맡겨져 양육되었거나 혹
은 천한 마을 가난한 집안의 여자를 돈을 주고 데려왔는데, 무뢰배가 몰래
유괴한 경우도 늘 있었다. 또 양갓집 여자도 있었으니 그 집안 사정 때문에
후한 사례를 받고서 보내지는데, 그 속에 잘못 빠지면 스스로 벗어날 수가

32　　『開元天寶遺事』卷2.

없었다. 처음에 노래를 가르치는데 자주 꾸짖었으며, 그 과제를 매우 급하게 부과하고는 조금이라도 빼거나 게으르면 채찍으로 때렸다.[33]

이것은 기원에 처음 발을 들여놓은 기녀가 그 후견인 노릇을 하는 기생어미에 의해 훈련받는 과정을 말한 것인데, 이는 이러한 시기뿐만 아니라 교방이나 이원에 소속된 ‘공기(公妓)’는 물론, 가기에게도 마찬가지였다. 이러한 상황은 또 기녀 왕복낭(王福娘)이 『북리지』의 저자 손계(孫棨)에게 자신의 신세를 한탄하면서 “처음에 이 사람[假母 王團兒]은 부모의 정으로써 매우 극진하게 대우해주었다. 그런데 몇 달 뒤에는 노래를 배우라고 핍박했고 점차 손님을 접대하러 보냈다”[34]고 한 것에서도 알 수 있다. 이처럼 손님을 받기까지는 ‘가모’의 감시 하에 엄격한 교육을 받아야 했던 것이다.

이러한 소양이 필요한 것도 결국 기원을 찾는 손님의 요구에 의한 것이다. 앞서 언급한대로 귀족관료나 사대부 문인이 주류를 이루는 손님의 ‘압기’ 문화에서 이러한 ‘재예’가 기본적인 자질이기 때문이다. 따라서 왕서노는 『북리지』의 다음 구절들을 예로 들면서 “기녀에게 있어 미색은 부차적인 것”[35]이라고 단정했다.

천수선가(天水僊哥)는 (…중략…) 담학(談謔)을 잘 하고 노래에 능하여 늘 석규(席糾, 酒令을 집행하는 사회자 역할)를 했는데, 적절하게 조절을 잘

---

33 『北里志』「泛論三曲中事」: “妓之母, 多假母也, 亦妓之衰退者爲之. 諸女自幼丐育, 或傭其下里貧家, 常有不調之徒潛爲漁獵. 亦有良家子, 爲其家聘之, 以轉求厚賂, 誤陷其中, 則無以自脫. 初敎之歌令而責之, 其賦甚急. 微涉退怠, 則鞭扑備至”.

34 『北里志』「王團兒」: “初是家以親情, 接待甚至. 累月後乃逼令學歌令, 漸遣見賓客”.

35 『中國娼妓史』, 76～77쪽: “妓女以色爲副品”.

했다. 그 자태는 또한 보통이었지만 온자(蘊藉)하고 악기가 없어 당시 명사들이 그녀를 좋아했으며, 이로 인해 성가가 높아졌다.

　내아(萊兒)는 (…중략…) 외모가 그다지 뛰어나지 않았고 나이도 적지 않았지만 재빠르고 교묘한 말솜씨로 해학이 빼어났다.

　정거거(鄭擧擧)는 (…중략…) 또 영장(令章, 사교나 응대의 글)을 잘 하여 일찍이 강진(絳眞, 天水僊哥)과 함께 석규(席糾)가 되었는데, 박식하지만 외모는 아니었다. 그러나 품위를 지녔고 담해(談諧)에 뛰어나 여러 조정 선비들의 사랑을 받았다.

　소복(小福)은 (…중략…) 비록 풍모와 자태는 모자랐지만 또한 매우 총명하였다.[36]

이것에서 기녀에게 외모는 부차적인 요소였으며, 오히려 지식인 손님을 응대할 수 있는 말솜씨와 유머, 노래실력, 작시 능력 등이 더욱 중요한 요소였던 것이다. 이것은 조광원(趙光遠)이 "외모가 그다지 뛰어나지 않고 나이도 적지 않은" 내아(萊兒)를 "한 번 보고서는 곧 푹 빠져 끝내 버리지 못했다"고 한 것에서도 알 수 있다. 이러한 재능이라도 없으면 손님에게 외면 받을 수밖에 없으니, 영아(迎兒)는 "풍모와 자태가 모자랄 뿐 아니라 희학(戲謔)도 서툴렀으니, 딱딱한 말을 많이 하여 손님을 화나게 했다"고 했다. 이것은 왕련련(王蓮蓮)이나 유태낭(劉泰娘)도 마찬가지였는데, 『북리지』에는 "기녀 가운데 쟁쟁한 자는 대부분 남곡(南曲)과 중곡(中曲)에 있었다. 그 담을 따라 있는 일곡(一曲, 北曲)은 낮고

36　이상『北里志』: "天水僊哥, (…중략…) 善談謔, 能歌令, 常爲席糾, 寬猛得所. 其姿亦常常, 但蘊藉不惡, 時賢大雅尙之, 因鼓其聲价耳", "萊兒, (…중략…) 貌不甚揚, 齒不卑矣, 但利口巧言, 詼諧臻妙", "鄭擧擧, (…중략…) 亦善令章, 嘗與絳眞互爲席糾, 而充博非貌者, 但負流品, 巧談諧, 亦爲諸朝士所眷", "小福 (…중략…) 雖乏風姿, 亦甚慧黠".

천한 기녀가 거처하여 앞 두 곡의 기녀들이 매우 무시했다"라고 하였으니, 기녀는 그 능력에 따라 사는 곳도 구분이 있었던 것이다.[37] 이처럼 당시 사대부들이 중시한 것은 용모가 아니라 우아한 말솜씨, 해학, 악기, 가무, 시사 등이었으니, 『북리지』에 이름을 남긴 다음의 기녀들은 멀티 엔터테이너로서의 면모를 잘 보여준다.

초아(楚兒)는 (…중략…) 본래 삼곡(三曲)의 특출한 미녀인데 말도 잘하고 지혜로우며 종종 칭찬할만한 시구도 있었다.

아낭(牙娘)은 (…중략…) 또 동료 중에서 특출했다.

안령빈(顔令賓)은 (…중략…) 행동거지가 풍류스럽고, 취미가 고상하여 또 당시 현인들의 두터운 사랑을 받았다. 붓과 벼루를 섬겨 사구(詞句)가 있었다.

소윤(小潤)은 (…중략…) 어려서부터 명성이 자자했다.

복낭(福娘)은 (…중략…) 매우 분명하여 강약을 절도 있게 조절하였으며, 담론이 풍아(風雅)하면서도 체재(體裁)가 있었다.

유락진(兪洛眞)은 풍모(風貌)가 있으면서도 말도 잘하고 지혜로웠다.

왕소소(王蘇蘇)는 (…중략…) 거실이 넓고 음식에 차례가 있었다. 여형제 몇 사람도 자못 해학이 있었다.

장주주(張住住)는 (…중략…) 어려서부터 총명하여 음율을 잘 이해하였다.[38]

---

37 이상『北里志』: "王團兒, 貌不甚揚, 齒不卑矣. (…중략…) 一見卽溺之, 終不能捨", "迎兒, 旣乏丰姿, 又拙戲謔, 多勁詞以忤賓客", "妓中有錚錚者, 多在南曲, 中曲. 其循墻一曲, 卑屑妓所居, 頗爲二曲輕斥之".

38 이상『北里志』: "楚兒, (…중략…) 素爲三曲之尤, 而辯慧, 往往有詩句可称", "牙娘, (…중략…) 亦流輩翹學者", "顔令賓, (…중략…) 擧止風流, 好尙甚雅, 亦頗爲時賢所厚. 事筆硯, 有詞句", "小潤, (…중략…) 少時頗籍籍者", "福娘, (…중략…) 甚明白, 豊約合度, 談論風雅, 且有体裁", "兪洛眞有風貌, 且辯慧", "王蘇蘇, (…중략…) 居室寬博, 庖饌有序. 女昆仲數人, 亦頗諧謔", "張住住, (…중략…) 少而敏慧, 能解音律".

이상의 평가를 보면 의외로 가무나 악기에 대한 평가는 드물다는 사실을 알 수 있다. 이것은 앞서도 언급했지만 기원에 발을 들여놓으면 가장 먼저 배우는 기본 소양이기 때문에 굳이 거론할 이유가 없었기 때문이라고 여겨진다. 오히려 가장 자주 언급되는 것은 "회해언담(詼諧言談)"이며, 그 외에 시사와 같은 문학적 재능이다. 또 주목할 만한 것은 역시 "거지(擧止)"나 "풍모(風貌)", 심지어 "거주음식(居住飮食)"도 중요한 고려 요소임을 알 수 있다. 이러한 소양들은 모두 손님 앞에서 보여주기 위한 '연예(演藝)'의 성격이므로 곧 엔터테이너로서의 소양이라 할 수 있는데, 특히 가무나 음악 같은 기본 소양 외에 멀티 엔터테이너적인 다양한 소양도 요구하고 있는 것이다.

2. 시인으로서의 당대 기녀

이처럼 기녀에게 요구되는 멀티 엔터테이너로서의 재능은 당대 문학예술의 무시할 수 없는 한 부분을 차지하고 있다. 특히 당대에 가장 성행했던 시가(詩歌)에 대해서 그 영향력은 적지 않다 할 것인데, 시인으로서의 기녀뿐만 아니라 시가전파자로서의 역할은 매우 의미 있다 할 것이다.

앞서 언급한 기녀의 수련과 소양을 보면 설도(薛濤)처럼 "여교서(女校書)"의 칭호를 얻으며, 당시 시인과 어깨를 나란히 하는 기녀[39]가 출현

---

39 張爲는 『詩人主客圖』에서 설도를 方干·賈島와 幷列하였다. 설도는 8, 9세 때 이미 시

〈설도영시도(薛濤詠詩圖)〉와 〈설도제전도(薛濤製箋圖)〉
근대 중국의 유명화가 장대천(張大千)의 그림으로서, 왼쪽은 설도가 시를 낭송하는 모습이며, 오른쪽은 자신이 만든 종이를 들고 있는 모습니다. 시로써 이름을 날린 설도는 자신이 짓는 시에 비해 종이가 너무 길고 크다고 여겨 자신이 직접 시를 적기에 적당한 팔행지(八行紙)를 만들었는데, 이를 '설도전(薛濤箋)'이라고 했으며 문인들에게도 큰 인기를 끌었다.

한 것도 이상한 일이 아니라 할 것이다. 그런데 또 "근래 촉기(蜀妓) 설도의 재변(才辯)을 자주 들었는데, 반드시 사람들의 과찬이라 하겠으니, 북리(北里) 두 세 사람의 문도(門徒)를 보게 된다면 설도도 덕이 한참 모자란다고 부끄러워 할 것이다"[40] 라고 했다. 이를 통해 장안의 북리에만

를 지을 줄 알았고, 15세 때부터 官妓가 되어 西川節度使 韋皐를 섬겼는데, 위고는 그녀의 文才를 아껴 '校書郎'을 奏請하여 이름을 날렸다. 이후 위고가 11개 鎭의 鎭將을 두루 역임하는 동안 그의 幕府에서 시문을 맡았으며, 元稹, 白居易, 令狐楚, 張祜, 劉禹錫, 裵度, 牛僧儒, 嚴綬 등 유명 문인과 唱和했다.

[40] 『北里志』「序」: "比常聞蜀妓薛濤之才辯, 必謂人過言, 及睹北里二三子之徒, 則薛濤遠有慚德矣".

도 설도를 능가하는 재능 있는 기녀들이 적지 않았음을 알 수 있는데, 손계(孫棨)는 다음과 같이 말하고 있다.

> 그 가운데 여러 기녀들은 대부분 자신의 생각을 토로할 줄 알았으며, 책에 나오는 말들을 알고 하는 자도 매우 많았으니, 공경(公卿) 이하 모든 사람들이 그들을 표덕(表德, 字나 號)으로써 불렀다. 그 품류(品流)를 분별하고 인물을 품평하여 손님에 맞게 응대하는 것 등은 참으로 따라갈 수 없는 부분이다.[41]

이처럼 재능 있는 기녀들은 손님이 함부로 이름도 부르지 않는 대접을 받으면서 인기를 누렸다. 기녀들은 종일 학식 있는 사대부 문인과 접촉하면서 이처럼 '품류를 분별하고 인물을 품평'하였으므로 그들의 재예(才藝)를 문인의 기호에 맞게 가꿀 수 있었고, 그래서 작시(作詩)하여 '응대'하는 것도 문제가 없었던 것이다. 다음은 그러한 응대의 예이다.

> 위섬(韋蟾)이 악주(鄂州)를 다스리다가 임기를 마치자 빈료(賓僚)들이 송별연을 베풀었는데, 위섬은 『문선(文選)』의 구절을 종이 위에 적어 좌객(坐客)들에게 주고서는 그 구절을 이으라고 했다. 어떤 기녀가 일어나서 입으로 두 구를 불렀는데 감탄하지 않음이 없었으니, 위섬은 그 기녀에게 몇 만 냥을 주었다.[42]

> 배사겸(裴思謙)이 급제한 뒤 홍전명지(紅箋名紙)[43] 열 몇 폭을 만들어 평

---

41 『北里志』「序」: "其中諸妓, 多能談吐, 頗有知書言話者, 自公卿以降, 皆以表德呼之. 其分別品流, 衡尺人物, 應對非次, 良不可及".
42 『全唐詩』卷802「武昌妓」: "韋蟾廉問鄂州, 及罷, 賓僚祖餞, 韋以箋書『文選』句, 授坐 客請續. 有妓起, 口占二句, 無不嘉歎, 蟾贈數十千納之".

강리(平康里)에 찾아가서 묵었다. 아침이 되자 한 기녀가 시 한 수를 지어 주었다.[44]

첫 예는 '무창기(武昌妓)'의 일화로서 다른 문인들을 제치고 그의 시구를 이어서 화답한 기녀에게 위섬이 상을 내렸다는 것이고, 둘째 예는 과거 급제한 배사겸이 '평강기(平康妓)'와 하룻밤을 보내고 아침에 그 기녀의 시를 받은 일화이다. 또 진사 이표(李標)는 소소(蘇蘇)의 명성을 듣고 일부러 그녀를 찾아갔다. "숙소에서 술을 마시고 창에다 제시(題詩)를 했다. 소소는 처음에 이표를 몰랐으니, 그 제시를 달가워하지 않고 말하기를 '누가 낭군(郎君)을 재워 주겠소. 함부로 말하지 마세요'라고 하며 붓을 들어 그것에 이어 화시(和詩)했다"[45]고 했으니, 양자는 다음과 같은 시를 주고받았다.

春暮花枝繞戶飛,　봄날 저녁 집을 두른 꽃가지에서 꽃잎이 날리는데
王孫尋勝引塵衣.　왕손이 명승을 찾아 옷에 먼지 덮어쓰며 왔다네.
洞中仙子多情態,　깊은 동굴 속 선녀 같은 그대는 다정한 자태이니
留住劉郎不放歸.　이 한량을 머무르게 하고 돌려보내지 말게나.

怪得犬驚鷄亂飛,　어쩐지 개가 놀라 짖고 닭이 이리저리 날더라니

43　『開元天寶遺事』에 따르면 "長安에 平康坊이 있는데, 기녀들이 사는 곳으로서, 매년 새로 진사가 된 사람들은 붉은 종이에다 이름을 썼다[長安有平康坊, 妓女所居之地, 每年新進士, 以紅箋名紙]"라고 했다.
44　『全唐詩』卷802「平康妓」: "裴思謙及第后, 作紅箋名紙十數幅, 詣平康里宿焉. 詰旦, 一妓賦贈詩一首".
45　『全唐詩』卷802「王蘇蘇」: "進士李標, 從王左諫弟侄詣蘇蘇. 飮次, 題詩于窓. 蘇蘇先未識標, 不甘其題. 曰：'阿誰留郎君, 莫亂道.' 因取筆繼和".

贏童瘦馬老麻衣.　뚱보 시동에 야윈 말을 탄 낡은 삼베옷 선비로군요.

阿誰亂引閑人到,　누가 함부로 별 볼일 없는 사람을 들였나

留住青蚨熱赶歸.　파랑강충이(돈)를 머무르게 할 것이니 당장 돌아가시

　지요.[46]

　　이표는 결국 얼굴이 홍당무가 되어 돌아갔다고 한다. 이상은 모두
기녀가 사대부 문인과 작시응대(作詩應對)를 한 예로서, 기녀들의 뛰어
난 문학적 소양을 알 수 있다. 무창기처럼 시로써 상을 받기도 하고, 평
강기처럼 하룻밤 사랑을 표현하기도 했으며, 소소처럼 함부로 할 수 없
는 기개를 드러내기도 했던 것이다.

　　『한정우기(閑情偶寄)』「성용부(聲容部)」에는 여인의 '습기(習技, 기예 학
습)'로서 문예(文藝), 사죽(絲竹, 악기), 가무(歌舞) 등을 들고, "기예는 한묵
(翰墨)이 최상이고, 사죽이 그 다음이며, 가무가 또 그 다음이다"[47]라고
했다. 이것은 남성 위주의 봉건적 여성관이 개재되어 있지만 '한묵', 즉
문학적 능력이 최고의 소양이라는 것이다. 당대 기녀의 경우에는 이전
조대와 달리 이러한 문학적 재능을 겸비한 기녀들이 본격적으로 등장
하여 기녀문화의 품격을 높였을 뿐 아니라 당대문학사에도 적지 않은
영향을 끼쳤다. 저자는 「당대 기녀시인의 범위와 문학사적 성격」[48]이
라는 논문을 통하여 당대 기녀시인 33명과 궁인(宮人)이나 희첩(姬妾),
노비(奴婢), 여관(女冠)까지도 포함하는 19명의 '기녀류시인(妓女類詩人)'
을 소개하였는데, 다음 표와 같다.

46　李標, 「題窓詩」; 王蘇蘇, 「和李標」.

47　『閑情偶寄』「聲容部」: "技藝以翰墨爲上, 絲竹次之, 歌舞又次之".

48　졸고, 「당대 기녀시인의 범위와 문학사적 성격」, 『중국어문학』 제38집, 영남중국어문학
　　회, 2001.12, 89∼110쪽.

妓女詩人		妓女類詩人	
이름	교유인물	이름	교유인물
紅綃妓	勳臣(?), 崔生	武后宮人	
步非煙	武公業, 趙象	開元宮人	
崔紫云	李願, 杜牧	天寶宮人	顧況
孟氏	萬貞, 美少年(?)	德宗宮人	賈全虛
鮑家四弦	鮑生, 韋生	宣宗宮人	盧偓
關盼盼	張封建, 白居易	僖宗宮人	神策軍馬眞
劉采春	元稹	卓英英	玄士, 眉娘
太原妓	歐陽詹	眉娘	玄士, 卓英英
武昌妓	韋蟾	薛瑤	郭元振
舞柘枝女	韋應物, 李翱	王霞卿	韓嵩, 鄭殷彝
常浩	盧夫人	竇梁賓	盧東表
襄陽妓	賈中郎, 武補闕	柳氏	李生, 韓翃
王福娘	孫棨	程洛賓	李華
楊萊兒	趙光遠, 小子弟	趙氏	房千里, 韋滂
楚兒	鄭昌圖	李節度姬	李節度, 張生
王蘇蘇	李標	崔素娥	羅紹威, 韋洵美
顏令賓	客(?), 劉駝駝	李主簿姬	李主簿
張窈窕	當時 詩人(?)	魚玄機	袞, 威, 光, 任處士, 溫庭筠, 左名場, 李億, 李近仁, 李郢, 李學士, 趙鍊師, 國香, 劉尙書, 煉師
平康妓	裴思謙	李冶	崔渙, 房明府, 校書七兄(韓校書), 蕭叔子, 韓揆, 陸羽, 閻伯鈞, 皎然, 朱放
史鳳	馮垂		
盛小叢	李訥, 崔元範, 彦昇, 高湘, 盧潡, 盧鄴, 封彦卿, 楊知至		
趙鸞鸞			
蓮花妓	嚴宇, 陳陶		
徐月英	徐公子		
韓襄客			
杜秋娘	李錡, 杜牧		
薛濤	雍秀才, 高崇文, 廣宣, 文使君, 辛員外, 郭員外, 郭簡州, 王播, 元相公, 張元夫, 孫處士, 武元衡, 盧士玟, 吳使君, 吳隨君, 祝十三, 李德裕, 李程, 李校書, 李書記, 韋正貫, 韋皐, 姚員外, 蕭祜, 蕭三十, 杜元穎, 楊供奉, 扶煉師, 呂侍御, 段文昌, 段成式, 鄭資州, 王建, 白居易, 胡曾, 元稹, 劉禹錫, 高騈		
故台城妓	黃進士		
薛仙姬			
灼灼	裵質, 韋莊		
曹文姬			
段東美	薛宜僚		
劉國容	郭昭述		

　이상은 당대 기녀 가운데 시를 남기고 있는 기녀만을 선별한 것으로 기녀시인은 33명에 158수의 시를 남기고 있고, 기녀류시인은 19명에 94수의 시를 남기고 있어 총 252수의 기녀 작품이 현존한다. 이 자료는 주로 『전당시(全唐詩)』에 근거하여 선별하였고, 기타 야사나 지방지까지 모두 전수조사를 한 것은 아니므로 당대 기녀시인과 그 작품이 이보다 적지는 않을 것이다. 이러한 수치는 당시 전체로 보면 많은 양이 아니지만 이들이 당시(唐詩)의 발전과 변화에 끼친 영향은 간과할 수 없다. 기녀는 사대부 문인의 주요 음영대상으로서 당시의 내용을 풍부하게 했을 뿐만 아니라 이들 문인과의 교류를 통하여 당시 전체의 발전에 영향을 끼쳤던 것이다. 그래서 이들의 현존작품과 여러 자료들을 분석하면 또 문학사적 의미도 발견할 수 있다.

　먼저 이들의 현존 시와 그 시의 유형을 분석하면 이들의 시작(詩作)이 가창(歌唱)을 지향하고 있고, 그에 따라 시가전파의 매개 역할을 했음을 알 수 있다. 상기 표에 따르면 전체 252수의 기녀시인의 시 가운데 오칠언율시(五七言律詩)는 총 239수이다. 이 가운데 '기녀시인'의 경우 오언율시 5수, 칠언율시 4수, 오언절구 24수, 칠언절구 121수이며, '기녀류시인'의 경우 오언율시 18수, 칠언율시 24수, 오언절구 8수, 칠언절구 35수로서, 종합하면 율시가 51수, 절구가 188수이다. 따라서 율시에서는 절구의 비중이 79%에 이르며, 전체 시의 입장에서도 75%를 차지한다. 그런데 다시 절구를 분석해보면 전체 188수 가운데 오언절구가 32수인데 비해, 칠언절구는 156수로서 83%를 차지한다. 이것은 율시 전체에서도 65%의 비중이다. 이처럼 칠언절구시의 비중이 압도적인 것은 칠언절구의 가창성(歌唱性)에 기인한다 할 것이다.

　사실 중국의 시가는 굳이 『시경(詩經)』을 들먹이지 않더라도 전통적으로 가창 양식이다. 우리가 주목할 필요가 있는 것은 당대 율시가 가창을 전제로 하지 않고 그저 눈으로 읽는 시라면 굳이 그렇게 복잡한 평측격식(平仄格式)과 압운(押韻) 따위를 하지 않았을 것이라는 점이다. 이것은 기본적으로 당시가 가창을 전제로 한 것이며, 가창하지 않더라도 최소한 음창을 염두에 둔 것임을 말해 준다. 그런데 여러 문헌의 기록에 따르면 이러한 율시 중에서도 칠언절구가 가장 가창에 알맞은 형식이었고, 기녀는 주로 사대부 문인의 시를 입악가창(入樂歌唱)했으므로 이들과의 증답시(贈答詩)가 많은 기녀들의 시도 노래하기에 알맞은 절구시를 즐겨 지었던 것이다. 이처럼 기녀들의 작시 유형을 통해서 기녀들의 시작이 가창을 지향하고 있고, 그러한 과정에서 칠언절구가 노래 부르는 양식으로서 확실하게 자리 잡았음을 확인할 수 있다. 이렇게 볼 때 당대 기녀들은 중국 시의 가창성을 계발하고 확대시킨 공로자일 뿐 아니라 가창을 통하여 시를 전파시키는 문학매개자였음을 알 수 있다. 따라서 기녀들의 활동이 두드러진 시기에는 문인들도 자신의 문명을 날리기 위해 기녀들이 노래 부르기에 알맞은 칠언절구를 즐겨 지었던 것이다.

이들의 작시(作詩)와 가시(歌詩)는 주로 문인묵객들과 교감한 결과로서, 중국문학사에서 흔치 않은 소중한 문학유산이다. 실제 기녀들의 시는 사대부 문인 손님들의 접대와 교유 과정에서 이루어진다. 그러나 양자의 이러한 관계는 기녀들의 생계와 문인들의 오락이라는 상호필요에 의한 것이므로 그 필요성이 사라지면 끝나고 만다. 따라서 지금까지 남아 전하는 기녀들의 가슴 저리는 애틋한 시나 문인들의 뛰어난 작품은 단순한 관계의 차원을 넘어서 서로를 깊이 이해하고 교감함으로써 가능했다고 여겨진다. 상기 표의 교유인물을 보면 '기녀시인'의 경우 증시(贈詩)나 답시(答詩)가 있는 문인이 73명에 이르는데, 이 가운데 기녀가 증시한 문인이 42명, 기녀에게 증시한 문인이 15명, 상호증답(相互贈答)이 14명이다. 또 '기녀류시인'의 경우에도 33명의 교유인물 가운데 기녀가 증시한 문인이 24명, 상호증답이 9명이다. 이들의 시작을 보면 단순한 손님과 접대부의 관계로서는 불가능한 깊은 감정의 교류가 드러나는데, 이것이 당시의 내용을 더욱 깊이 있고 풍부하게 만들고 있다. 따라서 이러한 시는 기녀와 문인이 서로를 이해하는 진실한 친구로서 공존한 결과라 할 것이다.

또 문인과의 교유와 그에 따른 작시의 과정을 보면 '기녀류시인'의 경우 문인이 그들에게 증시한 예가 거의 보이지 않는다는 사실을 발견할 수 있다. 즉, 문인이 '기녀시인'에게 증시한 예가 많은 것은 '기녀시인'을 포함한 일반 기녀들이 직업적으로 그들의 재예를 팔았고, 그러다 보니 용모와 재예가 빼어난 기녀는 문인들 사이에 금방 소문이 나서 시의 제재로 채택되는 경우가 많았던 것이다. 그러나 노비나 희첩 같은 '기녀류시인'은 주로 주인 한 사람을 위해 봉사하였으므로 알려지기가 힘들었던 것이다. 또 어현기(魚玄機)나 이야(李冶) 같은 여관(女冠)은 자유로운 연애 과정 중에 자신의 애정을 과감하게 표현한 증시가 많았지만 문인은 자신의 감정을 드러내어 증시하는 일이 부담스러웠던 것이다. 이처럼 '기녀시인'과 '기녀류시인'은 그 성격상 다소 차이가 있음을 확인할 수 있으니, '기녀류시인'은 일반 사대부 문인들과 비슷하게 감정표현 위주의 작시가 주류를 이룬다고 할 수 있겠다.[49]

---

[49] '기녀시인'과 '기녀류시인'의 작시 유형을 보면 양자의 칠언절구시 수량이 현격하게 차이가 나는데, '기녀시인'의 경우 칠언절구의 비중이 77%로 압도적인 데 비해 '기녀류시인'은 37%로 그다지 높지 않다. 이것은 '기녀류시인'이 '기녀시인'에 비해 歌詩가 많지 않았음을 설명하는 것으로, 이것은 양자의 성격 차이에 기인하는 것이다. 즉, 이른바 "女冠式娼

이처럼 기녀들이 문인과 교감하면서 활동한 예는 안사(安史)의 난을 기점으로 한 중당 이후에 더욱 두드러진다. 기녀들의 활동시기는 그 기록이 부족하기 때문에 고증에 많은 어려움이 있다. 그러나 교유인물들의 활동연대를 보면 또 대략 그들의 활동시기도 유추할 수 있다. 상기 표에서 고증 가능한 기녀들의 활동시기를 보면 '기녀시인'의 경우, 고증 가능한 19명 중 성당이 2명, 중당이 7명, 만당이 10명이다. 그리고 '기녀류시인'의 경우 고증 가능한 15명 중 초당이 2명, 성당이 4명, 중당이 4명, 만당이 5명으로 비교적 고른 분포를 보인다. 이 가운데 성당에 포함시킨 '기녀시인' 성소총(成小叢)과 '기녀류시인' 이야(李冶)는 실제 주 활동시기가 안사의 난 이후인 대종(代宗)과 지덕(至德) 연간 전후이며, 원래 시아(侍兒)였던 정낙빈(程洛賓)도 주 활동 시기는 안사의 난 이후이다. 이렇게 볼 때 안사의 난 이후에 활동한 '기녀시인'과 '기녀류시인'은 고증 가능한 34명 중에서 29명이나 된다. 따라서 양자 모두 중·만당에 활약한 기녀들이 압도적이다. 이것은 이들이 중·만당의 문학적 변화를 촉진시키는 매개역할을 했다는 사실을 짐작케 하는데, 이들의 대표적 활동지역도 수도인 장안을 중심으로 낙양(洛陽), 양주(揚州), 소주(蘇州), 항주(杭州), 성도(成都) 등으로서, 당시 대표적 문인들이 활약하던 지역과 일치한다.

도모녕(陶慕寧)은 초당과 성당에는 관기시(觀妓詩)가 많고 중당 이후로 기녀들과 함께 교감하면서 송기(送妓), 증기(贈妓), 별기(別妓), 회기(懷妓), 상기(傷妓), 도기(悼妓)와 같은 풍부한 내용의 시가 출현한다고 했

妓"라고 한 魚玄機와 李冶의 칠언절구는 그들 시 가운데 각각 28%와 17%로서 官妓였던 薛濤의 칠언절구가 80%인 것에 비해 현격하게 차이가 난다. 전 양자는 오히려 오칠언율시가 더욱 많은데, 이것은 이들이 주로 가창보다는 일반 문인들처럼 감정표현을 위한 賦詩에 더욱 치중했음을 설명하는 것이다.

다.[50] 이것은 당대의 사회경제적 상황과 함께 이해할 수 있으며, 또 이에 따른 문학적 전변과도 관련이 있다. 안사의 난을 기점으로 한 중당 이후로는 환관(宦官)과 번진(藩鎭)의 득세로 황실의 권위가 약화되었으며, 상공업이 발달하고 교통과 대외무역이 발달하면서 시민들의 문화적 욕구도 높아졌다. 이에 따라 변문(變文)이나 설화(說話), 희롱(戲弄), 잡기(雜技), 음악(音樂), 무도(舞蹈) 등이 민간에서도 유행하게 되었다. 이것은 당대 문학의 분위기를 전변시키는 계기가 되었는데, 신악부운동(新樂府運動)과 고문운동(古文運動) 등으로 시문이 새롭게 발전한 것 외에도 전기소설(傳奇小說), 사(詞), 민간소곡(民間小曲) 등이 발흥하였다. 당시의 이러한 사회적, 문학적 상황은 기녀의 활동을 더욱 활발하게 만들었을 뿐 아니라 기녀들의 활동도 이러한 상황을 촉진시켰다. 안사의 난을 거치면서 빈한한 가정의 여인들이 기녀로 전락한 경우가 많았고, 궁정 교방과 이원에 소속된 많은 궁기들도 민간으로 흩어지거나 방출되었다. 예를 들면 개원(開元) 때 현종(玄宗)의 총애를 받던 교방가기 허영신(許永新)은 안사의 전란 중에 의지할 곳이 없어 양주(揚州)까지 내려와 매예(賣藝)로 연명하다가 결국 장안의 기원에 정착할 수밖에 없었고,[51] 경조참군(京兆參軍) 이화(李華)의 시아(侍兒)였던 정낙빈(程洛賓)은 안사의 난 때 강주(江州)까지 유락(流落)되어 호금(胡琴)을 연주하는 악기(樂妓)로 전락했다.[52] 또 중당 이후 각 황제들은 경제적 이유로 궁기를 감축하는 조치를 단행했는데, 먼저 대력(大曆) 14년(779)에 대종(代宗)은 현종이 설치했던 이원을 해산시켜 교방에 귀속시켰으며, 정원(貞元) 21

---

50   『靑樓文學與中國文化』, 21~40쪽.

51   段安節, 『樂府雜錄』.

52   『全唐詩』 卷800.

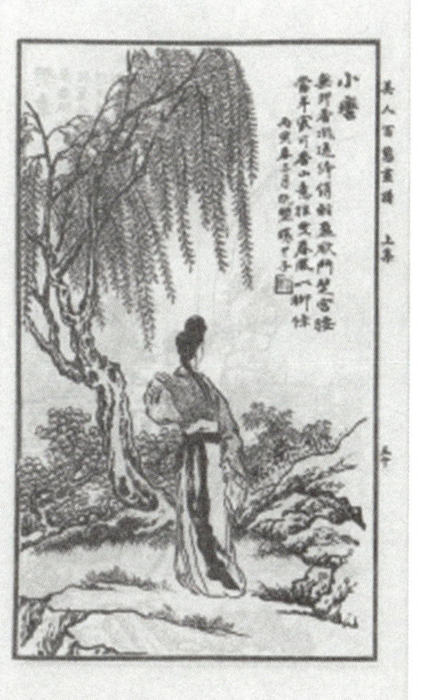

백거이(白居易)의 가기(家妓) 번소(樊素)와 소만(小蠻)

당(唐) 맹계(孟棨)의 『본사시(本事詩)』 「사감(事感)」에는 "백상서(백거이)의 희인(姬人) 번소는 노래를 잘했고, 기인(妓人) 소만은 춤을 잘 추었다. 일찍이 시를 지어 '앵두 같은 번소의 입술, 버들가지 같은 소만의 허리'라고 했다[白尚書姬人樊素善歌, 妓人小蠻善舞. 嘗爲詩曰, '櫻桃樊素口, 楊柳小蠻腰']"라는 기록이 있다. 마락(馬駱)의 『미인백태화보(美人百態畫譜)』에 수록된 그림이다.

년(805) 순종(順宗)은 교방을 줄이라고 하명하였고, 원화(元和) 14년(819) 정월에는 헌종(憲宗)이 국가의 재정 부담을 줄이기 위해 교방의 기녀가 사회에 나가 매예(賣藝)할 수 있게 허락하였다.[53] 이처럼 궁기가 감축된 대신 세력이 확대된 지방 관료의 관기나 번진의 영기는 더욱 흥성했으니, 중당 때에는 주(州)나 부(府), 군(郡) 등의 지방관부 외에 현급(縣級)까지 관기를 두기에 이르렀다. 거기에다 관료나 문인 및 부를 축적한 상인들의 축기(蓄妓)가 성황을 이루었고,[54] 또 생계 때문에 개인적으로 영

---

[53] 『舊唐書』「本紀第十五・德宗」.

업을 하는 시기들도 사회 분위기에 편승하여 더욱 늘어나게 되었다. 이것이 중당 이후 기녀들의 활동이 두드러지게 된 이유로서, 기본적으로 기녀들의 숫자가 증가했던 것이다. 이 시기에 활약했던 문인들도 대부분 집안에 가기를 두었을 뿐 아니라 기녀와의 교유도 잦았다.

신악부운동의 주창자인 원진(元稹)과 백거이(白居易)가 기녀와의 일화나 기녀에 관한 시가 특히 많다는 것은 알려진 사실이다. 원진은 설도, 유채춘 등과 깊이 교왕하였고, 백거이는 많은 가기를 축양했을 뿐 아니라 임지마다 수많은 청루여자와 교유하면서 그들의 가무 재예를 칭찬하거나 비참한 운명을 함께 슬퍼했다. 그 외 잠참(岑參), 고적(高適), 왕창령(王昌齡) 같은 변새시파(邊塞詩派)의 시도 기녀에 의해 노래 불리면서 유행하였고, 만당의 시풍을 대표하는 두목(杜牧), 이상은(李商隱), 온정균(溫庭筠) 등도 기녀와 널리 교유하면서 염정시(艶情詩)를 많이 지었다. 이 시기 기녀의 증가와 문인들의 압기 풍조는 작시와 가시의 대표적 양식인 칠언절구시를 통해서도 확인할 수 있는데, 『만수당인절구(萬首唐人絶句)』의 칠언절구 부분을 보면 초당이 128수, 성당이 492수, 중당이 3,479수, 만당이 3,199수로서, 중·만당에 집중되어 있다. 이것은 당시 시인들의 시가 초·성당에 비해 그만큼 많이 가창 되었다는 사실을 알게 해주며, 그에 따라 가창의 담당자인 기녀들과의 교유도 그만큼 많았던 것이다. 이처럼 기녀들은 당대 전기소설 『곽소옥전(霍小玉傳)』의 곽소옥이나 『이와전(李娃傳)』의 이와처럼 이야기의 소재가 되기

---

54 『妓女史』(51쪽)의 蓄妓狀況圖表를 보면 李憲의 "寵妓數十人"(『本事詩』); 李博義의 "有妓妾數百人"(『本事詩』); 郭子儀의 "十院歌妓"(『昆崙奴』); 鄭注의 "姬妾百餘"(『釵小志』); 周皓의 "有家妓數十人"(白居易, 「題周皓大夫新亭子二十二韻」自註); 符載의 "以女妓二十人娛傳"(『北夢瑣言』); 薛肇의 "女樂四十餘輩"(『太平廣記』卷17); 周寶의 "女妓百數"(『太平廣記』卷52); 李願의 "女妓百餘人"(『太平廣記』卷273); 孫逢年의 "妓妾曳綺者二百餘人"(『長安後記』) 등이 기록되어 있다.

도 하고, 죽은 뒤에도 백거이, 이신(李紳), 장호(張祜), 이상은 등 많은 시인들의 시속에서 부활한 소주명기(蘇州名妓) 진낭(眞娘)처럼 시의 매개가 되기도 했다. 그래서 『전당시』에 수록된 50,000수 가까운 시 가운데 기녀와 관련된 시만도 2,000여 수가 넘는 것이다. 그러나 기녀들은 단지 문인 시의 소재 제공에서 그친 것이 아니라 그들의 시작은 지금까지 남아 전하면서 중국문학사를 장식하고 있다. 기녀 시는 크게 문인과 창화하면서 지은 증답시와 비증답시로 구분할 수 있으며, 작품의 양으로 보면 설도, 어현기, 이야로 대표되는 삼대 기녀시인과 기타 기녀시인으로 대별할 수 있다. 유희재는 이 삼대 기녀시인의 시에는 공통적으로 사랑과 이별, 그리움과 회한의 감정이 묻어있다며, 설도의 「춘망사사수(春望詞四首)」, 「증원이수(贈遠二首)」, 「추천(秋泉)」 등에는 임과 함께 하지 못하는 마음, 보고 싶은 마음이 간절히 표현되어 있다고 했고, 또 원진과의 이별을 일상생활의 10가지 소재로 노래한 「십리시십수(十離詩十首)」는 원진을 당장 달려오게 할 정도의 빼어난 이별시라고 했다.[55] 그리고 떠난 임에 대한 그리움과 홀로 있는 외로움을 노래한 어현기의 「증인녀(贈隣女)」, 「모춘유감기우인(暮春有感寄友人)」, 「동야기온비경(冬夜寄溫飛卿)」, 「추원(秋怨)」, 만남의 설렘을 노래한 「문이단공수조회기증(聞李端公垂釣回寄贈)」, 「영이근인원외(迎李近人員外)」, 이별과 기다림을 노래한 이야의 「송한규지강서(送韓揆之江西)」, 「상사원(相思怨)」, 자신의 신세와 가는 세월을 한탄한 「춘규원(春閨怨)」과 「류(柳)」 등이 높은 평가를 받는다.

　이러한 기녀 시는 기타 여성시인에게서 발견할 수 있는 섬세하고 여

55　유희재, 『당대여류시선 · 해설』, 문이재, 2002, 88~93쪽.

〈유국용여곽소술(劉國容與郭昭述)〉

유국용과 곽소술의 '계성단애(鷄聲斷愛)' 이야기를 토대로 그린 인물화.
楊善深(1913~2004)의 1983년 작.

린 감정은 물론이고 기녀생활이라는 색다른 인생역정에서 오는 남다른 정감과 진솔한 표현이 돋보인다. 또 사대부 문인에 뒤지지 않는 역사적 통찰력과 사회에 대한 깊은 관심을 보인 작품도 적지 않다. 특히 그들의 솔직하고 대담한 표현은 다른 문인 계층에서는 찾아보기 힘든 대표적 특징으로서, 당대 시단을 다채롭게 하고 있다 할 것이다. 기녀 특유의 진솔한 감정을 찾아볼 수 있는 대표적 예는 장안 명기 유국용(劉國容)이 사랑하던 진사 곽소술(郭昭述)이 임지로 떠나게 되자 말을 달려 전달한 다음의 편지이다.

歡寢方濃,	환락의 잠자리 막 무르익어 가는데
恨鷄聲之斷愛.	안타깝게도 닭 울음소리가 사랑을 끊어버리네요.
思憐未洽,	애틋한 그리움 아직 다 풀지도 못했는데
歎馬足以無情.	무정한 말발굽이 한스럽네요.

使我勞心,　　　절 마음 쓰이게 하는 것은

因君減食.　　　그대 입맛 떨어진 것 때문이에요.

再期後會,　　　후에 다시 만나면

以期齊眉.　　　거안제미(擧案齊眉)하는 아내로 맺어지길.[56]

이 시는 "장안의 자제들이 대부분 읊고 노래하였다"[57]고 할 정도로 유행하였으며, '계성단애(鷄聲斷愛)'라는 성어를 만들어 내기도 하였다. 유국용은 곽소술과 '거안제미(擧案齊眉, 밥상을 눈썹 높이까지 올릴 정도로 남편을 공경하는 아내)'로 맺어지지는 못했지만 신분을 초월한 두 사람의 사랑 이야기는 지금까지 회자되고 있다. 이처럼 진솔하고 직설적인 감정 표현은 사대부 문인이나 다른 여성 시인에게서는 찾아보기 힘든 대담성이라 할 것이다.

이 외에 또 역사적 감회를 노래한 의식 있는 작품도 있으니, 설도의 「알무산묘(謁巫山廟)」는 무산신녀(巫山神女)의 사당을 알현하고 그 역사적 감회를 읊은 것이다.

亂猿啼處訪高唐,　　원숭이 어지러이 울어대는 곳 고당(高唐)을 찾았는데,

路入煙霞草木香.　　길 들어서니 안개 자욱하고 초목은 향긋하네.

小色未能忘宋玉,　　소첩은 여전히 송옥(宋玉)을 잊을 수 없으니

水聲猶似哭襄王.　　물소리는 아직도 초양왕(楚襄王)에게 곡을 하는 듯.

朝朝夜夜陽臺下,　　아침마다 밤마다 양대(陽臺) 아래에서

爲雨爲雲楚國亡.　　운우지정(雲雨之情)을 나누다가 초(楚)나라는 망했지.

56　『開元天寶遺事』卷3「鷄聲斷愛」.
57　『開元天寶遺事』卷3 : "長安子弟多誦諷焉".

惆悵廟前多少柳,　　슬프다 사당 앞에 늘어선 버드나무
春來空自鬪眉長.　　봄이 오니 공연히 눈썹 같은 버들잎만 절로 자라나네.

　이 시는 서시(西施)의 사당을 방문하고 오월(吳越)의 흥망에 대한 역사적 사실을 반추한 어현기의 「완사묘(浣紗廟)」와 함께 기녀의 역사의식을 보여주는 명시이다. 무산신녀는 무산의 구름과 비를 관장하는 여신이라고 하는데, 전국시대 초(楚)나라 회왕(懷王)이 운몽(雲夢)의 고당(高唐)에서 잠을 자다가 꿈속에서 신녀를 만나 '운우지정'을 나누고 그녀를 기리는 사당을 지었는데 그것이 '무산묘'이다. 후에 양왕(襄王)도 이곳에서 회왕과 똑같은 일을 겪었는데, 송옥(宋玉)이 「고당부(高唐賦)」와 「신녀부(神女賦)」를 지어 그 일을 서술했으니, 후에 무산신녀는 미인을 비유하고, '무산운우(巫山云雨)'나 '양대몽(陽台夢)' 등은 남녀 사이의 환락을 비유하게 되었다. 이 시는 무산신녀와 초나라 회왕 및 양왕의 고사를 빌어 망국의 한을 노래하고 있으니, 기녀답지 않은 역사의식이라 할 것이다.
　기녀들의 시 가운데는 또 봉건사회의 모순과 백성의 고초를 노래한 사회시도 있는데, 어현기의 「유숭진관남루도신급제제명처(游崇眞觀南樓睹新及第題名處)」는 과거급제 방을 보고 느낀 여성으로서의 남다른 소회를 토로하고 있다.

雲峰滿目放春晴,　　구름 걸린 봉우리 눈에 가득 들어오는 맑은 봄날에
歷歷銀鉤指下生.　　은 갈고리 같은 또렷한 글씨가 천한 이 몸을 가리키네.
自恨羅衣掩詩句,　　스스로 비단 치마로 시구를 가려야 함을 한탄하면서,
擧頭空羨榜中名.　　고개 들어 공연히 방에 붙은 이름을 부러워하네.

이것은 시재를 갖고 있지만 스스로 그 재주를 숨겨야 하는 봉건 사회 속의 여인의 심정을 솔직하게 표현하고 있다. 이와 비슷한 작품으로는 자신의 처지를 사회적 모순과 대비한 서월영(徐月英)의 「서회(敍懷)」, 죽음에 임하여 손님을 불러 놓고 남긴 유언 형식의 안령빈(顔令賓)의 「임종소객(臨終召客)」 등이 있다. 그 외 설도의 「벌부변유회상위령공이수(罰赴邊有懷上韋令公二首)」도 자신의 고통을 반추하면서 변방 군인들의 고초를 깊이 이해하고 있는 사회시이다. 이처럼 기녀들의 시는 단지 '여성스러움'에 머물지 않고 대담하면서도 진솔하게 감정을 표현했을 뿐 아니라 자신들의 처지와 결부된 폭 넓은 사회의식을 보여주고 있는 것이다.

단지 "당 중엽에 문장이 특히 성하였는데, 그 성명이 묻혀서 세상에 전해지지 못하는 자가 매우 많다"[58] 고 했듯이 현존하는 작품이 많지 않기 때문에 이제까지 그다지 주목을 받지 못했던 것일 뿐, 기녀들은 문인과의 교유를 통하여 문인들의 시

〈원기시의도(元機詩意圖)〉

청(淸)나라 개기(改琦)가 그린 어현기(魚玄機)의 초상화이다. 청나라 강희제(康熙帝)의 이름이 현엽(玄燁)이었으므로 피휘(避諱)하여 어원기(魚元機)로 고쳤다. 현재 북경고궁박물원(北京故宮博物院)에 소장되어 있다.

---

58   司馬光, 『溫公續詩話』 : "唐之中葉, 文章特盛, 其姓名煙沒不傳于世者甚衆".

를 풍부하게 했을 뿐 아니라 문인과 구별되는 자신들만의 시 세계를 개척하여 당대 문단에 광채를 더했던 것이다. 기녀들은 양가녀가 가지는 가정 내의 안락함 대신 명교(名敎)의 굴레를 벗어나는 자유를 보상받았다. 또 직업적 필요에 의해 어릴 때부터 시서가무(詩書歌舞) 훈련을 받아 문학 예술적 소양을 쌓았으며, 거기에다 다양한 문인묵객들을 접대하면서 풍부한 교양과 깊은 정감을 쌓았으니, 이것이 그들 시 세계의 토양이다. 그 외에 비천한 신분과 직업적 특성으로 인한 기이하고 험한 조우와 경험은 그들 시 세계의 꽃을 피우는 거름이 되었다.

기녀들의 이러한 시작은 지금까지 남아 전하면서 중국문학사를 장식하고 있는데, 이들에 대한 평가를 보면 그 시작(詩作)이 사부들에게 뒤지지 않는다는 것을 알 수 있다. 예를 들면 설도의 시에 대해 원진은 "언어는 앵무새의 혀를 교묘히 속여 꾸민 것 같고, 문장은 봉황의 깃털을 나누어 단 것 같네. 사객(詞客)들은 분분히 대부분 붓을 멈추었고, 공경(公卿)들도 각자 몽도(夢刀)[59]하기를 바랐다네"[60]라고 칭찬했고, 양신(楊愼)도 "풍유(諷喩)가 있으면서도 드러나지 않고 시인의 묘를 얻었으니, 이백에게 보여주어도 마땅히 고개를 끄덕일 것이니, 원진과 백거이 같

---

[59] 『晉書·王濬傳』에 "濬이 밤에 꿈을 꾸었는데, 침실 대들보 위에 칼 세 개가 매달려 있었고 잠시 뒤 또 칼 하나가 더해졌다. 濬이 깜짝 놀라 깨어났고 마음속으로 매우 언짢아했다. 主簿 李毅가 再拜하고 축하하며 '三刀는 州字이고, 또 益이라는 한 글자가 있으니, 明府께서 益州로 부임하시는 게 아니겠습니까?'라고 했다. 도적 張弘이 益州刺史 皇甫晏을 살해하자 과연 濬이 益州刺史로 옮겨갔다[濬夜夢懸三刀於臥屋梁上, 須臾又益一刀, 濬驚覺, 意甚惡之. 主簿李毅再拜賀曰, '三刀爲州字, 又益一字, 明府其臨益州乎?' 及賊張弘殺益州刺史皇甫晏, 果遷濬爲益州刺史]"라고 했다. 이에 "夢刀"는 관리가 승진하는 것을 비유하는 말로 사용된다. 이 구는 문인[詞客]들이 설도의 글 솜씨에 질려 붓을 멈추는 것과 마찬가지로 공경들도 높아진 설도의 위상 때문에 자신의 관직도 더욱 높아져 설도와 상대할 수 있기를 희망한다는 뜻이다.

[60] 『全唐詩』 卷423 「寄贈薛濤詩」: "言語巧偸鸚鵡舌, 文章分得鳳凰毛. 紛紛詞客多停筆, 個個公卿欲夢刀".

은 무리들이 분분히 붓을 멈추는 것도 당연하지 않은가?"[61] 라고 했다. 또 어현기의 절구에 대해 "이처럼 오묘한 생각은 진정 재정이 있는 사람이 아니고는 묘사해낼 수 없는 것이다"[62] 라고 했고, 호응린(胡應麟)은 그녀의 칠언배율(七言排律)에 대해 "내가 송(宋)나라의 칠언배율을 살펴보니 아름다운 것이 하나도 없었는데, 당나라 여자 어현기의 수창(酬唱) 두 편만이 뽑을 만하니, 나머지는 또한 미치지 못한다"[63] 고 했다. 그리고 "여중시호(女中詩豪)"[64] 라 불린 이야는 "필력이 교항(矯亢)하고

〈두추낭도(杜秋娘圖)〉

원(元) 주랑(周朗)이 두목(杜牧)의 「두추낭시(杜秋娘詩)」를 읽고 그린 두추낭의 초상화로서, 현재 북경고궁박물원(北京故宮博物院)에 소장되어 있다.

사기(詞氣)가 청쇄(淸灑)하여 명사의 기풍이 흐르고 여인의 손에서 나온 것 같지 않다"[65] 는 평가를 받았으며, 그래서 "맹호연(孟浩然)도 능가하지 못한다"[66] 고 했다.

61　楊愼, 『升庵詩話』 「罰赴邊有懷上韋上公」 評語 : "有諷喩而不露, 得詩人之妙, 使李白見之亦當叩首, 元白流紛紛停筆, 不亦宜乎".

62　鍾惺 『名媛詩歸』 「酬李學士寄簟」 評語 : "如此奧思, 非眞正有才情人, 未能刻畫得出".

63　『詩藪』 卷4 「雜編」 : "余考宋七言排律遂亡一佳, 唐唯女子魚玄機酬唱二篇可選, 諸亦不及".

64　『唐詩紀事』 : "劉長卿謂季蘭爲女中詩豪".

65　『歷朝名媛詩詞』 : "筆力矯亢, 詞氣淸灑, 流落名士之風, 不似出女人手".

66　胡應麟, 『詩藪』 「內編」 卷4 「寄校書七兄」 頸聯評語 : "孟浩然莫能過".

이 외에 태원기(太原妓)의 「기구양첨(寄歐陽詹)」에 대해 "정이 느끼는 바가 이와 같으니 또한 아름다운 이야기이다. 시어는 얕은데 뜻은 깊어서 은은히 눈물자국이 숨겨져 있으니, 이것이 참된 시로 쓸데없는 말 한 글자도 취하지 않았다"[67]고 했으며, 두추낭(杜秋娘)의 「금루의(金縷衣)」는 "바로 성현이 시간을 아끼는 뜻과 같으니, 말은 가깝지만 뜻은 멀다"[68]고 했다. 이상의 평을 종합해보면 기녀들의 시는 언어가 단순하고 평이하지만 그 속에 깊은 정과 뜻을 담아낸 "참된 시[眞詩]"라는 것이다. 이처럼 기녀들의 시작은 문인들의 것처럼 엄격한 격률과 화려한 수사는 기대하기 힘들지만 그들 나름의 진정감이 담겨 있는 시세계를 확보하고 있다 할 것이며, 그래서 많은 사람들의 공감을 받으며 "대대로 전송[爲世傳誦]"될 수 있었던 것이다.

3. 가수로서의 당대 기녀

기녀의 문학사적 공헌 중에서 가장 의미 있는 부분은 시가의 전파라는 측면이다. 시가의 전파는 기녀와 문인의 상호의존적인 관계에 크게 힘입고 있다. 문인들의 문학작품을 공유할 통로가 없었던 당시 상황에서 기녀는 시가를 전파하는 매우 중요한 존재였으니, 그것은 시의 가창

67　『歷朝名媛詩詞』："情之所感如是, 亦佳話也. 詩語淺而意深, 隱隱有淚痕在, 此爲眞詩, 無取閑話一字".

68　蘅塘退士, 『唐詩三百首』「金縷衣」 評末兩句："卽聖賢惜陰之意, 言近旨遠".

을 통해서 이루어졌다. 따라서 가수로서의 기녀는 문학사적으로 매우 중요한 역할을 담당했다고 할 수 있다.

　「죽지(竹枝)」,「낭도사(浪淘沙)」,「포구락(抛球樂)」,「양류지(楊柳枝)」 등은 시 가운데 절구로서, 가곡(歌曲)으로 정해졌다. 그러므로 이백의 「청평조사(淸平調詞)」 삼장도 모두 절구이다. 원진과 백거이의 여러 시 또한 음률에 맞춰 노래로 만들었다. 백거이가 항주에서 벼슬할 때, 원진이 증시하기를 "영롱(玲瓏)에게 내 시를 노래하지 못하도록 하게나, 내 시는 모두 그대에게 보내는 이별 가사이니[休遣玲瓏唱我詩, 我詩多是別君詞]"[69] 라고 했다. 백거이도 「취희제기(醉戲諸妓)」에서 "자리 위로 그대에게 주는 술잔 다투듯 날아다니고, 노래 가운데는 내 시를 많이 노래하네[席上爭飛使君酒, 歌中多唱舍下詩]"라고 했다. 또 전해오는 말에 따르면 개원 때 시인 왕창령(王昌齡)·고적(高適)·왕지환(王之渙) 등이 술집을 찾아 술을 마시고 있었는데, 이원(梨園)의 영관(伶官)들도 기녀를 불러 함께 연회를 하고 있었다. 세 사람은 "우리들이 시명(詩名)을 날리고는 있지만 아직 누가 나은지는 정해지지 않았으니, 영기(伶妓)들의 가시(歌詩)를 보고서 우열을 가리자"고 몰래 약속했다. 한 영기가 왕창령의 절구 두 수를 노래하여 "寒雨連江夜入吳, 平明送客楚帆孤. 洛陽親友如相問, 一片氷心在玉壺[찬비 내리는 강을 타고 밤에 오나라로 들어왔는데 동틀 녘 객을 보내니 초나라로 떠나는 돛은 외롭네. 낙양의 친구들이 안부 묻거든 한 조각 얼음 같은 깨끗한 마음이 여전히 옥 병 속에 있다고 전해주게나]"라고 하고, 또 "奉帚平明金殿開, 强將團扇共徘徊. 玉顔不及寒鴉色, 猶帶昭陽日影來[동틀 녘 빗질을 하며 금빛의 가을 궁

---

[69]　『碧鷄漫志』의 원문에는 "休遣玲瓏唱我詞, 我詞都是寄君詩"로 되어 있지만 『全唐詩』에 근거하여 "休遣玲瓏唱我詩, 我詩多是別君詞"로 바꾸어 해석하였음.

전 문을 열고, 억지로 둥근 부채 들고서 함께 서성이네. 옥 같은 얼굴도 차가운 까마귀 빛을 따라가지 못하니 오히려 소양궁을 둘러서 해 그림자가 드리웠네"라고 했다. 또 한 영기는 고적의 절구를 노래하여 "開篋淚沾臆, 見君前日書. 夜台何寂寞, 猶是子雲居[책장을 여니 눈물이 가슴 적시고, 그대가 지난 날에 보낸 편지를 보노라. 무덤은 얼마나 적막한지, 마치 양자운(揚子雲, 揚雄)의 옛집 같구내"라고 했다. 왕지환은 "이번 기녀의 노래가 내 시가 아니라면 평생 그대들과 우열을 다투지 않겠네. 아니면 그대들이 차례로 상 아래에 엎드려 절을 해야 하네"라고 했다. 잠시 뒤 기녀가 "黃河遠上白雲間, 一片孤城萬仞山. 羌笛何須怨楊柳, 春風不度玉門關[황하가 멀리 흰 구름 사이를 흐르고, 한 조각 외로운 성은 만길 높이의 산이 에워 쌓도다. 오랑캐 피리소리는 하필 이별의 한을 노래한 〈양류〉곡을 연주하고, 봄바람도 옥문관을 넘지 못하네"라고 노래하자 왕지환이 두 사람을 놀리며 "촌놈들, 내 말이 맞지!"라고 했다. 이것으로 당대 영기가 당시 명사들의 시구를 가져다 가곡에 넣는 것이 일반적 풍속이었음을 알 수 있겠다.[70]

이것은 『집이기(集異記)』에도 나오는 '기정화벽(旗亭畵壁)' 고사이다. 세 시인은 이처럼 '기정(旗亭, 酒樓)'에서 기녀들에게 누구의 시가 인기가

70　王灼, 『碧鷄漫志』 卷第一 : "「竹枝」·「浪淘沙」·「抛球樂」·「楊柳枝」, '乃詩中絶句, 而定爲歌曲. 故李太白「淸平調詞」三章, 皆絶句. 元白諸詩, 亦知音協律作歌. 白樂天守杭, 元微之贈詩云, '休遣玲瓏唱我詞, 我詞都是寄君詩.' 白樂天亦戲諸妓云, '席上爭飛使君酒, 歌中多唱舍下詩.' 又舊說開元中, 詩人王昌齡·高適·王之渙詣旗亭飮酒, 梨園伶官亦招妓聚燕. 三人私約曰, '我輩擅詩名, 未定甲乙, 試觀諸伶謳詩分優劣.' 一伶唱昌齡二絶句云, '寒雨連江夜入吳, 平明送客楚帆孤. 洛陽親友如相問, 一片氷心在玉壺.' '奉帚平明金殿開, 强將團扇共徘徊. 玉顔不及寒鴉色, 猶帶昭陽日影來.' 一伶唱適絶句云, '開篋淚沾臆, 見君前日書. 夜台何寂寞, 猶是子云居.' 之渙曰, '佳妓所唱, 如非我詩, 終身不敢與子爭衡. 不然, 子等列拜床下.' 須臾, 妓唱, '黃河遠上白雲間, 一片孤城萬仞山. 羌笛何須怨楊柳, 春風不度玉門關.' 之渙揶揄二子曰, '田舍奴, 我豈妄哉!' 以此知李唐伶伎, 取當時名士詩句入歌曲, 蓋常俗也".

있는지 벽에 표시를 하며 내기를 한 것이다. 앞에 등장한 원진의 시는 「증락천(贈樂天)」의 둘째 수이며, 백거이의 시는 「취희제기(醉戲諸妓)」이다. 그리고 왕창령의 시는 「부용루송신점(芙蓉樓送辛漸)」 첫째 수와 「장신추사(長信秋詞)」 셋째 수이며, 고적의 시는 「곡단부양소부(哭單父梁少府)」의 앞 네 구이고, 왕지환의 시는 「양주사(凉州詞)」 첫째 수이다. 결론의 언급대로 명사들의 시구를 배악(配樂)하여 노래하는 것은 당시의 '상속(常俗)'이었고, 기녀는 그 가수였던 것이다. 원진의 시에 나오는 "영롱(玲瓏)"은 백거이의 가기이며, 백거이의 시에서도 가기가 자기의 시를 노래 부른다고 했으니, 당시 기녀들의 가창이 매우 보편적이었음을 알 수 있다.

이처럼 '기정'에서 노래한 기녀들은 거기에 소속된 상업적 시기라고 할 수 있으니, 왕유(王維)의 「송원이사안서(送元二使安西)」도 이러한 기녀들이 "당시 명사들의 시구를 가져다 가곡에 넣은" 전형적인 예이다. 이 시는 〈양관곡(陽關曲)〉 또는 〈위성곡(渭城曲)〉으로 불리면서 송별연에서 가장 많이 가창되는 이별노래였는데, 다음과 같다.

渭城朝雨浥輕塵,	위성(渭城)의 아침 비가 날리는 먼지를 적시니,
客舍青青柳色新.	여관의 버드나무 색은 파릇파릇 새롭네.
勸君更盡一杯酒,	그대여 술 한 잔 더하고 가시게.
西出陽關無故人.	서쪽으로 양관(陽關)을 나서면 아는 이도 없을 터이니.

'위성'은 장안 북쪽에 있는 함양(咸陽)으로서, 서역으로 여행하는 사람을 주로 여기에서 전송했다. 예로부터 중국에는 길 떠나는 사람에게 버드나무 가지를 꺾어 주며 전송하는 풍습이 있었는데, 위성 주변에는

〈인물산수도(人物山水圖)〉

명(明)나라 우구(尤求)의 그림으로서, 버드나무 아래에서 멀리 떠난 임을 그리워하며 생각에 잠긴 여인의 모습이 표현되어 있다. 당대(唐代)의 대표적인 이별노래인 〈위성곡〉에도 버드나무[柳]가 출현하듯이 고대인들은 이별할 때 버드나무 가지를 꺾어주며 송별하는 풍습이 있었다. '柳'와 '留'가 해음(諧音)이므로 떠나는 이를 더 머무르게 하고 싶은 마음을 담았다고도 하고, 또 버드나무가 아무 땅에나 잘 자라듯이 떠나는 사람도 타향에서 잘 뿌리내려 살라는 의미로 주었다고도 한다.

이 버드나무가 많았다고 한다. '양관'은 지금의 감숙성(甘肅省) 돈황현(燉煌縣) 서북에 있는 관문으로, 옥문관(玉門關)의 남쪽에 있었기 때문에 이렇게 불렸다. 왕유는 음악에 정통했고 비파도 잘 탔는데, 당시 기녀들은 이 시의 마지막 구를 세 번 반복하는 '양관삼첩(陽關三疊)'의 창법으로 불렀다. 그래서 이상은(李商隱)은 "〈양관〉을 다 노래하고도 끝없이 되풀이하니, 술잔에 반쯤 찬 송엽주는 수정처럼 얼었다네"라고 했고, 또 "붉게 벌어진 앵도(櫻桃, 입술)는 백설(白雪, 흰 이빨)을 머금고 있는데, 애간장 끊어지는 소리로 〈양관〉을 노래하네"[71] 라고 했다. 노래의 가사나 창법 모두 애잔한 이별의 정을 잘 표현하고 있으므로 백거이도 "가

---

71   「飮席戲贈同舍」: "唱盡〈陽關〉無限疊, 半杯松叶凍玻璃";「贈歌妓」: "紅綻櫻桃含白雪,
      斷腸聲里唱〈陽關〉".

장 기억에 남는 것은 〈양관〉 노래이니, 진주를 꿰는 듯한 노래였다네"[72]
라고 했다.

이상에서 알 수 있듯이 기녀는 노래로써 시인들의 시를 널리 전파하
는 매개자였으니, 특히 모녀 가수인 유채춘(劉采春)과 주덕화(周德華)의
일화는 시가 전파자로서의 당시 기녀가 얼마나 큰 역할을 했는지 짐작
케 한다. 유채춘은 〈망부곡(望夫曲, 囉嗊曲)〉을 잘 불렀는데, "채춘이 노
래한 120수는 모두 그 시대 재자들이 지은 오육칠언으로서, (…중략…)
채춘이 이 곡(〈망부곡〉)을 한 번 노래하면 규방의 아낙네든 행인이든 눈
물을 흘리지 않는 이가 없었다"[73]고 했다. 이에 원진은 "언사가 고아하
여 풍류가 넘치고, 거지(擧止)가 은은하며 수려하구나. 더욱 사람을 애
타게 만드는 건 〈망부가〉를 골라서 노래할 때라네"[74]라고 칭송했다.
이 예는 당대 기녀의 문인시 전창(傳唱) 상황을 알려주는데, 원진은 그
녀의 선곡 능력, 즉 "선사(選詞)"를 칭송하고 있으니, 기녀들이 시의 옥
석을 가리는 능력도 있음을 알 수 있다. 그녀의 딸 주덕화는 또 〈양류사
(楊柳詞)〉를 잘 불렀으니 다음과 같은 일화가 전한다.

덕화는 유채춘의 딸이다. 비록 〈나홍가(囉嗊歌)〉는 그 어머니에게 미치
지 못하지만 〈양류지〉는 채춘도 미치기 어렵다. 최부거(崔副車)가 남달리
총애하여 경락(京洛)에 데리고 갔다. 후에 부호한 집안의 여제자들이 많이
그녀를 쫓아 배웠다. 온정균(溫庭筠)과 배함(裵諴)이 그들의 가곡을 덕화에

---

72   「晚春欲携酒尋沈四著作」:"最憶〈陽關〉唱, 眞珠一串歌".
73   範攄, 『雲溪友議』「艷陽詞」:"採春所唱一百二十首, 皆當代才子所作. (…중략…) 採
      春一唱是曲, 閨婦行人, 莫不涟泣".
74   『全唐詩』卷423「贈劉採春」:"言詞雅措風流足, 擧止低廻秀媚多. 更有惱人腸斷處, 選
      詞能唱望夫歌".

게 음운을 입혀 한번 노래해 달라고 요청했지만 부염(浮艶)하다고 여겨 덕화는 끝내 취하지 않았다. 두 사람은 매우 부끄러워 했는데, 그녀가 노래한 일곱 여덟 편은 바로 근래 명사들의 시였다.[75]

이 예는 당시 기녀의 중요한 역할이 가창이었으며, 그 가창이 시인의 명성에도 큰 영향을 끼치고 있음을 알게 해준다. 당시 아직 문명을 얻지 못했던 청년시인 온정균과 배함의 시는 가창을 거절당하고 있으니, 당시 시가 전파자로서의 기녀의 역할을 짐작할 수 있다. 주덕화가 노래한 "근래 명사들의 시"는 하지장(賀知章)의 「영류(咏柳)」, 양거원(楊巨源)의 「절양류(折楊柳)」, 유우석(劉禹錫)의 「양류지사(楊柳枝詞)」, 등매(藤邁)의 「양류지사」, 한종(韓琮)의 「양류지」와 「양류지사」 등이었다. 이 때문에 문인들은 기녀의 구미에 맞도록 시구나 제목을 바꾸는 경우도 많았고, 또 가창에 알맞도록 시의 정조를 꾸미거나 자신의 시가 선택될 수 있도록 유행한 악곡을 입히는 경우도 많았다.

이처럼 기녀는 가창을 통하여 시를 전파함으로써 당대 시악(詩樂)을 발전시켰을 뿐 아니라 시풍까지도 변화시켰다.[76] 당시 기녀들이 가창한 시는 주로 칠언절구였는데, 이는 앞에서 충분히 설명하였다. 특히 중당 이후에 칠언절구시가 급증하는 것도 이러한 기녀의 가창풍속과 유관하다 할 것이니, 이것은 방성배(方成培)의 "당나라 사람이 노래한 것은 대부분 오칠언절구"[77]라는 말이나 이중화(李重華)의 "칠언절구는 당나

---

75   『雲溪友議』卷下「溫裵黜」:"德華者, 乃劉采春女也. 雖囉嗊之歌, 不及其母, 而〈楊柳枝〉詞, 采春難及. 崔副車寵愛之異, 將至京洛. 後豪門女弟子從其學者衆矣. 溫裵所稱歌曲, 請德華一陳音韻, 以爲浮艶之美, 德華終不取焉. 二君深有愧色, 所唱者七八篇, 乃近日名流之咏也".

76   졸고,「唐代歌妓與文人交感及詩風變遷」,『南京師大學報』, 2002 제5기 참고.

77   『香研居詞塵』:"唐人所歌, 多五七言絶句".

라 사람들의 악장(樂章)으로서 빼어난 것이 가장 많다"[78]라는 말에서도 다시 확인할 수 있다. 당대는 음악이 발달하여 악공(樂工)과 가기(歌妓)들은 많은 칠언절구 명편을 배악가창(配樂歌唱) 했으며, 동시에 시인들도 적극적으로 배악을 위한 가사를 창작했던 것이다. 그래서 칠언절구는 특히 인구에 회자되는 빼어난 작품이 많을 뿐 아니라 그 수량도 오언율시 다음으로 많은데,[79] 동문환(董文渙)은 또 다음과 같이 말하고 있다.

당시 명가들은 대부분 이것(절구)에 뛰어났는데, 한 작품이 나오자마자 곧 사람들 입에 전송되어 위로는 궁정까지 퍼지고 아래로는 아낙네나 어린 아이에게까지 퍼져갔으니, 이로 말미암아 명성을 크게 일으켜서 마침내 평생의 영예를 얻기도 했다. 실제로 당나라 사람의 악장은 전부 그 당시 선비들의 시를 사용했는데, 모두 절구였다.[80]

이상을 보면 당대, 특히 기녀의 활동이 활발했던 중당 이후에 칠언절구가 대폭 증가한 이유를 짐작할 수 있다. 이처럼 당대 시인들은 기녀의 가창을 통하여 그들의 시를 널리 전파할 수 있었으니, 당대 기녀들

---

[78] 『貞一齋詩話』: "七絶乃唐人樂章, 工者最多".
[79] 王啓興의 「唐代詩人和音樂」(『武漢大學學報·社科版』, 1988.5)에서는 施子愉(『東方雜志』 제40권 제8호)의 글을 인용하여 『全唐詩』에 한 卷 이상이 존재하는 시인들의 작품을 보면 五言古詩 5,466수, 七言古詩 1,778수, 五言律詩 9,571수, 七言律詩 5,903수, 五言排律 1,934수, 七言排律 70수, 五言絶句 2,140수, 七言絶句 7,070수라고 했다. 또 저자도 「唐代家妓與文人交感及詩風變遷」(『南京師大學報』, 2002년 제5기)에서 기녀시인의 律詩 240수 가운데 五七言律詩가 51수, 五七言絶句가 189수로서, 律詩에서 絶句의 비중이 80%에 육박하며, 전체 시에서도 75%를 차지함을 고증한 바 있다. 그런데 전체 189수의 絶句 중에서도 또 五絶이 32수, 七絶이 157수로서 七絶이 83%나 차지하고 있다. 이것은 七言絶句詩의 歌唱性에 기인하는 것이며, 기녀들이 문인의 七絶을 가창했을 뿐 아니라 창작에서도 가창을 위해서 七絶을 주로 지었음을 알게 해준다.
[80] 『聲調四譜圖說』: "當世名家率多以此擅長, 或一篇出, 即傳誦人口, 上之流播宮廷, 下之轉述婦孺, 由是聲名大起, 遂爲終身之榮, 實因唐人樂章全用當世士人之詩, 皆絶句也".

은 문학전파자로서 매우 중요한 역할을 수행했다고 할 것이다.

이에 더하여 기녀들의 가창은 제언체(齊言體)의 율시를 장단구(長短句)의 가사로 변화시켜 사(詞)라는 새로운 시가 장르를 발생시키는 촉매 역할을 했다. 그래서 호적(胡適)도 사의 기원에 대해 언급하면서 "나는 곡의 박자에 의거하여 장단의 가조(歌調)를 만들었다고 의심하는데, 이러한 풍기는 민간에서 시작되었고 악공가기들에게서 시작되었다"[81]고 했던 것이다. 당시 기녀들은 문인의 시를 유행 곡조에 넣어 가창했는데, 이러한 제언체의 문인시(가사)를 유행 곡조와 조화시키기 위해 '화성(和聲)'이나 '허성(虛聲)' 등의 창법을 운용하기도 했고, 또 '투성(偸聲)'이나 '감자(減字)'하기도 했으니, 이러한 과정에서 자연스럽게 장단구의 가사(歌詞)가 발생했다. 이처럼 기녀들이 실제 가창 과정에서 제언체의 율시를 새로운 형식으로 변화시켰고, 시인들은 그들의 시가 기녀의 노래로 선택되기 위해 가창에 맞는 칠언절구 혹은 장단구의 사를 창작하게 되었던 것이다.

이러한 상황은 기녀들이 당대 시가의 창작과 변화 발전에 주도적으로 개입하였음을 의미하는 것으로, 중당 이후 칠언절구가 대폭 증가하고, 또 새로운 시가인 사가 출현하는 것은 모두 기녀의 문학적 역할에 크게 힘입고 있다 할 것이다. 이처럼 기녀들은 중당 이후 시풍을 칠언절구 위주로 변화시켰고 사의 발생과정에서도 결정적인 역할을 하고 있으므로 그들의 창작시와 함께 문학 창조자로서도 매우 의미 있는 역할을 했다고 할 것이다.

---

81   「詞的起源」: "我疑心依曲拍作長短的歌調, 這個風氣, 是起于民間, 起于樂工歌妓".

4. 배우로서의 당대 기녀

　　당대는 시문 못잖게 공연예술이 흥성한 시대로서, 기녀는 또 배우의 역할을 했다. 당시 무후(武后)가 "천하의 부인들이 배우지희(俳優之戲)하는 것을 금하도록 주청했다"[82]는 기록으로 보아 초당 때부터 기녀 성격의 여배우들이 많았던 것으로 여겨진다. 따라서 기녀의 배우로서의 역할도 당대에 본격적으로 시작된 것으로 보이는데, 임반당(任半塘)도 "중국에서 전능하게 희극을 공연한 진정한 여배우는 당나라에 이르러 두드러지기 시작했다"[83]라고 했다. 여기의 여배우는 성격상 궁기로 볼 수 있는데, 이러한 궁정 배우가 늘어나게 된 것도 예술을 애호한 현종 황제 덕분이라 할 수 있다. 현종은 궁정 내에 각종 음악 관련 기관을 설치하고 확충하였는데, 그 가운데 교방과 이원은 예인을 양성하고 관리하는 곳으로서, 『악부잡록(樂府雜錄)』에 따르면 교방에 소속된 악공은 11,400여 명이고 그 가운데 이원에만도 5,000여 명이나 된다고 하였다. 특히 현종은 직접 좌부기(坐部伎) 제자 300명과 궁녀 수백 명을 뽑아 손수 지도하고 훈련시켰으므로 이들을 '황제이원제자(皇帝梨園弟子)'라고 불렀다. 희반(戲班, 극단)을 이원으로 부르고 희곡 예인을 이원제자라고 부르는 것도 여기에서 유래된 것이다. 이처럼 교방과 이원에서의 엄격한 훈련을 거친 예인들은 공연 수준이 매우 높았을 뿐 아니라 가무희(歌舞戲), 참군희(參軍戲), 백희(百戲) 등 레퍼토리도 다양했다.

　　이들은 주로 황제나 관료들을 위하여 공연했지만 때때로 시정에서도

82　　『舊唐書』本紀第四·高宗上 : "皇后請禁天下婦人爲俳優之戲".

83　　『唐戲弄』, 1038쪽 : "我國表演全能戲劇之眞正女優, 至唐而始著".

공연하였는데, 당대 기녀들은 개그 형식의 풍자해학을 위주로 하는 참군희나 아크로바트 같은 잡기 위주의 백희도 공연했지만, 특히 가무희에서 두각을 나타냈다. 그것은 앞서 언급한 것처럼 가무나 음악 등 기녀들의 기본 소양이 가무희 공연에 더욱 유용했기 때문이었다. 『악부잡록』「고가부(鼓架部)」에는 당시의 대표적인 가무희로 〈대면(大面)〉, 〈발두(鉢頭)〉, 〈소중랑(蘇中郎)〉, 〈답요낭(踏搖娘)〉 등을 들고 있으며, 기타 문헌에는 또 〈진왕파진악(秦王破陣樂)〉, 〈번쾌배군난(樊噲排君難)〉, 〈소막차(蘇莫遮)〉, 〈환경락(還京樂)〉 등의 가무희가 기록되어 있다. 이것은 모두 간단한 이야기와 가무를 포함하고 있다. 증조(曾慥)의 『유설(類說)』에는 『교방기』를 인용하여 "소오노(蘇五奴)의 아내 장소낭(張少娘)은 (…중략…) 〈답요낭〉을 공연할 수 있었다"[84]라고 했다. 장소낭은 교방에 소속된 기녀배우였는데, 장호(張祜)의 「용아발두(容兒鉢頭)」 시는 궁정 예인들의 공연 모습을 엿볼 수 있다.

爭走金車叱軼牛,	금수레가 다투어 달려오고 장식 달린 소를 몰며 모여드나니
笑聲惟是說千秋.	웃음소리를 들어보니 황제의 천추(千秋)를 축원하는구나.
兩邊角子羊門里,	양쪽 모퉁이 양문(羊門) 안에서는
猶學容兒弄鉢頭.	여전히 용아(容兒)의 〈발두〉 공연을 배우고 있네.

이 시는 헌종(憲宗)의 천추절(千秋節, 황제의 생일)에 궁정 배우 용아(容

兒)의 〈발두〉 공연을 보려고 관객들이 경쟁하듯 수레를 타고 몰려드는
광경과 교방 예인의 연습 장면을 묘사하고 있다. 원래 〈발두〉는 호랑이
에게 물려죽은 아버지의 복수를 하는 내용이므로 천추절의 공연에는
그다지 적합하지 않다. 그래서 '웃음소리'로 〈발두〉의 공연이 끝나고
천추절의 축원이 시작되었음을 알 수 있는 것이다. 그런데 교방 예인들
은 쉬지 않고 훈련장으로 추정되는 궁중 모퉁이 '양문'에서 방금 끝난
용아의 〈발두〉 공연을 배우고 있다고 했으니, 용아는 당시 매우 명성
있는 배우였음을 알 수 있다. 또 말자(襪子)와 하의(何懿) 등은 합생희(合
生戲)를 공연하는 배우였으니, 『신당서(新唐書) · 무평일전(武平一傳)』에
는 "호인(胡人) 말자와 하의 등이 '합생'을 노래했는데, 노랫말이 천박하
였다"[85]고 하였다.

　이러한 가무희 외에 대사 위주의 참군희로 이름을 날린 배우도 있으
니, 아포사(阿布思)의 아내가 그러하다.

　숙종(肅宗)이 궁중에서 연회를 할 때, 여배우가 〈농가관희(弄假官戲)〉를
했는데, 그 푸른 옷에 서간을 쥐고 있는 자를 참군장(參軍椿)이라 불렀다.
천보(天寶) 말에 번장(蕃將) 아포사가 법에 의해 처형을 당하고 그 아내는
액정(掖庭, 궁녀가 거처하는 곳)에 배치되었는데, 배우를 잘하여 그에 따라
악공(樂工)에 예속되었다. 이 날 마침내 가관(假官)의 우두머리가 되어 장
(椿, 말뚝) 역할을 하였으니, 윗사람은 물론 연회에 시중드는 사람들도 웃고
즐거워했다.[86]

85　『新唐書 · 武平一傳』: "胡人襪子何懿等唱合生, 歌言淺穢".
86　趙璘, 『因話錄 · 宮部』: "肅宗宴于宮中, 女優有弄假官戲, 其綠衣秉簡者, 謂之參軍椿.
　　天寶末, 蕃將阿布思伏法, 其妻配掖庭, 善爲優, 因使隸樂工. 是日遂爲假官之長, 所爲
　　椿者, 上及侍宴者笑樂".

<농가관희>는 궁중에서 자주 공연되는 참군희로서 부패하고 무능한 관리들을 풍자하고 비판하면서 웃음을 유발하는 형식이다. 아포사의 아내가 맡은 '참군장'은 바로 '가관'의 우두머리로서 이 극의 주인공 역이라 할 수 있다. 이처럼 아포사의 아내는 대사 위주의 풍자극인 참군희에 뛰어났던 교방 배우였던 것이다.

이러한 공연은 당대 사대부 관료 사이에서도 매우 유행하여 궁정은 물론 집안 같은 사적인 공간에서도 이루어졌으니, 다음은 그 예이다.

> 최현(崔鉉)이 회남(淮南)에 있을 때 일찍이 악공에게 그 집안의 시종들을 모아 여러 희(戱)를 가르치게 했다. 하루는 그 악공이 성과를 보고하면서 또 시연해보겠다고 청했다. 최현은 당하(堂下)에 모이라고 명하고 그의 아내 이씨(李氏)와 앉아서 관람을 했다. 시종들은 이씨의 투기(妬忌) 때문에 (남자 시종) 몇몇이 여자 옷을 입고 처(妻)라 하고 첩(妾)이라 하며 옆에 늘어섰는데, 한 시종이 서간(書簡)을 쥐고 요대(腰帶)를 차고서 굽실대며 그 사이를 맴돌았다. 풍악이 울리고 술판이 벌어지면서 알아채는 사람이 없을 수 없었으나 이씨는 아직 깨닫지 못하였다. 한참 후에 희가 더욱 진행되자 모두 이씨가 평소에 했던 일들을 흉내 냈다. 이씨가 약간 낌새를 챘으나 그 희가 우연히 일치한 것이겠거니 여기고 감히 하지 말라는 말도 못하고 또 구경만 했다. 시종들이 알아차리게 하고 싶어서 더욱 심하게 희롱하였다. 이씨는 결국 화를 내며 "이놈들이 감히 무례하구나! 내가 언제 그렇게 했더냐?"라며 욕을 했다.[87]

---

87 『玉泉子眞錄』: "崔公鉉之在淮南, 嘗俾樂工集其家僮, 敎以諸戱. 一日, 其樂工告以成就, 且請試焉. 鉉命閱于堂下, 與妻李坐觀之. 僮以李氏妬忌, 卽以數僮衣婦人衣, 曰妻, 曰妾, 列于旁側, 一僮則執簡束帶, 旋辟唯諾其間. 張樂命酒, 不能無屬意者, 李氏未之悟也. 久之, 戱愈甚, 悉類李氏平時所嘗爲. 李氏雖少悟, 以其戱偶合, 私謂不敢而然, 且

이상은 최현이 지금의 양주(揚州)인 회남절도사(淮南節度使)로 있을 때의 일화로서, 시종들의 공연 역시 풍자를 위주로 한 참군희의 일종으로 보인다. '희'를 배운 최현의 시종들은 성격상 관기이거나 가기일 것이며, 극의 내용은 최현의 일상 가정사로서 등장인물도 처와 첩에다가 최현으로 분한 "집간속대(執簡束帶)"의 관리, 집안의 노비 등이므로 당연히 '과백(科白, 동작과 대사)'이 있었을 것이다. 또 이씨의 질투 때문에 처와 첩 역할은 '남분여장'을 했다고 했는데, 이것은 웃음을 유발하는 풍자극에 자주 있는 일이다. 이처럼 최현은 집안의 시종들에게 희곡을 훈련시켜 그의 아내와 함께 관람하고 있으니, 관기나 가기들도 배우로서 역할을 했으며, 그 공연무대도 궁정을 벗어나 관아나 집안으로까지 확대되었다는 사실을 알 수 있다.

안사(安史)의 난(760) 이후로는 또 궁정의 배우들이 민간으로 내려와 민간 예인들과 함께 시정에서 공연하는 경우가 많았다. 이들은 이원의 세련된 극목을 민간으로 전파하여 민간 예인의 예술 수준을 높였을 뿐 아니라 민간 예인들의 참신한 요소들을 받아들이기도 했다. 따라서 기녀의 배우로서의 역할이 가장 두드러진 공간은 시정 무대였다. 당대 시인의 시 속에는 이러한 광경이나 배우가 많이 등장하는데 백거이의 다음 시는 당시 공연상황의 일단을 엿볼 수 있다.

急管停還奏,	빠른 피리소리가 멎는 듯 다시 연주되고
繁弦慢更張.	현란한 현은 느슨해졌다가 다시 팽팽해지네.
雪飛回舞袖,	눈이 날리듯 춤추는 소매 자락이 돌고

觀之. 僮志在發悟, 愈益戲之. 李果怒, 罵之曰, '奴敢無礼! 吾何嘗至此?'"

塵起繞歌梁.　　　먼지를 일으키며 노래 소리가 들보를 감도네.

舊曲翻調笑,　　　옛날 곡조인 〈조소(調笑)〉를 연주하며

新聲打義揚.　　　새로운 소리인 〈의양(義揚)〉을 공연하네.

名情推阿軝,　　　명정(名情, 표정 연기)은 아궤(阿軝)가 일품이고

巧語許秋娘.　　　교어(巧語, 대사 기교)는 추낭(秋娘)이 으뜸이로다.[88]

　　'장안구유(長安舊遊)'를 기록한 이 시에는 악(樂), 무(舞), 가(歌), 극(劇)이 모두 등장하고 있다. 〈의양(義揚)〉은 〈의양(義陽)〉의 오기로 보이며, 가무희 〈의양주(義陽主)〉[89]를 가리킨다. 아궤와 추낭은 이 가무희의 부마와 공주 역을 공연한 생(生, 남자 주인공)과 단(旦, 여자 주인공)으로 보이는데, 각각 표정 연기와 대사 기교가 뛰어나다는 것이다. 원진의 「증여삼교서(贈呂三校書)」 시에 "함께 화원(花園)을 차지하고서 조(趙)나라 미녀를 다투고, 서로 돈 꾸러미를 더 보태며 추낭을 점지하네"[90]라고 했는데, 이것은 전형적으로 유명 배우에게 돈을 더 얹어주고 공연을 부탁하는 전통 풍속과 같으니, 추낭은 당시 꽤 이름난 배우였던 것 같다. 백거이의 「비파행(琵琶行)」에도 "곡이 끝나면 일찍이 뛰어난 재주라고 탄복을 받았고, 화장을 하면 매번 추낭의 질투를 받을 정도였다네"[91]라는 구절이 있는데, 진인각(陳寅恪)은 "이 「비파인(琵琶引)」 속의 추낭은 아마도 당시 장안의 유명한 창녀(倡女)였을 것인데, 낙천(樂天, 백거이)은 하늘 끝을 유랑하는 신세로서 옛날 노닐던 일들을 생각하며 마침내 시에 넣은 것일 따름이다. 그런데 방본(坊本)에서는 이 시를 해석하면서 두추낭(杜秋娘)

88　「江南喜逢蕭九徹因話長安舊游戲贈五十韻」.

89　중당 때의 가무희로 의양공주의 연애사를 다룬 合生戲 계통으로 보았다.

90　元稹,「贈呂三校書」: "共占花園爭趙辟, 競添錢貫定秋娘".

91　白居易,「琵琶行」: "曲罷曾教善才伏, 妝成每被秋娘妒".

이라 했으니, 심한 오류이다[92]
라고 하여 앞선 언급한 기녀시
인 두추낭과 구별했다. 백거이
는 또 「화원구여려이동숙화구
감증(和元九與呂二同宿話舊感贈)」
시에서도 "추낭이 아직도 여전
하다고 들었으니, 지금 다시 미
지(微之, 원진)에게 물어본다"[93]
라고 했으니, 여기의 추낭은 백
거이와 원진이 함께 공유하고
있는 추억 속의 장안 명배우라
고 보아야 할 것이다.

　당대에는 상품 경제의 발달
과 시민계층의 형성으로 민간
의 직업 예술단, 즉 예반(藝班)
도 형성되었다. 이러한 예반 속

참군희 배우 유채춘
(馬駱, 『美人百態畵譜』)

에 기녀들은 또 공연배우로서 활약하였으니, 기록에 따른 최초의 민간
직업 예반은 중당 시기 주계남(周季南)과 주계숭(周季崇), 그리고 그의 아
내로 구성된 '가정예반(家庭藝班)'이다. 두 사람은 형제이며 주계숭의 아
내는 앞에서도 언급된 유채춘(劉采春)이다. 그녀는 시를 잘 지었고 〈망
부가(望夫歌)〉를 비롯하여 100여 곡이 넘는 레퍼토리를 가진 뛰어난 가

92　陳寅恪, 『元白詩箋證稿』: "卽此 「琵琶引」中之秋娘, 蓋當時長安負盛名之倡女也. 樂天
　　天涯淪落, 感念昔遊, 遂取入詩耳. 而坊本釋此詩, 乃以杜秋娘當之, 妄謬極矣!"

93　白居易, 「和元九與呂二同宿話舊感贈」: "聞道秋娘犹尙在, 至今時夏問微之".

수였으며, 또 육참군(陸參軍) 공연으로 명성을 날린 명배우였다. '육참군'은 참군희로 불리는 당대의 대표적인 풍자 해학극으로서 처음에는 주로 남자 배우 두 사람이 서로 대사를 주고받는 형식의 스탠딩 코미디였다. 유채춘 일가는 월주(越州)와 양주(揚州) 일대에서 자주 공연하였는데, 그녀는 이 공연에 가창을 도입함으로써 참군희의 형식을 혁신하였다는 평가를 받았다.[94] 임반당도 유채춘 일가를 "민간 유동희반의 대표"[95]라고 하였다. 만당 때 설능(薛能)의 「오희십수(吳姬十首)」에는 "이날은 버들 솜이 눈처럼 날렸는데, 여자 아이가 악기를 연주하며 참군희를 공연했네"[96]라고 했는데, 여기의 오희(吳姬)도 유채춘을 계승하여 참군희를 공연한 기녀배우라 할 것이다. 이 외에 앞서 언급한 소오노(蘇五奴)와 그의 아내 장소낭(張少娘)도 이러한 가정예반이라고 할 수 있을 것이다. 장소낭은 〈답요낭〉을 잘 했는데, 『교방기』에는 다음과 같은 기록이 있다.

소오노의 아내 장사낭은 가무를 잘 했는데, 요청하는 사람이 있으면 오노가 그녀를 따라 앞에 나가곤 했다. 사람들이 그를 빨리 취하게 하고 싶어 술을 많이 권했는데, 오노가 "나한테 돈만 많이 주십시오. 그러면 몽둥이를 먹어도 또한 취할 테니 번거롭게 술 먹일 필요도 없다오"라고 했다. 요즘 아내를 파는 사람들을 '오노'라고 부르는데, 소오노로부터 시작되었다.[97]

94　張庚·郭漢城의 『中國戲曲通史』(第一編)에서도 "陸參軍의 주인공은 일찍이 囉唝曲으로써 〈望夫歌〉를 노래하였는데, 이러한 노래는 서사적이지 않았지만 參軍戲의 노래 부르는 선례를 개척했다(陸參軍的主角曾經以囉唝曲唱過〈望夫歌〉, 這种歌雖不是叙事的, 却開辟了參軍戲中唱曲子的先例)"고 평하였다.

95　『唐戲弄』第一章: "采春一家是"民間流動戲班之代表".

96　薛能, 「吳姬十首」: "此日楊花初似雪, 女兒弦管弄參軍".

97　『教坊記』: "蘇五奴妻張四娘, 善歌舞, 有邀迓者, 五奴輒隨之前. 人慾得其速醉, 多勸

　〈답요낭〉은 술주정뱅이 남편이 아내를 때리는 이야기를 담은 가무희로서, 소오노와 장사낭 부부는 전문적으로 〈답요낭〉을 공연한 것으로 보인다. 소오노가 관객들에게 돈을 요구하는 대목은 중국 희곡 공연의 전통인 '전두(纏頭)'[98]의 형태로서, 이것은 앞서 인용한 원진의 「증여삼교서」에서 추낭의 공연을 예약하려고 돈 꾸러미를 더 보탠다는 예와 같다 할 것이다. 이렇게 볼 때 소오노가 마누라를 등쳐먹는 사람이라는 욕을 먹고 있지만 실제로는 부부 공연단이라 할 수 있을 것이다.

검기무(劍器舞)에 뛰어난 공손대낭
(馬駱, 『美人百態畫譜』)

　『교방기』에 기록된 '가무기(歌舞妓)'로는 장사낭 외에도 안대낭(顏大娘), 방삼낭(龐三娘), 배대낭(裴大娘), 왕대낭(王大娘) 등이 있으며, 두보의 「검기

酒. 五奴曰, '但多與我錢, 吃錘子亦醉, 不煩酒也.' 今呼贅妻者爲五奴, 自蘇始".

[98] 단어의 의미는 '머리에 두른다'는 뜻인데, 옛날 공연을 마친 예인들에게 상으로 비단 띠를 머리에 둘러 준 것에서 유래되어 예인들에게 주는 상 또는 화대를 의미하게 되었다. 두보(杜甫)의 「즉사(卽事)」에는 "웃을 적엔 꽃이 눈에 가깝더니, 춤 마치니 비단 전두 주는구나[笑時花近眼, 舞罷錦纏頭]"라고 했고, 백거이의 「비파행(琵琶行)」에도 "오릉의 젊은이들 다투어 전두를 내니, 한 곡조만 타도 붉은 비단 수없이 들어왔네[五陵年少爭纏頭, 一曲紅綃不知數]"라고 하였다.

행(劍器行)」 시에는 또 '검기무(劍器舞)'에 뛰어난 공손대낭(公孫大娘)을 노래하고 있으니, "옛날에 가인 공손씨(公孫氏)가 있었는데, 한번 검기무를 추면 사방을 감동시켰다"[99]고 했다. 이들은 장안의 외교방(外敎坊)[100]에 소속된 예기라 할 것인데, 외교방은 내교방과 달리 태상사(太常寺) 관할이 아니어서 기녀들이 비교적 자유롭게 공연활동을 할 수 있었다. 이들은 궁정 환관의 관리 하에 황가(皇家)의 공연이나 응소입궁(應召入宮)을 했지만 한가할 때는 또 시정 공연도 할 수 있었다. 그러다 보니 이들은 주로 가족 단위의 가정예반을 구성한 예가 많았으니, 가무기(歌舞妓) 배대낭의 오빠는 근두기(筋斗伎)였고, 남편은 간목기(竿木伎)였다. 이처럼 당대 기녀들은 또 각종 공연예술의 공연을 담당한 배우였으며, 초보적 형태의 공연단인 '가정예반'을 꾸려서 상업적인 공연도 했던 것이다.

당대에는 이처럼 다양한 공연예술이 있었고, 당대 기녀는 그 공연담당자였다. 중국의 희곡을 논할 때 소희(小戲)와 대희(大戲)의 이분법은 복잡하고 다양한 중국의 희곡을 분류하는 비교적 적절한 논리로 활용되고 있다. 이것은 대만(台灣)의 저명한 희곡학자 증영의(曾永義)가 중국 희곡의 기원을 논하면서 제시한 기준으로서, 대희는 성숙된 희곡이고 소희는 희곡의 추형이라고 했다. 즉, 대희는 원잡극(元雜劇) 이후에 발전되어 완성된 희곡 장르를 말하고, 송잡극(宋雜劇)을 비롯한 당대의 여러 희곡들은 소희라는 것이다. 그리고 이 소희야말로 중국희곡의 원형으로서 높은 가치가 있다고 평가했다.[101] 이렇게 볼 때 당대 기녀들은

99   「劍器行」: "昔有佳人公孫氏, 一舞劍器動四方".
100 敎坊은 唐 高祖 武德年間(618~626)에 처음 설치되었는데, 이것은 '內敎坊'으로서 太常寺에 속해 있었다. 그 후 開元 二年(714)에 또 '外敎坊' 네 곳을 증설했는데, 두 곳은 洛陽에 있었고, 두 곳은 長安에 있었다.

이러한 당대의 여러 소희들을 공연한 배우로서, 또한 중국희곡 형성의
선구자로 평가할 수 있을 것이다.

5. 엔터테이너와 비평가 혹은 향유자—기녀와 문인의 관계

　기녀들이 시인이나 가수로서나 배우로서의 능력을 갖춘 것은 그들이
상대해야 하는 '손님' 때문이다. 당시 기녀들이 상대해야 하는 손님들은
기녀의 종류에 따라 조금씩 차이가 있긴 했지만 대부분 사대부 관료나
부유한 상인 계층이었다. 이 가운데 사회의식을 결정하고 문화를 주도
하던 지식인 그룹은 당연히 사대부 문인들로서 이들이 기녀의 주 고객
이었다. 따라서 기녀 문화는 이러한 손님과의 관계 속에서 형성되었는
데, 양자는 피상적으로 보면 손님과 접대부라는 일차적 관계이지만 이
일차적 관계를 넘어서 상호의존적인 공생관계가 형성되어 있었다. 기
녀들은 문인과의 교유를 더욱 선호했고, 사대부 문인들도 기녀들을 함
부로 대하지 못했다. 기녀가 문인들과의 교유를 선호한 이유는 그들의
품평이 기녀의 성가에 직접적으로 영향을 미치기 때문이니, 육엄몽(陸
嚴夢)의 다음 시는 기녀를 품평하는 문인들의 일면을 엿볼 수 있다.

　自道風流不可攀,　　스스로도 풍류(風流)로는 사람을 끌 수 없다고 하고,

101　『曾永義學術論文自選集 · 論說小戲』, 中華書局, 2008 참고.

却堪蹙額更頹顏.　　찡그린 이마는 억지로 참아준다 해도 더욱이 망가진
　　　　　　　　　얼굴이라니.

眼睛深却湘江水,　　눈동자는 움푹하니 상강(湘江)의 물이 고인 듯 하고,

鼻孔高于華岳山.　　콧구멍은 화악산(華岳山)보다 높네.

舞態固難居掌上,　　춤추는 자태는 진실로 손바닥 위에 올려 둘 정도로 날
　　　　　　　　　씬하지 못하고,

歌聲應不繞梁間.　　노랫소리도 마땅히 들보 사이를 맴돌지 못하네.

孟陽死後欲千載,　　그 못생긴 맹양(孟陽)[102]도 죽은 지 천 년이 되었지만

猶在佳人覓往還.　　오히려 찾으며 왕래하는 가인(佳人)이 있건만.[103]

　　이 시는 연회석상의 기녀를 품평한 것인데, 시의 제목에서 '호자녀(胡子女)'라고 했고, 또 움푹한 눈과 높은 코라는 표현으로 보아 서역 여자로 보인다. 시인은 '풍류'도 없고 얼굴도 못생겼는데 가무조차도 형편없다고 조롱하고 있는 것이다. 그리고 맹양을 예로 들며 남자는 몰라도 여자가 이래서는 아무도 찾지 않을 것이라고 에둘러 말하고 있다. 범터(范攄)는 "육엄몽이 계주(桂州)의 연회에서 호자녀(胡子女)에게 준 시한 수는 지금도 기녀들과 즐기는 곳에서 자주 노래 부르는 작품으로서 얼굴을 숙이고 낯빛을 변하게 하지 않음이 없다"[104]라고 했으니, 이 시가 기녀를 품평하는 시로 자주 사용되었음을 알 수 있다. 이 책에는 또 "남주(濫州)의 연석주규(宴席酒糾) 최운낭(崔雲娘)이라는 자는 외모가 깡

말랐는데, 여러 손님들에게 장난치며 벌주를 내리곤 했고, 아울러 자신의 노랫소리를 자랑하며 스스로 노래 잘 하는 영(郢)나라 사람의 묘가 있다고 여겼다. 이에 이선고(李宣古)가 연회석상에서 한 번 시를 읊음으로써 마침내 입을 다물게 만들었다"[105]라고 했는데, 그 시는 다음과 같다.

何事最堪悲,	무슨 일이 가장 슬픈가?
雲娘只首奇.	운낭(雲娘)은 최고로 기이하다네.
瘦拳抛令急,	깡마른 주먹으로 주령(酒令)은 빠르게 잘도 하더니만
長嘴出歌遲.	긴 주둥이에 노래는 느려 터졌다.
只見肩侵鬢,	보아하니 어깨가 귀밑머리를 넘어가고
唯憂骨透皮.	피부에 뼈가 비칠까 두렵네.
不須當戶立,	당연히 문 앞에 서 있어서는 안 될 터,
頭上有鍾馗.	머리 위에 못생긴 종규(鍾馗)[106]가 붙어있으니.[107]

　　연회에서 흥을 돋우며 주령을 주도하는 우두머리 기녀를 주규(酒糾)라고 하는데, 최운낭은 깡마른 몸매로 별 인기가 없었지만 스스로 노래를 잘 부른다는 자만심으로 손님들을 막 대했으므로 이선고가 시로써 조롱하고 있는 것이다.

　　오초(吳楚)의 괴짜 서생 최애(崔涯)도 "매번 기녀의 집에 제시(題詩)할

105　范攄, 『雲溪友議』 卷中 : "灆州宴席酒糾崔雲娘者, 形貌瘦瘠, 而戲調罰於衆賓. 兼恃歌聲, 自以爲郢人之妙也. 李生宣古, 乃當筵一詠, 遂至鉗口".
106　鍾馗는 唐 高祖 武德 연간에 태어나 高宗 永徽 연간에 과거에 급제했지만 못생긴 외모 때문에 武后의 미움을 받아 관직을 받지 못했다. 10년 넘게 기다렸지만 결국 벼슬에 나아가지 못하여 調露 연간에 出家하여 도사가 되어 주유천하를 했다.
107　「咏崔雲娘」.

〈이단단도(李端端圖)〉

이단단(李端端)이 흰 모란을 들고서 최애(崔涯)에게 자신에 대해서 좋은 시를 써달라고 간청하는 장면이다. 명(明)나라 당인(唐寅)의 그림으로서, 현재 남경박물원(南京博物院)에 소장되어 있다.

때마다 거리에서 낭송되지 않음이 없었다. 그 기녀를 칭찬하면 거마가 줄을 잇고, 비방하면 술잔이나 소반 놓는 기회도 잡지 못했다"[108]고 할 정도였는데, 그는 기녀 이단단(李端端)을 다음과 같이 조롱하였다.

黃昏不語不知行,　해가 저물어도 말하지 않
　　으면 갈 줄 모르고,
鼻似烟窗耳似鐺.　코는 굴뚝같고 귀는 방울
　　같다.
獨把象牙梳揷鬢,　상아(象牙) 빗을 귀밑머
　　리에 꽂고 있을 때면
崑崙山上月初生.　곤륜산(崑崙山) 위에 갓
　　뜬 달 같다.[109]

이 시는 전체적으로 이단단의 검은 피부와 못생긴 외모를 조롱한 것으로, 상아 빗을 꽂고 있는 모습을 곤륜산 위에 뜬 달로 비유한 것은 그녀의 검은 피부를 풍자한 것 같다. 최애는 시인 장호(張祜)와 함께 양주에 기거하면서 자유롭고 호탕한 삶을 살았는

108　范攄, 『雲溪友議』 卷中 : "崔涯者, 吳楚之狂生也, 與張祜齊名. 每題一詩于倡肆, 無不誦之于衢路. 譽之則車馬繼來, 毁之則杯盤失措".
109　「嘲李端端」.

데, 이들은 특히 기원에서 이름을 날린 문인들로서, 이들의 품평은 기녀의 수입에 결정적 영향을 미쳤다고 한다. 이단단은 이 시를 접하고 최애를 찾아가 사정을 했고, 이에 그는 다시 다음과 같은 시로써 그녀를 치켜세워 주었다.

覓得黃驃鞍繡鞍,	천리마를 찾아 비단 안장 채우고는
善和坊里取端端.	선화방(善和坊)의 단단(端端)을 찾아가라.
揚州近日渾成差,	요즘 양주에는 모두 형편없는데
一朵能行白牡丹.	한 송이 걸어 다니는 하얀 모란이로다. [110]

최애의 이 시로 인해 "이에 부호 선비들이 다시 그 문 앞으로 모여들었다. 어떤 이가 놀리며 말하길 '이(李) 낭자가 묵지(墨池)에서 나와서 설령(雪嶺)을 올랐네. 어째서 하루 만에 흑백이 달라졌는고?'라고 하였다. 홍루(紅樓)에서는 창악(倡樂)을 하므로 그들의 조롱을 두려워하지 않는 이가 없었다"[111]라고 하였다.

이처럼 문인의 품평은 기녀의 직업적 생명에 직접적 영향을 끼쳤다. 따라서 기녀들은 이러한 사대부 문인들을 가벼이 대할 수 없었던 것이다. 이러한 점에서 문인은 멀티 엔터테이너인 기녀의 엔터테인먼트를 즐기는 '향유자'인 동시에 그 예술적 성취를 평가하는 '비평가'였다고 할 수 있을 것이다.

그러나 문인들의 입장에서도 기녀들을 함부로 대할 수는 없었다. 그

---

110 「嘲李端端」.
111 『太平廣記』卷256 : "于是豪富之士, 復臻其門. 或戱之曰, '李家娘子, 才出墨池, 便登雪嶺. 何期一日, 黑白不均?' 紅樓以爲倡樂, 無不畏其嘲謔也".

것은 기녀의 문인에 대한 평가나 그 시의 가창 여부에 따라 문인들의 명성에도 지대한 영향을 끼치기 때문이다. 그래서 백거이도 원진에게 자신의 시가 전국적으로 유행되고 있음을 다음과 같이 자랑하고 있다.

다시 장안에 왔을 때 또 들기를, 우군사(右軍使) 고하우(高霞寓)가 기녀를 초빙하려고 하자 그 기녀가 크게 자랑하며 "나는 백학사(白學士, 백거이)의 「장한가(長恨歌)」도 외우는데 어찌 다른 사람과 같겠소?"라고 했고, 이로 말미암아 값이 올라갔다고 합니다. 또 그대의 편지에 통주(通州)에 도착한 날 강관(江館)의 주문(柱門)에 저의 시를 적는 사람을 보았다고 했는데, 누구인지요? 또 지난 번 한남(漢南)을 지나던 날에 우연히 주인이 여러 사람을 불러 모아 풍악을 즐기던 곳에 가게 되었는데 다른 손님과 여러 기녀들이 제가 오는 것을 보고서 손으로 가리키면서 서로 돌아보며 말하기를 "저 사람이 「진중음(秦中吟)」과 「장한가」를 지은 장본인이오!"라고 했지요. 장안에서부터 강서(江西)에 이르기까지 삼사천 리 길에 향교(鄉校)나 불사(佛寺), 여관, 길 떠나는 배 안 등에서 종종 저의 시를 적어 놓은 것이 있으며, 선비와 서민, 스님과 아낙네 처녀의 입에서도 매번 저의 시가 노래되었습니다. 이것은 진실로 하찮은 유희로서 칭찬할만한 것은 아닙니다. 그러나 지금 시속(時俗)에서 중하게 여기는 것이 바로 여기에 있을 따름이지요.[112]

백거이의 시가 이처럼 전국적으로 유행할 수 있었던 것은 신악부(新

---

[112] 「與元九書」: "及再來長安, 又聞右軍使高霞寓者, 欲聘娼妓, 妓大誇曰, '我誦得白學士長恨歌, 豈同他哉?' 由是增價. 又足下書云, 到通州日, 見江館柱門有題僕詩者, 何人哉? 又昨過漢南日, 適遇主人集衆娛樂, 他賓諸妓見僕來, 指而相顧曰, '此是秦中吟長恨歌主耳!' 自長安抵江西三四千里, 凡鄉校佛寺逆旅行舟中, 往往有題僕詩者, 士庶僧徒孀婦處女之口, 每有咏僕詩者. 此誠雕蟲之戲, 不足爲多. 然今時俗所重, 正在此耳".

樂府) 운동의 주창자로서 '시속소중(時俗所重)'을 정확히 파악한 통속성에 기인한 바 크지만 또 기녀의 가창이 큰 몫을 담당했다고 할 수 있다. 오늘날처럼 인쇄술이 보편화되지 못했던 당시 상황을 고려하면 시가의 전파는 몇몇 지인들에게 초사(抄寫)해주는 것 외에는 이러한 기녀들의 가창에 전적으로 의존한다고 해도 과언이 아니다. 이처럼 문인들도 자신의 명성을 알리는 시가 전파자로서 기녀들을 무시할 수 없었던 것이다. 당대 문인의 명성은 과거 시험에 영향을 미치기도 했으며, 또 벼슬길을 좌우하기도 했으므로 문인들은 항상 자신의 작품이 관현(管絃)에 입혀져서 광범위하게 전송(傳誦)되기를 바랐던 것이다. 그래서 동문환(董文渙)도 당대 절구시의 성행을 언급하면서 "곧 사람들의 입으로 전송되어 위로는 궁정으로 전파되고 아래로는 부인과 어린아이에게까지 퍼졌다. 이로 말미암아 명성이 크게 높아져서 마침내 평생의 영광이 되기도 했다"[113]고 한 것이다.

이처럼 기녀와 문인은 상호의존적 관계를 형성하고 있는데, 『전당시』에 수록된 50,000수 가까운 시 가운데 기녀와 관련된 시가 2,000여 수 이상으로 추정되며, 또 앞서 언급한 기녀시인과 교유한 문인만 해도 106명('기녀시인'에 73명, '기녀류시인'에 33명)에 이른다. 이것은 현재 시를 남기고 있는 기녀시인과 교유한 문인만 집계한 것인데, 이것에서 당대 문인들이 기녀와 가볍지 않은 관계를 맺고 있었음을 짐작할 수 있다. 양자는 이러한 교유를 통하여 손님과 접대부의 일차적 관계나 상호 의존적 이차적 관계를 넘어서는 삼차적 관계의 징후들을 발견할 수 있으니, 그것은 바로 상호 깊은 이해를 바탕으로 한 진실한 교감이다.

---

[113] 『聲調四譜圖說』: "卽傳誦人口, 上之流播宮廷, 下之轉述婦孺. 由是聲名大起, 遂爲終身之榮".

일차적 관계나 이차적 관계는 상호 필요에 의한 것이므로 양자에게 그 필요성이 사라지면 끝나고 만다. 지금까지 남아 전하는 기녀들의 가슴 저리는 애절한 시나 문인들의 진정이 담긴 뛰어난 작품은 그러한 관계를 넘어 서로를 깊이 이해한 교감을 통하여 가능했다고 여겨진다. 이처럼 양자가 삼차적 관계의 교감으로 이어지는 과정을 보면 당시 사회 속에서의 양자의 처지에서 그 필연성을 찾을 수 있다. 이것은 당시 문인에게 기녀란 어떤 존재였을까 하는 의문에서 출발해야 한다. 왜냐하면 지금 우리는 기녀라는 단어에서 쉽게 매춘이라는 단어를 연상하기 때문이다. 당시 사대부 문인의 입장에서 보면 기녀를 통한 성적 욕구 해결은 매우 부차적인 일이었다. 사실 성적인 문제는 대부분 축첩(蓄妾)과 같은 방법으로 얼마든지 해결할 수가 있었다. 네덜란드의 R. H. 반 구릭(Van Gulik)은 이러한 많은 처첩을 거느린 중상층의 사대부 문인들이 "항상 예기(藝妓)와 왕래하는 것은 대부분 성애를 도피하기 위한 것으로, 단지 가정 내의 침울한 공기를 벗어 던지고 의무적인 성관계에서 벗어날 수 있기를 바랐기 때문이다"라고 진단했다. 이어서 "사실 그들은 여인과 일종의 구속이 없는 친구 같은 관계를 건립하길 갈망했고, 반드시 성관계를 발생시켜야 하는 것은 아니었으며, 한 남자가 예기와 날로 친해질 수는 있어도 또 반드시 성교에 이르는 것은 아니었다"라고 했다.[114] 즉, 기녀는 성적 욕구를 해결하기 위한 존재라기보다는 이성간의 지기(知己)로서 성적 관계까지 허용된 존재라고 보는 것이 옳다는 것이다. 기녀들의 입장에서도 자연히

---

114 R. H. Van Gulik, 『中國古代房內考』, 上海人民出版社, 1990, 239쪽 : "男人常與藝妓往來, 多半是爲了逃避性愛, 但願能够擺脫家里的沈悶空氣和出于義務的性關係", "原因其實在于他們渴望與女人建立一種無拘無束, 朋友般的關係, 而不一定非得發生性關係. 一個男人可以與藝妓日益親昵, 但不一定非導致性交不可".

권세가나 부귀한 상인 같은 일반 손님보다는 사대부 문인을 선호했다. 그 이유에 대해 도모녕(陶慕寧)은 앞서 언급한 것처럼 사대부 문인의 품평이 기녀의 인기와 수입에 결정적 영향을 미친다는 현실적 이유와 함께 사대부 문인은 풍류스럽고 준아(俊雅)하여 직관적 즐거움을 누릴 수 있고, 사회적 지위에 따른 알 수 없는 경외감이 생긴다는 이유를 들었다.[115] 따라서 기녀 어현기(魚玄機)도 "진귀한 보배는 쉽게 구할 수 있지만 사랑할 남자는 얻기 어렵네"[116] 라고 노래하였으니, 문학 예술적 소양과 풍부한 감성을 겸비한 기녀들은 돈이나 권력과는 별개로 자신만의 주체적이고 이상적인 남성상을 추구하였고, 이러한 남성상에 가장 근접하는 사람이 사대부 문인이었던 셈이다.

거기에다 "상문호압(尙文好狎)"으로 대표되는 당대의 사회 분위기는 양자의 교류를 매우 자유롭게 만들었으며, 이에 따라 때로는 이성친구로서, 또 때로는 마음이 통하는 진실한 애인으로서 상호 교감하는 삼차적 관계를 형성하게 되었던 것이다. 실제 기녀와 문인은 각자 삶의 목표나 방법은 달라도 그 과정에서의 고통과 감정은 상호 공감하는 부분이 많았다. 양자는 모두 문학 예술인으로서 일반인과 달리 감성이 풍부했으며, 또 다른 사람에게 자신의 재능을 보여주어야 하는 입장이었으므로 양자의 사회적 신분은 큰 차이가 났지만 같은 감정을 공유할 수 있었다. 즉, 기녀는 '청루(靑樓)'를 집으로 삼고, 문인은 '사해(四海)'를 집으로 삼아 전자는 생계를 위해, 후자는 입신양명을 위해 동분서주하므로 비록 추구하는 것은 양극단이지만 그들의 운명과 조우는 상호 유사점이 많았던 것이다. 따라서 사대부 문인들은 기녀들을 성적 대상으로

---

115 『靑樓文學與中國文化』, 14~15쪽.
116 「贈隣女」: "易求舞價寶, 難得有情郎".

서보다는 자신을 이해해 주는 이성친구로 여겼고, 기녀들 또한 부와 권력을 가진 권세가보다는 감수성이 예민한 이러한 사대부 문인들에게 더욱 끌렸던 것이다. 그래서 양자의 경우 일반인들이 이해하기 힘든 애정 형태도 자주 보인다. 예를 들면 하중부(河中府)의 관기 최휘(崔徽)는 떠나는 배경중(裵敬中)을 "따라가지 못한 것이 한이 되어 좀 지나서 병이 났다"고 했으며, 작작(灼灼)도 소환되어 떠나는 배질(裵質)에게 "부드러운 붉은 비단에 붉은 눈물을 모아 부치는" 순정을 바쳤으며,[117] 단동미(段東美)는 떠난 설의료(薛宜僚)를 그리워하다 그의 꿈속에까지 나타났다가 "몇 일만에 죽었다"[118]고 했다. 이러한 예 역시 기녀들이 부와 권력에 의지해 오만방자한 상인이나 권귀보다는 자신을 진정으로 이해해 주는 문인을 더욱 선호했음을 보여주는 것이다.

사대부 문인의 경우도 크게 다르지 않았다. 손룡광(孫龍光)은 정거거(鄭擧擧)를 보고 "아주 빠졌다"고 했고, 최수휴(崔垂休)는 소윤(小潤)을 보고 "푹 빠져서 돈을 아주 많이 썼다"고 했는데, 이러한 예는 매우 흔했다. 조광원(趙光遠)은 심지어 "외모가 그다지 뛰어나지 않고 나이도 적지 않은" 내아(萊兒)를 "한 번 보고서는 곧 푹 빠져 끝내 버리지 못했다"고 했다.[119] 앞서 인용한 장안 명기 유국용(劉國容)이 진사 곽소술(郭昭述)과 이별하면서 보낸 '계성단애(鷄聲斷愛)' 같은 사랑의 밀어는 당시 문인들이 기녀에게 왜 이러한 애정 형태를 보이는지 이해할 수 있게 한다.

이 외에 백거이가 「감고장복야제기(感故張僕射諸妓)」라는 시로써 기녀 관반반(關盼盼)을 죽게 만든 일화는 기녀와 문인의 특별한 관계의 일단

---

[117] 이상 『麗情集』「卷中人」: "以不得從爲恨, 久之成疾"; 「寄淚」: "以軟紅絹聚紅淚爲寄".

[118] 『詩話總龜·唐賢抒情集』: "數日而卒".

[119] 이상 『北里志』「鄭擧擧」: "頗惑之; 「楊妙兒」, "溺惑之: 所費甚廣; 「王團兒」: "貌不甚揚, 齒不卑矣. (…중략…) 一見卽溺之, 終不能捨".

청(淸) 위식원(魏息園)의 『수상고금현녀전(繡像古今賢女傳)』의
〈장상서기관반반(張尙書妓關盼盼)〉 그림과 서주(徐州) 연자루(燕子樓)의 관반반 석상.
『수상고금현녀전』은 이름 그대로 고금의 현녀를 수록하고 있는데, 관반반은 기녀로서는 드물게
이 책에 수록되어 있다. 서주 시정부는 관반반이 수절하며 10년 동안 기거했다고 하는 연자루를
복원하여 사진과 같은 관반반의 석상을 세웠다.

을 알게 한다. 제목의 '장복야(張僕射)'는 예부상서(禮部尙書)를 지낸 장건봉(張建封)의 아들 장음(張愔)을 가리키며, '제기(諸妓)'라고 했지만 주 풍자대상은 그의 가기 관반반이다. 관반반은 앞서도 언급된 서주(徐州)의 기녀로서 백거이의 「장한가」를 노래할 수 있었으며, '예상우의무(霓裳羽衣舞)'로 특히 명성이 높았다. 장음은 그녀를 가기로 들였고, 특별히 총애하여 연자루(燕子樓)를 지어주었다. 백거이는 교서랑(校書郎)을 맡았던 정원(貞元) 연간(785, 805년)에 서주(徐州)와 사수(泗水) 지역으로 갔다가 서주를 진수(鎭守)하던 장음에게 초대되어 관반반을 알게 되었는데, 그녀의 춤을 보고 "취한 듯한 교태로 흐느적거리니, 바람에 간드러지는 모란

꽃이로다"[120]라고 극찬했고, 그녀의 〈연자루(燕子樓)〉 노래에 화운시(和韻詩) 세 수를 짓기도 했다.[121] 그 2년 후에 장음이 갑자기 죽었고, 가기들도 뿔뿔이 흩어졌는데, 그녀만 10여 년간 홀로 수절하며 연자루에 살고 있다는 소식을 듣고는 백거이는 다음과 같이 노래하였다.

黃金不惜買蛾眉,	미인을 사는 데는 황금도 아끼지 않았으니,
揀得如花四五枝.	꽃 같은 너 댓 명을 골랐네.
歌舞教成心力盡,	가무를 가르쳐 완성시키고는 기력이 다하여
一朝身去不相隨.	하루아침에 죽었지만 가기는 아무도 따라죽지 않았네.[122]

이 시를 읽고 관반반은 "낭군이 돌아가신 후 첩이 죽을 수 없었던 것이 아니었습니다. 세월이 흐른 뒤 남편이 색을 밝혀서 따라 죽은 첩이 있다는 소릴 들을까 두려웠으니, 이것은 낭군의 청렴함을 더럽히는 것입니다"[123]라고 하고는 백거이에게 다음과 같이 화시하였다.

自守空樓歛恨眉,	홀로 빈 누대 지키노라니 한스런 눈썹 찌푸려지고

120　백거이, 「燕子樓三首幷序」: "醉嬌勝不得, 風嫋牡丹花".
121　백거이의 「燕子樓三首幷序」에도 "徐州의 고 張尙書에게는 愛妓가 있었는데 盼盼이라고 했다"고 했는데, 여기의 '張尙書'와 동일 인물이다. 어떤 기록에는 그의 아버지 張建封으로 보기도 하는데, 이는 잘못된 것이다. 왜냐하면 白居易가 校書郎을 맡았을 때는 貞元 十九年(803)에서 元和 元年(806)으로서, 張建封은 이미 貞元 十六年(800)에 죽었기 때문이다. 그의 아들 張愔은 武寧軍節度使와 檢校工部尙書를 거쳐 마지막에는 兵部尙書로 갔고 백거이가 교서랑으로 있을 때 그는 아직 살아 있었으므로 백거이의 詩序와 부합한다. 그리고 관반반의 작품으로 알려진 「燕子樓三首」도 그가 반반에게 노래 부를 수 있도록 지어준 것이라고 보는 것이 일반적이다. 이에 대해 저자는 졸고 「연자루(燕子樓) 이야기의 형성과 변주」(『중국어문학』 65권, 영남중국어문학회, 2014)에서 자세히 밝힌 바 있다.
122　「感故張僕射諸伎」.
123　馮夢龍, 『情史』: "自我公薨背, 妾非不能死, 恐千載之下, 以我公重色, 有從死之妾, 是玷我公請范也".

形同秋後牡丹枝.　　모습은 가을 지난 모란 가지 같구나.

舍人不會人深意,　　사인(舍人, 백거이)은 사람의 깊은 뜻을 알지도 못하고

訝道泉台不去隨.　　천대(泉台, 관반반)가 무덤까지 따라가지 않았다고 의

　　　　　　　　　　심하며 말하네.[124]

　그 후 관반반은 열흘 동안 굶다가 죽었다고 한다. 백거이는 자신의 잣대로 관반반을 예단한 비정한 시인이 되었고, 죽은 관반반은 역대 시인들에게 두고두고 절개 있는 기녀로 칭송되었다.

　구양첨(歐陽詹)이 태원(太原)에서 만났던 기녀도 절조 있는 기녀였다. 태원기(太原妓)는 떠난 구양첨을 잊지 못하고 상사병을 앓게 되었고, 마침내 "머리카락을 자르고 시를 지어서 구양첨에게 부치고는 절필하고 죽었다"[125]고 했다. 그녀가 머리카락과 함께 보낸 시는 다음과 같다.

自從別後減容光,　　그대가 떠난 후부터 얼굴빛이 어두워졌지요.

半是思郎半恨郎.　　반은 그대가 그립고 반은 그대가 미워요.

欲識舊來雲鬢樣,　　옛날의 구름 같은 귀밑머리 모양을 알고 싶다면

爲奴開取縷金箱.　　저를 위해 금실 상자를 열어보세요.[126]

　이상에서 보듯이 기녀들은 순정에다 굳은 절개까지 갖추고 자신의 마음을 시로도 표현하였으니, 사대부 문인의 마음을 움직일 수 있었던 것이다. 이처럼 양자는 서로를 이해하는 깊은 교감을 하고 있었으니,

<hr>

124　「和白公詩」.
125　『全唐詩』卷802「太原妓」: "乃刃鬢作詩寄詹, 絶筆而逝".
126　「寄歐陽詹」.

<안령빈(顔令賓)>
(明 仇英, <千秋絶艶圖>)

남곡기(南曲妓) 안령빈(顔令賓)의 장례를 많은 문인묵객들이 함께 치른 것도 충분히 있을 법한 일이라 하겠다.

안령빈은 행동거지가 풍류스럽고, 필연(筆硯)을 섬겨 사구(詞句)도 남겼는데, 거인(擧人)들을 만나면 예를 다하여 받들어 모셨고, 그들에게 시를 부탁하여 늘 상자가 가득하였다. 병이 심해지자 어느 봄날 저녁에 섬돌 앞에 부축 받고 앉아서 낙화를 돌아보며 서 너 번 장탄식을 하기도 했다. 시를 지으려고 시동에게 부축하게 하고 나와서는 새로 급제한 낭군 및 거인 몇 무리들을 맞아서 저녁까지 즐겁게 술을 마셨다. 그녀는 눈물을 흘리며 "저는 오래가지 못할 것 같으니, 각자 애도의 만장을 만들어서 저에게 보내주세요"라고 부탁하여 시 몇 수를 얻었다. 죽었을 때는 유타타(劉駝駝)라는 사람이 곡자사(曲子詞)를 만들 수 있어서 그 가사를 취하여 운구하는 사람들로 하여금 앞서 노래하게 했는데, 그 소리가 매우 비창했으며, 그녀를 청문(靑門) 밖에 묻어 주었다. 이때부터 장안에 전해져서 운구하는 사람들이 대부분 이 노래를 불렀다.[127]

한 기녀의 죽음에 바치는 사대부 문인들의 만사는 사대부 문인과 기

---

[127] 顔令賓, 「臨終召客」: "擧止風流, 事筆硯, 有詞句, 見擧人盡禮祇奉. 乞歌詩, 常滿箱篋. 及病甚, 値春暮, 扶坐砌前, 顧落花長歎數四. 因爲詩敎小童持出, 邀新第郎君及擧人數輩, 張樂歡飮至暮. 涕泗請曰:'我不久矣, 幸各制哀挽送我.' 得詩數首. 及死, 有劉駝駝者, 能爲曲子詞, 因取其詞, 敎挽柩者前唱之, 聲甚悲愴, 瘞靑門外. 自是盛傳於長安, 挽者多唱焉".

녀와의 교감의 깊이를 알게 해주는 것으로, 이들 사이에 성별과 신분을 뛰어넘는 진실하고 인간적인 교감이 있었음을 말해준다. 또 만가를 만들어 노래하는 예술인들의 장례 의식이 후세에 전해져 하나의 유행이 되었으니, 엔터테이너로서의 기녀의 영향력을 알 수 있다.

이처럼 문인들 역시 예교에 예속된 규방 양가녀보다 사회적 구속이 없으면서도 말이 통하고, 재능과 감성까지 겸비한 기녀들에게 더욱 끌릴 수밖에 없었던 것이다. 그래서 전국을 주유했던 시선(詩仙) 이백은 가는 곳마다 기녀 관련 시를 남기고 있는데, 장안에서는 호희(胡姬, 「送裵十八圖南歸嵩山二首」), 금릉(金陵, 南京)에서는 오희(吳姬, 「金陵酒肆留別」), 항주(杭州) 서호(西湖)에서는 월녀(越女, 「越女詞」), 산동(山東)에서는 노희(魯姬, 「咏隣女東窓海石榴」), 하북(河北)에서는 한단기(邯鄲妓, 「邯鄲南亭觀妓」) 등을 노래하고 있다. 근엄한 시성(詩聖) 두보조차도 "언제 이 금전회(金錢會)[128]에 부름을 받고, 잠시 가인의 화려한 비파 옆에 취해볼거나"[129] 라며 기녀와의 연회를 그리워하고 있다.[130]

중당 이후로는 이러한 상호 교감의 예가 더욱 많이 보인다. 이것은 당시의 정치 사회적 양상에서 그 원인을 찾을 수 있다. 안사의 난을 겪으면서 여러 가지 문제들을 절감했던 많은 문인관료들은 그것을 개혁

---

128 唐代 궁정에서 돈을 뿌리고 줍던 놀이로, 『舊唐書』에 따르면 "開元 元年 九月에 承天門에서 王公百僚들이 연회할 때, 좌우 관리에게 누대 아래로 금전을 살포하도록 명령했다. 中書 이상 五品官 및 기타 관서 三品 이상의 관리들만 줍도록 허락했다[開元元年九月, 宴王公百寮於承天門, 令左右於樓下撒金錢, 許中書以上五品官及諸司三品以上官爭拾之]"고 한다.

129 「曲江對雨」: "何時詔此金錢會, 暫醉佳人錦瑟旁".

130 돈이 없었던 두보는 직접 기녀를 찾아가 즐기지 못하고 권세 있는 친구를 따라 잠시 그 흥취를 즐겼는데, 그는 『數陪李梓州泛江有女樂在諸舫戲爲艶曲二首贈李』(『全唐詩』卷227)에서 "上客錡空騎, 佳人滿近船. 江晴歌扇底, 野曠舞衣前. 玉袖凌風幷, 金壺隱浪偏. 竟將明媚色, 偸眼艶陽天"이라고 노래했고, 『陪諸貴公子丈八沟携伎納凉晚際遇雨二首』에서는 "竹深留客處, 荷淨納凉時. 公子調氷水, 佳人雪藕絲"이라고 노래했다.

하고자 노력하여 사회 전반을 혁신의 분위기로 이끌었다. 그러나 그러한 활동이 많아진 만큼 권력에 의해 좌절되는 경우도 많아서 상대적으로 실의하고 방황하는 문인들도 많아졌다. 또 입신양명을 꿈꾸는 젊은 문인들은 성당에 비해 사도의 길이 더욱 좁아져서 관직을 찾아 이리저리 떠도는 유랑신세들이 많았다. 이처럼 실의하고 불우한 문인들은 자신을 이해해주는 지기나 위로 받을 안식처를 찾곤 했는데, 그러한 역할의 일부를 기녀가 담당했던 것이다. 문인들의 이러한 좌절은 또 동병상련의 입장에서 기녀들의 아픔도 깊이 이해하는 계기가 되었고, 이에 따라 손님과 접대부의 관계를 넘어 깊은 교감에 이르는 경우가 많아지게 된 것이다. 예를 들면 유우석(劉禹錫)은 기녀 태낭(泰娘)을 노래하면서 "너의 화려한 전성기도 하루아침에 끝나버렸듯이 나의 제검(題劍)[131]도 빛을 잃고 발자국 소리도 끊어졌네. (…중략…) 눈을 들어 풍진 세상을 보니 옛날이 아니로세. 꿈속에서나마 돌아갈 길 찾지만 자꾸 어긋나네"[132]라고 했는데, 이것은 태낭의 비참한 말년을 정치적 좌절로 인한 자신의 처지와 동일시한 예이다. 백거이는 또 강주사마(江州司馬)

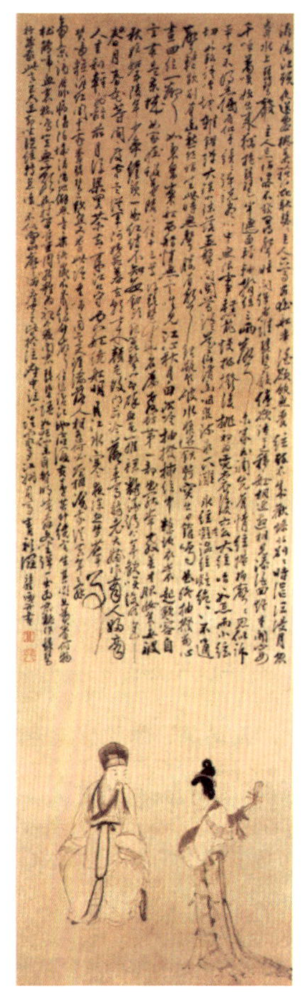

〈비파행도(琵琶行圖)〉

좌천되어 떠도는 자신의 신세를 강호를 유랑하는 기녀의 신세와 동일시하며 동병상련의 감정을 절절하게 표현한 백거이(白居易)의 장편서사시 『비파행(琵琶行)』을 표현한 그림이다. 명(明)나라 곽후(郭詡)의 그림으로 현재 북경고궁박물원(北京故宮博物院)에 소장되어 있다.

---

131 『後漢書·韓棱傳』에 따르면 韓棱이 尙書令이 되었을 때 肅宗이 특별히 칼 위에 직접 서명한 '尙書劍'을 하사했다고 한다. 이후로 이것은 군주의 신하에 대한 특별한 은총을 비유하는 典故로 사용된다.

132 「泰娘歌」: "繁華一旦有消歇, 題劍無光履聲絶. (…중략…) 擧目風煙非舊時, 夢尋歸路多參差".

로 좌천되어 가면서 「비파행」을 지어 "강주사마도 푸른 적삼을 적신
다"[133]며 교방악기(敎坊樂妓)에서 상부(商婦)로 전락한 한 여인의 불행한
신세에 눈물을 흘렸으며, 두목(杜牧)도 '감로지변(甘露之變)'[134]으로 인하
여 실의하고 방황하던 때에 낙양(洛陽)의 한 주막에서 옛날에 알았던
기녀 장호호(張好好)와 재회하고서 그녀의 불행한 노후를 진심으로 애
통해했다.[135] 이것은 모두 동병상련의 예로서, 당시 양자는 백거이가
말한 "마찬가지로 하늘 끝 나락으로 떨어진 사람들이니, 서로 만남에
어찌 일찍이 알고 있었던 사람이어야 하겠는가?"[136]라는 감정을 공유
했던 것이다.

6. 에필로그

　당대는 기녀제도가 확립되고 기녀문화가 형성되어 기녀가 문화의
주도자로 등장한 시기이다. 이것은 '상문호압(尙文好狎)'으로 대표되는
당대 사회 분위기에 기인한다. 사회적으로 비천한 신분이었지만 상대
하는 손님들은 위로는 황제나 대신들을 비롯하여 아래로는 필부에 이
르기까지 다양했다. 그러나 가장 주도적 계층은 당시의 지식인 계층으

133　「琵琶行」: "江州司馬靑衫濕".
134　唐 文宗 때 宰相 李訓 등이 宦官을 죽이려고 감로가 내렸다고 속여 그들을 꾀어내려 하
　　다가 목적을 달성하지 못하고 도리어 피살당한 사변.
135　「張好好」 참고. 杜牧은 洪州와 宣城에서 沈傳師의 幕吏를 할 때 張好好와 알고 지냈는
　　데, 그녀는 후에 沈傳師의 동생인 沈述師의 첩으로 들어갔다.
136　「琵琶行」: "同是天涯淪落人, 相逢何必曾相識".

로서 사대부 문화를 이끌었던 사대부 문인들이었다. 따라서 기녀들은 이들을 상대하기 위한 다양한 소양을 쌓아야 했으니, 노래와 춤, 악기 연주, 기예 같은 기본적 소양은 물론 사대부 문인과 시문을 수작할 수 있는 문학적 재능, 그들과의 응대에 요구되는 말투나 표정, 동작까지도 가르침을 받았다. 그리하여 당대 기녀들은 시인으로서, 가수로서, 무용가로서, 연주가로서, 배우로서 활동한 멀티 엔터테이너의 면모를 갖추었던 것이다.

시인으로서의 기녀를 보면, '기녀시인'은 33명에 155수의 시가 남아 있고 '기녀류시인'은 19명에 98수가 전해지고 있다. 이러한 기녀의 창작시는 전체 당시의 입장에서 보면 많은 수가 아니지만 이들이 당시의 발전과 변화에 끼친 영향은 무시할 수 없다. 작품의 양으로 보면 설도, 어현기, 이야로 대표되는 삼대 기녀시인이 가장 두드러지는데, 그 작품경향은 그들의 직업과 인생역정에 결부된 이별과 사랑, 그리고 불행한 신세에 대해 노래하는 여성 특유의 완약한 서정이 많은 부분을 차지하고 있다. 이러한 기녀 시에서는 기타 여성시인에게서 발견할 수 있는 섬세하고 여린 감정은 물론이고 기녀생활이라는 색다른 인생역정에서 오는 남다른 정감과 진솔한 표현이 돋보인다. 또 사대부 문인에 뒤지지 않는 역사적 통찰력과 사회에 대한 깊은 관심을 보인 작품도 적지 않다. 특히 그들의 솔직하고 대담한 표현은 다른 문인 계층에서는 찾아보기 힘든 대표적 특징으로서, 당대 시단을 다채롭게 하고 있다 할 것이다.

기녀의 문학사적 공헌 중에서 가장 의미 있는 부분은 시가의 전파라는 측면이다. 이것은 기녀의 가수로서의 역할에 의한 것이다. 문인들의 문학작품을 공유할 통로가 없었던 당시 상황에서 기녀는 시가전파자로서 거의 유일한 존재였으니, 그 전파의 수단은 바로 노래이다. 기녀는 노래를 통하여 당시를 전파함으로써 당대 시악(詩樂)을 발전시켰을 뿐 아니라 시풍까지도 변화시켰다. 당시 기녀들이 가창한 시는 주로 칠언절구였는데, 당대 시인의 칠언절구는 대부분 배악가창(配樂歌唱)했으니, 특히 중당 이후에 칠언절구시가 급증하는 것도 이러한 기녀의 가창풍속과 유관하다 할 것이다. 이러한 상황은 기녀들이 당대 시가의 창작과 변화발전에 주도적으로 개입하였음을 의미하는 것으로, 중당 이후 칠언절구가 대폭 증가하고, 또 새로운 시가인 사(詞)가 출현하게 된 것은 기녀의 가수로서의 역할에 힘입은 바 크다고 할 것이다. 이처럼 기녀들은 중당 이후 시풍을 칠언절구 위주로 변화시켰고 사의 발생과정에서도 결정적인 역할을 하고 있으므로 그들의 창작시와 함께 문예 창조자로서도 매우 의미 있는 역할을 했다고 할 것이다.

또 하나 간과할 수 없는 부분은 배우로서의 기녀의 역할이다. 당대는 다양한 형태의 공연예술이 발흥하던 시기로서, 〈대면〉, 〈발두〉, 〈소중랑〉, 〈답요낭〉 등의 가무희는 물론 풍자극의 일종인 '참군희', 각종 기예를 망라하는 '백희' 등 이른바 소희들이 본격적으로 성행을 했는데, 기녀들은 또 그 공연자였다. 교방이나 이원에 소속된 기녀들은 황가나 고관들을 상대로 한 궁정 공연을 주로 했지만 또 시정에서의 공연도 허락되어 당대 공연예술의 수준을 높였으며, 시기들도 다양한 장소에서 다양하게 공연활동을 했다. 이러한 공연예술은 보통 적게는 두 세 사람 많게는 대 여섯 사람의 공연자를 필요로 했으므로 유채춘이나 장사낭처럼 가족 중심의 '가정예반'을 꾸려서 활동하는 경우도 많았으며, 이것이 후대 '가정희반'의 효시가 되었다. 특히 공연예술은 대부분 남녀나 노소, 귀천의 구별이 없는 대중을 상대로 퍼포먼스를 했으므로 당

대의 전반적인 문화수준을 높이는 데도 크게 기여했다 할 것인데, 기녀
는 역시 그 주역이었던 것이다.

이처럼 당대 기녀들은 문화 창조자로서, 문화 매개자로, 문화 공연
자로서 활약하며 당대 문화계의 활력소였다. 이러한 과정에서 당대 문
화계의 주역이었던 사대부 문인과 다양한 형태로 교류하였으니, 때로
는 접대부와 손님으로, 때로는 가수와 작사자로, 때로는 공연자와 감
상자 혹은 비평가로, 또 때로는 서로를 깊이 이해하는 친구로서 교유하
고 교감하였다. 그래서 기녀와 문인은 신분의 벽을 뛰어넘어 상호 신
의와 사랑을 지키는 아름다운 이야기가 많이 전해지고 있는 것이다.
당대 문예에 투영된 기녀의 모습을 보면 기녀들이 얼마나 다채롭고 생
동적으로 당대 문예계를 장식하고 있는지 짐작할 수 있으니, 이것이 멀
티 엔터테이너로 기능한 기녀의 문예사적 의의라 할 것이다.

제3장

'선비 기녀'와 '가수'의 이중주

—송대(宋代) 기녀

송대는 전반적으로 도덕성을 강조하는 사회 분위기와 문인 관료적 성격의 왕조가 사치향락 풍조를 억제하는 분위기를 조장하였고, 이것이 문학예술 전반에도 큰 영향을 끼쳤다. 특히 시문을 필두로 하는 이른바 정통문학에는 그 영향이 더욱 지대하여 문학 전반을 설리적(說理的)이고 철학적(哲學的)인 경향으로 몰아갔다. 그러나 새롭게 흥성한 사(詞)라든지, 민간의 강창(講唱)과 잡극(雜劇), 설화(說話) 등은 정통 시문과 달리 화려하고 다양했으며, 향유계층도 대폭 확대되었다. 이처럼 송대 문예계는 정치적 측면에서 억압된 정통문학과 그 반작용으로 인한 자유롭고 다채로운 민간 문예라는 이중적 속성을 지니고 있었는데, 송대 기녀는 특히 이러한 민간 문예계에서 매우 큰 역할을 했다.

1. 송대 기녀와 기녀문화

전반적으로 송대는 기녀의 상업화 추세가 두드러지는 시기였는데, 가기는 늘어나고 궁기는 점차 쇠퇴해갔다. 송대 기업(妓業)의 상업화는 특히 거주지역과 상업지역을 분리시켜 상업을 제한하던 방시제(坊市制)가 자유롭게 장사할 수 있는 가시제(街市制)로 바뀌면서 더욱 촉진되었다. 특히 가시제로 말미암아 생겨난 야시(夜市)는 시기의 상업화를 급속도로 진행시켰다. 북송(北宋)의 '동경(東京)' 변량(汴梁, 河南 開封)과 남송(南宋)의 도성(都城) 임안(臨安, 浙江 杭州)은 모두 기업이 극성한 지역이었다. 당시 '동경'의 인구는 100만을 넘었고 기녀들도 도시 전역에 펴져 있었으니, 수많은 '기관(妓館)'과 '창루(娼樓)'가 있었을 뿐 아니라 "별도로 유방소항(幽坊小巷)이나 연관가루(燕館歌樓)도 있어서 그 수가 만 곳에 달했다"[1]라고 하였다.

『동경몽화록(東京夢華錄)』에서는 당시 기원(妓院)에 대해서 다음과 같이 자세하게 기록하고 있다.

대체로 경사(京師)의 주점은 문머리에 모두 채루(彩樓)와 환문(歡門)[2]을 묶어놓았는데, 어느 가게든 그 문을 들어가기만 하면 주랑(主廊)이 대략 백여 보나 죽 뻗어 있으며, 남북의 천정 양쪽 주랑에는 모두 작은 누각이 있다. 저녁이 되면 등촉이 환하게 밝혀져 아래 위를 비추는데, 짙은 화장을 한 기녀 수백 명이 주랑의 처마 아래 모여서 술손님을 부르니, 그들을 바라보면

---

1   『東京夢華錄』 卷 5 「民俗」: "別有幽坊小巷, 燕館歌樓, 擧之萬數".
2   彩色된 비단실로 묶은 棚架와 오색으로 장식한 문의 표면.

완전히 신선 같다.[3]

  ‘서호(西湖)’와 ‘교낭(嬌娘)’[4]으로 이름난 풍류도시 항주는 남송의 수도가 되면서 신속하게 국제적 대도시로 발전하였고, 그에 따라 기원도 매우 흥성하였다. 황정견(黃庭堅)도 “전당(錢塘, 항주)은 강동(江東)의 한 도회지인데, 연화풍월(烟花風月)의 멋진 경치 속에 그 방곡(坊曲)이 부지기수이니, 변화무쌍하고 황홀함이 젊은이를 심취하게 하여 돌아가는 것을 잊게 한다”[5]라고 하였으니, 그 번성함은 북송의 변량을 능가하였다. 임승(林升)의 다음 시는 의식 있는 사대부의 착잡한 심정을 피력한 것이지만 역설적으로 당시 항주의 화려함을 엿볼 수 있다.

山外靑山樓外樓,	산 너머 푸른 산 누대 밖에 또 누대,
西湖歌舞幾時休!	서호의 가무는 언제나 그칠까!
暖風熏得遊人醉,	봄바람이 놀러 나온 사람들을 취하게 하니,
直把杭州作汴州!	곧장 항주를 변주(汴州, 변량)로 만드는구나![6]

  시인은 금(金)나라에게 중원을 빼앗긴 슬픔은 온데간데 없고 다시 북송의 변량 못지않게 흥청망청하는 항주의 분위기를 걱정하고 있다. 이

---

3   『東京夢華錄』卷2「酒樓」: “凡京師酒店門首, 皆縛彩樓歡門, 唯任店入其門, 一直主廊約百步, 南北天井兩廊皆小閣子, 向晚燈燭螢煌, 上下相照, 濃妝妓女數百, 聚于主廊檐面上, 以侍酒客呼喚, 望之宛若神仙”.

4   秦觀은 「陳令擧妙奴詩」에서 “서호의 물 매끄럽고 예쁜 아가씨 많은데, 묘노는 열두 살로 막 꽃처럼 피어나네[西湖水滑多嬌孃, 妙奴十二正芬芳]”라고 했다. 『宋艷』卷7에는 또 “西湖水滑多嬌娘”으로 되어 있다.

5   黃庭堅, 「再和元礼春怀十首·序」: “錢塘, 江東一都會, 風烟花月, 不知其幾坊幾曲, 變態恍惚, 使少年心醉而忘返”.

6   林升, 「題臨安邸」.

시에서 남송의 기업도 매우 성황이었음을 짐작할 수 있다. 기녀들은 온화하고 고운 자태로 능숙하게 손님을 끌었으며, 아름다운 용모와 말솜씨로 사람을 취하게 하여 돌아갈 줄 모르게 만들었다는 것이다. 전 도시에 두루 펴져 있었던 주루(酒樓), 가관(歌館), 다사(茶肆) 및 기원 등은 장사가 매우 잘 되었으니, "노래 소리와 즐겁게 웃는 소리가 매일 저녁 새벽까지 이어졌다"[7]고 하였다. 이 외에 작은 주점이나 다방, 와사(瓦舍), 욕실(浴室) 등에도 모두 기녀가 있었으니, 그 성황을 짐작할 수 있다.

송대의 궁기는 당대에 미치지는 못하였지만 여전히 수천 명이나 되었다. 송조(宋朝)는 정권 초기에 교방을 축소하는 등 긴축정책을 시행하였으니, 실제 북송 시대 교방은 당대 개원·천보 연간의 화려함과는 비교가 되지 않았다. 그러나 궁정에는 여전히 더욱 많은 궁기를 두고 다채로운 연출을 하였으니, 대무(隊舞)를 연출하는 여제자대(女弟子隊)만 해도 '보살만대(菩薩蠻隊)', '감화악대(感化樂隊)', '포구락대(抛球樂隊)', '가인전모란대(佳人剪牡丹隊)', '불예상대(拂霓裳隊)', '채련대(採蓮隊)', '봉영악대(鳳迎樂隊)', '보살헌향화대(菩薩獻香花隊)', '채운선대(彩雲仙隊)', '타구악대(打球樂隊)' 등 열 개가 있었고, 한 무대에 함께 등장하는 여기(女妓)도 많을 때는 153명에 달했다. 북송의 황제들은 이러한 교방기(敎坊妓) 뿐 아니라 수많은 궁녀도 두었으니, 송대 궁정의 사치향락 풍조는 여전히 시들지 않았다 할 것이다. 인종(仁宗) 때는 밖으로 내보낸 궁녀만 500명이나 되었고, 철종(哲宗)이 성년이 되었을 때는 태황태후(太皇太后)가 500명의 궁녀를 뽑아 입궁시키기도 했다. 휘종(徽宗)의 여성편력은 더욱 가관이었으니, 평민 복장을 하고 민간에 나가 기녀 이사사(李師師)와 놀기도

---

7   『武林舊事·酒樓』: "歌管歡笑之聲, 每夕達旦".

이사사(李師師)와 송휘종(宋徽宗)

〈송휘종조길문회도(宋徽宗趙佶文會圖)〉
(台北故宮博物院藏)

송 휘종은 나라를 망친 혼군(昏君)으로 유명하지만, 한편으로는 시사곡부(詩詞曲賦)와 금기서화(琴棋書畫)에 두루 뛰어나 문학예술적 수준이 가장 높은 제왕으로 평가받는데, 특히 그는 '수금체(瘦金體)'라는 독창적인 서법(書法)으로 유명하다. 그러나 무엇보다 인구에 회자된 것은 당시 변량(汴梁) 명기 이사사와의 신분을 초월한 사랑 이야기이다. 사료에 따르면 휘종은 이사사에게 황금(黃金)과 백은(白銀) 10만여 량을 하사하고, 황궁(皇宮)에서 그녀가 거주하는 진안방(鎭安坊)까지 지하 비밀통로까지 만들어 놓고 밀회를 즐겼다고 한다. 〈문회도(文會圖)〉는 휘종이 여러 문인들과 탁자에 둘러앉아 다회(茶會)를 하는 광경이 표현되어 있는데, 이것에서도 문학예술을 애호하는 휘종의 낭만적이고 풍류적인 성향을 알 수 있다.

했고, 또 채경(蔡京)을 입궁시켜 궁정연회에서 함께 즐기기도 했다. 그가 즉위한 후 출궁한 궁녀만 해도 2,476명이었다고 하니, 대략의 상황을 짐작할 수 있겠다.

남송 때는 궁정 안의 교방을 아예 폐지하였고, 궁정의 연회가 있을 때에는 시정의 예기(藝妓)를 불러들였다. 이것은 금나라의 침입으로 인한 정치적 혼란과 경제적 압박, 그리고 이학(理學)의 득세 등과 같은 정치적, 사회적 요인이 크게 작용한 것으로 보인다. 그러나 보다 근본적인 요인은 성시(城市) 경제의 발달로 인하여 임안(臨安)의 민간 예술 수준이 궁정 교방을 압도했기 때문으로 보인다. 실제 이학이 득세하고 관료에 대한 관리가 엄해지면서 북송 인종(仁宗) 때부터는 관리의 압기(狎妓)를 억제하기 시작하였다. 그래서 "송나라 때 곤수(閫帥)나 군수(郡守) 같은 관리들은 비록 관기의 가무로써 술시중을 들게 할 수는 있었으나 사적으로 잠자리는 할 수 없었다"[8]고 했다. 실제로 지병주(知幷州) 유환(劉渙)과 지익주(知益州) 장당(蔣堂) 등은 관기와의 사통으로 인해 좌천당했고, 소순흠(蘇舜欽)에게 불려왔던 관기는 비구니로 출가하는 벌을 받기도 했다. 또 관기 설희도(薛希濤)는 지항주(知杭州) 조무택(祖無擇)과, 엄예(嚴蘂)는 태일태수(台日太守) 당여정(唐與正)과, 진봉의(陳鳳儀)는 성도태수(成都太守) 장안도(張安道) 등과의 사통을 발각 당해 고문을 당하면서도 끝내 발설하지 않아서 큰 칭송을 받기도 했다. 물론 이러한 단속과 처벌에도 불구하고 소식(蘇軾) 같은 관료는 여전히 관기와 즐겨 놀았지만 전체적으로 관기제도는 상당히 위축되었다. 이렇게 되자 관기들은 생계가 어려워져서 그 활로를 성시의 사대부나 상인, 시민들에게서 찾게 되었으며, 관에서도 이러한 상업적 활동을 어느 정도 묵인하였다. 따라서 지방 관기는 점점 시정의 기녀와 다름없이 되었다. 이처

---

8   田汝成, 『西湖遊覽志餘』 卷21 : "宋時閫帥, 郡守等官, 雖得以官妓歌舞佐酒, 然不得私侍枕席".

럼 생계가 어려워진 많은 기녀들이 민간에서 일반인을 상대하면서 민간의 기녀, 즉 시기가 득세하게 되었다.

이러한 시기의 발전은 성시의 발전 및 시민계층의 형성과 맥을 같이한다. 송대에는 성시 경제가 발전하여 북송과 남송의 도성이었던 변량이나 임안 외에도 광주(廣州), 천주(泉州), 항주(杭州), 온주(溫州) 등 동남 연해지역은 무역이 번성하였고, 내지의 양주(揚州), 진주(眞州), 초주(楚州), 강릉(江陵) 등도 운하의 요충지로서 크게 번성하여 사람들이 모여 들었다. 앞서 언급했듯이 송대 기녀문화의 특징은 상업화의 진전이라 할 수 있다. 이것은 당시 남방을 중심으로 한 도시경제의 번영과 밀접한 관련이 있는데, 처음으로 야시장이 나타나면서 밤 문화가 형성되는 배경에 힘입은 것이다. 기록에 의하면, 임안은 당시에 이미 인구 140만 명의 세계 최대 도시였다고 한다. 임안에서 생산되는 산물은 바닷길을 통해 전 세계로 퍼져나갔고. 거리마다 세계 각지에서 온 사람들로 들끓어 인종박물관을 방불케 했다. 밤에는 도시 곳곳의 기원에서 수많은 기녀들이 오가는 사람들을 유혹했으며, 그녀들이 내뿜는 노랫소리와 웃음소리가 온 도시를 휘감았다. 송대 문장가 호자(胡仔)는 이런 임안을 '색해(色海)'[9]라고 표현했을 정도였다.

이처럼 번성한 성시에는 어김없이 시기들이 모여들었는데, 그 가운데 우선 두드러지는 것은 '구란기(勾欄妓)'이다. 송대에는 도시가 발달하고 시민계층이 형성되면서 와사(瓦肆) 또는 와사(瓦舍)·와자(瓦子) 등으로도 불리는 상설연예장이 생겨났다. 이 와사 안에는 또 상설공연무대인 구란(勾欄)이 여러 군데 있었다. 『동경몽화록』에는 당시 성시에 대해 자세히 묘사하고 있는데, 북송 숭녕(崇寧)·대관(大觀) 연간에 이미 와사가 변경(汴京) 사방에 두루 퍼져 있었으며, 그 규모도 크고 작은 구란붕(勾欄棚)이 50여 좌에 수천 명을 수용할 수 있을 정도라고 했다. 이처럼 와사와 구란에서 활동한 기녀를 구란기라고 부르는데, "소창(小唱)의 이사사(李師師), 서파석(徐婆惜), 봉의노(封宜奴), 손삼사(孫三四)" 및 "표창제자(嘌唱弟子)의 장칠칠(張七七), 왕경노(王京奴), 좌소사(左小四), 안낭(安娘), 모단(毛團)"[10] 등 명성을 떨친 기녀도 수없이 많았다. 이러한 구란기들은 민간 공연예술의 배우로서, 원대(元代) 잡극배우의 연원도 여기에서 찾아야 할 것이다. 남송에 이르러 와사와 구란은 더욱 흥성하였으니, 『동경몽화록』에서 변경의 와사가 합쳐서 8좌라고 했는데, 임안에는 17좌(吳自牧의 『夢梁錄』) 또는 23좌(周密의 『武林舊事』)라고 했으니, 두 배 이상 늘었다. 그 가운데 가장 큰 북와(北瓦) 안에는 13좌의 구란이

---

9   胡仔, 『苕溪漁隱叢話前集』, 人民文學出版社, 1993.
10   『東京夢華錄』 卷5.

있어서 각종 기예를 공연했는데, 그 공연의 명목도 소설(小說), 강사(講史), 소창(小唱), 제궁조(諸宮調), 합생(合生), 무예(武藝), 잡기(雜技), 괴뢰희(傀儡戲), 영희(影戲), 잡극(雜劇), 설소화(說笑話), 시미어(猜謎語), 무도(舞蹈), 골계희(滑稽戲) 등 더욱 다양해졌다. 이러한 명목을 공연하는 구란기 가운데는 생계유지를 위해 이곳까지 흘러들어온 관기들도 상당히 많았으며, 이들은 색예(色藝)를 겸비하여 큰 인기를 누리기도 했다.

이들은 때때로 주루나 기원 등에서 활동하기도 했는데, 이곳에서는 와사 구란과는 또 다른 기녀문화가 형성되었다. 『동경몽화록』에는 당시 그곳의 화려함을 다음과 같이 말하고 있다.

> 눈을 들면 곧 청루의 화려한 누각이요, 곱게 치장한 집의 주렴이로다. 화려한 수레가 뽐내며 천가(天街)에 서 있고, 멋진 말이 어로(御路)를 경주하듯 달린다. 황금과 비취가 눈을 부시게 하고 화려한 비단 옷이 향기롭게 날린다. 버들 늘어진 거리와 꽃길에는 유행가와 교태로운 웃음이 넘쳐나고, 찻집과 술집에는 악기연주 소리가 가득하다.[11]

또 『동경몽화록』에는 성 내외의 '창루(娼樓)'와 '기관(妓館)'을 열아홉 군데서 언급하고 있으니, 예를 들면 곡원가(曲院街)에서 "서쪽으로 가면 전부 기녀의 관사(館舍)로서 사람들이 모두 '원가(院街)'라고 불렀다"[12]라고 했고, 주작문(朱雀門) 밖으로는 "동쪽으로 가면 대가(大街), 맥리항(麥梨巷), 장원루(狀元樓) 등이 있고, 그 나머지는 모두 기관으로서, 보강

---

11   『東京夢華錄·序』: "擧目則靑樓畵閣, 繡戶珠簾. 雕車競駐於天街, 寶馬爭馳於御路. 金翠耀目, 羅綺飄香. 新聲巧笑於柳陌花衢, 按管調弦於茶坊酒肆".
12   『東京夢華錄』卷2「朱雀門外街巷」: "向西去皆妓女館舍, 都人謂之'院街'".

문가(保康門街)까지 이른다. 그 어가(御街) 동쪽의 주작문 밖에서, 서쪽으로는 신문와자(新門瓦子) 이남의 살저항(殺猪巷)으로 통하는데, 역시 기관이다"[13]라고 했으며, 또 "하교(下橋), 남사가(南斜街), 북사가(北斜街) 안에는 태산묘(泰山廟)가 있는데, 양쪽 거리에는 기관이 있다"[14]고 했다. 이러한 기원의 규모나 수량, 분포상황 등을 당대와 비교해보면 큰 차이가 있음을 알 수 있다. 송대에는 특히 국가의 재정수입을 위하여 태종(太宗) 때부터 관매주제도(官賣酒制度)를 시행하였고, 신종(神宗) 때에는 '설법매주(設法賣酒)'가 보편화되기 시작했다. '설법매주'란 관에서 주사(酒肆)로 기녀를 파견하여 술을 팔게 하는 것이다. 이러한 제도가 시행되자 관에서 파견된 기녀의 명성을 듣고 찾아온 술꾼들이 폭증하였고, 자주 싸움판까지 벌어지자 정부에서는 군사를 보내 진압하기도 했다. 관에서 파견한 기녀들은 관기뿐만 아니라 시기 중에서도 선발하였다. 이들은 대부분 평강(平康)의 시기들로서, 관부에서 순서를 정해 파견했다. 남송 때에는 이러한 시기의 숫자가 더욱 증가하였으니, 당시 임안의 도시 규모를 감안하면 당연한 일이었다. 남송의 도성 "항주는 산수가 밝고 빼어나며, 백성이 안락하고 물자가 풍부하니, 경사(汴京)와 비교하면 그 열 배가 넘는다"[15]고 했으니, 당시의 성황을 짐작할 수 있겠다. 주밀(周密)의 『무림구사(武林舊事)』에는 당시 임안에 대해 다음과 같이 자세하게 기술하고 있다.

　　평강(平康)의 여러 방(坊), 예를 들면 상하포검영(上下抱劍營), 칠기장(漆

13　『東京夢華錄』卷2「朱雀門外街巷」: "東去大街, 麥梨巷, 狀元樓, 余皆妓館, 至保康門街. 其御街東朱雀門外, 西通新門瓦子以南殺猪巷, 亦妓館".

14　『東京夢華錄』卷2「潘樓東街巷」: "下橋, 南斜街, 北斜街, 內有泰山廟, 兩街有妓館".

15　耐得翁, 『都城紀勝・序』: "杭州山水明秀, 民物康阜, 視京師其過十倍矣".

器墻), 사피항(沙皮巷), 청하방(淸河坊), 융화방(融和坊), 신가(新街), 태평방
(太平坊), 중자항(中子巷), 사자항(獅子巷), 후시가(後市街), 천교(薦橋) 등
은 모두 온갖 꽃들이 모인 곳이다. 이 밖의 여러 곳은 다사(茶肆)인데, 청악
다방(淸樂茶坊), 팔선다방(八仙茶坊), 주자다방(珠子茶坊), 반가다방(潘家
茶坊), 연삼다방(連三茶坊), 연이다방(連二茶坊) 및 금파교(金波橋) 등 양하
(兩河)에서 와시(瓦市)에 이르기까지 각각 차등이 있지만 그 어느 곳이라도
곱게 단장한 채 문에서 기다리며, 아름다움을 다투며 웃음을 팔고, 아침저
녁으로 노래하고 연주하여 마음과 눈을 흔들지 않는 곳이 없다. 대체로 처
음 문을 들어서면 주전자를 들고 차를 바치는 자가 있는데, 비록 한 잔의 차
이지만 또한 수천의 하사 음식과 같으니, 이것을 '점화차(點花茶)'라고 한다.
누대에 올라 술 한 잔을 마시고 나면 곧 돈 몇 꾸러미를 먼저 주는데, 이를
'지주(支酒)'라고 한다. 그런 후에 '제매(提賣, 지배인)'를 부르고서야 마음대
로 연회를 베푼다. 이 틈을 타서 장사꾼, 웨이터, 도박꾼 등도 분주히 들락
거려서 쓸데없는 낭비도 자못 많다. 혹 다른 기녀를 다시 부르고자 하면 비
록 반대편 거리라도 또한 가마로 불러 오게 했으니, 이를 '과가교(過街轎)'라
한다. 전배(前輩)로 새관음(賽觀音), 맹가선(孟家蟬), 오련아(吳憐兒) 등과
같은 이가 매우 많았는데 모두 색예(色藝)로써 한 때 으뜸이었고, 집도 아주
화려하고 사치스러웠다. 근래의 목격자들은 당안안(唐安安)이 가장 부유하
다고 여겼는데, 주기(酒器), 사라(沙鑼, 세숫대야), 빙분(冰盆, 빙수그릇), 화
상(火箱, 향로), 장합(妝閤, 화장하는 거실) 등과 같은 것이 모두 금은으로
만들어졌다고 한다. 휘장이나 이불도 대부분 비단을 사용했으며, 기물과 완
구도 진기한데 다른 물건도 그렇다고 일컬어진다. 그 아래에 있는 기녀들은
비록 거기에 미치지 못하지만 역시 다투어 곱고 화려하게 치장했으니, 아마
도 주기나 머리 장식, 이불, 의복 같은 것은 각각 임대한 것도 있었던 같다.

따라서 대체로 손님이 오면 곧 두루 갖추어놓았다가 다른 것으로 갈았는데, 단골이 아니면 잘 알지 못했다.[16]

위에 언급한 당안안은 당시 최고의 시기로서, 이종(理宗)도 그녀를 궁으로 불러 총애했다고 한다. 이러한 기관의 사치와 흥성은 또 당시 사회의 향락 풍조를 반영한다. 특히 송조는 오대(五代) 때 크게 발호한 번진(藩鎭) 세력을 약화시키기 위해 무신들의 병권을 빼앗고, 문신들을 대거 육성했다. 이에 따라 무신들에게는 "금백(金帛)과 전택(田宅)을 많이 쌓아서 자손에게 남겨주고, 가아무녀(歌兒舞女)를 즐기며 천수를 누려라"[17]며 무신들의 관심을 정치에서 사치와 향락으로 돌리려 했다. 이와 아울러 과거 시험을 통한 문신관료를 대거 채용하여 관료조직이 대폭 확대되었으니, 이러한 정치적 변화 역시 기녀의 수요를 증가시킨 중요 요인이라 할 것이다.

이러한 여러 원인으로 인해 송대 사회는 초기의 분위기와 달리 차츰 사치향락 풍조에 물들어갔으니, "함평(咸平), 경덕(景德) 이후에는 태평을 분식하면서 복장과 물품도 점차 사치스러워졌으니, 단지 사대부 집안에서만 숭상한 것이 아니라 시정의 여염집에서도 서로 화미함을 겨

16　周密,『武林舊事 · 歌館』: "平康諸坊, 如上下抱劍營, 漆器墙, 沙皮巷, 清河坊, 融和坊, 新街, 太平坊, 中子巷, 獅子巷, 後市街, 薦橋, 皆群花所聚之地. 外此諸處茶肆, 清樂茶坊, 八仙茶坊, 珠子茶坊, 潘家茶坊, 連三茶坊, 連二茶坊, 及金波橋等兩河以至瓦市, 各有等差, 莫不靚妝迎門, 爭妍賣笑, 朝歌暮弦, 搖蕩心目. 凡初登門, 則有提瓶獻茗者, 雖杯茶亦犒數千, 謂之'點花茶'. 登樓甫飲一杯, 則先與數貫, 謂之'支酒'. 然後呼喚提賣, 隨意置宴. 赶趁祗應撲賣者亦皆紛至, 浮費頗多. 或欲更招他妓, 則雖對街, 亦呼肩輿而至, 謂之'過街轎'. 前輩如賽觀音, 孟家蟬, 吳憐兒等甚多, 皆以色藝冠一時, 家甚華侈. 近世目擊者, 惟唐安安最号富盛, 凡酒器, 沙鑼, 冰盆, 火箱, 妝閣之類, 悉以金銀爲之. 帳幔茵褥, 多用錦綺. 器玩珍奇, 它物稱是. 下此雖力不逮者, 亦競鮮華, 蓋自酒器, 首飾, 被臥, 衣服之屬, 各有賃者. 故凡佳客之至, 則供具爲之一新, 非習于游者不察也".

17　『宋史』卷250「石守信傳」: "多積金帛田宅, 以遺子孫, 歌兒舞女, 以終天年".

송대 문인과 기녀의 전사(塡詞)와 창사(唱詞)
(唐寅, 〈陶觳贈詞圖〉, 台北故宮博物院典藏)

이 그림의 주인공은 오대(五代) 도곡(陶觳)(『宋史·列傳第二十八陶觳傳』)과 기녀 약란(弱蘭)으로서 도곡이 지은 사를 약란이 비파를 연주하며 노래하는 광경이다. 후주(後周)의 한림학사(翰林學士)였던 도곡이 당시 국력이 약했던 남당(南唐)의 후주(後主)에게 오만불손하게 굴자 후주(後周)의 태수 한희재(韓熙載)가 그에게 교훈을 주기 위해 기녀 약란을 통하여 미인계를 썼다는 고사를 바탕으로 그린 것이다. 이 그림에서 송대 문인과 기녀들의 전사와 창사 모습을 상상해볼 수 있다.

루었다"[18]라고 했다. 이러한 풍조 속에 사대부 문인들의 압기 풍속도 더욱 번성하여 사대부 문화의 중요한 축이 되었다. 송대에는 문인 사대부가 주사나 청루에서 소일하는 경우가 많았으며, 위정자들도 어느 정도 묵인하며 정치적으로 이용하였으니, 이에 "순식간에 경사(汴京)는 선비

---

18   『燕翼詒謀錄』 卷2 : "咸平, 景德以後, 粉飾太平服用寖侈, 不惟士大夫之家崇尚不已, 市井閭里以華靡相勝".

나 서민들이 마음대로 방탕하는 곳이 되었고, 또 자제들이 향락에 빠져 몸을 망치는 문호가 되었다"[19]고 했다.

따라서 사대부 문인들도 관부나 집안의 연회석상에서든 기원이나 구란에서든 기녀와 교유하는 일이 문화생활의 매우 중요한 부분이 되었다. 그래서 풍연사(馮延巳)는 "금릉(金陵, 남경)의 좋은 시절에 내외 무사하여 동료나 친구들과 모여 연회를 열어 자주 문사를 논하였으니, 악부신사(樂府新詞)를 지으면 가기(歌妓)가 사죽(絲竹)에 맞추어 그것을 노래했다. 그리하여 손님들을 즐겁게 하고 흥을 달랬다"[20]라고 했다. 북송의 안수(晏殊) 역시 기녀와의 교유가 생활의 중요한 부분이었으니, 『피서록화(避暑錄話)』에는 다음과 같은 일화가 있다.

(안수는) 오직 빈객을 좋아하여 하루도 연회하며 술 마시지 않는 날이 없었는데, 반찬(盤饌, 안주)은 늘 미리 준비하지 않고 손님이 오면 금방 처리했다. 승상 소송(蘇頌)이 일찍이 공의 막부에 있을 때 보니, 가객(佳客)이 올 때마다 반드시 머무르게 했다. 그런데 사람 당 하나의 빈 탁자와 술잔만 앞에 두게 하고는 먼저 술이 들어오게 하고 이어서 과일이나 야채 등이 차례로 나왔다. 또 반드시 가악(歌樂)으로써 시중들게 하였으니, 담소가 어지럽게 오갔다. 몇 순배가 돌고 나면 탁자가 깨끗이 비워졌다. 조금 분위기가 가라앉으면 곧 멈추게 하고, 가악들을 내보내며 "너희들의 공연은 이미 다 봤으니, 나도 내 재주를 보여주지"라고 하며 필찰을 갖추어 서로 부시(賦詩)하였는데, 모두들 그러려니 하였다.[21]

---

19   吳自牧, 『夢粱錄 · 南十二』: "頃者, 京師甚爲士庶放蕩不羈之所, 亦爲子弟流連破壞之門".
20   陳世修, 『陽春集 · 序』: "公以金陵盛時, 內外無事. 朋僚親舊, 或當燕集, 多運藻思, 爲樂府新詞, 俾歌者倚絲竹而歌之. 所以娛賓遣興也".
21   葉夢得, 『避暑錄話』: "惟喜賓客, 未嘗一日不燕飮, 盤饌皆不預辦, 客至旋營之. 蘇丞相

〈서원아집도(西園雅集圖)〉

북송(北宋) 영종(英宗)의 사위였던 왕선(王詵)은 서화(書畵)와 시문(詩文)을 좋아하여 그의 집 서원(西園)에는 늘 묵객(文人墨客)이 모여들었다고 한다. 원우(元祐) 원년(1086) 왕선은 소식(蘇軾), 소철(蘇轍), 황정견(黃庭堅), 진경원(陳景元), 왕흠신(王欽臣), 정가회(鄭嘉會), 원통대사(圓通大師) 등 열여섯 사람과 연회를 열었고, 이에 대해 미불(米芾)이 기(記)를 짓고 이공린(李公麟)이 그 광경을 그림으로 그렸다. 문인들 뒤로 둘러 선 여인들은 기녀로서, 문인들의 시회(詩會)를 보좌하고 있는 것으로 보이는데, 이 것에서 당시 문인과 기녀들의 교유 상황을 짐작해볼 수 있겠다. 그 후 이공린의 원작은 사라졌지만 미불의 「서원아집도기(西園雅集圖記)」가 전해져 그 내용에 따라 후대 여러 유명화가들이 다시 그렸는데, 마원(馬遠), 유송년(劉松年), 조맹부(趙孟頫), 전순거(錢舜擧), 당인(唐寅), 우구(尤求), 이사달(李士達), 원제(原濟), 정관붕(丁觀鵬) 등을 비롯하여 근대에 장대천(張大千)도 이것을 화제(畵題)로 한 그림이 있다. 위의 그림은 청(淸)나라 화암(華嵒)의 그림으로 상해박물관(上海博物館)에 소장되어 있다.

頌曾在公幕, 見每有佳客必留, 但人設一空案一杯. 旣命酒, 果實蔬茹漸至, 亦必以歌樂相佐, 談笑雜出. 數行之後, 案上已粲然矣. 稍闌卽罷, 遣家樂, 曰, '汝曹呈藝已遍, 吾當呈藝.' 乃具筆札, 相與賦詩, 率以爲常".

송대 문인의 이러한 예는 매우 많다. 송대는 문풍이 성하고 성리학이 득세했던 시기였지만 축기(蓄妓) 풍속은 오히려 더욱 보편화 되었으니, 안수의 이러한 '가악'들도 모두 가기들이라 할 것이다. 왕무(王懋)는 "지금 귀공자들은 대부분 희첩(姬妾)을 축양한다"고 했는데, 송기(宋祁)는 "뒤뜰에 비단 옷을 끌며 다니는 자(기녀)가 매우 많았다"고 했으며, 장연(張淵)은 "가첩(佳妾) 이십 명을 샀다"고 했으며, 한기(韓琦)는 "집에 여악(女樂) 이십여 무리가 있다"고 했다.[22] 구양수(歐陽修)는 "붉은 입술에 백옥 같은 피부"의 가기가 "팔구매(八九妹)"였으며, 소식(蘇軾)도 "가무기수인(歌舞妓數人)"이 있었고, 양포(楊褒)는 "가희수인(家姬數人)", 양진(楊震)은 "십희(十姬)", 한강(韓絳)은 "가기십여인(家妓十餘人)", 왕보(王黼)는 "가희십수인(家姬十數人)"이 있었다고 했는데, 송대 가기를 가장 많이 보유했던 사람은 재상까지 지낸 장자(張鎡)로서, "가자무자수백인(歌者舞者數百人)"이었다고 한다.[23] 이러한 가기들은 주인이나 주인의 손님을 위해 봉사했는데, 연회에서 술시중을 들면서 가무를 공연하는 형태가 가장 일반적이었다. 북송의 문인 석만경(石曼卿)이 이웃의 어느 부잣집에 초대되어 대접을 받은 『몽계필담(夢溪筆談)』의 다음 일화는 당시 가기의 접대방식과 그 화려함을 짐작할 수 있다.

석만경이 채하(蔡河)의 하곡(下曲)에 살 때 이웃에 한 부잣집이 있었는데 매일 노랫소리가 들렸다. 그 집의 동복(僮僕)이 수십 명이었는데 늘 만경의

22　王懋, 『野客叢書』: "今貴公子多蓄姬媵"; 陸游, 『老學庵筆記』: "後庭曳綺羅者甚衆"; 洪邁, 『夷堅三志·辛』 卷1: "買佳妾二十人"; 江少虞, 『宋朝事實類苑』 卷8: "家有女樂二十餘輩".

23　葛立方, 『韻語陽秋』 卷15: "朱唇白玉膚. (…중략…) 八九妹"; 呂居仁, 『軒渠錄』; 王辟之, 『澠水燕談錄』 卷9; 葉申薌, 『本事詞』 卷下; 趙德麟, 『侯鯖錄』 卷4; 徐釚, 『詞苑叢談』 卷8; 徐應秋, 『玉芝堂談薈』 卷3.

집 앞으로 들락날락 했다. 만경이 한 동복을 불러 "저 부호는 어떤 사람인가?"라고 물으니, "성은 이씨(李氏)이며, 주인은 막 스무 살로서 형제도 없는데, 비단치마를 끌고 다니는 가첩(家妾)만 해도 수십 명이지요"라고 대답했다. 이에 만경이 그를 만나보고 싶어 했다. (…중략…) 민경을 별관으로 데리고 들어갔는데 공장(供張, 연회용 휘장이나 용구 음식 등)이 놀라웠다. 한참을 앉아 있으니 두 명의 환첩(鬟妾, 올림머리를 한 첩)이 각각 소반 하나씩을 들고 만경의 앞으로 왔는데, 소반 안에는 홍아패(紅牙牌, 檀木으로 만든 목패) 10여 장이 있었다. 그 한 소반은 술로서 10여 종류가 있었는데 만경에게 하나를 고르게 했고, 또 다른 소반에는 안주 이름이 적혀 있었고 다섯 종류를 고르게 했다. 두 환첩이 돌아가고 조금 후에 10여 명의 군기(群妓)가 각각 과일안주와 악기를 들고 들어왔는데, 복장과 인품이 모두 아름답고 빛이 났다. 한 기녀가 술을 따라 바쳤는데, 술이 파하자 음악을 연주했고, 과일안주를 들고 있던 기녀들은 그의 앞으로 모여 섰다. 먹는 것이 끝나면 곧 좌우로 나뉘어 늘어섰는데, 서울 사람들은 이것을 '연반(軟槃)'이라고 했다. 이렇게 술이 다섯 순배 돌자 여러 기녀들이 모두 퇴장하였다.[24]

송대의 이러한 축기 풍속은 계층이나 지위를 막론하고 매우 광범위하고 보편적이었으니, 문인 관료나 부호들 외에 승려나 도사들까지도 축기를 하였다. 예를 들면 변경에 있는 대상국사(大相國寺)의 한 승려는

---

[24] 沈括, 『夢溪筆談』 卷9 「人事一」: "石曼卿居蔡河下曲, 隣有一豪家, 日聞歌鐘之聲. 其家僮僕數十人, 常往來曼卿之門. 曼卿呼一僕, 問: '豪爲何人?' 對曰: '姓李氏, 主人方二十歲, 并无昆弟, 家妾曳羅綺者數十人.' 曼卿求欲見之. (…중략…) 引曼卿入一別館, 供張赫然. 坐良久, 有二鬟妾, 各持一小槃至曼卿前, 槃中紅牙牌十余. 其一槃是酒, 凡十余品, 令曼卿擇一牌, 其一槃肴饌名, 令擇五品. 旣而二鬟去, 有群妓十餘人, 各執肴果樂器, 妝服人品皆艶麗粲然. 一妓酌酒以進, 酒罷樂作. 群妓執果肴者, 萃立其前, 食罷則分列其左右, 京師人謂之'軟槃'. 酒五行, 群妓皆退".

'범수(梵嫂)'라는 기녀를 곁에 두고 아꼈으며, 휘종(徽宗) 때 변경의 도사들은 "모두 밖에 처자식을 봉양하고, 희첩을 두었으니, 검은 아교로써 귀밑머리를 염색하며 좋은 옷과 맛있는 음식을 먹는 자가 대략 이만 명이었다"[25]고 했다. "멸인욕존천리(滅人欲存天理)"를 주창한 이학가(理學家) 주희(朱熹)조차도 "비구니 두 명을 유혹하여 총첩(寵妾)으로 삼고는 관직에 갈 때마다 데리고 갔다"[26]고 탄핵 당했으니, 당시 축기풍조를 짐작할 수 있다.

가기의 지위는 바로 비(婢)와 첩(妾)의 중간이라 할 수 있는데, 가기가 아들을 낳으면 곧장 첩이 되었다. 당나라 때는 가기를 사고팔며 마음대로 죽일 수도 있었는데 송대에 와서는 그러한 횡포가 거의 사라지게 되었다. 그러나 가기들이 주인과 운명을 함께 하는 것은 마찬가지였으니, 가세가 기울거나 죽으면 생계를 위해 시정의 기원으로 들어가거나 비구니나 여도사로 출가하기도 했다. 그래서 당대와 마찬가지로 송대의 사대부 문인들도 기녀의 신세에 동병상련의 감정을 공유하며 깊은 교감을 했다. 기녀 역시 사대부 문인의 문학 예술적 조력자이자 동업자자로서, 특히 문사(文士)를 흠모하고 애호했는데, 당대와 마찬가지로 이러한 문사들의 품평이 기녀들의 명성에도 매우 큰 영향을 끼치기 때문이었다. 실제로 송대에는 풍류재자들에 의한 '화방(花榜)'이 성행했다. '화방'이란 명사나 재자들이 자신들이 겪었거나 잘 알고 있는 기녀들에 대하여 품평을 하는 것으로, 명화(名花)나 명초(名草)에 비기기도 하고, 과거의 등급처럼 등급을 매기기도 했으며, 시사(詩詞)나 평어(評語)로써 그 특징을 개괄하기도 했다. 당시 기녀들은 "한번 품제(品題)를

---

25   『淸異錄』: "皆外蓄妻子, 置姬媵, 以膠靑刷鬢, 美衣玉食者, 凡二萬人".
26   『宋史』卷37: "誘引尼姑二人以爲寵妾, 每之官則與之偕行".

금조(琴操)와 소식(蘇軾)
(黃山壽, 〈人物故事圖〉 第二幅 '琴操悟禪'〉)
소식이 금조에게 선(禪)을 깨닫게 하여 출가시켰다는 이야기를 묘사한 그림이다.

거치면 성가(聲價)가 열 배가 되었으니, 방(榜)의 첫머리에 들어가지 못한 자는 그 때마다 매우 유감스럽게 여겼다"[27]고 했다.

이런 과정에서 기녀들은 문사들의 기호에 맞는 다양한 문학 예술적 재능을 쌓았고, 그리하여 명성을 날린 기녀도 많았다. 평생을 기녀 속에서 생활했던 유영(柳永)은 "부드러운 얼굴에 고운 눈썹, 엷게 펴서 가볍게 쓸어내린다. 가장 배우고 싶어 하는 것은 궁체의 빗질과 화장. 문인과의 담소도 능히 할 수 있다네. 아름다운 자리 앞에서 뽐내는 춤과 노래는 특별히 경묘(輕妙)함이 있다네"[28]라며 기녀의 외모와 재예를 칭찬하고 있다. 항주 명기 금조(琴操)는 특히 문학적 재능으로 이름 높았다. 『능개재만록(能改齋漫錄)』을 보면 항주의 한 군료(郡僚)가 진관(秦觀)의 사구(詞句) "화각성단초문(畵角聲斷樵門)"(〔滿庭芳〕)을 "화각성단사양(畵角聲斷斜陽)"으로 노래하자 금조가 곧 그것을 지적해내고는 개운(改韻)

---

27   徐珂, 『淸稗類鈔』: "一經品題, 聲價十倍, 其不得列于榜首者, 輒引以爲憾".
28   【兩同心】: "嫩臉修娥, 淡勻輕掃. 最愛學, 宮体梳妝, 偏能做, 文人談笑. 綺筵前, 舞燕歌云, 別有輕妙".

엄예(嚴蕊)와 그녀의 【여몽령(如夢令)】 사의도(詞意圖)

(顧炳鑫, 〈嚴蕊造像〉 / 戴敦邦, 『戴敦邦圖說唐詩宋詞』, 上海辭書出版社, 2002)

했다. 이렇게 개운한 사에 대해 소식도 수긍했다고 하니, 그 뛰어난 문학적 소양을 짐작할 수 있다. 금조의 개작은 당연히 원작보다 뛰어날 수는 없지만 즉석에서 개운도 할 정도의 소양은 갖추고 있으니, 사대부 문인들과의 수창도 가능했던 것이다.

또 반반(盼盼)도 당시의 대문호 황정견(黃庭堅)과 사를 주고받을 정도로 문학적 소양이 뛰어났다. 황정견은 노주(瀘州)를 지날 때 반반을 만나서 【완계사(浣溪紗)】를 희작(戲作)하여 주었고, 이에 반반은 곧 【억진아(憶秦娥)】(일설에는 【석춘용(惜春容)】)를 지어 술을 권했으니, 다음과 같다.

年少看花雙鬢綠,　　젊어서부터 꽃 보다가 양쪽 귀밑머리 세었네.

走馬章臺弦管逐.　　장대(章臺)[29]로 말 달릴 때 풍악이 따랐지.

而今老更惜花深,　　이렇게 늙어서도 꽃을 매우 아끼니,

終日看花看不足.　　종일 꽃을 보아도 부족하다네.

坐中美女顔如玉,　　좌중의 미녀는 얼굴이 옥같이 흰데,

爲我同歌金縷曲.　　나를 위해 함께 〈금루곡(金縷曲)〉을 부르네.

歸時壓得帽擔欹,　　돌아갈 땐 모자챙을 비스듬히 눌러 썼는데,

頭上春風紅簌簌.　　머리 위로 부는 봄바람에 붉은 꽃 우수수.

　　기녀사인 가운데 가장 명성을 떨친 이로는 엄예(嚴蕊)를 들 수 있다. 엄
예는 절강(浙江) 천태군영(天台軍營)의 기녀로서, 시사에 능하고 서화와 색
예가 당시 최고였다. 현재 남아있는 그녀의 사작을 읽어보면 확실히 이러
한 평가는 과장이 아님을 알 수 있으니, 그녀의 【여몽령(如夢令)】을 보자.

道是梨花不是,　　배꽃이라 말하나 배꽃이 아니고,

道是杏花不是.　　살구꽃이라 말하나 살구꽃도 아니로다.

白白與紅紅,　　희고도 희고, 붉고도 붉으니

別是東風情味.　　동풍이 특별히 만든 정취로다.

曾記, 曾記,　　기억하시오, 기억하시오,

人在武陵微醉.　　무릉(武陵)에서 약간 취해 있는 사람이 있다는 걸.

29　章臺街는 漢나라 때 長安의 거리이름으로 妓館이 많은 곳이었다.

이 사는 흰색과 붉은색 두 종류의 복사꽃[桃花]을 노래한 것이지만 전편에 '도(桃)'라는 글자가 하나도 없다. 배꽃과 살구꽃으로서 희고 붉은 복사꽃을 비유하고 다시 '무릉도원(武陵桃源)'의 전고를 사용하여 자신이 그러한 복사꽃에 흠뻑 빠져 있음을 에둘러 말하고 있다. 그녀는 또 칠석(七夕) 날에 즉석에서 사원경(謝元卿)의 성(姓)을 운(韻)으로 하여 【작교선(鵲橋仙)】을 지었는데, 그녀는 이 작품에서 견우와 직녀의 애정을 통하여 사람들의 노리개 신세인 자신의 고통을 대비시키는 뛰어난 솜씨를 보여주었다. 그래서 주밀(周密)도 "간간히 시사를 지었는데, 신어(新語)가 있고, 자못 고금에 통달했다"[30]고 높이 평가하였다.

이상의 예는 기녀의 문학적 소양을 보여주는 것으로, 이러한 작사수창(作詞酬唱)은 기녀의 입장에서 손님의 구미에 영합하고 자기의 몸값을 올리는 좋은 수단이기도 했다. 성도(成都) 기녀 윤온의(尹溫儀)에 관한 다음 이야기는 그 좋은 예이다.

성도 기녀 윤온의는 본래 양갓집 여자였는데 잘못되어 악적에 들어가 기녀가 되었다. 채상(蔡相)이 성도를 다스릴 때 그녀를 매우 사랑했다. 윤이 채에게 악적을 풀어 종양(從良)시켜 줄 것을 청하자, 채가 농담하며 말하길, "만약 이 술잔 앞에서 한 소절을 완성하면 곧 풀어주지"라고 했다. 이에 윤이 "강조(腔調)를 주시지요"라고 했고, 채가 【서강월(西江月)】이라고 답했다. 윤이 또 엄운(嚴韻)을 쓰겠다고 하자 채는 "네가 열아홉이니, 구자(九字)를 사용하라"고 하였다. 윤은 즉석에서 곡조에 맞춰 사를 완성하였으니, "한유(韓愈)처럼 문장은 세상을 덮을 만하고, 사안(謝安)처럼 재주가 풍류스럽다. 좋

---

30   周密, 『癸辛雜識』: "間作詩詞, 有新語, 頗通古今".

은 날에 서루(西樓)에서 연회를 여니, 감히 향긋한 술 한 잔을 권하노라. 남궁(南宮, 과거급제 발표 장소)에서의 고상한 만남을 기억하노라. 형제가 다투어 궁전의 거북머리 돌계단[31]을 밟았지. 황동 향로 놓인 옥전(玉殿)에는 상스러운 안개 떠있고, 이름이 갑과(甲科) 아홉 번째에 있었지"라고 했다.[32]

'채상'은 재상을 지냈던 북송의 채경(蔡京)을 말하는데, 윤온의는 그를 한유나 사안에 비유하여 아첨하고 있을 뿐 아니라 형제가 나란히 과거에 급제한 사실을 적시하였으니, 채경이 좋아하지 않을 수 없었던 것이다. 그녀는 이 사로 말미암아 마침내 악적에서 벗어날 수 있었다고 한다. 어떤 이는 이것이 고소(姑蘇, 지금의 蘇州) 관기 소경(蘇琼)의 일화이며, 따라서 이 사도 소경의 작품이라 했는데, 누구의 작품이든 기녀의 문학적 재능을 살펴보는 데는 부족함이 없다 할 것이다.

이러한 기녀들은 송대에 크게 유행한 사의 창작과 가창에 직접적으로 참여하면서 송사를 발전시키는 결정적 역할을 했을 뿐 아니라 다양한 민간 공연예술의 공연자로서 민간 예술의 발전에도 기틀을 놓았으며, 사대부 문인과의 교유 과정에서 시나 사를 직접 창작하여 명성을 날리기도 했다.

---

[31] 장원급제한 사람이 밟고 올라간다는 궁전 돌계단의 거북머리.

[32] 陳耀文, 『花草粹編』 卷4 : "成都妓尹溫儀, 本來是良家女兒, 失身落入樂籍爲妓. 蔡相主政成都, 酷愛之. 尹向蔡乞請解除樂籍從良, 蔡開玩笑說 : '若樽前成一小闋, 便可除免' 尹曰 : '乞腔調蔡答以【西江月】. 尹又乞嚴韻, 蔡曰 : '汝排十九, 用九字' 尹隨卽應聲成詞云 : '韓愈文章盖世, 謝安才調風流. 良辰開宴在西樓, 敢勸一巵芳酒. 記得南宮高遇, 弟兄爭占螯頭. 金爐玉殿瑞烟浮. 名在甲科第九'".

2. 시인으로서의 송대 기녀

송대 기녀 역시 시재로써 이름을 날린 이가 적지 않다. 비록 송대 기녀들의 재능이 사에 쏠려 당대에 비해 화려하고 다채롭진 못하지만 여전히 송대의 특징적인 시 경향을 보여주면서 송대 문단을 장식하고 있다. 당대처럼 기녀시인과 기녀류시인으로 대별하여 도표화하면 다음과 같다.

妓女詩人		妓女類詩人	
이름	교유인물	이름	교왕인
曹文姬	岷江 任生	陳眞淑 외 12인 (宮人)[33]	水雲(汪元量)
胡楚	周韶	張瓊英	水雲(汪元量)
龍靚	張郎中, 周韶	蒨桃	寇萊公(准)之妾
周韶	右僕射 蘇頌道	李氏	節度使李某之妾, 京師貴官子張資
盈盈	王山	陸遊妾	陸遊
蘇小娟	太宗六世孫 趙院判	賀方回姬	賀鑄
張賽賽	崔子高	趙葵姬	趙葵
譚意歌	張正宇	春娘	蘇軾婢女
張濃	左譽, 張俊	洪聖保	
周氏	陳夢和	曹希蘊(曹仙姑)	蘇軾
劉燕歌		釋惟久	
盼盼	濾帥, 涪翁, 黃庭堅	尼法海	寶文呂嘉之姑
某邑妓	邑宰	釋妙總	
溫琬	張靖(甘棠郡太守), 王彦輔, 呂延平, 劉景初, 司馬光, 太原 王生	兪道婆	
胡文媛		尼淨智	
楚娘		尼文照	
臨川妓	郡守	崔婆	宜義郎梁元明乳母, 隨主母晁夫人 虔誠奉佛.
單氏	陳希夷	何仙姑	
襄陽妓	武補闕		
老妓			
賈愛卿[34]			
桂英	王魁		

이상의 표에서 알 수 있듯이 송대 기녀시인이라고 부를 수 있는 사람은 22명으로서, 이 들의 시는 총 61수가 전해진다. 이 가운데 온완(溫琬)이 전체의 절반 가까운 30수를 남기고 있고, 나머지는 대부분 몇 수의 작품만을 남기고 있다. 또 영영(盈盈), 담의가(譚意歌), 유연가(劉燕歌), 반반(盼盼) 등은 사 작품도 남기고 있는 기녀사인이기도 하다. 이들의 시를 다시 분석해보면 칠언절구가 37수, 오언절구 8수, 칠언율시 6수, 오언율시 3수, 기타 7수 등이 있다. 시형별 비율을 보면 절구가 전체의 74%로서 압도적인데, 특히 칠언절구가 전체의 61%를 점하고 있다. 기녀류시인은 궁인 14명에 14수, 비첩(婢妾) 6명에 10수, 여니(女尼, 비구니)와 여관(女冠, 여도사) 10명에 19수 등 총 30명에 43수가 있다. 우선 궁인 14명의 14수는 모두 궁정의 금사(琴師)였던 전당인(錢唐人) 왕원량(汪元量)의 송별연에 참석했던 궁인들이 한 날 한 자리에서 지은 것으로 추정되며,[35] 또 여니와 여관의 시 대부분은 게송(偈頌)과 같은 종교적 색채의 작품으로서, 일반적인 기녀 시와는 차이가 있다. 그러나 비첩의 작품은 기녀시인과 거의 차이가 없으니, 이들의 시는 총 10수에 불과하지만 기녀 시에 나타나는 특징을 그대로 드러내고 있다. 그리고 형식면에서도 10수 모두 절구인데, 그 가운데 9수가 칠언절구이다. 전체적

---

[33] 王書奴는 『中國娼妓史』(84쪽)에서 "唯唐朝宮妓制度, 宋代似沒有"라며 송대에는 궁기 제도가 없었다고 추론하고 있다.

[34] 『宋代女性文學』(215쪽)에 『後山詩話』를 인용하여 수록하고 있음.

[35] 王淸惠는 「送水雲歸吳·幷序」(『中國古代女作家集』, 301쪽)에서 "水雲留金臺一紀, 琴書相與無虛日. 秋風天際, 束書告行, 此懷愴然, 定知夜夢先過黃河也. 一時同人以'勸君更盡一杯酒, 西出陽關無故人' 分韻賦詩爲贈"이라고 했다. 王淸惠는 宋의 昭儀로서 궁정의 琴師였던 錢唐人 汪元量을 송별하면서 송별연을 베풀었고, 이에 그 자리에 참석했던 궁인들이 시를 지어 송별했던 것으로 보인다. 『中國古代女作家集』에서는 왕청혜 뒤에 '生平不詳'의 陳眞淑, 黃慧眞, 何鳳儀, 周靜眞, 葉靜慧, 孔淸眞, 鄭惠眞, 方妙靜, 翁懿淑, 章妙懿, 蔣懿順, 林順德, 袁正淑 등 13명의 「送水雲歸吳」를 수록하고 있는데, 이 시들은 모두 『水雲集』에 수록되어 있다.

으로 기녀류시인의 시형을 보면 칠언절구 27수, 오언절구 1수, 칠언율시 2수, 오언율시 1수, 기타 12수 등으로서, 역시 칠언절구의 비중이 63%에 육박한다.

이상 기녀시인과 기녀류시인의 전체 통계를 보면 총 52명에 104수이며, 이것을 다시 시형별로 분류해보면 칠언절구 64수, 오언절구 9수, 칠언율시 8수, 오언율시 4수, 기타 19수 등으로 칠언절구가 전체의 62%를 점하고 있다. 이러한 비율은 당대와 거의 일치한다. 저자는 당대 기녀시인의 시에 이처럼 칠언절구가 압도적으로 많은 이유가 칠언절구의 가창성에 기인한다고 언급한 바 있고, 송대 역시 칠언절구의 비중이 압도적으로 많은 이유를 여기에서 찾아야 할 것으로 보인다. 다만 당대에 비해 기녀시인의 활동은 위축되었다고 할 수 있으니, 특히 기록물이 현저히 증가한 시대라는 점을 감안하면 더욱 그러하다.

그러나 송대 기녀 시는 또 작품 경향 면에서 당대와는 구별되는 송대 기녀 시의 특징을 보여주고 있으니, 기녀 시의 선입관을 무너뜨리는 작품들이 적지 않다. 특히 이학의 영향을 받은 송대 시는 내용적으로 도학적이고 윤리적 경향이 짙어졌는데, 사유가 깊어짐에 따라 리듬도 무거워졌다. 이것을 흔히 '설리적(說理的)'이니 '철학적'이니 하는 말로써 특징짓고 있는데, 송대 기녀 시도 어느 정도 이러한 경향을 반영하고 있다. 그래서 당대 기녀 시와는 달리 효심이나 절개 등 유가의 도덕관념들이 자주 등장하고, 또 전반적으로 기녀라는 직업에 대한 회의와 탈적(脫籍) 등을 노래한 작품이 많다.

효심을 볼 수 있는 기녀 시는 '모읍기(某邑妓)'의 작품으로 기록되어 있는 「상읍재(上邑宰)」이다.

昔日緹縈亦如許,　옛날에 제영(緹縈)[36]은 또 (아버지를 구하는) 허락을 받았으니

盡道生男不如女.　모두들 아들을 낳아도 딸만 못하다고 했지요.

河陽滿縣皆春風,　하양에 고을 가득 봄바람이 부는데

忍使梨花遍着雨.　차마 배꽃을 비에 적셔 떨어지게는 못하겠어요.[37]

『경계시화(庚溪詩話)』에 따르면 이 기녀는 '영가(永嘉)'에 사는 산씨(山氏)라고 했는데, 제영의 고사를 빌어 아버지를 선처해달라고 호소하고 있다. 종성(鍾惺)은 이 시에 대해 "앞 두 구는 격렬하게 감동시키고 뒤에 다시 생각하고 바라는 마음으로 되돌아오니, 저절로 사람들에게 가여운 마음이 들게 한다"[38]라고 평했다. 어쨌든 이 시 덕분에 산씨의 아버지는 풀려났으니, 그녀의 효심이 아버지를 구한 것이다.

　장사기(長沙妓) 담의가(譚意歌)의 시는 굳은 절개를 보여준다. 그녀는

36　緹縈은 西漢 때 名醫 淳于意의 딸로서, 아버지를 구하기 위해 文帝에게 上書했고, 문제가 그녀의 진정에 감동을 받아 肉刑을 폐지했다고 한다.

37　이 시는 원래 『名媛詩歸』에 '모읍기'의 작품으로 수록되어 있는데, 宋代 陳巖肖의 『庚溪詩話』 卷下에는 "康待制가 執權하였을 때 奉祠하며 永嘉에 우거하고 있었다. 그곳의 관기 가운데 山이라는 성을 가진 기녀가 있었는데, 매우 총명하여 강은 때때로 술시중을 들게 했다. 기녀의 아버지가 어떤 일로 인해 옥에 갇혀 죄를 받게 되자 그녀는 울면서 사대부들에게 구해달라고 간청했다. 강이 그녀를 가엽게 여겨 장난삼아 절구 한 편을 지었으니, "昔日緹縈亦如許, 盡道生男不如女. 河陽滿縣皆春風, 忍使梨花偏帶雨"라고 하였다. 다음 날 기녀는 고을로 찾아가 진정서를 내고 아버지의 죄를 대신하겠다고 빌었고, 또 이 시도 진정서 앞에 넣었는데, 邑宰가 보고서는 마침내 웃으며 석방해주었다[康待制執權, 奉祠寓居永嘉. 籍妓中有姓山者, 頗慧麗, 康時命之侑樽俎. 一日, 妓之父以事系縣中, 当坐罪, 倡泣涕歷求救於士大夫. 康憫之, 戲爲一絶云:"昔日緹縈亦如許, 盡道生男不如女. 河陽滿縣皆春風, 忍使梨花偏帶雨."明日, 倡詣縣投狀, 乞代父罪, 且連此詩於狀前, 邑宰一見, 遂笑而釋之]'고 했다. 따라서 이 시는 康待制의 작품이지만 줄곧 기녀의 작품으로 인식되어 왔으며, 강대제가 기녀를 위하여 기녀의 입장에서 쓴 것이므로 당시 기녀 시의 경향성을 살펴보는 데는 별 무리가 없다고 여겨진다.

38　『名媛詩歸』:"上二句激切動之, 下復依回想望, 自爲有心人所憐".

여주(汝州, 河南 臨汝) 장모(張某)에게 시집가서 아들을 낳았지만 장씨의 부모는 허락하지 않고 다른 여자를 며느리로 들였다. 담의가는 혼자 장사에서 아들을 키우며 죽을 때까지 지조를 지켰는데, 남편에게 보낸 「기장씨(寄張氏)」는 다음과 같다.

瀟湘江上探春回,　소상강 위에 봄놀이 가보니
消盡寒冰落盡梅.　차가운 얼음도 다 녹았고 매화도 다 졌네.
願得兒夫似春色,　남편도 봄빛과 같아서
一年一度一歸來.　일 년에 한 번이라도 돌아오셨으면.[39]

이 시는 남편을 기다리는 애절함이 저절로 느껴지는데, 떠난 남편을 원망하기보다는 봄빛이 만물을 소생시키듯이 남편이 돌아오기를 묵묵히 기원하고 있는 것이다.

소식(蘇軾)의 『천제오운첩(天際烏雲貼)』에는 또 주소(周韶)의 고사가 있는데, 주소는 호초(胡楚), 용정(龍靚) 등과 함께 항주의 명기였다. 당시 대신 소송(蘇頌)이 항주에 들렀을 때 지주(知州) 진양(陳襄)이 연회를 베풀었는데, 주소가 시중을 들었다. 주소는 소송에게 자신을 기적(妓籍)에서 탈적시켜 달라고 부탁했고, 소송은 새장 속의 흰 앵무새를 가리키며 이 새를 시제로 하여 멋진 시를 지으면 부탁을 들어주겠다고 했다. 이에 그녀는 「백앵무(白鸚鵡)」를 지어 다음과 같이 노래하였다.

---

[39] 梅鼎祚의 『青泥蓮花記』에 의하면 이 시는 北宋의 禮部郎中을 지낸 孫冕의 '三英詩' 가운데 「寄遠」과 거의 유사하니, 그 시는 "錦江江上探春回, 消盡寒冰落盡梅. 爭得兒夫似春色, 一年一度一歸來"라고 하였다.

隴上巢空歲月驚,　　언덕 위의 둥지 비워 놓은 세월에 놀라노니

忍看回首自梳翎.　　고개 돌려 스스로 날개 다듬는 모습 차마 보기 어렵다오.

開籠若放雪衣女,　　새장을 열어 놓아주면 눈같이 흰옷을 입은 여인이 되리니

長念觀音般若經.　　늘 관음보살의 반야경을 외겠나이다.

　이 시는 자신을 앵무새에 비유하여 자신이 원래 살던 언덕 위의 집을 너무 오래 비워놓았다고 한탄하며 보통 여인으로 돌아가고 싶다는 뜻을 밝히고 있는 것이다. 이 시에 대해 좌중들은 모두 감탄을 했는데, 소식은 당시 주소가 상중이어서 흰옷을 입고 있었다고 설명했다. 이로 말미암아 주소는 탈적할 수 있었다. 기적에서 벗어난 주소가 떠날 때가 되자 함께 명성을 날렸던 호초와 용정도 「송주소(送周韶)」를 각각 한 수씩 지었으니 다음과 같다.

淡妝輕素鶴翎紅,　　옅은 화장에 가볍고 소박해도 학의 깃털이 붉으니

移入朱欄便不同.　　붉은 난간(기원)에 들어와서도 곧 남달랐었지.

應笑西園桃與李　　서원의 복사꽃이나 오얏꽃을 비웃을 만했으니

強勻顏色待秋風.　　억지로 안색을 펴며 가을바람을 기다렸다네.

桃花流水本無塵,　　도화유수에는 본래 먼지가 없는데

一落人間幾度春.　　인간 세상에 떨어져 몇 번의 봄을 지났던가.

解佩暫酬交甫意,　　패를 풀어놓고 잠시 교보[40]와 수작하더니

40　漢江에서 두 명의 *游女*를 만나 유녀가 차고 있던 옥구슬을 얻어서 놀았다는 周나라 鄭交甫를 말함.

濯纓還做武陵人.　　갓끈을 씻고 다시 무릉인으로 돌아가는구나.

앞의 호초 시는 떠나는 주소가 원래 '홍학'처럼 고고한 여인이었음을 말하고, 뒤의 용정 시는 인간 세상에 잘못 떨어진 선녀로 비유하고 있다. 기녀에서 탈적한 동료를 보내는 송별시로서는 매우 적절하고 감정의 표현도 깊다 할 것인데, 한편으로는 또 자신들의 고통스러운 처지와 그것을 벗어날 수 있다는 희망도 함께 담고 있는 듯하다.

이처럼 송대 기녀 시는 당대 기녀 시와는 내용적으로 구별된다 할 것인데, 그래서 '선비 기녀'라고 부를만한 기녀도 등장했으니, 바로 온완이다. 온완은 송대 기녀시인 가운데 양적으로나 질적으로나 절대적 비중을 차지하고 있으며, 또 내용적으로도 송대 시의 경향을 가장 잘 대변하는 작품을 지었다. 온완은 30수의 시를 남기고 있는데, 양적으로 보면 송대 전체 기녀 시의 약 33%를 차지하고 있으니, 기녀 시 가운데 온완의 것을 제외하면 한 사람당 한두 수에 불과하므로 온완은 송대 기녀시인을 대표한다고 할 것이다.

온완은 대략 지화(至和) 연간에 태어나서 희녕(熙寧) 연간까지 활동하였는데, "감당(甘棠)의 창기로서, 성이 온(溫)이고 이름은 완(琬)이며 자는 중규(仲圭)이다. 초성(初姓)이 학(郝)이며, 소명(小名)은 실노(實奴)로서, 본래 양가의 자제였다. 아버지 규(逵)는 떠돌이 장사꾼으로서, 치화(致和) 중에 풍비질(風痺疾)에 걸려 1년도 안되어 죽었다"[41]고 했다. 아버지가 죽은 후 집안이 기울면서 온완은 이모 집에 맡겨졌고, 어머니는 관기로 들어가게 되었으며, 후에 감당(甘棠)의 관기였던 어머니와 함께 관

---

[41] 清虛子,「甘棠遺事」,『青泥蓮花記』, 247쪽: "甘棠娼, 姓溫者, 名琬, 字仲圭. 初姓郝氏, 小名實奴, 本良家子. 父逵, 遊商, 致和中得風痺疾, 期年破殞".

기가 되었던 것이다. "온완에게는 시가 거의 500편이 있어서 스스로 하나의 시집을 엮었으나 호사가가 훔쳐갔으며, 후에 계속해서 100수를 읊었다"[42]고 하였는데, 지금은 30수의 시만 전한다. 특이한 점은 이 정도로 많은 작품을 남긴 송대 여성 시인이 송대에 가장 흥성하고 또 여성적인 양식이었던 사 작품이 하나도 없다는 것이다. 온완은 다른 기녀와 달리 소위 '지분기(脂粉氣)'가 없으니, 그녀의 삶을 보면 이러한 특이한 창작편력을 어느 정도 이해할 수 있다.

온완은 조용하고 온유한 성격에 유희를 좋아하지 않았으며, 어릴 때부터 남장을 하고 남자들과 같이 공부를 하여 여섯 살 때 이미 시서(詩書)를 읽었다. 이러한 어릴 때의 학문적 바탕이 그녀의 문학 예술적 재능을 길렀으며, 자라서도 책을 손에서 놓지 않는 독서광으로 만들었다. 또 서법도 익혀 그녀의 글씨를 구하고자 하는 사람이 많았다. 그녀는 기녀가 된 이후에도 줄곧 독서에 매진하였다. 「감당유사(甘棠遺事)」에는 그녀에 대해 다음과 같이 언급하고 있다.

성격이 생우(笙竽)를 즐기지 않았고, 종일 눌러 앉아 오직 독서만 좋아하였으니, 『양웅(揚雄)』, 『맹자(孟子)』, 『문선(文選)』, 여러 역사 고전과 명현의 문장 등을 모두 암송할 수 있었는데, 특히 맹가서(孟軻書, 孟子)에 뛰어났다. 일찍이 말하길, "어렸을 때 파리와 모기를 가장 꺼렸는데, 매번 독서할 때마다 더위의 혹독함도 모두 잊고서 땀이 흘러 발꿈치까지 와도 신경쓰지 않았다"고 했다. 밤이 되면 곧 홑옷을 입고, 읊고 낭송하다보면 훌쩍 오경(五更, 새벽 네 시 전후)이 넘었다. 집안사람들이 채근을 해야 잠자리에

---

42 淸虛子, 「甘棠遺事」, 『靑泥蓮花記』, 252쪽: "琬有詩僅五百篇, 自編爲一集, 好事者竊去, 後繼竊吟百首".

들었는데, 아침이 되면 또 그러했다. (…중략…) 또 일찍이 (손가락으로) 자서(字書) 쓰는 법을 배웠는데, 매일 편지를 써달라고 요구하는 사람이 있었다. 완은 물끄러미 바라보다가 일필휘지하여 완성하였으니 마치 신이 도우는 것 같았고, 이에 손가락 사이에 물이 들었다. (…중략…) 태수는 완의 명성을 익히 알아 명공현사가 모이면 곧 그녀를 불렀다. 완이 연회에 시중들 때는 노비 한 사람에게 서협(書篋)과 필연(筆硯)을 휴대하고 따르게 했는데, 사대부나 진신(縉紳)을 만나면 곧『맹자(孟子)』를 써서 그 뜻을 기탁하였으니, 사람마다 그것을 좋아하였다.[43]

이것은 기녀의 전기가 아니라 마치 어느 사대부의 전기를 읽는 듯하다. 이처럼 온완은 다방면의 여러 책들을 읽어 박학다식 했으며, 특히 『맹자』에 뛰어났다. 또 서법도 빼어났는데 그 중에서도 손가락으로 글씨를 쓰는 염지서(染指書)를 특히 잘 썼다. 온완은 이러한 문학 예술적 재능으로 크게 명성을 떨쳤으니, 태수도 "명공현사"들이 모이는 자리나 "사부진신"들 앞에서는 꼭 그녀를 불러 그 재능을 과시하게 했던 것이다. 이처럼 온완은 사대부들과 학문을 주고받는 문기(文妓)였고, 태수는 온완의 이러한 능력을 그의 귀빈에게 과시하면서 호사로 삼았던 것이다.

온완은 늦게 시를 배웠지만 금방 형식과 내용을 겸비한 수준 있는 시를 지었으니, 이것은 "시서에 심취하여, 그 맛을 깊이 알았으니 밤낮으

43 　清虚子,「甘棠遺事」,『青泥蓮花記』, 248쪽 : "性不樂笙竽, 終日沈坐, 惟喜讀書, 揚·孟·『文選』, 諸史典·名賢文章, 率能誦之, 尤長于孟軻書. 嘗自言, '少時最忌蚊蚋, 每讀書, 輒俱忘暑之酷, 汗交流至踵, 亦弗之他顧也.' 夜則單衣, 諷誦必過更. 家人固謂, 乃略就寢, 及旦復然. (…중략…) 又嘗學寫字寫書, 每日有求寫蠟箋者. 琬熟視, 一揮而成, 若有神助, 于是染指間. (…중략…) 太守熟琬名, 會有名公賢士, 則召之. 琬凡侍宴, 從行止一僕, 携書篋筆硯以隨, 遇士夫縉紳, 則書『孟子』以寄其志, 人人愛之".

로 묵송을 그친 적이 없었다"[44]는 어릴 때부터의 흥미와 공부 덕분이라 할 것이다. 또 이러한 공부가 일반 기녀시인의 시와 구별되는 독특한 내용과 특징을 갖게 했다 할 것인데, 어릴 때부터 쌓아온 유가적 학문이 가장 큰 영향을 끼치고 있는 것 같다. 온완의 사상과 학문은 그녀가 지은『맹자해의(孟子解義)』팔권(八卷)과『남헌잡록(南軒雜錄)』을 통해서 알 수 있으니, "구경(九經), 십이사(十二史), 제자백가, 양한(兩漢) 이래의 문장, 의론, 천문, 병법, 음양석도(陰陽釋道)의 요체 등 갖추지 않은 것이 없었으며, (…중략…) 그 해박함이 박학한 선비들을 훌쩍 뛰어넘었다"[45]는 평을 받았으며, 당대의 대학자이자 재상이었던 사마광(司馬光)도 감탄했을 정도였다.

이처럼 온완은 일반 기녀문인과는 다른 학자풍의 기녀이자 선비풍의 기녀로서, 이러한 면모가 그 시의 특징을 형성하고 있다. 따라서 온완의 시는 일반 기녀시인의 시에서 찾기 힘든 선비 풍격이 드러나는데,「설야관월(雪夜觀月)」은 학문에 심취한 학자적 태도를 잘 보여준다.

天寒雪月相輝映,　차가운 하늘에 눈과 달이 서로 비추며 빛나니

此夕家家盡玉妝.　오늘 저녁은 집집마다 옥 화장을 했다네.

梅老不收千里艶,　매실이 익어도 수확하지 않아서 천리를 곱게 만들고

桂新推出一輪香.　계화가 새롭게 밀고 나와 두루 향기를 뿜는다.

詩心挨曉吟晴景,　시심은 새벽이 가까워 오면서 맑게 갠 정경을 노래하고

木凍搖風拂冷光.　언 나무에 바람이 불면서 차가운 빛을 떨친다.

44　淸虛子,「甘棠遺事」,『靑泥蓮花記』, 247쪽 : "心醉詩書, 深知其趣, 至于日夜默誦未嘗已".
45　淸虛子,「甘棠遺事」,『靑泥蓮花記』, 252쪽 : "『孟子解義』八卷, 辭理優當, (…중략…) 嘗爲一秩, 目其上曰『南軒雜錄』, 其間九經, 十二史, 諸子百家, 自兩漢以來文章, 議論, 天文, 兵法, 陰陽釋道之要, 莫不畢備, (…중략…) 該博遠過博學之士".

天上人間都作白,　　천상과 인간 세상 모두 하얗게 만들었으니

餘輝思借讀書堂.　　나머지 빛은 독서당으로 빌려갈 생각이로다.

　청아하고 맑은 정경 속에서 시를 짓고 책을 읽던 모습을 떠올리게 하는데, 더욱이 눈과 달의 빛을 독서당으로 빌려가서 책을 읽겠다고 표현하고 있으니, 이것은 눈과 달을 낭만적이고 아름답게 묘사하는 여느 시인과 다른 점이다. 특히 이러한 풍격은 기녀의 시라는 점에서 그 유례를 찾기 힘들다 할 것인데, 이학(理學)을 신봉하는 전형적 유가의 모습이 연상된다. 실제 온완은 "도의(道義)의 말이 아니거나 유구(悠久)한 말이 아니면 일찍이 그 입에서 꺼내지 않았다"[46]고 하였으며, 또 그녀의 글씨를 얻으려는 사람에게 "덕(德)을 이루는 것이 상수이고, 예(藝)를 이루는 것은 하수이니, 완은 이것에서 이름 얻기를 원치 않나이다"[47]라고 했으니, 유가의 철학과 정신을 제대로 이해하고 실천한 선비라고 할 것이다. 특히 온완은 유가사상의 집합체인 『맹자』에 통달하여 『맹자해의』라는 해설서까지 편찬하였으니, 여자로서, 더구나 기녀의 신분으로 이는 매우 드문 일이다. 따라서 『옥경양추(玉鏡陽秋)』에서도 "여자가 사장(詞章)을 하는 사람은 많지만 의리(義理)를 연구하는 사람은 적으니, (…중략…) 완은 풍진의 여자로서, 맹씨서(孟氏書)에 능통하여 그것에 훈고(訓故)를 했으니, 생각해보면 위대하지 않은가!"[48]라고 했던 것이다.

　온완은 관기인 모친과 함께 관사에 기거했는데, 어릴 때부터 봐왔던

46　蔡子醇,「甘棠遺事後序」,『靑泥蓮花記』, 253∼254쪽 : "非道義之言, 非悠久之語, 曾不出諸其口".

47　淸虛子,「甘棠遺事」,『靑泥蓮花記』, 252∼253쪽 : "然或人求其所書, 則拒, 應曰, "德成而上, 藝成而下. 琬于此, 不願得名也"".

48　『玉鏡陽秋』: "女子攻詞章者多, 硏義理者寡, (…중략…) 琬以風塵, 乃能通孟氏書, 爲之訓故, 顧不偉哉!"

기녀의 모습에 혐오를 느끼고 기적을 벗어나고자 몸부림쳤다. 그러다가 결국 모친의 방탕한 생활이 도화선이 되어 더 이상 견디지 못하고 관사에서 도망을 치기도 했다. 후에 태수의 선처로 용서를 받았지만, 그녀는 그 후에도 기녀 생활을 견디기 힘들어 누차 태수에게 탈적을 간청했다. 이것은 모두 자신이 공부해왔던 유가의 이상과 자신이 처한 현실의 괴리에서 비롯된 것이다. 「술회(述懷)」는 기녀 생활에 대한 염증과 학자적 의식을 엿볼 수 있다.

多情天賦反傷情,	천부적인 다정함 때문에 오히려 마음 상하고
深閉幽窓倦送迎.	그윽한 창 안에 깊이 갇혀 보내고 맞이하는 일이 권태롭다오.
莫笑區區事章句,	장구(章句, 훈고독서)를 일삼는다고 구구하다 비웃지 마소,
不甘道蘊擅詩名.	사도온(謝道韞)[49]처럼 시명을 날리는 것은 달갑지 않소.

앞 두 구는 기녀 생활에서 받은 상처와 염증을 묘사한 것이고, 뒤 두 구는 그러한 기녀 생활 중에서도 자신의 재주를 뽐내는 것이 아니라 묵묵히 훈고하고 독서하는 학자적, 선비적 면모를 보여준 것이다.

온완은 스스로 "절조와 염치가 있고, 자신을 창기로 대우하지 않았다"[50]고 했는데, 이러한 자존감이야말로 다른 기녀들에게서는 찾아보기 힘든 덕목이며, 이것이 온완을 함부로 대하지 못하게 한 그녀의 품

---

[49]　謝道韞(349~409)은 東晉 후기의 名將 謝安의 侄女이자, 安西將軍 謝奕의 딸인데, 후에 또 王羲之의 둘째 아들 王凝之에게 시집갔다. 그녀는 어릴 때부터 총명하고 詩文에 뛰어나 명성을 날렸는데, 劉孝標 注『世說新語・言語』에는『婦人集』을 인용하여 "謝道韞有文才, 所著詩, 賦, 誄, 訟, 傳于世"라고 했다. 그녀는 또 書法에도 뛰어나 칭송을 받았으니, 문학 예술적 재능으로 보면 온완과 비슷하다 하겠다.
[50]　清虛子,「甘棠遺事」,『青泥蓮花記』, 251쪽: "有節操廉恥, 而不以娼自待".

사대부 문인풍의 기녀
(仇英, 〈修竹仕女圖〉, 上海博物館藏)
송대에 들어서면서 문인 사대부의 풍격에 접근한 기녀가 출현했는데, 그 대표적 예가 온완(溫琬)이다. 이 그림은 온완을 직접 염두에 두고 그린 것은 아니지만 그녀의 「죽설(竹雪)」같은 시를 생각나게 한다.

위를 만들었다고 할 것이다. 이러한 온완의 정신은 영물시에도 반영되어 있다. 그녀가 영물의 소재로 삼은 것들은 대부분 현실 생활이나 자연계 속의 작고 연약한 것들로서, 마치 자신을 닮은 것 같다. 그 가운데 특히 흰 눈을 덮어쓴 「죽설(竹雪)」은 삶에 짓눌리지만 꺾이지 않고 오히려 더욱 영롱한 온완 자신의 투영이다.

一簇修篁小檻中, 　한 무더기 긴 대나무가 작은 울타리 속에 있는데
可堪和雪更玲瓏. 　눈과 조화되어 더욱 영롱함을 어찌 견디리오.
數枝壓亞猶增秀, 　몇몇 가지는 눈에 눌려 오히려 더욱 빼어남을 더하니
莫惜輕綃命畵工. 　고운 비단 아까워 말고 화공에게 그리라고 명하노라.

대나무는 전통적으로 절조를 상징하는데, 이 "죽설"은 현실에 짓눌린 자신을 대표한다. 즉, 눈에 짓눌려도 부러지지 않는 대나무가 더욱 빼어나 보이듯이 현실의 힘든 시련을 이겨내고 절조를 지키는 자신도 더욱 가치 있는 사람이라는 자존감의 표현인 것이다. 그래서 온완은 "사방의 기녀들을 하나하나 모두 그 우열을 따지고 비교하였는데, 그 이룬 바를 살펴보고 그 절조를 관찰해보니, 중규(仲圭, 온완)와 같은 자는 실로 있지 아니하였다"[51]는 평가를 받은 것이다.

기녀는 그 사회적 지위가 낮지만 또 재색이 빼어나면 얼마든지 편안하고 여유 있는 생활을 할 수 있었다. 그러나 온완은 이러한 편안한 생활을 쫓지 않고 오직 어려서부터 익힌 유가의 이상을 추구하고 거기에 따라 행동하였으니, 따라서 양가녀로서의 정상적인 생활을 간절히 원하였다. 이렇게 하려면 기녀의 신분을 벗어나야 했으므로 기회만 있으면 탈적할 방법을 찾았던 것이다. 그러나 뜻대로 되지 않았고 힘든 나날을 견뎌야 했다. 온완의 일생은 험난했으니, 어려서 아버지를 여의고 이모 집에서 자랐으며, 관기가 된 모친 때문에 원치 않는 기녀의 길을 걸으면서 사람들에게 유린되었고, 탈적 후에는 또 어렵게 만난 연인을 전장에서 잃었으며, 외롭고 힘들게 종신토록 노모를 모셨다. 그러나 그녀의 시에는 이러한 삶의 상처들이 느껴지지 않는다. 오히려 당당하고 자신감 넘치는 불굴의 의지가 표현되어 있으니, 이러한 정신이 그녀 시의 큰 특징을 이루고 있다. 이것은 '낙화'에 대한 태도를 통해서 분명히 드러나니, 그녀의 「영락화(詠落花)」를 보자.

費盡東君力,	동군(봄)이 힘을 다 써버렸으니
無情一夜風.	무정한 한 밤의 바람.
鶯聲莫相別,	앵무새 소리는 서로 이별하지 말라고 하지만
秀實任春工.	빼어난 열매는 봄에 맡겨 만들어지거늘.

꽃은 일반적으로 여성의 아름다움을 상징하며 낙화는 그 아름다움이 지는 데 대한 슬픔이 일반적인 기조이다. 특히 기녀의 운명은 금방

51　淸虛子, 「甘棠遺事」, 『靑泥蓮花記』, 251쪽 : "四方之妓, 一一皆審較其優劣, 視其所得, 察其所操, 如仲圭者, 實未之有焉".

져버리는 꽃과 같아서 외모의 아름다움이 가시면 사람들에게 버림받게 된다. 따라서 대부분 기녀문인의 필하에서 꽃은, 더욱이 떨어지는 꽃은 기녀의 슬픈 운명을 대변한다. 그러나 온완은 낙화를 슬픔과 절망이 아니라 "수실(秀實, 빼어난 열매)"을 가져다주는 새로운 시작이자 희망으로 승화시켰으니, 이는 기녀문인에게서는 좀처럼 찾아보기 힘든 긍정적 정신이다.

이처럼 온완은 어려운 환경 속에서도 굳은 절조를 지녔고, 그 어려움을 희망으로 바꾸는 긍정적 정신과 강한 의지를 겸비한 자존감 강한 기녀시인인 것이다. 그래서 그녀의 시는 고상함과 고결함이 깃든 것이 많다. 그녀의 이러한 기질은 특히 국화를 통하여 자신을 암유(暗喩)하고 있는 「영국이수(詠菊二首)」에서 분명히 드러난다.

碧玉枝能輝砌欄,　　벽옥 같은 가지가 섬돌과 난간을 빛나게 하고
黃金蕊可薦杯盤.　　황금 같은 꽃술은 술잔과 소반으로 추천할 만 하도다.
陶潛素有東籬興,　　도잠에게 본래 동쪽 울타리의 감흥이 있으니
莫與群芳一樣看.　　뭇 꽃들과 같이 보지 말지니.

簇金雕玉鬪玲瓏,　　금을 모아 놓은 듯 옥을 조각한 듯 영롱함을 다투며
心有淸香分外濃.　　중심에는 맑은 향기가 있는데 특히 짙도다.
蜂蝶盡從嫌冷淡,　　벌과 나비는 모두 냉담함을 싫어하지만
陶潛不肯愛芙蓉.　　도잠도 부용을 사랑하려 하지 않았다네.

첫째 수에서 온완은 "막여군방일양간(莫與群芳一樣看)"이라고 하여 자신을 뭇 기녀들과 동일시하지 말라며 자존감을 드러내고 있다. 국화가

보통 사람들은 별로 중시하지 않는 꽃이지만 도연명처럼 그 가치를 알아보는 사람이 있듯이 자신이 기녀이지만 자신의 가치를 알아줄 사람이 있을 것이라는 자존감이다. 국화의 "벽옥지(碧玉枝)"와 "황금예(黃金蕊)"가 아름답고 영롱하지만 그 진짜 가치는 "청향(淸香)"에 있듯이 자신의 진정한 가치는 유가적 학문을 바탕으로 한 내면의 인격이다. 이처럼 온완은 한편으로는 뭇 꽃들과는 다른 "청향"의 국화를 빗대 자신이 일반 기녀와는 다르다는 자존감을 드러내면서 또 한편으로는 도연명처럼 '진세(塵世)'로부터 벗어난 은거의 삶을 지향하고 있는 것이다. 그녀는 원치 않는 기녀의 삶을 살고 있지만 그 이상과 성품은 이처럼 고상하고 고결하니, 이 역시 어려서부터 익힌 유가 학문에 기인한다 할 것이다.

온완의 시가 이처럼 모두 유가 학문을 바탕으로 한 선비풍의 자존감과 고상함이 깃든 시만 있는 것은 아니다. 온완은 경사로 이사 와서 탈적한 후 짧은 기간 동안 연애를 했는데, 이 시기에 지어진 시는 전형적인 애정시로서 온완 시의 또 다른 내용과 특징을 보여준다. 사랑의 고통을 비유한 「영련(詠蓮)」을 보자.

深紅出水蓮,	심홍색의 수련이 나오는데
一把藕絲牽.	한 줄기 연뿌리가 실처럼 달려 있네.
結作靑蓮子,	푸른 연밥을 맺었는데
心中苦更堅.	그 가운데는 (마음 속 같이) 쓰고도 단단하구나.

실처럼 엉켜 있는 연뿌리는 마음속에 맺힌 그리움이며, 그 그리움 밑에서 솟아 나온 연밥은 자신의 마음처럼 "쓰고도 단단[苦更堅]"하다. 그

녀는 연 뿌리가 서로 이어져 있는 것으로서 그리움이 끊어지지 않고 계속됨을 비유하고 있으며, "연자(蓮子)"의 고(苦, 쓴 맛)로써 그리움의 고(苦, 괴로움)를 비유하고 있으니, 매우 적절하고 절묘하다. 또 그렇게 "고(苦)"하지만 자신의 마음은 연밥이 단단하듯이 "견(堅)"하다는 것으로 임에 대한 굳은 사랑을 표현하고 있다. 다음의 「기원(寄遠)」도 임을 그리는 시이다.

小花靜院東風起,	작은 꽃 핀 조용한 집에 동풍이 부니
燕燕鶯鶯拂桃李.	쌍쌍의 제비와 앵무새가 복사꽃 오얏꽃을 떨며 노니네.
斜倚紅墻卜遠人,	붉은 담에 비스듬히 기대어 멀리 떠난 임 돌아올 날 점쳐보나니
樓外春山幾千里.	누대 밖 봄 산은 수천 리 밖에 있구나.

종성(鍾惺)은 이 시를 "한가하고 고요한 가운데서 갑자기 느끼는 바가 있으니, 아득히 멀리 떠난 임을 그리워하며 곡절하게 정이 이른다"[52]라고 칭찬했다.

이러한 애정시는 앞의 시와는 완전히 다른 풍격으로서, 또 관조적이면서도 여성 특유의 섬세함이 두드러진다. 그러나 여전히 당대 기녀시가 보여주고 있는 감정의 기복은 찾아보기 힘드니, 이것은 연회석상의 필요에 의한 것이 아니라 자신의 일상적 감정을 토로했기 때문이라 할 것이다.

온완 시의 기본적 바탕은 어릴 때부터 쌓아온 유가 학문과 그에 따른

---

[52] 『名媛詩歸』 卷21 : "從閑靜中忽有感觸, 悠然思遠, 曲折情至".

선비적 인격이다. 유가적 도덕을 바탕으로 한 선비적 풍격이 시의 바탕을 이루어 그녀의 시를 자존감과 고상함이 느껴지도록 만들었다. 그녀의 시는 고작 30수에 불과하지만 "간혹 스스로 가사를 지으면 청아하면서도 뜻이 있어서 다른 사람이 미칠 수 없는 경지에 이른다"[53]는 평을 받았다. 온완의 이러한 선비적 풍모는 비록 기녀의 신분이지만 어느 누구도 그녀를 함부로 대하지 못하게 만들었으니, 따라서 교유하는 사람들도 주로 달관귀인이나 이름 있는 선비들이었다. 재색으로써 천하에 명성을 날린 기녀들은 무수히 많지만 기녀이면서 오히려 사람들의 존중과 흠모를 받는 것은 매우 드물다 할 것이니, 그래서 "천하담설지사(天下談說之士)" 사이에 "봉도(蓬島, 아름다운 유원지)로 놀러가고 도계(桃溪, 복사꽃 핀 시냇가)에서 연회하는 것보다 온중규(溫仲圭, 온완)를 한 번 보는 것이 더 낫다(從遊蓬島宴桃溪, 不如一見溫仲圭)"[54]라는 명성을 얻었으며, 장태수(張太守, 張靖)도 그녀가 남자였다면 반드시 장원급제했을 것이라며 "계수나무 가지를 가인(佳人)이 꺾도록 허락한다면 마땅히 감당(甘棠)의 여장원(女狀元)이 되었으리라(桂枝若許佳人折, 應作甘棠女狀元)"[55]라고 칭찬했던 것이다.

　이처럼 송대 기녀시인의 시는 전반적으로 당대 기녀 시와는 달랐다. 내용면에서 유가의 도덕관념이 반영된 시가 많고, 또 기녀라는 직업에 대한 회의와 탈적에 대한 갈망을 담은 시도 자주 보인다. 온완의 시만 그러한 것이 아니라 한두 수밖에 되지 않는 다른 기녀시인의 시도 그러한 경향이 짙다. 이것은 전체적으로 송대 시단의 설리적이고 철학적인

53　淸虛子, 「甘棠遺事」, 『靑泥蓮花記』, 249쪽 : "或自爲辭, 淸雅有意, 到人所不及之地".
54　淸虛子, 「甘棠遺事」, 『靑泥蓮花記』, 251쪽 : "某聞天下談說之士相聚而言曰, "從遊蓬島宴桃溪, 不如一見溫仲圭"".
55　張靖, 「贈琬詩」.

경향을 반영한 것으로 볼 수 있을 것인데, 보다 근본적인 원인은 당대 기녀 시가 했던 역할을 송대에는 사가 대신하고 있기 때문이라 할 것이다. 즉, 당대 기녀시인이 주로 다루었던 이별이나 그리움 같은 정조가 송대 기녀 사에서 집중적으로 나타나고 있다는 것인데, 요컨대 기녀라는 직업적 필요에 의한 수창이나 가창 등은 사를 통하여 이루어졌다는 것이다. 따라서 송대 기녀들에게 시는 자신의 생각과 의지를 표방하는 개인적인 장르로 인식된 것으로 보이며, 이것이 당대 기녀 시와 구별되는 가장 큰 특징이라 할 것이다.

3. 사인으로서의 송대 기녀

송대를 대표하는 문학 장르는 사(詞)이다. 당대에 극성했던 시가 점차 노래로서의 기능을 잃어버리게 되자 그 대체 장르로 당대 중엽부터 민간에서 싹트기 시작한 장르가 사이다. 이처럼 사는 노래의 수요를 충족시키기 위해 출현하였으므로 문인들이 사에 관심을 갖기 시작한 초기부터 주로 연회석상에서 노래로 불린 양식이었다. 따라서 사는 기녀와 매우 밀접한 관련을 맺을 수밖에 없었으니, 송대 사단에서 기녀는 사의 창작동기 및 사작(詞作) 환경의 제공자였으며, 사의 전파자였고, 사의 창작자였다. 만당(晚唐) 오대(五代)의 화간사풍(花間詞風)은 초기 사의 사풍을 대표하는데, 이는 여성 심미의 유미주의적 특징을 지니고 있고, 이 과정에서 기녀는 또 결정적 역할을 했다. 기녀는 가창이라는 직업적 필요에 의해 문인에게 작사를 부탁했고, 문인은 자신의 사가 음률에 맞는지 확인하기 위하여 기녀에게 가창을 시켰다. 이처럼 사의 창작은 주로 기녀의 눈높이에 맞춰 진행되었으므로 사 장르에서 기녀의 역할은 절대적이었다고 할 수 있다. 따라서 가창되었던 사는 기녀와 문인의 공동 창작이라고도 볼 수 있으니, 기녀는 가창력을 과시하여 자신의 성가를 높이고, 문인은 기녀의 가창을 통하여 자신의 사가 널리 전파됨으로써 문명을 얻었다.

이에 더하여 빼어난 문학적 소양을 겸비하여 직접 사를 창작한 기녀도 많았으니, 기녀는 사의 발전에도 적지 않은 역할을 했다. 특히 기녀 사는 사대부 문인의 사보다 감정 표현이 진솔하여, 송대 사단을 다채롭게 만들었다. 사는 이러한 기녀와의 관계 속에서 형성되고 발전하여 완약(婉約)하고 음유(陰柔)한 여성적 특성을 지니게 되었다. 기녀의 사는 수량과 예술적 수준에서 동시대 문인과 비교할 수는 없지만 사의 형성과 발전이라는 측면에서 나름대로 큰 의미를 가진다고 할 것이다.

송대의 사와 당대의 시는 각각 그 시대를 대표하는 장르라는 점 외에도 공통점이 많다. 사대부 문인부터 시정의 평민들까지 광범위하게 음송되었으며, 또 사대부 문인과 기녀들이 전파와 발전에 교량역할을 했다는 점 등이 그것이다. 즉 당대의 기녀가 시를 위주로 했다면 송대의 기녀는 사를 위주로 한 것이다. 정진탁(鄭振鐸)의 다음 말은 송대 사와 기녀의 관계를 직접적으로 언급한 고전적 평론이다.

사는 이 시기(북송)에 이미 황금시대에 도달했다. 작가들은 사를 짓기만 하면 곧 가기(歌妓)에게 주어 연회에서 가창할 수 있도록 했다. "열일곱 여덟 된 여자가 홍아(紅牙, 檀木으로 만든 拍板)를 잡고 박자를 맞추며, '버드

나무 늘어선 언덕, 새벽바람 이지러진 달 아래'라고 노래한다"고 했는데, 이
것이 어찌 모든 문인학사들이 흠모하는 광경이 아니었겠는가? 그래서 사를
지을 줄 아는 사람들은 문사든 무인이든, 작은 벼슬아치든 큰 벼슬아치든
간에 모두 사 짓는 것을 좋아하지 않는 이가 없었다. 진칠(秦七, 秦觀) 같은
이나, 유삼변(柳三變, 柳永) 같은 이나, 주청진(周淸眞, 周邦彦) 같은 이들은
사를 전업(專業)으로 삼았다. 유삼변은 더욱 기녀와 기관에 심취하여 사를
지어 기녀들에게 가창하도록 주는 것을 즐겼다. 그래서 우리들은 이 시기를
한 마디로 사의 황금시대라고 부르며, 사는 문인학사가 가장 즐겨 사용한
문체이자, 또 문인학사와 서로 의지한 가기무녀(歌妓舞女)가 가장 즐겨 노
래한 가곡이라고 말할 수 있다. 바꿔 말하면 사는 이 황금시대에 문인학사
라는 한 계층과 문인학사와 가장 가까운 가녀(歌女) 계층 사이에 성전(盛傳)
된 한 문체라는 것이다.[56]

이처럼 송대는 사의 '황금시대'로서, 정통 시문이 이학(理學)의 굴레 속
에서 점잔을 빼고 있었다면 사는 인간사의 갖가지 감정들을 솔직하고 거
침없이 표현하였다. 따라서 사는 문인묵객(文人墨客)은 물론 제왕경상(帝
王卿相)과 왕공대신(王公大臣)에서부터 시정의 소시민, 규방의 여인에 이
르기까지 다양한 작가층과 독자층을 형성하였는데, 그 가운데 기녀는 그
형성과 발전에 직접적으로 큰 역할을 했다. 즉, 정진탁의 이 말은 기녀가
사대부 문인과 함께 송대 사의 형성과 발전의 중심축이었다는 것이다.
　기녀들은 가창을 통하여 사의 가창성을 확보하고, 사를 널리 전파시
켰을 뿐 아니라 직접 전사(塡詞, 作詞)도 하여 송대 사단을 장식하고 있다.

56　鄭振鐸, 『揷圖本中國文學史』, 商務印書館, 1961, 474쪽.

다음에서 우선 사 작품을 남기고 있는 기녀사인을 조사하여 사인으로서의 송대 기녀를 고찰하고자 한다. 이러한 기녀사인에 관한 기록은 홍매(洪邁)의 『이견지(夷堅志)』, 주밀(周密)의 『제동야어(齊東野語)』, 오증(吳曾)의 『능개재만록(能改齋漫錄)』, 서구(徐釚)의 『사원총담(詞苑叢談)』 등에 많이 보이는데, 기녀사인과 기녀류사인으로 대별하면 다음과 같다.

| 妓女詞人 | | 妓女類詞人 | |
이름	교유인물	이름	교유인물
陳鳳儀[57]	蜀守 蔣龍圖	章麗貞	
馬瓊之(瓊瓊)	朱端朝	袁正眞	
聶勝瓊	李之問	金德淑 외 9인[58]	水雲(汪元量)
琴操	一倅, 蘇軾	吳淑眞	水雲(汪元量)
盼盼	濾帥, 涪翁, 黃庭堅(?)	某宮人	
僧兒	戴漢守	韓繽姬	韓繽
蘇琼	蔡元長	杜大中妾	杜大中
盈盈	王山	陸遊妾某氏	陸遊
王幼玉	柳富(贈【醉高樓】)	周氏	丁宥之妾, 丁基種
譚意歌	後嫁張正宇	張淑芳	賈似道妾
劉燕歌		美奴[59]	陸藻(敦禮), 侯官人(今福建侯官縣)
樂婉	施酒監【卜算子 · 贈樂宛, 杭妓】	曹希蘊(曹仙姑)	蘇軾
趙才卿	都鈴, 帥府		
都下妓			
蘇小小	太學生 趙不敏, 不敏令弟		
李秀蘭			
張珍奴			
洪惠英			
儀珏			
蜀妓	陸游		
嚴蕊	朱熹		
平江妓			
尹溫儀	蔡尹		
蜀中妓			
靑幕子婦			
鄭雲娘[60]	張生		

---

57 『中國女性文學史』(275쪽)에서는 元代 기녀라고 기록하고 있는데, 실제로는 宋 仁宗 때

이상 기녀사인은 26명으로서, 이들은 총 31수의 작품을 남기고 있고, 이를 형식면에서 분류해보면 대부분 소령(小令)으로 보인다. 사의 형식은 현재 사악(詞樂)이 전해지지 않으므로 자수(字數)에 따라 분류할 수밖에 없는데, 청대 모선서(毛先舒)의 구분에 따르면 58자 이내를 소령(小令), 59자부터 90자를 중조(中調), 91자 이상을 장조(長調)라고 했다.[61] 또 '소령'과 중조 이상의 '만사(慢詞)'로 양분하기도 한다. 이러한 구분을 적용하면 이들의 사 가운데는 금조(琴操)와 승아(僧兒)의 【만정방(滿庭芳)】, 담의가(譚意歌)의 【장상사령(長相思令)】, 정운낭(鄭雲娘)의 【두혜아(兜鞋兒)】 등 네 수가 만사이고 나머지는 모두 소령이다. 기녀류사인은 14명의 궁인(宮人)이 14수, 6명의 비첩(婢妾)이 9수, 1명의 여관(女冠)이 2수의 작품을 남기고 있어서 총 21명에 25수의 작품이 있다. 이들을 사의 형식으로 분류하면 남송 궁인의 【수룡음(水龍吟)】, 주씨(周氏)의 【서학선(瑞鶴仙)】, 장숙방(張淑芳)의 【만로화(滿路花)】 등 세 수를 제외하고는 모두 소령이다.

기녀사인과 기녀류사인을 합하여 통계를 내보면 총 47명에 56수가 되는데, 이 56수 가운데 49수가 소령이니, 그 점유율이 대략 88%에 달한다. 따라서 기녀 사는 대부분 소령이라고 말해도 무방할 것인데, 이

사람이므로 송대 기녀라고 보았다.

58 『中國古代女作家集』에는 '宋時宮人'이라는 설명 하에 金德淑을 비롯하여 連妙淑, 黃靜淑, 陶明淑, 柳華淑, 楊慧淑, 華淸淑, 梅順淑, 吳昭淑, 周容淑 등 9명의 【望江南】詞를 수록하고 있다. 이 작품의 출전은 『宋舊宮人汪水雲南還詞』로서 역시 앞의 水雲 汪元量과 관련된 작품이며, 이름이 모두 '淑'으로 끝나는 것으로 보아 동시대 궁인으로 추정된다. 아래의 吳淑眞 詞【霜天曉角】도 『宋舊宮人汪水雲南還詞』에 수록된 것이므로 역시 汪元量과 관계된 작품이라 할 것이다.

59 吳熊和는 『唐宋詞與唐宋歌妓制度』(67쪽)에서 "侍兒是家妓的別稱"이라고 단정 지었다.

60 『中國女性文學史』(269쪽)에서는 鄭雲娘을 宋元詞妓로 분류하고, 張生에게 부치는 【西江月】과 【兜鞋兒】를 들고 있다.

61 『塡詞名解』: "五十八字以內爲小令, 自五十九字始至九十字止爲中調, 九十一字以外者俱爲長調".

처럼 소령이 많은 이유는 짧고 경쾌한 형식이 노래 부르기도 쉽고 전사에도 부담이 없기 때문일 것이다. 이것은 또 시에서 칠언절구가 압도적으로 많은 것과 같은 맥락으로서, 역시 시와 마찬가지로 가창에 중점을 두었기 때문에 소령 위주의 창작이 많은 것이다. 앞서 언급했듯이 기녀 시에 칠언절구가 압도적으로 많고, 또 사의 형성 초기에 칠언절구와 형식상 구별이 되지 않는 소령이 많았던 점 등은 시나 사 모두 기녀 문인이 가창을 지향한 창작을 하고 있다는 반증이며, 이러한 당송 기녀의 가창 활동이 사의 발생과 형성 과정에서 상당한 영향을 미친 것으로 보인다. 이들 기녀 사는 또 표현 방법적 측면에서 문인의 사와 구별되는 특징을 갖고 있다. 기녀 사는 소위 '규음(閨音)'의 원 가창자이므로 대언(代言)의 색채가 없이 실제 경험에서 체화된 진정을 표현할 수 있었다. 여성 특유의 섬세함은 물론 비천한 신세에서 오는 진솔하고 절실한 감정을 표현한 것이다. 따라서 문인 사에 비해 전고의 사용이 적고, 감정을 직설적으로 드러내는 직서수법이 많으며, 용어도 삶의 일상을 반영한 친근한 구어를 거침없이 사용하였다.

이러한 기녀들의 사는 주로 연회석상에서 문인들과 수창(酬唱)하며 탄생하였다. 연회석상에서의 수창은 그 모임의 성격으로 인해 권주가나 송별가가 많다. 예를 들면 앞서 인용한 반반(盼盼)의 【억진아(憶秦娥)】는 황정견의 【완계사(浣溪紗)】에 답한 것으로서, 대표적인 권주가이다. 이것은 주연(酒宴)에서 빠질 수 없는 과정인데, 또 자주 등장하는 것이 송별가이다. 성도(成都) 악기(樂妓) 진봉의(陳鳳儀)의 【일락색(一絡索)】, 상강기(湘江妓)의 【촉영요홍(燭影搖紅)】, 유연가(劉燕哥)의 【태상인(太常引)】, 촉기(蜀妓)의 【시교류(市橋柳) · 송행(送行)】 등은 그 대표적 예이다. 이들 사는 직접적 체험에서 우러나온 자신의 감정을 진솔하게 표현하고 있으므로 연회석상에서 자주 노래 불렀다. 기녀가 주연에서 권주가나 이별가를 짓는 것은 직업적 응수의 한 측면이지만 그 노래 속에 자신의 인생경험에서 우러나온 진지한 감정을 이입하였고, 이러한 진정성이 감동으로 이어지는 것이다.

이처럼 기녀들의 사는 대부분 진솔한 감정 표현으로써 사람을 감동시키는데, 그것은 그들의 비천한 신분과 험난한 인생역정에 기인한다. 예를 들면 항주 기녀 악완(樂宛)은 시주감(施酒監)과 친교를 맺었는데, 시주감이 【복산자(卜算子)】를 지어주자 악완도 같은 사패로 다음과 같이 답하였다.

相思似海深,　　　그리움 바다처럼 깊고,

舊事如天遠,　　　옛일은 하늘처럼 아득하구나.

淚滴千千萬萬行,　눈물이 줄지어 흘러내리고,

使我愁腸斷.　　　나의 애를 끊나니.

要見無由見,　　　보고파도 볼 길이 없어

見了終難判.　　　어찌하지 못하겠네.

若是前生未有緣,　전생에 인연 없다면

重結來生願.　　　다음 생에서라도 다시 맺어지길.

쉽고 간결한 말 속에 사랑하는 사람을 붙잡을 수 없는 자신의 처지에 대한 슬픔의 감정이 그대로 드러나 있을 뿐 아니라, 다음 생에서라도 맺어지길 원하는 간절한 바람이 담겨 있다.

육유(陸游)는 일찍이 사천(四川)에서 한 기녀를 데리고 와 첩으로 삼았는데, 부인 눈치를 보느라 집에 데리고 들어가지도 못하고 한참만에야 한 번씩 그녀를 보러가곤 했다. 이에 첩은 화가 났고, 육유가【작교선(鵲橋仙)】을 지어 변명하자 첩은 또 같은 사패로 다음과 같이 화답하였다.

說盟說誓,　　　　　맹서를 하고,

說情說意,　　　　　정답게 속삭이면서

動便春情滿紙.　　　툭하면 춘정이 종이에 가득 찼었지요.

多應念得脫空經,　　모두가 공염불을 왼 것이니,

是那個先生敎底?　어느 선생이 가르쳐 준 거죠?

不茶不飯,　　　　　밥도 안 먹고

不言不語.　　　　　말도 안하면서

一味供他憔悴.　　　늘 그 이에게 초췌한 모습만 보여주었죠.

相思已是不曾閑.　　그리움 때문에 한가할 겨를도 없는데,

又那得工夫咒你.　또 당신을 원망할 시간이 어디 있겠어요?

　사용하는 단어가 거의 모두 백화(白話)이며, 말투도 거리낌이 없다. 그래서 마치 상대를 앞에 두고 떼쓰고 원망하는 듯하니, 토라진 여인의 형상이 생동적으로 드러나 있다. 이는 작자의 실제 경험에서 우러나온 감정을 직설적으로 표현했기 때문으로서, 이러한 분위기가 송대 기녀사의 한 특징이라 할 것이다.

　장안의 명기 섭승경(聶勝瓊)도 경관(京官)인 이지문(李之問)과 사랑을 하다가 이별에 임하여 다음과 같이【자고천(鷓鴣天)】사를 지어 주었다.

섭승경(聶勝琼)의【자고천(鷓鴣天)】시화

중국의 국민가수로 인정받는 등려군(鄧麗君)은 1983년 발표한 앨범 〈淡淡幽情〉에서 섭승경의【자고천(鷓鴣天)】을 '지금의 내 심정을 알아줄 이 뉘 있을까[有誰知我此時情]'라는 제목의 노래로 발표했는데, 이 노래는 지금까지도 중국인의 사랑을 받고 있다. 이 앨범은 등려군이 직접 기획했다고 하는데, 다른 앨범과 달리 열두 곡의 노래 모두가 직접 고른 송사(宋詞) 명작들을 현대 음악에 입혀 노래 부른 것으로, 그녀의 앨범 중 가장 뛰어난 앨범으로 평가받고 있다. 이 그림은 앨범 안에 섭승경의 가사와 함께 실린 시화이다.

玉慘花愁出鳳城,　　고운 임 시름에 잠겨 봉성[汴京]을 나서는데,

蓮花樓下柳靑靑.　　연화루(蓮花樓) 아래 버드나무는 푸르기 그지없네.

靑樽一曲陽關曲,　　푸른 술잔 앞에서 〈양관곡(陽關曲)〉을 노래하나니,

別個人人第五程.　　떠나간 그 사람은 벌써 다섯 번째 역에 이르렀으리.

尋好夢, 夢難成,　　꿈에서 찾아보려 해도 꿈도 꾸어지질 않으니,

有誰知我此時情?　　지금의 내 심정을 알아줄 이 뉘 있을까?

枕前泪共階前雨,　　베갯머리에 흘리는 눈물은 섬돌 앞에 내리는 비와 함께,

隔個窗兒滴到明.　　창을 사이에 두고 날이 밝도록 흐르누나.

이렇게 절실하게 이별을 아쉬워하는 연인을 두고 떠나는 이의 발걸음은 무거울 수밖에 없을 것이다. 이지문은 이 사를 지닌 채 집에 갔다가 아내에게 들켜버렸다. 그러나 뜻밖에도 아내가 이 사를 좋아하여 그녀를 첩으로 삼도록 허락했다. 한 여인의 진실한 감정이 또 한 여인을 감동시킨 것이니, 기녀 사에서나 찾아볼 수 있는 일화라 할 것이다.

구우(瞿祐)의 『기매기(寄梅記)』에 나오는 주단조(周端朝)와 영기 마경경(馬瓊瓊, 혹은 馬瓊之)의 예도 이와 유사하다. 마경경은 가난한 선비였던 주단조와 오래 동안 사귀었는데, 머지않아 입신양명할 것이라고 믿고서 자신의 모든 재산을 털어서 뒷바라지 하였다. 주단조는 마침내 과거에 급제하여 남창위(南昌尉)가 되었고, 마경경의 부탁대로 탈적시켜 자신의 첩으로 삼았다. 그 후 본부인이 핍박하자 마경경은 설매(雪梅)를 그린 부채에 다음과 같이【감자목란화(減字木蘭花)】사를 지어 그에게 부쳤다.

雪梅妬色,　　　　눈과 매화가 서로 질투하는데,

雪作梅花相抑勒.　눈이 매화를 밀치고 당기네.

梅性溫柔,　　　　매화의 성품이 온유한데다

雪厭梅花怎起頭.　눈이 매화를 내리누르니 어찌 고개를 들리오.

芳心欲訴,　　　　꽃다운 이 마음을 호소하고 싶은데,

全杖東君來作主.　오직 동군(東君, 봄)께서 오셔서 주인이 되는 수밖에요.

傳語東,　　　　　동으로 말 전하노니,

早與梅花作主人.　　어서 매화의 주인이 되어주소서.

　눈과 매화는 부인과 첩의 관계를 비유한 것이며, '동군'은 남편을 비유한 것으로, 핍박받는 자신의 처지를 호소하며 남편에게 도움을 요청한 것이다. 이 사를 받은 주단조는 부인을 설득하여 마경경과의 갈등을 해소시켜주었다고 한다.

　이처럼 비천한 신분의 기녀들은 자신의 애정에 대한 진솔한 감정을 표현한 사 외에도 직접적으로 자신의 운명에 대한 비분을 쏟아 놓은 사도 적지 않다. 성도 관기 조재경(趙才卿)은 자질이 뛰어나고 작사에 능했는데, 수부(帥府)의 연회석상에서 장수 도령(都鈴)을 송별하며 즉석에서 【연귀량(燕歸梁)】을 지었다.

細柳營中有亞夫,　　주아부(周亞夫)의 세류(細柳)[62] 같은 이 영중(營中)에,

華宴簇名姝.　　화려한 연회가 열려 명기들이 모였네.

雅歌長許佐投壺,　　우아한 노래 길게 뽑으며 투호(投壺) 놀이를 보좌하니,

無一日, 不歡娛.　　하루도 즐겁지 않은 날이 없다네.

漢皇拓境思名將,　　한(漢)나라 황제 때처럼 변경을 지키라고 명장을 부르니,

捧飛詔, 欲登途.　　급한 조서를 받들어 길에 오르려 하는구나.

從前密約盡成虛,　　종전의 밀약은 모두 헛된 것이니,

空贏得, 泪如珠.　　그저 구슬 같은 눈물을 흘릴 수밖에.

---

[62] 『史記·絳侯周勃世家』에 나오는 '周亞夫軍細柳'의 전고로, 군대의 기강이 엄함을 비유한다. 漢文帝 때 흉노가 침략을 하자 조정에서 당시 河內郡 太守였던 周亞夫를 細柳(지금의 陝西省 咸陽 西南)에 주둔시켜 막아내게 했는데, 주아부가 엄격한 군기로써 군대를 통솔하여 공을 세웠다고 한다.

이 사를 들은 도령과 부수(府帥)는 크게 칭찬하며 상을 내렸다. 이 사에는 피할 수 없는 이별에 대한 서글픔과 체념이 담겨있다.

이것은 기녀의 운명이지만 사실 기녀들의 잘못은 아니다. 따라서 그러한 운명에 맞서 강하게 투쟁하는 기녀도 있었으니, 앞서 언급한 엄예(嚴蕊)가 그 대표적 예이다. 당시 태주태수(台州太守) 당중우(唐仲友)는 엄예를 매우 총애했는데, 당중우와 숙원이 있던 주희(朱熹)가 태주를 시찰할 때 풍속을 어그러뜨렸다는 명목으로 그녀를 수감하였다. 그리고 당중우와의 간통 관계를 자백하라고 고문했지만 끝까지 함구하여 의리를 지켰을 뿐 아니라 오히려 논리적으로 반박하며 굴복하지 않았다. 후에 후임자인 악림(岳霖)이 그녀의 사정을 들어주자 그녀는 다음과 같이 【복산자(卜算子)】를 지어 출옥시켜줄 것을 호소하였다.

不是愛風塵,	풍진(風塵)을 좋아한 것이 아니라
似被前緣誤.	전생의 연에 의해 잘못된 것 같네요.
花落花開自有時,	꽃이 피고 꽃이 지는 것은 때가 있는데,
總賴東君主.	모두 동군(東君)이 주도하는 것이지요.
去也終須去.	나가야죠, 반드시 나가야죠.
住也如何住?	있으려 해도, 어찌 있을 수 있겠어요?
若得山花揷滿頭.	산꽃을 머리 가득 꽂을 수 있다면.
莫問奴歸處.	이 몸 어디로 가는지 묻지 마세요.

이 사는 과거, 현재, 미래의 세 부분으로 나누어 자신의 처지와 희망을 피력하였다. '풍진'은 기녀 세계를 비유하며, '동군'은 봄을 주관하는

신으로 자신과 같은 영기의 운명을 좌우하는 악림 같은 지방관을 비유한다. 그녀는 자신이 기녀로 전락한 것이 자신의 잘못이 아님을 주장하고, 악림의 손에 자신의 운명이 달려 있다고 호소하고 있다. 이어서 감옥에서 나가고 싶은 강한 의지를 드러내고, 풍진을 벗어나 자연 속에 살면서 이 세상 사람들에게 잊혀 지기를 바라는 희망을 담았다. 이 사를 들은 악림은 크게 칭찬하며 즉석에서 석방하고 악적에서 해방시켜 주었다고 한다.

이상에서 보듯이 기녀 사의 가장 큰 특징은 진솔한 감정 표현이라 할 것이다. 말을 억지로 꾸미거나 화려하게 기교를 부리지 않으며, 마치 상대방에게 말하는 듯한 자연스런 어투로써 구어나 속어도 거리낌 없이 쓰고 있다. 따라서 같은 염정사라도 문인의 염정사와는 또 다른 솔직함과 과감함이 느껴진다. 또 염정 속에 자신의 처지를 토로하거나 신세를 한탄하는 슬픔이 배어있기도 하고, 또 때로는 사회를 향해 직접적으로 항변하는 기개를 보여주기도 한다. 이러한 기녀 사는 송사 가운데 매우 특색 있는 작품으로서, 송대 사단을 더욱 다채롭게 만들었다.

4. 문인과의 관계 및 가수로서의 송대 기녀

이처럼 기녀들의 시와 사는 대부분 사대부 문인과의 교유 과정에서 탄생했다. 양자의 교유 목적과 과정 등은 송대에도 당대와 크게 다르지 않았다. 송대에는 오히려 축기 풍속이 더욱 보편화되어 사대부 문인들이 기녀와 교유하며 즐기는 것이 문화생활의 중요한 부분을 차지하였다. 서촉(西蜀)의 후주 왕연(王衍)은 "이리로 가고 저리로 가서, 화류(花柳, 기녀)를 찾노라. 저리로 가고 이리로 가도, 금배주(金杯酒)는 물리지 않네"[63]라고 했고, 소식도 "호사(好事)가 끊이지 않는 듯, 유환(幽歡)도 늘 있는 일이라네. 보통의 맛은 향미(香美)를 중시하나 몰래 맛보는 것은 그렇지 않다네"[64]라고 하여 '호사'와 '유환'으로 대표되는 기녀와의 은밀한 즐거움을 노래하였다. 이러한 즐거움의 추구 과정에서 문인들은 기녀의 가무를 감상하고 사를 지었으며, 기녀들은 또 문인들을 위해 춤을 추고 그 사를 노래하였다. 석개(石介)의 "판(板)을 치며 노래하는 아가씨와 새로운 곡조의 장단을 맞추고, 종이를 유객에게 받드니 아름다운 가사를 주는구나"[65]라는 말에서 그 환락의 추구와 창작의 과정을 짐작할 수 있다. 송대 역시 당대와 마찬가지로 소위 '청기가창(聽妓歌唱, 기녀의 가창을 들음)'과 '관기무도(觀妓舞蹈, 기녀의 춤을 봄)'가 문인들의 중요한 문화생활이었던 것이다.

이러한 과정에서 기녀의 주요한 임무 가운데 하나는 가창이었다. 송대에는 기녀와 문인들의 교왕이 더욱 긴밀해지면서 기녀들은 주로 문인의 새로운 사를 노래하여 사의 가창성을 시험하는 경우가 많았다. 이것은 안기도(晏幾道)의 말에서 확인할 수 있는데, "심렴숙(沈廉叔)과 진군룡(陳君龍)은 집에 연(蓮), 홍(鴻), 빈(蘋), 운(雲) 등의 가기가 있었는데, 청창(淸唱, 반주 없이 하는 노래)을 품평하며 손님을 즐겁게 해주었다. 매번 한 곡을 지을 때마다 초고를 여러 아이들에게 주었고, 우리 세 사람

---

63   王衍, 【醉妝詞】: "者邊走, 那邊走, 只是尋花柳. 那邊走, 者邊走, 莫厭金杯酒".

64   蘇軾, 【雨中花慢】: "好事若無間斷, 幽歡却是尋常. 一般滋味, 就重香美, 除了偸嘗".

65   『組徠文集』, 「燕枝板, 浣花箋寄合州徐文職方」: "板與歌娘拍新調, 箋供狎客與芳辭".

은 술잔을 들고 그것을 들으며 한 번의 소악(笑樂)으로 삼았다"[66]라고 했다. 또 관감(管鑑)의 "주인의 영묘한 구를 노래하니, 기세가 삼강칠택(三江七澤, 강하와 호수의 총칭)을 압도한다"[67]라는 말이나 강기(姜夔)의 "스스로 신사(新詞)를 지으니 운(韻)이 가장 아름다운데, 소홍(小紅)은 낮게 노래하고 나는 퉁소를 분다"[68]라는 말도 그 예가 될 것이다.

이렇게 보면 적어도 '노래불리는 사'는 기녀와 문인의 공동 창작이라고 보아야 할 것이다. 기녀들은 이를 위해 가창과 가무를 동시에 익혔으며, 여기에 더하여 악기연주까지 수련을 했는데, 이러한 상황은 당대 기녀가 기생어미[假母]의 관리 하에 엄격한 문예 수업을 받은 것과 같다 할 것이다. 요즘의 대중가요계로 비유하자면 기녀는 가수이고, 문인은 작사자, 악공은 작곡가였던 셈이다. 당연히 가수였던 기녀가 스포트라이트를 받아야 했지만 자본을 쥐고 주종관계의 틀을 형성했던 당시 사회에서 그 영광은 모두 사대부 문인의 것이었다.

그러나 기녀와 문인은 주종이라는 사회 통념적 관계를 넘어 창작의 동반자 관계는 물론 인간적인 교감을 주고받는 관계로 발전하는 경우도 적지 않았다. 따라서 송대 사의 창작 동기를 보면 이들 기녀와 관련된 것이 매우 많은데, 가장 많은 것이 기녀의 요구에 의해 사를 짓는 경우이다. 장선(張先)은 항주에 있을 때 자주 기녀들에게 전사(塡詞)해주곤 했는데, 용정(龍靚)이라는 기녀에게만은 준 적이 없었다. 이에 용정은 먼저 헌시(獻詩)하여 전사를 부탁했고, 장선은 【망강남(望江南)】[69]사

---

66   晏幾道,「小山詞・自序」:"沈十二廉叔, 陳十君龍, 家有蓮, 鴻, 蘋, 雲, 品淸謳娛客, 每得一解, 卽以草授諸兒. 吾三人持酒聽之, 爲一笑樂而已".

67   管鑑,【念奴嬌】:"唱得主人英妙句, 氣壓三江七澤".

68   「過垂虹」:"自作新詞韻最嬌, 小紅低唱我吹簫".

69   『苕溪漁隱叢話』前集 卷60.

를 써주었다. 이처럼 문인에게 사를 지어달라고 부탁하는 일은 매우 보편적이었으니, 『피서록화(避暑錄話)』에는 "교방 악공도 매번 새로운 가락[新腔]을 얻을 때면 반드시 유영에게 사를 지어달라고 요구했다"[70]라는 말이 있으며, 유영은 "산호 자리 위에 직접 물소 뿔 피리를 쥐고서 향긋한 종이를 돌려 접으니, 새로운 가사[新詞]를 구하려고 뒤엉킨 사람들이 웃으며 술잔 앞에 서있다"[71]라고 노래했다. 이 두 예는 유영의 창작이 모두 악공과 기녀의 요구에 의해 이루어졌음을 증명하는 말이다. 이처럼 유영의 사는 대부분 기녀와 관련된 작품들인데, 【장수악(長壽樂)】과 【낭도사령(浪淘沙令)】 등은 기녀의 모습이나 태도에 감정이 촉발되어 창작한 것이고, 또 【법곡헌선음(法曲獻仙音)】, 【옥곡관(玉曲管)】, 【만조환(滿朝歡)】, 【소년유(少年遊)】 등은 기녀와의 지난 일을 회고한 것이다.

구양수(歐陽修)와 관련된 다음의 일화도 기녀와의 관계 속에서 문인의 사작(詞作)이 탄생되는 과정을 알게 해준다.

구양영숙(歐陽永叔, 구양수)이 하남추관(河南推官)을 맡았을 때 한 기녀와 가까이 지냈다. 당시 전문희(錢文僖)는 서경태수(西京留守)로 있었는데, 매성유(梅聖兪)와 이사로(伊師魯)는 함께 그 막하(幕下)에 있었다. 하루는 후원에 손님들이 모여 있는데, 구양수와 그 기녀만 도착하지 않았다. 한참이 지나서 도착하자 전문희가 꾸짖으며 "제일 늦게 온 이유가 뭐냐?"라고 물었고, 기녀는 "중서(中署)께서 시원한 방으로 가서 주무셨는데 금비녀를 잃어버렸사오니, 아직 찾지 못했나이다"라고 대답했다. 전문희가 "만약 구양추관(歐陽推官)의 사 한 수를 얻어오면 너에게 상을 내리겠다"라고 했다. 구

<hr>

70   葉夢得, 『避暑錄話』 : "教坊樂工每得新腔, 必求永爲詞".
71   柳永, 【玉蝴蝶】 : "珊瑚筵上, 親持犀管, 旋疊香箋, 要索新詞, 媵人含笑立尊前".

양수가 즉석에서 읊어내자 뭇 사람들이 모두 감탄했다. 그 기녀는 술잔을 가득 따라 구양수에게 보냈고 전문희는 공고전(公庫錢, 관부의 공금)으로 상을 주라고 명했다.[72]

이러한 에피소드는 그 진위 여부를 떠나 일종의 사회 풍기를 대변하고 있다고 할 것이다. 송대 문인들은 기녀와 교유하면서 낭만과 풍류를 즐겼을 뿐 아니라 사를 창작하기도 했던 것이다. 이처럼 기녀는 사대부 문인에게 사의 직접적인 창작동기와 창작환경을 제공하여 사가 송대를 대표하는 장르로 발전하는 데 일조했던 것이다.

"소식의 사 가운데 직간접적으로 가기와 관련된 사가 180여 수에 달한다"[73]는 통계도 있는데, 이는 소식 전체 사작의 반을 점하는 수치이다. 이처럼 기녀와는 크게 관계가 없을 것 같은 호방파(豪放派) 사인 소식의 사가 이 정도이니, 다른 사인은 말할 필요도 없다 할 것이다. 이검량(李劍亮)은 송대 사인의 사서(詞序)를 분석하여 증기사(贈妓詞), 영기사(詠妓詞), 사기사(思妓詞), 도기사(悼妓詞)의 네 종류로 나누고, 이어서 사의 기능을 유상권주(侑觴勸酒), 권다연객(勸茶延客), 오빈견흥(娛賓遣興), 예의교제(禮儀交際)의 네 가지로 규정하였다.[74] 이 분류 역시 사와 기녀의 관련성이 지대하다는 것으로서, 기본적으로 사는 기녀와 분리해서 생각하기 힘든 장르라 할 것이다.

먼저 사의 창작자인 사대부 문인의 입장에서 보면 기녀는 직접적인

---

72 『詞范叢談』：“歐陽永叔任河南推官, 親一妓. 時錢文僖公爲西京留守, 梅聖兪, 伊師魯同在幕下. 一日于後園客集, 而歐與妓俱不至. 移時方來, 錢責日：“未至何也?” 妓云：“中署往凉堂睡, 失金釵, 猶未見.” 錢日：“若得歐陽推官一詞, 當爲賞汝.” 歐卽席賦就, 衆皆擊節. 妓滿斟送歐. 錢令賞以公庫錢”.

73 孫望·常國武,『宋代文學史(中國文學通史系列)』, 人民文學出版社, 2006.

74 李劍亮,『唐宋詞與唐宋歌妓制度』, 杭州大學出版社, 1999, 105~110쪽.

묘사의 대상이었다. 특히 사의 주류를 이루는 이른바 염정사(艶情詞)는 기녀를 묘사의 대상으로 삼은 것이 대부분이다. 사인들은 가기무녀(歌妓舞女)의 아름다운 모습과 재정을 표현하고, 나아가 그들의 고상한 정신적 층차까지 접근하여 많은 걸작들을 창조해 내었다. 사대부 문인들은 봉건시대 일반적 여자에게서 찾아보기 힘든 빼어난 외모와 품위, 학식과 재능을 발견하고 그에 대한 찬미를 그치지 않았다. 소식은【정풍파(定風波)】에서 기녀 유노(柔奴)에 대해 다음과 같이 찬미하였다.

常美人間琢玉郎,　　늘 세상 사람들이 부러워하는 옥 조각 같은 이 사내[王定國]에게

天教分付點酥娘.　　하늘의 분부로 아름다운 아가씨[柔奴]를 점지하셨네.

自作清歌傳皓齒,　　스스로 청가(清歌)를 지어 호치(皓齒)로 전하니,

風起, 雪飛炎海變清凉.

　　　　　　바람이 일고 눈이 날려 염해(炎海)가 청량하게 바뀌었네.

萬里歸來年愈少,　　만 리 길을 돌아왔는데도 나이 더욱 젊어 보이고,

微笑, 笑時猶帶嶺梅香.

　　　　　　미소 지으며 웃을 때 오히려 영남의 매화 향을 띠고 있구나.

試問嶺南應不好?　　영남이 좋지는 않았을 거라고 물으니,

却道, 此心安處是吾鄉.

　　　　　　오히려 이 마음 편한 곳이 내 고향이라고 말하네.

이 사는 소식의 친구인 왕정국(王定國)이 궁벽한 영남의 빈주(賓州)로 떠날 때 함께 동행했던 그의 가기 유노를 칭송한 사이다. 왕정국은 원

〈조운소상(朝雲小像)〉
(淸 王愫)

풍(元豐) 6년(1083)에 다시 돌아왔는데, 그 때 소식의 임지인 황주(黃州)를 지나면서 함께 회포를 풀게 되었다. 연회에 동석한 유노는 고운 얼굴에 웃음을 가득 머금고 노래 소리도 청아한 아름다운 모습이었던 것이다. 게다가 소식이 먼 길에 지친 그녀에게 영남 생활이 힘들었을 거라고 위로삼아 물으니, 오히려 "마음 편한 곳이 내 고향"이라고 말하는 속 깊은 대답을 한다. 따라서 소식은 상결에서처럼 그녀의 미모, '청가'를 자작하는 재능, 시원스러운 노래 솜씨 등을 칭송했고, 이어진 하결에서는 '매화'로써 어려울수록 더욱 빛을 발하는 그녀의 정신적 성숙성까지 극찬하고 있는 것이다. 소식 역시 좌천되어 떠도는 몸이었으므로 유노의 이러한 마음 씀씀이는 더욱 소식의 마음에 와 닿았을 것이다.

소식에게도 유노와 같은 기녀가 있었으니, 조운(朝雲)[75]이 그러하다. 소식은 "나에게는 여러 첩이 있지만, 4, 5년 동안 계속해서 떠나고 오직 조운만이 나를 따라 남쪽으로 갔다"[76]라고 했는데, 바로 혜주(惠州)로 폄적되어 가던 소성(紹聖) 원년(1094) 10월의 일이었다. 조운은 외로운 좌천 길의 연인이자 친구였으며, 낯선 타향살이의 동반자였던 것이다. 그래서 그녀는

---

[75] 소식의 「朝雲墓志銘」으로 추산컨대, 그녀는 蘇軾이 杭州通判으로 있을 때 알게 된 歌妓로서, 당시 11세였고, 후에 첩이 되었던 것으로 보인다. 그녀는 결국 34살의 나이로 혜주에서 죽었다.

[76] 『蘇軾文集』卷38 「朝雲詩幷引」 : "子家有數妾, 四五年相繼辭去. 獨朝雲者, 隨子南遷".

이 그림은 차가운 밤에 소식이 기녀 왕조운 곁에서 시를 읊고 있는 광경이다. 소식은 항주(杭州)에서 조운을 처음 만난 이후로 특별한 감정으로 대하면서 늘 곁에 두고 총애했다고 한다. 소식이 혜주(惠州)로 좌천되어 갈 때도 함께 했던 그녀는 그곳에 간지 3년 만에 죽어버렸고, 소식은【서강월(西江月)】사와「도조운(悼朝雲)」시 등에서 특별한 감정과 깊은 슬픔을 표현하였다.

소식의 '홍안지기(紅顏知己)'라고 일컬어졌는데, 결국 그 곳에서 생을 마쳤다. 혜주의 매화를 읊은 소식의【서강월(西江月)】은 실제로 그녀를 추념한 사이다.

玉骨那愁瘴霧,	옥골(玉骨)이 무슨 장무(瘴霧, 남방의 더운 열기)를 근심했으리.
冰肌自有仙風.	얼음 같은 피부는 절로 선풍(仙風)이 일었는데.
海仙時遣探芳叢,	바다 신선이 때때로 꽃 무더기를 보러오는데,
倒挂綠毛幺鳳.	푸른 깃털의 요봉(幺鳳) 새가 거꾸로 매달려 있는 듯.
素面翻嫌粉婉,	하얀 얼굴은 고운 분가루를 싫어하는데
洗妝不褪唇紅.	화장을 씻어내도 붉은 입술(매화 이파리)은 바래지 않는구나.
高情已逐曉雲空,	고결한 정조가 이미 새벽 구름을 따라 공허해졌으니
不與梨花同夢.	배꽃과 함께 꿈꾸지도 못하겠네.

이 사는 붉은 이파리를 가진 더운 지역의 매화를 빌어 조운의 아름다움과 고결함을 칭송하고 있다. '새벽 구름[曉雲]'은 '조운(朝雲)'의 이름을 대칭한 것으로, 이 사의 주제를 직접적으로 드러내고 있다. 하결의 '하얀 얼굴'에 '붉은 입술'도 겉으로는 하얀 꽃에 붉은 이파리를 가진 그 지역의 매화를 묘사한 것이지만 실제로는 조운의 생전 모습을 비유한 것이다. 이 사는 소식이 그의 죽은 아내 왕불(王弗)을 추념하며 지은【강성자(江城子)】('十年生死兩茫茫')와는 감정의 표현이 매우 다르다. 그의 아내에 대해서 은정(恩情)에 무게를 둔 감정적 표현이 많다면, 조운에 대해서는 고결함과 의연함을 객관적으로 묘사함으로써 '지기(知己)'로서의 정신적 교감이 느껴진다 할 것이다. 물론 부인과 첩이라는 신분 차이에 따른 문투의 객관화라고 볼 수도 있지만 왕정국의 가기 유노에게 표현한 감정이 곧 조운에게 느끼는 진심일 것이다.

여기서 주목할 만한 것은 기녀가 사대부 문인의 정신적 동반자 역할도 했다는 점이다. 이상에서 보듯이 소식 같은 사대부 문인들은 일종의 정감, 심지어 정신적인 지기의 심정으로 그들을 대하고 찬미하였던 것이다. 이 감정의 교감 과정에서 사라는 장르는 사대부 문인과 기녀의 감정을 대변하는 중요 수단이었던 셈이다. 그리고 기녀는 문인의 친구이자 연인으로 문학적 감수성을 풍부하게 만들어주었다. 따라서 다음과 같은 숙주영기(宿州營妓) 장옥저(張玉姐)의 예는 낯설지 않은 일화이다.

　(숙주영기 장옥저는) 미색과 기예가 한 때 으뜸이어서 보는 사람마다 모두 마음을 품었다. 심자산(沈子山, 沈邈)은 옥연(獄掾, 옥을 담당한 관리)이 었는데, 가장 그녀를 사랑했다. 관직을 마치고 남경(南京)으로 가는 길에 그

 멀티 엔터테이너로서의 중국 고대 기녀

녀를 잊지 못하고 【척은등(剔銀燈)】 이결(二闋)을 지었다. 그 후 명도(明道) 연간에, 장자야(張子野, 張先), 황자사(黃子思, 黃孝先) 등이 이어서 옥의 관리가 되었는데, 그녀를 더욱 애호했다.[77]

심자산은 장옥저가 비록 영기이긴 했지만 자연인으로서 사랑과 존중을 보냈던 것이다. 마찬가지로 기녀 역시 인간이므로 인격을 겸비한 사대부 문인에게 주종관계를 넘어선 자연인으로서의 사랑을 느끼는 경우도 많았다. 예를 들면 "진소유(秦少游)가 양주(揚州)에 있을 때, 유태위(劉太尉) 집에서 기녀와 함께 술을 마신 적이 있었다. 그 가운데 공후(箜篌)를 잘 타는 기녀가 있었는데, (…중략…) 그 기녀는 또 진소유의 재명에 경도되어 매우 마음을 품었다"[78]라고 했다. 이상의 두 예는 일방적인 짝사랑의 예에 해당되는 것으로, 남녀 사이에 흔히 있을 수 있는 일상적인 일이다. 당연히 양자가 서로 눈이 맞은 경우도 적지 않았으니, 이것은 일반적인 주종관계의 통념을 넘어선 양자 사이의 독특한 감정 기류가 존재한다는 것을 의미한다. 그러다보니 당대 기녀와 문인의 예처럼 자연스럽게 연인이나 진실한 친구 관계로 발전하는 경우도 많았던 것이다.

이러한 사대부 문인과 기녀 사이의 애정은 아름다운 사를 창조하는 밑거름이었다. 안기도의 【임강선(臨江仙)】 같은 작품은 친구 집의 가기 소빈(小蘋)을 추억하고 있는데, 형상화와 의경화를 통한 감정의 절제가

77　『能改齋漫錄』 卷17 : "色技冠一時, 見者皆屬意. 沈子山(邈)爲獄掾, 最所鍾愛. 旣罷官, 途次南京, 念之不忘, 爲 【剔銀燈】 二闋. 其後明道中, 張子野先, 黃子思孝先相繼爲掾, 尤賞之".

78　『綠窓新語』 : "秦少游在揚州, 劉太尉家出姬侑觴. 中有一姝善辟箜篌. (…중략…) 姝又傾少游之才名, 偏屬意".

두드러진 명작으로 평가받는다.

夢後樓臺高鎖,	꿈에서 깨어보니 높은 누대는 잠겨있고
酒醒簾幕低垂.	술 깨니 주렴은 낮게 드리웠네.
去年春恨却來時,	지난 봄날의 한이 또 다시 사무치니
落花人獨立,	떨어지는 꽃 속에 홀로 서서.
微雨燕雙飛.	이슬비에 짝지어 나는 제비들만 바라보았지.

記得小蘋初見,	기억나노라. 소빈을 처음 만난 그 날이.
兩重心字羅衣.	두 겹으로 마음 심자 수놓은 비단 저고리 입고 있었지.
琵琶弦上說相思,	비파소리 위에 그리움을 담아내고는
當時明月在,	달 밝던 그 밤에
曾照彩雲歸.	오색구름처럼 어디론가 떠났지.

그리움의 정을 이토록 아름답고 절실하게 그려낼 수 있었던 것은 작자와 함께 했던 소빈이라는 기녀의 존재 때문이라 할 것이다. 소빈은 앞서 언급했던 심련숙과 진군룡의 집에 있었던 "연(蓮), 홍(鴻), 빈(蘋), 운(雲)"[79] 등 네 기녀 가운데 하나이다. 당시 안기도는 '빈(蘋, 소빈)'에게 특히 연정을 품었던 것 같다. 벗들이 병에 걸리고 세상을 떠나자 소빈도 유랑하는 신세가 되어버렸는데, 안기도는 당시를 회상하며 그리워하고 있는 것이다.

양자의 관계에 있어서 또 하나의 중요한 측면은 당대처럼 송대 사인

---

[79]　「小山詞・自跋」: "沈十二廉叔, 陳十君龍家, 有蓮, 鴻, 蘋, 雲".

도 기녀의 운명에 대하여 동감하며 상호 교감하였다는 것이다. 외모와 재능을 겸비하고도 괴롭고 힘든 운명을 타고 난 기녀를 회재불우의 사대부 문인과 동일시한 것이다. 이 방면의 전형적 예는 강기(姜夔)이다. 청년 시절 그가 합비(合肥)에서 머물 때 "구란중자매이인(勾欄中姊妹二人)"과 만나 서로 사랑하였고, 헤어진 뒤【자고천(鷓鴣天)】('肥水東流') 등 이십 수에 달하는 깊은 그리움이 담긴 작품을 썼다. 이에 대해 하승도(夏承燾)는 "백석(白石, 강기)의 진지한 태도는 순전히 우정 같으니, 압기(狎妓)와는 다르다"[80]라고 평했다. 강기는 또 가기 소홍(小紅)과 깊은 교감을 나누었으니, "요장(堯章, 강기)은 매번 스스로 곡을 지어 퉁소 부는 것을 좋아했는데, 소홍이 그 때마다 그것을 노래로 불러 화답했다"[81]고 했고, 강기 스스로도 "소홍은 낮게 노래하고, 나는 퉁소를 분다"[82]라고 읊었다. 두 사람은 사를 공동 창작하는 문학 예술적 동반자였을 뿐 아니라 진실하게 정감을 주고받은 연인이었다. 그것은 변고로 인해 헤어진 지 5년이나 지난 뒤에 소주(蘇州)로 와서 지은 그의【경궁춘(慶宮春)】사를 통해 확인할 수 있으니, "이 늙은이가 취해 비틀거리며 혼자 노래 불러도 누가 답해줄까?"[83]라며, 함께 노래하던 소홍을 그리워하고 있다.

　　사달조(史達祖)와 항주 가기의 사랑도 가슴 저민다. 항주 가기는 사달조와 헤어진 뒤 상사병을 앓다가 죽어버린다. 후에 사달조가 함께 사랑을 나누던 옛집으로 돌아왔을 때 이미 그 기녀는 이 세상 사람이 아니었다. 이에 사달조는【삼매미(三妹媚)】('烟光搖縹瓦')로써 그녀와의 사랑

80　夏承燾,「行實考・合肥詞事」,『姜白石詞編年箋校』, 上海古籍出版社, 1998, 271쪽 : "白石誠摯之態度, 純似友情, 不類狎妓".

81　『硯北雜志』: "堯章每喜自度曲, 吹洞簫, 小紅輒歌而和之".

82　「過垂虹」: "小紅低唱我吹簫".

83　【慶宮春】: "老子婆娑, 自歌誰答?"

을 추억하며 가슴 아파했다. 【앵제서(鶯啼序)】 등의 작품에서 볼 때 오문영(吳文英)이 소주와 항주에서 서로 좋아했던 두 여자도 가기인 듯하니, 후에 한 사람은 떠나고 한 사람은 죽어서 평생 그리움에 사무치게 만들었다. 그러한 감정이 또【답사행(踏莎行)】('潤玉籠絹'), 【상화유(霜花腴)】('翠微路窄'), 【제천악(齊天樂)】('烟波桃叶') 등 많은 걸작을 남기게 했다. 이처럼 기녀는 사대부 문인에게 있어서 묘사의 대상이자 창작의 동기로 작용하기도 했고, 친구이자 연인이기도 했던 것이다.

이것은 사가 단순한 남녀의 사랑노래에 그치지 않고 인생의 깊은 성찰을 담게 만들었으니, 사인들은 애정을 노래하면서 그 속에 또 인생의 고통을 암유(暗喩)하였다. 소식이 "하늘 끝을 떠돌아다니니 생각은 끝이 없고, 만났다하면 총총히 가야하는구나. 가인의 손을 잡고 눈물 흘리며 남은 꽃을 따노라"[84] 라고 한 것이나 신기질(辛棄疾)이 "붉은 두건에 푸른 옷소매(기녀)가 영웅의 눈물을 닦아주는구나"[85] 라는 등은 모두 기녀를 빌어 내면의 고통을 토로한 것이다. 이것은 염정문학으로 분류되는 사에서 매우 귀중한 가치를 지니는 것으로 중국 운문문학의 풍자적 전통을 이은 것이라고도 할 수 있다.[86]

이것은 기녀가 사대부 문인의 문화 속에 중요한 한 부분을 차지하고 있고, 그것이 또 실제 작품으로 승화되고 있다는 것인데, 송대 사를 대표하는 유영(柳永)과 기녀의 관계 속에서 그 단초를 찾을 수 있다. 그는 장선(張先)과 함께 만사(慢詞)의 창시자로 일컬어지는데, 구양수나 소식

---

84   蘇軾, 【江城子】: "天涯流落思無窮, 旣相逢, 却匆匆. 携手佳人, 和泪摘殘紅".

85   辛棄疾, 【水龍吟】: "紅巾翠袖, 搵英雄泪".

86   특히 기녀와 관련된 사의 내용도 이처럼 다채로울 수 있다는 점에서 매우 의미 있는 일이라 할 것인데, 이러한 작품은 후대 장혜언(張惠言)과 주제(周濟) 등이 주창한 "기탁(寄托)"설의 단초가 되었으니, 기녀가 사의 발전에 끼친 또 하나의 큰 부분이라 할 것이다.

같은 달관귀인과는 달리 기녀와 비슷한 처지에서 함께 생활하며 그들의 처지와 입장을 직접 대변하는 진정한 친구였다. 그는 "평생 풍류와 재주를 자부했다"[87]고 했는데, 그의 【학충천(鶴沖天)】 사는 그의 삶의 역정과 지향을 잘 보여준다.

黃金榜上,	황금의 방(榜) 위에
偶失龍頭望.	어쩌다 장원급제의 꿈 잃어버렸네.
明代暫遺賢,	이 밝은 시대에 잠시 현인을 빠뜨렸으니
如何向?	어디로 갈거나?
未遂風雲便,	풍운의 기회 이루지 못했으니,
爭不恣狂蕩?	어찌 멋대로 방탕하지 않으리?
何須論得喪!	어찌 득실을 따질거나!
才子詞人,	나 같은 재자사인(才子詞人)이야말로
自是白衣卿相.	당연히 백의경상(白衣卿相)이지.
煙花巷陌,	연화(煙花) 골목에
依約丹靑屛障.	단청 병풍 그립구나.
幸有意中人,	다행히 마음속에 담아둔 사람 있으니,
堪尋訪.	찾아갈 수 있겠네.
且恁偎紅倚翠,	잠시 붉고 푸른 비단 치마에 기대는 것도,
風流事,	풍류스러운 일이니,
平生暢.	평생 유쾌하도다.

87　【傳花枝】: "平生自負, 風流才調".

青春都一餉,　　　　청춘이란 잠깐인데,

忍把浮名,　　　　차마 허망한 명예를,

換了淺斟低唱.　　　가벼운 술잔에 나지막한 노래와 바꾸리오.

입신양명에 실패한 유영은 기녀와의 풍류스러운 삶을 추구하며 평생 '가벼운 술잔에 나지막한 노래'로 살았던 것이다. 그래서 유영의 사는 거의 대부분 기녀를 노래하거나 기녀에게 노래 부르도록 준 가사이다. 그의 사에 등장하는 기녀만 해도 【서강월(西江月)】에 언급된 사사(師師), 향향(香香), 안안(安安)[88] 등을 비롯하여 "수향의 집은 복사꽃 길가에 있다네[秀香家住桃花徑]"(【晝夜樂】)의 수향(秀香), "영영은 춤이 빼어나니 허리가 부드럽네[英英妙舞腰肢軟]"(【柳腰輕】)의 영영(英英), "아름다운 요경은 시문에 뛰어났네[有美瑤卿能染翰]"(【鳳銜杯】)의 요경(瑤卿), "여럿 가운데 가장 사람들의 총애를 받는 이는 바로 충충이라네[就中堪人屬意, 最是虫虫]"(【集賢賓】)의 충충(虫虫, 虫娘) 등이 있으며, 특히 【목란화(木蘭花)】 네 수에서는 다음과 같이 기녀들을 노래하고 있다.

심낭(心娘)은 어려서부터 가무에 능했으며, 거동과 용모가 모두 깔끔하고 아름답네.

가낭(佳娘)이 판(板)을 잡고 꽃 비녀를 꽂은 채 새로운 노래를 부르니 뭇 여인들이 탄복하네.

---

[88]　　【西江月】: "師師生得艶冶. 香香於我情多. 安安那更久比和. 四個打成一個".

충냥(虫娘)의 행동거지는 늘 온아한데 춤출 때면 오직 자긍심이 가득하다.

소냥(酥娘)은 한 움큼의 가는 허리로 빙글빙글 회오리 춤의 진수를 보여
주네.[89]

이처럼 유영 필하의 기녀들만 봐도 행동거지와 용모는 물론 가무와
시문 등 다양한 재능을 갖고 있었으므로 당시 문화계에 빠질 수 없는
존재들이었다. 이러한 사회문화 풍기 하에서 기녀와 문인 사대부들은
일종의 특이한 관계를 형성했다. 문인은 노래를 지어주는 작자이자 그
노래를 감상하고 평가하는 감상평가자이고, 기녀는 문인의 노래를 대
신 불러주는 가수이면서 또 그들의 감상과 평가에 의존해 살아가므로
양자는 예술적 동업자 관계였다. 그리고 이들의 관계가 당시 지식인
문화계의 주류였으므로 기녀는 사대부 문인과 함께 문화의 주도자였
던 셈이다.

이러한 측면에서 송대 사단에서 기녀가 한 역할 가운데 가장 본질적
이고 지대한 것은 가창을 통한 사의 전파이다. 사가 오늘날까지 전해
지게 된 것은 한자라는 문자의 힘이다. 사는 음악에다 가사를 넣는 '전
사(塡詞)'의 형태로서 가사의 주 창작계층은 문인이고 노래의 주 가창계
층은 기녀이다. 그런데 문예의 유통구조가 절대적으로 직접 전파에 의
존하고 있었던 당시의 상황이나 사가 기본적으로 노래를 전제로 만들
어진 장르라는 점을 감안하면 사의 전파와 유행은 기녀의 가창이 무엇
보다도 중요한 요소이다. 당대에도 백거의 「장한가」를 외워서 "이로

89　【木蘭花】: "心娘自小能歌舞, 擧意動容皆濟楚", "佳娘捧板花鈿簇, 唱出新聲群艷伏",
"酥娘一搦腰肢裊, 回雪縈塵皆盡妙", "虫娘擧措皆溫潤, 每到婆娑偏恃俊".

말미암아 성가가 올랐다[由是增價]"한 기녀의 예가 나오는데, 송대에는
이것이 더욱 보편적이었다. 송대 기녀들은 저명 사인에게 작사를 부탁
하곤 했는데, 앞서 언급한 유영은 그 대표적 사인이다. 기녀들은 "그의
사에서의 명성을 흠모하였으니, 음악을 교정 받거나 한번 품평을 거치
면 성가가 열 배나 뛰었다"[90]고 했다. 사인과 기녀는 이와 같이 상호 의
존적 욕구가 있었기 때문에 그들이 함께 하는 공·사석이나 주루, 다관
은 사의 공연 장소이자 품평 자리가 되었다. 그리고 이러한 자리는 새
로운 창작 사가 가장 먼저 공연되고, 또 가장 빨리 전파되는 곳이었다.

따라서 기녀들의 가창능력은 기녀들의 가장 중요하고도 본질적인
소양이었으니, 가창만으로 일세를 풍미한 기녀도 매우 많았는데,『동
경몽화록』에 보이는 이사사(李師師), 서파석(徐婆惜), 봉의노(封宜奴), 손
삼사(孫三四) 등이 그러하다. 이 가운데 특히 "색예관절(色藝冠絶)"의 동
경각기(東京角妓) 이사사[91]는 가장 유명한 '가기(歌妓)'라 할 수 있으니,
어린 나이에 큰 명성을 얻어 장선은 그녀에게【사사령(師師令)】사를 지
어주었고, 안기도(安幾道)도 "영천(穎川)의 꽃을 두루 보아도 사사만큼
좋은 것이 없었다"[92]고 했고, 또 "취한 뒤에도 집이 그립지 않았으니 사
사를 빌려 잠을 잤다네"[93]라고 했다. 북송이 망한 후 그녀는 남방에서
유랑을 했는데, 그 때 그녀의 나이는 이미 60세 전후였고, 당연히 예전
의 자태도 아니었지만 노래는 여전하여 이리저리 불려 다녔다고 한다.
이처럼 기녀에게 있어서 가창 능력은 가장 중요한 소양이었고, 본질적
인 것이었다. 또 사인의 입장에서 기녀의 가창으로 인해 명성을 얻은 예

---

90 羅燁,『醉翁談錄』: "愛其詞名, 能移宮換羽, 一經品題, 聲價十倍".
91 『宣和遺事』: "東京角妓李師師, 住金錢巷, 色藝冠絶".
92 【生査子】: "遍看穎川花, 不及師師好".
93 【生査子】: "醉後莫思家, 借取師師宿".

도 있다. 모방(毛滂)의 재능이 소식에게까지 알려지게 된 것은 기녀 경방(瓊芳)에게 준【석분비(惜分飛)】사가 전창(傳唱)되어 소식의 귀에까지 들어갔기 때문이며, 또 유영이 대신(大臣) 손하(孫何)를 만나고자 했으나 되지 않자【망해조(望海潮)】사를 지어 명기 초초(楚楚)에게 그의 연회석상에서 노래하도록 부탁하여 마침내 뜻을 이룰 수 있었던 것 등이 그러한 예이다.

이처럼 기녀와 사인은 기녀의 가창을 통하여 상호 성가를 높이고 명성을 날릴 수가 있었던 것이다. 그리고 이러한 과정에서 사는 다른 사람, 다른 지역으로 전파될 수 있었다. 사의 전파과정을 보면 또 그 환경에 따라 차이가 있다. 귀족의 연회나 모임과 같이 비교적 규모가 작은 모임은 대부분 문화 수준이 높은 사대부나 사인 자신이 그 접수자가 될 것이다. 또 다른 환경, 예를 들면 구란 와사나 주루 다관과 같이 규모가 비교적 큰 곳은 그 대상이 일반 시민으로서, 이들은 전자에 비해 일반적으로 문화수준이 낮다. 이러한 환경의 차이에 따라 기녀의 창사나 그 전파는 또한 차이가 있다. 전자의 장소에서는 기녀의 창사가 사인의 창작에 능동적 작용을 하는 경우가 많다. 사인은 기녀의 창사를 통해 자신의 작품을 음미하고 관조함으로써 그 작품의 문사와 운율의 결합 방면을 다시 조정하기도 했다. 예를 들면 유극장(劉克莊)은 "사는 마땅히 음률에 맞아야 하니, 설아(雪兒)와 춘앵(春鶯) 등이 노래할 수 있어야 한다"[94] 고 했다. 사는 기본적으로 노래이기 때문에 음률에 맞아야 하지만 그 여부는 또 기녀의 검증을 거치지 않을 수 없는 것이다. 장염(張炎)도 『사원(詞源)』에서 그의 아버지 장추(張樞)가 음률에 정통했지만

94　「題劉瀾樂府」: "詞當協律, 使雪兒春鶯輩可歌".

사를 지을 때마다 반드시 가기에게 음율과 절주에 따라 노래 부르게 하여 조금이라도 맞지 않으면 즉시 고쳤다고 한다. 이러한 수정을 거쳐 사의 예술적 수준이 높아지게 되며, 사람들에게도 더욱 널리 전창될 수 있는 것이다.

그러나 구란 와사나 주루 다관은 주로 시민들에게 오락과 소일을 제공하는 곳이다. 『동경몽화록』에는 당시 '동경'에 대해 "화류 거리에는 새로운 노래와 교태로운 웃음소리가 피어나고, 다방과 주사에는 관현악의 음악소리 울려 퍼진다"[95]라 하여 기녀들의 창사(唱詞) 정경을 묘사하고 있다. 『무림구사』에는 또 남송의 기녀들이 도성 내에 있는 '희춘루(熙春樓)', '삼원루(三元樓)', '오한루(五閑樓)', '상심루(賞心樓)' 등에서 창사하는 장면이 나오는데, "노래와 음악, 웃고 즐기는 소리가 매일 저녁부터 새벽까지 들리고, 종종 아침까지 거마가 줄을 잇는다. 비록 비바람이 치거나 더위와 추위가 와도 줄어들지 않는다"[96]고 했다. 기녀가 이러한 곳에서 창사하는 것은 전파라는 측면에서 그 의의가 더욱 크다. 왜냐하면 사의 전수자와 향유자가 일반 시민으로까지 확대되기 때문이다. 일반 시민들은 시집(詞集)과 같은 문자 매개로는 사를 직접 접할 수 없기 때문에 이러한 기녀의 광범위한 가창이 없다면 사를 접할 기회조차 없게 될 것이다. 따라서 기녀의 대중을 향한 창사 활동은 사의 전파에 유일한 수단이었다 할 것이다. 또 기녀의 창사 능력에 따라 그 사의 감동이나 전파력이 달라지므로 사의 명성 혹은 사인의 명성과도 직접 연관이 된다. 이것은 현대 대중가요의 히트 여부가 가수의 가창력

---

⁹⁵ 『東京夢華錄』: "新聲巧笑于柳陌花衢, 弄管調弦于茶坊酒肆".
⁹⁶ 『武林舊事』卷6 : "歌管歡笑之聲, 每夕達旦, 往往與朝天車馬相接. 雖風雨暑雪, 不少減也".

이나 이미지에 의해 크게 좌우되는 것과 같은 맥락이라 할 것이다.

　이러한 가창은 가사의 초각(抄刻, 베껴 쓰기나 인쇄)으로 이어져 작사자(문인)의 명성도 높아지고 그 전파력도 배가되는 것이다. 또한 가창하는 기녀의 입장에서도 엄선을 거친 명가의 명작은 검증된 작품이기 때문에 창본(唱本)으로 삼을 수 있는 것이다. 이처럼 양자의 방법이 상호 보완적으로 작용하면 사는 시공을 넘어 신속하게 전파될 수 있는 것이다. 유영의 사는 전파에 있어서도 전형적 예를 보여준다. 당시 그의 사를 일컬어 "일시에 청중을 움직이고 사방으로 퍼져나갔다"[97]고 했는데, 실제로 서하(西夏), 요(遼), 금(金)은 물론 우리의 고려(高麗)까지 퍼져나갔다. 섭몽득(葉夢得)은 "일찍이 서하에서 돌아온 관리를 만난 적이 있는데, 그가 '우물이 있는 곳이면 곧 유영의 사를 노래하였다'고 했다"[98]는 기록이 있으니, 실제로 유영의 사가 중국 북부까지 유행했음을 알 수 있다. 『고려사(高麗史)·악지(樂志)』에는 또 북송에서 전입된 74수의 대곡소창(大曲小唱)이 실려 있는데, 그 가운데 8수가 유영의 작품이다. 이처럼 유영의 사가 고려까지 유입된 것은 기녀의 전창 덕분이니, 북송 조정에서 고려 사신을 초대했을 때 그의 사가 소위 "의식용기악(依式用妓樂)"[99]이었기 때문이었다. 유영의 사가 광범위하게 전파되었다면 주방언의 사는 오래도록 전파되었다. 그의 사는 생전은 물론이고, 남송에 들어와서도 여전히 기녀에 의한 전창이 끊이지 않았다. 오문영(吳文英)은 "다음 날 오강(吳江)에서 잠시 정박하여 밤에 승창(僧窗, 절의 창가)에서 술을 마시며 석별했다. 그 지역 사람인 조부(趙簿)가 어린 기녀를

97　『樂府餘論』: "一時動聽, 散播四方".
98　葉夢得, 『避暑錄話』 卷下 : "嘗見一西夏歸朝官云, '有井水處, 即能歌柳詞'.
99　李燾, 『續資治通鑑長編』 卷343.

데리고 와서 술을 권하였고, 노래도 몇 구절 불렀는데, 모두 청진(淸眞, 주방언)의 사였다"[100]라고 했다. 이처럼 북송 사람인 주방언의 사가 남송까지 전창된 것은 초각본이 전해진 영향도 있었겠지만 기본적으로 기녀들이 가창을 통해 전승했기 때문이라 할 것이다.

5. 배우로서의 송대 기녀

앞서 언급한 중국의 이른바 '소희'는 송대에 이르러 정점에 도달했다. 당대에 흥성했던 여러 소희들이 더욱 다양한 형태로 발전하였을 뿐 아니라 이른바 송잡극(宋雜劇)으로 대표되는 송대의 여러 공연양식들도 제법 체제를 갖추어서 대희로의 발전을 위한 준비를 마친 시기이다. 이러한 송대 공연예술 속에서 송대 기녀는 공연담당자, 즉 배우로 활동하며 그 발전을 이끌었다.

송대 기녀배우는 활동지에 따라 궁정과 민간으로 양분할 수 있다. 송조는 궁정에 일정한 악무기구를 설치하고 공연자들을 거기에 소속시켰다. 송대 궁정음악은 크게 아악(雅樂), 고취악(鼓吹樂), 연악(燕樂)으로 나뉘는데, 잡극은 속악으로서 고취악이나 연악과 관련되어 있다. 특히 연악과 매우 밀접한데 연악의 기구로는 교방(教坊), 운소부(韻韶部), 균용치(鈞容直), 동서반(東西班) 등이 있다. 이 가운데 교방과 균용치가

<hr>

[100] 【惜黃花慢】詞序：“次吳江小泊, 夜飲僧窗惜別, 邦人趙簿携小妓侑尊, 連歌數闋, 皆清眞詞”.

(현재 미국 Art Institute of Chicago 소장)

송대 태평스러운 거리 풍경을 표현한 것으로 오른쪽 천막을 두른 곳은 구란(勾欄)이다. 잘 차려입은 시민들이 아이들의 손을 잡고 나들이를 나왔는데, 구란의 잡극(雜劇)에 관심을 보이고 있다.

가장 활발하였으니, 『송사(宋史) · 악지(樂志)』에는 "송초에는 구제를 따라 교방을 두었는데 모두 사부[雅樂, 宴樂, 淸樂, 散樂]였다. 그 후 형남(荊南)을 평정하고 악공 32명, 서천(西川)을 평정하고 139명, 강남(江南)을 평정하고 16명, 태원(太原)을 평정하고 19명을 얻었으며, 나머지 번신(藩臣)들이 공물로 바친 것이 83명이었다. 또 태수의 번저(藩邸)에도 71명이 있었다. 이로부터 사방의 기예가 뛰어난 자는 모두 악적에 올랐다"[101]고 했다. 균용치에 대해서도 "균용치는 또 군악(軍樂)이다. 가우 원년(1056) 적에 오른 자가 383명이었다. 6년(1061)에는 434명으로 늘렸다"[102]

---

101 『宋史 · 樂志』: "宋初循舊制, 置敎坊, 凡四部. 其後平荊南, 得樂工三十二人, 平西川, 得一百三十九人, 平江南, 得十六人, 平太原, 得十九人, 余藩臣所貢者八十三人, 又太守蕃邸有七十一人. 由是四方執藝之精者皆在籍中".

102 『宋史 · 樂志』: "鈞容直, 亦軍樂也. (…중략…) 嘉祐元年, 係籍三百八十三人, 六年, 增

고 했으니, 이곳에 소속된 여예인들은 퍼포먼스를 위주로 한 궁기나 관기라 할 것이다.

민간의 공연예술은 더욱 활발했다. 송대 민간의 배우 집단은 구란에서 공연하는 구란예인과 노기(路歧)로 나눌 수 있다. 『무림구사』에는 "간혹 노기가 있는데, 구란에 들지 못하고 단지 사람들이 북적대는 넓은 곳에서 판을 벌이는 자들로서, 타야가(打野呵)라고 부른다. 이들은 또 기예도 떨어지는 자들이다"[103]라고 하였다. 즉 이들은 떠돌이 배우들이며, 구란예인은 상설 무대에서 공연하는 전속 배우라 할 것이다. 구란은 앞서 언급했듯이 시민들의 종합적인 유락 장소인 와사 안에 설치된 상설 공연무대이다. 『동경몽화록』에는 와사와 구란에 대한 다음과 같은 기록이 있다.

반루가(潘樓街)의 남쪽에는 상가와자(桑家瓦子)가 있었고, 북쪽 가까이에는 중와(中瓦), 그 다음에 이와(里瓦)가 있었다. 그 안에는 크고 작은 구란 50여 개가 있었는데, 중와자(中瓦子) 안에는 연화붕(蓮花棚)과 모란붕(牡丹棚)이 있고, 이와자(里瓦子)에는 야차붕(夜叉棚)과 상붕(象棚)이 가장 커서 수천 명을 수용할 수 있었다. 정선현(丁先現), 왕단자(王團子), 장칠성(張七聖) 등의 무리들로부터 후에 이들을 뒤이어 여기서 공연을 하는 사람들이 있었다. 와자 안에는 약을 팔고, 점을 치고, 헌옷을 사라고 소리치고, 음식을 팔고, 전지화(剪紙畵)를 팔고, 노래를 공연하는 등 많은 종류의 무리들이 있었으므로 하루 종일 여기에 머물러도 날 저무는 줄 몰랐다.[104]

置四百三十四人".

103 『武林舊史』: "或有路歧, 不入勾欄, 只在要鬧寬闊之處做場者, 謂之打野呵. 此又藝之次者".

104 『東京夢華錄』卷第二「東角樓街巷」: "街南桑家瓦子, 近北則中瓦, 次里瓦. 其中大小

이처럼 와사는 상설 오락장소로서 전업 예인들이 활동하는 예술 공간이며, 구란은 곧 희원(戲院) 혹은 무대라고 볼 수 있다. 즉, 와사는 쇼핑과 오락을 한꺼번에 해결할 수 있는 복합쇼핑몰이자 종합문화센터였으며, 구란은 그곳의 공연장인 셈이다. 이러한 와사와 구란은 궁정이나 관부, 귀족관료의 저택 외에 기녀배우의 주요 활동무대이다. 송대의 구란에는 담이 있고 문도 있어서 입장료를 내고 입장했다. 또한 희대(戲臺, 樂棚 혹은 帳幕高臺)나 희방(戲房, 後房), 간석(看席, 관객석) 등이 있었다. 간석에는 신루(神樓)와 요붕(腰棚) 등의 아좌(雅座, VIP석)가 있어서 고급 손님들을 위한 편안한 자리를 만들어 놓았으며, 그 사이 공간에 관객들이 서서 구경할 수 있도록 했다. 북송 때 임안(臨安, 항주)에는 성내에 5개의 와사가 있었고 성외에는 더욱 많아서 17개에 달했으며 남송 말에는 23개로 늘어났다. 성내 와사 가운데 북와(北瓦)가 가장 규모가 컸는데 구란이 13개나 있어서 각종 공연예술이 전문적으로 공연되었다. 예를 들면 두 개의 구란에서 사서(史書)를 전문적으로 강설했으며, 심지어 어떤 구란은 유명 예인이 고정적으로 장기 공연하면서 명성을 얻었으니, "소장사랑(小張四郎)은 일생 동안 북와(北瓦)에서 한 구란을 차지하고 설화(說話)를 했고, 다른 와사로 가서 공연한 적이 없었으니, 사람들은 '소장사랑구란(小張四郎勾欄)'이라고 불렀다"[105] 라고 하였다. 이처럼 임안의 북와는 규모가 방대한 전문오락장이라 할 수 있는데, 이러한 전문오락장의 출현은 예인들의 경쟁을 가속화 시켰다.

勾欄五十余座. 內中瓦子, 蓮花棚, 牡丹棚, 里瓦子, 夜叉棚, 象棚最大, 可容數千人. 自丁先現, 王團子, 張七聖輩, 後來可有人於此作場. 瓦中多有貨藥, 賣卦, 喝故衣, 探搏, 飲食, 剃剪紙畫, 令曲之類. 終日居此, 不覺抵暮".

[105] 『西湖老人繁胜錄』「瓦市」: "小張四郎一世只在北瓦占一座勾欄說話, 不曾去別瓦作場, 人叫做小張四郎勾欄".

북송(北宋) 말 조대옹(趙大翁)과 그 가족묘에 그려진 벽화의 일부로서, 1951년에 발굴되었으며, 다양한 악기를 연주하는 악대의 모습이 표현되어 있다.

예인들은 관객들의 요구에 민감하게 반응하고 예술수준도 제고시켰으니, 소장사랑처럼 기예가 뛰어나서 인기를 끄는 자는 장기간 구란을 차지할 수 있었지만 자칫하면 도태되어 노기인(路歧人)의 항렬로 떨어질 수밖에 없었다. 또 많은 예인들과 각종 공연예술이 한 자리에 모여서 공연하고 교류하였으므로 전문성과 예술성도 점점 더 높아갔다. 임안이 남송의 도성이 된 후 와사는 더욱 빨리 확산되었다. 기록에 따르면 당시 임안에는 20여 개의 와사에다 백 개가 넘는 구란이 있었고, 구란마다 수백 명에서 수천 명의 관객이 공연을 보았다고 한다. 『백도백과(百度百科)』에서는 당시 항주성 안에 하루 관객이 2만에서 5만 명에 달했으며 따라서 연간 누적 관객은 700만에서 2,000만 명에 달했다고 추정했다.[106]

---

[106] 이상『百度百科』'瓦舍' 참고.

〈傀儡嬰戲圖軸〉
(宋 劉松年)
아이들이 북을 치며 괴뢰희(傀儡戲)를 하고 있다.

상설 공연장과 관객이라는 이러한 공연 인프라는 경제적 측면에서 공연자의 생계유지를 가능케 했고 이것이 또 여자의 기예를 중시하는 사회풍조를 만들기도 했다. 그래서 당시 '경도(京都)'에서는 당대(唐代) 양귀비로 인해 생겨난 "세상 부모들의 마음을 아들 낳는 것보다 딸 낳는 것을 중시하게 만들었다"[107]라는 말이 다시 유행하였으니, 『양곡만록(暘谷漫錄)』에는 "경도의 중하층 집안들은 아들 낳는 것을 중히 여기지 않았으니, 매번 딸을 낳을 때마다 보배처럼 애지중지 떠받들었다. 자라

---

[107] 白居易, 「長恨歌」: "遂令天下父母心, 不重生男重生女".

게 되면 그 자질에 따라 예업(藝業)을 가르쳐서 사대부들이 오락 시중을 구할 때를 대비하였다"[108]고 하였다. 실제로 황가(皇家)에서는 명절이나 기념일 등에 악대나 희반을 초청하여 연회를 연다. 이 때 공연자는 대부분 아름다운 기녀들로서, 이들이 지나갈 때면 청년들이 휘파람을 불며 환호하고 꽃이나 과일을 던져 주었다고 했으니, 이들의 인기가 요즘의 연예인 못지않았음을 알 수 있다. 특히 소위 '재예구가(才藝俱佳)'의 여예인들은 몸값이 천정부지로 뛰었으니, 소시민 집안에선 이처럼 돈을 벌 가능성이 높은 딸을 귀하게 여기고 미리 '예업'을 가르친 것이다.

이처럼 송대에는 공연예술의 물적 인적 인프라가 확보되면서 빼어난 기예로 명성을 날린 배우들도 많이 등장했다. 1102년에서 1125년 사이 약 20여 년간 북송 동경의 일을 기록한『동경몽화록』만 보아도 24항목 73명의 예인들을 다음과 같이 언급하고 있다.

숭관(崇觀) 이래로 재경(在京) 와사기예(瓦肆伎藝)를 보자. 장정수(張廷叟)는 〈맹자서(孟子書)〉를 잘 하고, 소창(小唱)을 주로 하는 이로는 이사사(李師師), 서파석(徐婆惜), 봉의노(封宜奴), 손삼사(孫三四) 등이 진실로 그 두각을 나타내는 자들이다. 표창(嘌唱)[109]을 잘하는 제자들로는 장칠칠(張七七), 왕경노(王京奴), 좌소사(左小四), 안낭(安娘), 모단(毛團) 등이 있다. 교방감파병온습(敎坊減罷幷溫習)[110]으로는 장취개(張翠盖), 장성제자(張成弟子), 설자대(薛子大), 설자소(薛子小), 초지아(俏枝兒), 양총석(楊總惜),

---

108 『暘谷漫錄』: "京都中下之戶, 不重生男, 每生女, 則愛護如捧璧擎珠. 甫長成, 則隨其姿質, 敎以藝業, 用備士大夫采拾娛侍".
109 원래 曲折柔慢한 음조로 노래하는 것을 말하는데, 이러한 창법으로 演唱하는 時調小曲을 말함.
110 宮庭의 敎坊에서 도태되어 다시 瓦肆勾欄으로 와서 공연하며 생활하는 예인.

주수노(周壽奴), 칭심(稱心) 등이 있다. 반잡극(般雜劇)으로는 장두괴뢰(杖頭傀儡)의 임소삼(任小三)이 있는데, 매일 오경(五更)에 첫 공연을 하는 소잡극(小雜劇)으로서 자칫 늦으면 볼 수도 없을 정도였다. 현사괴뢰(懸絲傀儡)는 장금선(張金線)이 잘 했고, 이외녕(李外寧)은 약발괴뢰(藥發傀儡)를 잘 했다. 장진묘(張臻妙), 온노가(溫奴哥), 진개강(眞個强), 몰발제(沒勃臍), 소도도(小掉刀)는 근골상색(筋骨上索)의 잡수기(雜手伎)였다. 혼신안(渾身眼), 이종정(李宗正), 장가(張哥)는 구장척롱(球杖踢弄)을 잘 했다. 손관(孫寬), 손십오(孫十五), 증무당(曾無黨), 고서(高恕), 이효상(李孝詳)은 강사(講史)를 잘 했고, 이화(李詠), 양중립(楊中立), 장십일(張十一), 서명(徐明), 조세형(趙世亨), 가구(賈九)는 소설(小說)을 잘 했다. 왕안희(王顔喜), 개중보(盖中寶), 유명광(劉名廣)은 산악(散樂)을, 장진노(張眞奴)는 무선(舞旋)[111]을 잘 했다. 양망경(楊望京)은 소아상복(小兒相扑), 잡극(雜劇), 도도만패(掉刀蠻牌) 등을 잘 했고, 동십오(董十五), 조칠(趙七), 조보의(曹保義), 주파아(朱婆兒), 몰곤타(沒困駝), 풍승가(風僧哥), 조륙롱(俎六弄)은 영희(影戲)를 잘 했으며, 정의(丁儀), 수길(瘦吉) 등은 농교영희(弄喬影戲)를 잘 했다. 유백금(劉百禽)은 농의(弄蟻)를 잘 했고, 공삼전(孔三傳)과 사수재(耍秀才)는 제궁조(諸宮調)를, 모상(毛詳)과 곽백축(霍伯丑)은 상미(商謎)[112]를, 오팔아(吳八兒)는 합생(合生)[113]을, 장산인(張山人)은 설원화(說諢話)[114]를 잘 했다. 유교(劉喬), 하북자(河北子), 백수(帛遂), 호우아(胡牛兒), 달안오(達眼五), 중명교(重明喬), 낙타아(駱駝兒), 이돈(李敦) 등은 잡반(雜班, 雜扮)을 잘 했고, 외입손삼(外入孫三)은 신귀(神鬼)를 잘 했다. 곽사구(霍四究)는

---

[111] 회전 동작을 주로 하는 춤 형식.
[112] 수수께끼 형식으로 진행하는 골계적 설창예술.
[113] 출제에 따라 즉석에서 풍자적이고 우의적인 시를 짓는 說書의 일종.
[114] 열일곱 글자로 시를 짓는 기예로 속칭 三句半이라고 함.

설삼분(說三分, 說三國)을, 윤상매(尹常賣)는 오대사(五代史)를 잘 했으며, 문팔낭(文八娘)은 규과자(叫果子)[115]를 잘 했다. 그 나머지도 이루 다 셀 수 없을 정도였다. 비바람과 추위, 더위를 막론하고 여러 희붕(戲棚, 구란)의 관객들은 매일 한결같았다. 교방과 균용치는 열흘에 한 번씩 주악(奏樂)을 쉬는데, 이때에는 사람들에게 구경을 허락했다. 내연(內宴)을 하기 한 달 전부터 교방 내에 제자소아(弟子小兒)를 모아서 대무(隊舞)를 연습하고 음악을 만들어 잡극(雜劇)의 절차를 준비했다.[116]

이상 '와사기예'는 소창, 표창, 괴뢰, 반잡극, 소설, 강사, 산악, 영희, 농충의, 제궁조, 설원화, 상미, 규과자 등에 73명의 남녀 예인의 이름이 등장하고 있다. 이상을 살펴보면 가무는 대부분 여예인, 즉 기녀가 공연자였고, 잡기나 설창 등은 남예인이 더 많은 것으로 보인다. 또 같은 책의 '동각루가항(東角樓街巷)'조에 3명, '원소(元宵)'조에 15명, '가등보진루제군정백희(駕登寶津樓諸軍呈百戲)'조에 3명, '재집친왕종실백관입내상수(宰執親王宗室百官入內上壽)'조에 3명이 기록되어 있으니, 이를 모두 합치

---

115 물건 파는 소리를 노래로 하는 것.

116 『東京夢華錄』卷第五「京瓦伎藝」: "崇, 觀以來, 在京瓦肆伎藝: 張廷叟, 『孟子書』. 主張小唱: 李師師, 徐婆惜, 封宜奴, 孫三四等, 誠其角者. 嘌唱弟子: 張七七, 王京奴, 左小四, 安娘, 毛團等. 教坊減罷幷溫習: 張翠蓋, 張成弟子, 薛子大, 薛子小, 俏枝兒, 楊總惜, 周壽奴, 稱心等. 般雜劇: 杖頭傀儡任小三, 每日五更頭回小雜劇, 差晚看不及矣. 懸絲傀儡, 張金線. 李外寧, 藥發傀儡. 張臻妙, 溫奴哥, 眞個强, 沒勃臍, 小掉刀, 筋骨上索雜手伎. 渾身眼, 李宗正, 張哥, 球杖踢弄. 孫寬, 孫十五, 曾無黨, 高恕, 李孝詳, 講史. 李詠, 楊中立, 張十一, 徐明, 趙世亨, 賈九, 小說. 王顔喜, 盖中宝, 劉名廣, 散樂. 張眞奴, 舞旋. 楊望京, 小兒相撲, 雜劇, 掉刀, 蠻牌. 董十五, 趙七, 曹保義, 朱婆兒, 沒困駞, 風僧哥, 俎六弄, 影戲. 丁儀, 瘦吉等, 弄喬影戲. 劉百禽, 弄蟲. 孔三傳, 耍秀才, 諸宮調. 毛詳, 霍伯丑, 商謎. 吳八兒, 合生. 張山人, 說諢話. 劉喬, 河北子, 帛遂, 胡牛兒, 達眼五, 重明喬, 駱駝兒, 李敦等, 雜班. 外入孫三神鬼. 霍四究, 說三分. 尹常賣, 五代史. 文八娘, 叫果子. 其餘不可勝數. 不以風雨寒暑, 諸棚看人, 日日如是. 教坊鈞容直, 每遇旬休按樂, 亦許人觀看. 每遇內宴前一月, 教坊內勾集弟子小兒, 習隊舞, 作樂雜劇節次".

면 97명의 예인들이 기록되어 있다.

이상이 북송의 예인들이라면 『몽량록(夢梁錄)』과 『무림구사(武林舊事)』에는 남송의 예인들이 기록되어 있다. 『몽량록』(卷20)에는 기악(妓樂), 백희기예(百戲伎藝), 각저(角抵), 소설강경사(小說講經史) 등 네 부류로 나누고, 15항목에 146명의 예인들을 기록하고 있으며, 『무림구사』「제색기예인(諸色伎藝人)」(卷6)에는 모두 55항목 492명의 예인이 기록되어 있다.[117] 다음은 『몽량록』의 '기악(妓樂)' 일부이다.

지금의 선비나 서민들은 대부분 돈을 절약하느라 연회(筵會)나 사회(社會)에서 모두 융화방(融和坊)이나 신가(新街) 및 하와자(下瓦子) 등에 있는 산악가(散樂家)를 이용하는데, 말(末, 남자 각색)로 분장한 여동(女童)에다 현삭(弦索)과 잠곡(賺曲)을 더하여 부름에 응했을 따름이다. (…중략…) 신가(街市)에는 악인(樂人) 서너 너덧이 대(隊)를 만들어 한두 명의 무선(舞旋)을 추는 여동을 끌어들여서 소사(小詞)를 노래하면서 오로지 거리에서 공연을 한다. 정월 대보름 등불놀이나 삼춘(三春, 봄 세 달)에 원관(園館)에서의 완상 및 호수 유람이나 파도 구경 등을 할 때는 주루(酒樓)나 화구류항(花衢柳巷)의 기관가(妓館家)를 부르는데, 다만 이 때 뿌리는 돈(팁)이 많지 않으면 "황고판(荒鼓板)"이라고 부른다. (…중략…) 조정의 어연(御宴)에는 가판색(歌板色)이 승응(承應)하며, 부제(府第, 귀족 관료)나 부호들은 대부분 사가(邪街) 등지에서 노래 잘 부르는 기녀를 골라 부름에 응하도록 고용했다. 혹 관부(官府)의 공연(公筵) 및 삼학재회(三學齋會), 진신동년회(縉紳同年會), 향회(鄕會) 등은 모두 관에 소속된 여러 고(庫)의 각기(角妓)들이

담당했다. 경정(景定) 이래로 여러 주고(酒庫)에서는 법령에 따라 술을 팔았는데, 관기(官妓) 및 개인 명의의 기녀 가운데서 상중갑(上中甲)을 가려 뽑은 자들이니, 실로 빼어나고 고운 자태에다 도화 같은 얼굴과 앵두 같은 입술을 하고, 섬섬옥수와 가을 물처럼 맑은 눈길로 그윽한 노래 소리를 지녔으며, 자(字)와 운(韻)이 참되고 정확하여 사람을 귀 기울이게 하고 들어도 싫증나지 않게 만든다고 할 수 있다. 관기로는 금새란(金賽蘭), 범도의(范都宜), 당안안(唐安安), 예도석(倪都惜), 반칭심(潘稱心), 매축아(梅丑兒), 전보노(錢保奴), 여작낭(呂作娘), 강삼낭(康三娘), 도사고(桃師姑), 심삼여(沈三如) 등과 같은 이가 있으며, 유명 사기(私妓)로는 소주(蘇州)의 전삼저(錢三姐)와 칠저(七姐), 문자(文字)를 잘 하는 계석석(季惜惜), 고판(鼓板)에 뛰어난 주일저(朱一姐)와 며느리 주삼저(朱三姐), 여쌍쌍(呂雙雙), 십반대호(十般大胡) 연련(憐憐), 무주(婺州)의 장칠저(張七姐), 만왕(蠻王) 이저(二姐), 탑라구(搭羅邱) 삼저(三姐), 일장백양(一丈白楊) 삼마(三媽), 구사마(舊司馬) 이낭(二娘), 표배(裱背) 진삼마(陳三媽), 극편(屐片) 장삼낭(張三娘), 반파산(半把傘) 주칠저(朱七姐), 교번(轎番) 왕사저(王四姐), 대비(大臂) 오삼마(吳三媽), 욕당(浴堂) 서륙마(徐六媽), 심반반(沈盼盼), 진안안(普安安), 서쌍쌍(徐雙雙), 팽신(彭新) 등과 같은 이들이 있다. 후배 가운데도 가창하는 자들이 있었지만 선배에 비하면 마침내 예전만 못했다. 설창(說唱) 제궁조(諸宮調)는 이전에 변경(汴京)에 공삼전(孔三傳)이라는 사람이 전기영괴(傳奇靈怪)를 편성하여 곡조를 넣어 설창을 했는데, 지금 항성(杭城)에서는 여류 웅보보(熊保保) 및 후배 여동들이 모두 이것을 본받았으니, 설창도 정채로워서 고판(鼓板)으로서는 독보적이다. (…중략…) 창표사령(唱嘌耍令) 같은 것은 지금 노기인(路歧人) 왕쌍련(王雙蓮), 여대부(呂大夫) 등이 음률 단정하게 노래할 따름이다.[118]

이처럼 기예가 출중한 관기로 당안안, 금새란, 범도의, 예도석, 반칭심, 매축아, 전보노, 여작낭, 강삼낭, 요사고, 심삼여 등 11명을 들었다. 시기의 활동은 더욱 다양하고 광범위하였으니, 소주의 전삼저와 칠저를 비롯하여 22명을 들면서 이름 앞에 '문자'나 '고판'처럼 특기를 붙이기도 하고 '소주'나 '무주'처럼 지역명을 명시하기도 했으며, 주인으로 보이는 '만왕'이나 '구사마', 별명으로 보이는 '일장백양'이나 '표배', '극편', '교번' 등을 병기하고

〈송잡극견화(宋雜劇絹畫)〉

그림 속의 두 각색(角色)은 모두 여자배우로서, 오른쪽 배우의 등에 꽂힌 부채에 "말색(末色)"이라는 두 글자가 보이는데, 이것은 송잡극(宋雜劇)의 부말색(副末色)이 사용하던 소도구이다. 왼쪽 배우는 두건을 두르고 바닥에는 삿갓도 놓여있는데 부정색(副净色)으로 추정된다. 이 그림은 비단에 그려진 송대 그림으로서 현재 고궁박물원(故宮博物院)에 소장되어 있다.

---

118 『夢梁錄』卷20「妓樂」: "今士庶多以從省, 筵會或社會, 皆用融和坊, 新街及下瓦子等處散樂家, 女童裝末, 加以弦索賺曲, 祇應而已. (…중략…) 街市有樂人三五爲隊, 擎一二女童舞旋, 唱小詞, 專沿街赶趁. 元夕放燈, 三春園館賞玩, 及游湖看潮之時, 或于酒樓, 或花衢柳巷妓館家祇應, 但犒錢亦不多, 謂之'荒鼓板'. (…중략…) 朝廷御宴, 是歌板色承應. 如府第富戶, 多于邪街等處, 擇其能謳妓女, 顧倩祇應. 或官府公筵及三學齋會, 縉紳同年會, 鄉會, 皆官差諸庫角妓祇直. 自景定以來, 諸酒庫設法賣酒, 官妓及私名妓女數內, 揀擇上中甲者, 委有娉婷秀媚, 桃臉櫻唇, 玉指纖纖, 秋波滴溜, 歌喉宛轉, 道得字眞韻正, 令人側耳听之不厭. 官妓如金賽蘭, 范都宜, 唐安安, 倪都惜, 潘稱心, 梅丑兒, 錢保奴, 呂作娘, 康三娘, 桃師姑, 沈三如等, 及私各妓女如蘇州錢三姐, 七姐, 文字季惜惜, 鼓板朱一姐, 媳婦朱三姐, 呂雙雙, 十般大胡憐憐, 婺州張七姐, 蠻王二姐, 搭羅邱三姐, 一丈白楊三媽, 舊司馬二娘, 裱背陳三媽, 展片張三娘, 半把傘朱七姐, 轎番王四姐, 大臂吳三媽, 浴堂徐六媽, 沈盼盼, 普安安, 徐雙雙, 彭新等. 後輩雖有歌唱者, 比之前輩, 終不如也. 說唱諸宮調, 昨汴京有孔三傳編成傳奇靈怪, 入曲說唱", "今杭城有女流熊保保及後輩女童皆效此, 說唱亦精, 于上鼓板無二也. (…중략…) 若唱嘌耍令, 今者如路歧人王雙蓮, 呂大夫唱得音律端正耳".

있다. 그 외 제궁조의 웅보보 및 후배 여동, 창표사령의 노기 왕쌍련 등
도 언급하고 있다. 이것은 전국에서 모여든 시기가 매우 다양하고 특
징적인 공연 활동을 했음을 보여준다.

특히 이들은 와사의 구란이나 기관 등에서 일반 시민들을 위해 공연
했으므로 궁기나 관기에 비해 그 영향이 더욱 컸으며, 송대 공연예술의
수준은 이러한 기녀 공연자들에 의해 더욱 높아졌다고 할 것이다. 송
대의 대표적 희곡 양식인 송잡극(宋雜劇)도 그러한 예에 속한다. 송잡극
은 당대의 참군희(參軍戲)를 계승한 골계희로서 전통적으로 남자 배우
들이 공연을 담당했다. 그러나 점차 공연내용에 가창이 삽입되면서 여
자 예인도 공연자로 참여하게 되었으니, 앞서 언급했듯이 당대의 유채
춘(劉采春)이나 아포사(阿布思)의 아내 등은 참군희에 뛰어난 기녀배우
로 알려져 있다. 송잡극도 당대를 이어 여전히 남예인이 공연자의 대
부분을 차지하였지만 차츰 여예인이 영역을 넓혀갔으니, '제자잡극(弟
子雜劇)'은 가장 대표적인 예로서, 『동경몽화록』에는 다음과 같은 기록
이 있다.

> 어가(御駕)가 보진루(寶津樓)에 오르면 여러 군대의 백희(百戲)가 누대 아
> 래에서 펼쳐진다. (…중략…) 이어서 노대제자잡극(露臺弟子雜劇) 한 단락
> 이 이어지는데, 이 당시 제자 소주아(蕭住兒), 정도새(丁都賽), 설자대(薛子
> 大), 설자소(薛子小), 양총석(楊總惜), 최상수(崔上壽) 등의 무리가 있었으며,
> 그 후로는 꼽을만한 자가 없다. [119]

---

119 『東京夢華錄』卷第七「駕登寶津樓諸軍呈百戲」: "駕登寶津樓, 諸軍百戲, 呈於樓下.
(…중략…) 繼而露台弟子雜劇一段, 是時弟子蕭住兒, 丁都賽, 薛子大, 薛子小, 楊總惜,
崔上壽之輩, 後來者不足數".

여기의 제자는 기녀로서, 예종지(倪鍾之)의 『중국곡예사(中國曲藝史)』에
는 제자잡극을 '여반(女班)'이라고 단정했는데,[120] 이는 기녀로 구성된
극단을 뜻한다. '제자'라는 용어는 악공(樂工)이나 악기(樂妓)를 지칭하
는데, 이것은 당대의 '이원제자(梨園弟子)'에서 유래된 것으로, 좀 더 정
확히 말하면 제자는 '악기'를 지칭하는 동시에 이원의 악공을 지칭한
것이다. 송대에도 이러한 용례는 분명하니, 주욱(朱彧)의 『평주가담(萍
州可談)』에는 보다 구체적으로 "창부는 주군(州郡)의 옥관(獄官)에 예속
되어 있어서 여수(女囚)와 마찬가지였다. 근세에 자태와 용모가 고운
자를 골라 가무를 익히게 하여 사객(使客)을 영송(迎送)하게 하였으니, 이
처럼 연회에 시중드는 여자를 '제자'라고 부르고 그 우두머리를 행수(行首)
라고 불렀다"[121] 라고 하였다. 따라서 위의 '제자잡극'은 기녀 공연자로 구
성된 잡극 공연이라고 할 것이다. 이러한 '노대제자'는 그 규모도 상당했으
니, 『삼조북맹회편(三朝北盟會編)』에는 "금(金)나라 사람이 어전의 시중드
는 자를 요구한 것이 방맥의인(方脈醫人, 처방과 맥을 짚는 의원), 교방악인(敎
坊樂人), 내시관(內侍官) 등 사십오 명에다 노대(露臺)에서 시중드는 기녀 천
명이었다"[122] 라고 했으니, 그 규모가 상당했음을 알 수 있다.

이러한 노대잡극 외에 또 '악호잡극(樂戶雜劇)'도 기녀가 공연자로 참
여한 것으로 보인다. '악호'는 가정을 중심으로 조직된 가정 희반으로
추정되는데, 이들은 주로 일가족을 단위로 하여 소위 "이 고을 저 고을
떠돌며 먹고 입는 것을 찾고 구하던[沖州撞府, 求衣覓食, 〈宦門子弟錯立身 雜

---

¹²⁰ 『中國曲藝史』, 春風文藝出版社, 1992, 173쪽.
¹²¹ 『萍州可談』: "娼婦, 州郡隷獄官, 以伴女囚, 近世擇姿容, 習歌舞, 迎送使客, 侍宴女子,
謂之弟子, 其魁謂之行首".
¹²² 『三朝北盟會編』 卷77 「金人來索諸色人」: "金人來索御前祗候, 方脈醫人, 教坊樂人,
內侍官四十五人, 露臺祗候妓女千人".

劇)」 유랑극단이었다. 이들은 모두 악적에 묶여서 벗어날 수 없었으므로 생계를 위해 가족 극단을 만들어 유랑하며 공연을 했던 것이다. 송대 문헌에 자주 등장하는 '노기(路歧)'나 '산악(散樂)'이 이러한 형태의 '악호잡극'일 것으로 추정된다. 앞서 언급한 『몽량록』의 "노기인 왕쌍련과 여대부"나 『이견지(夷堅志)』의 가흥(嘉興)을 떠돌았던 "노기산악(路歧散樂) 변환사(邊換師)"[123] 등이 그러한 '악호잡극'의 공연자들로 여겨진다. 남송의 잡극 명목을 모아 놓은 '관본잡극단수(官本雜劇段數)'나 원본(院本)의 여러 명목들을 보면 기녀가 '여악(女樂)'으로서 공연에 참가하고 있는데, 이 '여악'은 주로 이야기를 가진 서사적 가무를 담당한 기녀 배우라 할 것이다. 또 이러한 잡극 가운데는 기녀를 제재로 한 '기녀극(妓女劇)'도 매우 많다. 현재 대략 35종의 작품에 기녀가 등장하는 것으로 파악되는데, 이를 통해서 보면 당시 실제 기녀가 '기녀극'을 공연했을 개연성이 매우 높다 할 것이다.

송대 기녀배우들도 당대와 마찬가지로 궁정과 관부에서 황제나 관료를 위해 공연했지만 대중을 상대로 한 민간에서의 공연이 더욱 두드러진다. 송대에는 와사와 구란을 중심으로 한 민간 공연 인프라가 구축되면서 민중의 기호에 따른 다양한 공연예술이 발달하였으며, 이에 따라 많은 기녀들이 민간 공연자로 활동했던 것이다. 이런 공연자들은 구란 예인과 노기로 양분되는데, 『동경몽화록』과 『몽량록』, 『무림구사』 등에 기록된 수많은 공연자들은 그 가운데서도 특히 명성을 날린 자들이다. 『송원악기고(宋元樂妓考)』의 '송대청루소명초록(宋代靑樓小名初錄)'[124]에는 여러 문헌에 산견되는 송대 기녀들을 모아 놓았는데, 총

---

123 『夷堅志』己卷 第七 '邊換師' : "路歧散樂邊換師, 游涉嘉興".
124 王寧, 『宋元樂妓考』, 신성출판사, 2003, 221~256쪽.

396명의 이름과 간략한 정보를 기록하고 있다. 이 기녀들을 일별하면 시나 사는 물론 강창과 잡극 등 다양한 공연예술에서 활동한 기녀들의 흔적을 찾을 수 있으니, 송대 기녀들은 배우로서도 매우 활발하게 활동했다 할 것이다.

6. 에필로그

송대 기녀는 전반적으로 당대와 크게 다르지 않다. 다만 왕조의 성격상 궁기가 축소되고 가기와 시기는 더욱 확대되었다. 문예적 측면에서 보면 당대에 흥성했던 시는 설리적이고 철학적인 경향으로 변하였고, 가창의 기능은 새롭게 흥성한 사의 몫이 되었다. 그리고 민간에서는 와사와 구란을 중심으로 강창과 송금 잡극으로 대표되는 다양한 공연예술들이 흥성하였다. 이러한 송대 문예계에서 송대 기녀들은 때로는 시인으로서, 때로는 사인으로서, 때로는 문화 주도자이자 가수로서, 때로는 배우로서 역할을 했으니, 역시 멀티 엔터테이너로 기능했다고 할 것이다.

온완으로 대표되는 송대 기녀시인들은 당대 시와는 확연히 다른 내용의 시 세계를 펼치고 있으니, 유가의 도덕관념이 반영된 시가 많고, 또 기녀라는 직업에 대한 회의와 탈적에 대한 갈망을 담은 시도 자주 보인다. 이것은 송대 시단의 설리적이고 철학적인 경향을 반영한 것으로 볼 수 있을 것인데, 보다 근본적인 원인은 당대 기녀 시가 했던 역할을 송대에는 사가 대신하고 있기 때문이라 할 것이다. 따라서 송대 기녀들에게 시는 자신의 생각과 감정을 표현하는 개인적인 장르로 인식된 것으로 보인다.

당대 기녀시인이 주로 다루었던 이별이나 그리움 같은 정조가 송대에는 사에서 나타나니, 이것은 기녀라는 직업적 필요에 의한 수창이나 가창 등은 사를 통하여 이루어졌음을 의미한다. 이처럼 송대의 가장 대표적인 문학 장르인 사는 그 태생부터 발전과정에 이르기까지 기녀의 역할이 절대적이었다. 사의 창작적 측면에서 기녀는 사를 창작한 기녀 사인으로 활동했으며, 이들의 작품은 송대 사단에 다채로움을 더했다. 또 문인과의 교유 속에서 문인들이 사를 창작하게 추동하는 창작환경의 제공자였으며, 만들어진 사를 수정 보완하여 완성하는 공동창작자였으며, 이를 노래함으로써 널리 전파하는 전파자로서의 역할도 했다.

소희의 발달이 정점에 이른 송대 공연예술계에서 공연자, 즉 배우로서의 역할도 빼놓을 수 없다. 궁정과 관부에서의 공연은 물론 와사와 구란을 중심으로 한 민간에서의 공연은 무엇보다 의미 있는 역할이었다. 대중을 상대로 한 민간 공연은 기녀배우 상호 간의 치열한 경쟁을 통해서 송대 예술의 수준을 높여 놓았으며, 또 대중이 좋아하는 다양한 공연 양식들을 탄생하게 만들었다. 송대를 본격적인 중국 공연예술의 출발점이라고 불러도 무방한 것은 바로 이러한 송대 기녀들 덕분이라 할 것이다.

제4장

무대 위의 예술가

―원대(元代) 기녀

원대는 중국 최초의 이민족 왕조 시대이다. 몽고족이 남송까지 멸망시킨 후 중원을 차지하고 세운 나라가 원나라인 것이다. 따라서 원대에는 이전 조대와는 다른 여러 가지 특징이 나타난다. 지배구조가 바뀌면서 계급구조도 바뀌었으니, 이제까지 정치나 사회의 중심에 있었던 한족 사대부 지식인들이 하층 계급으로 떨어지면서 고통스러운 나날을 보내게 되었고, 문예방면에서도 북방 음악을 사용한 잡극과 산곡이 흥성하고 한족의 정통문학이라고 하는 시문은 위축되어 겨우 명맥만을 유지하게 되었다. 초기에는 과거제도도 폐지되었으므로 하층계급으로 전락한 한족 사대부 지식인들은 지배계층으로의 도약은 꿈꾸기 어려웠으며, 이에 따라 생계를 위한 선택으로서 잡극의 작가나 공연자 혹은 연출가로 활동하는 경우도 많았다. 한족 지식인이 생계수단으로 선택한 잡극 창작은 또 잡극을 흥성시켜 원대의 대표적 장르로 자리

잡게 만들었다. 이러한 과정에서 원대의 기녀는 잡극의 배우로 활동하여 그 어느 조대보다 사대부 문인과 기녀의 계급이 가까워졌다. 실제 원대 백성들의 등급을 10등급으로 분류하면서 '팔창구유십개(八娼九儒十丐)'라고 하여 기녀와 선비, 거지를 비슷한 등급으로 여겼다.

이처럼 원대는 '곡(曲)'으로 통칭되는 잡극(雜劇)과 산곡(散曲)의 시대였다. 산곡은 시와 사를 계승한 운문이며, 잡극은 희곡으로서 공연예술이다. 중국에서 희곡이 성숙된 시기를 송원대로 보는데, 『무림구사(武林舊事)』나 『철경록(輟耕錄)』 등의 기록에 따르면 송잡극(宋雜劇)과 금원본(金院本)도 1,000종 가까이 있다고 했지만 지금까지 전해오는 것은 거의 없다. 따라서 원대는 중국희곡사상 대량의 작자가 볼만한 극본을 창작해낸 첫 시기로서, 최초의 중국 희곡 흥성기라고 할 수 있다. 이처럼 원대에는 다른 장르는 거의 볼만한 것이 없을 정도로 '원곡'의 독점시대였다. 따라서 기녀의 역할도 이러한 잡극과 산곡에 집중되어 있으니, 기녀는 산곡을 노래하고 잡극을 공연하는 공연자였던 것이다. 특히 원잡극에서의 기녀의 역할은 송대 사에서의 기녀의 역할처럼 절대적이었다. 공연자로서 활동했을 뿐 아니라 잡극작가와 교유하면서 작품에 영감을 불어넣는 존재였던 것이다. 원대 문단을 장식하는 수많은 잡극 작품은 이러한 기녀의 공연에 의해서 빛을 보았다고 할 것이다.

이러한 원대 기녀를 가장 자세하게 기록하고 있는 문헌이 하정지(夏庭芝)의 『청루집(靑樓集)』이다. 이 책 속에 등장하고 있는 수많은 기녀들은 대부분 잡극배우로 활동하면서 원대 문예계를 수놓고 있다. 당시(唐詩), 송사(宋詞), 원곡(元曲)이라는 중국문학사의 고전적 명제는 모두 그 시대 기녀들에게 크게 힘입고 있는데, 앞서 우리는 당시와 송사에서의 기녀의 역할을 살펴보았다. 이제 마지막 원곡에서의 역할을 살펴보고자 하는데, 당송대 기녀가 시와 사 뿐만 아니라 다양한 분야에서 멀티 엔터테이너로 기능했던 반면 원대 기녀는 문예계의 성격상 주로 '원곡'에만 집중되어 있다. 그러나 그 비중으로 보자면 당송대에 비해 훨씬 크다 할 것인데, 원대 문예계에서 원곡이 차지하고 있는 절대적 비중 때문에 그러하다.

1. 원대 기녀와 기녀문화

원대에도 기녀는 두루 존재했다. 하정지는 "아! 우리 조대가 나라 전체를 통일한지 거의 100년이니, 천하에 노래하고 춤추는 기녀가 어찌 억만 뿐이겠는가!"[1]라고 했고, 마르코 폴로는 원조의 수도 대도(大都, 北京)에 대해 "이 수도에는 또 신구 양 성내를 통틀어 2만 5천 명이나 되는 창녀가 금전 때문에 매춘하고 있다"[2]라고 했다. 구체적 숫자는 신빙성이 떨어지지만 다른 조대 못지않게 보편적이었던 것은 사실이라 하겠다. 당시 고려(高麗)의 선비 이곡(李穀)[3]은 여러 차례 대도를 다녀간 적이 있는데, 그 역시 이러한 상황을 인식하고 있었으니 "처음에 내가 대도에 와서 골목에 들어가 보니, 얼굴을 단장하고 음탕함으로 유혹하는 자들을

1 　夏庭芝,『靑樓集』「靑樓集志」: "我朝混一區宇, 殆將百年, 天下歌舞之妓, 何啻亿萬".
2 　채의순 역,『동방견문록』, 을유문화사, 1978, 165쪽.
3 　고려 말의 학자로서, 초명은 芸白, 자는 中父, 호는 稼亭, 시호는 文孝이다. 저명한 朱子學者인 權溥의 제자이며, 牧隱 李穡의 아버지이다. 일찍이 원나라 制科에 이등으로 급제, 翰林國史院 검열관이 되어 여러 차례 두 나라를 오고 갔으며, 이색을 데리고 중국에 유학을 가기도 했다. 벼슬이 政堂文學에 이르렀고 후에 韓山君에 피봉되었다.

〈후영방유지원대사합원복원도(後英房遺址元代四合院復原圖)〉

북경(北京)의 전통 건축을 대표하는 사합원(四合院)의 역사는 원대(元代)에 시작되었다. 원나라 조정은 북경을 수도로 정한 후 대규모로 도시 건설을 시작했으니, 남북과 동서를 교차하는 대가(大街)를 구축하고 사이사이 가통(街通, 지금의 胡同)을 만들었는데, 사합원은 그 당시 최초의 주거형태였다고 한다. 이처럼 북경이 지금과 같은 대도시로 성장하기 시작한 것은 원대부터라 할 것이다.

보았다. 곱고 추함에 따라 값을 올리고 내리는데, 버젓이 그런 짓을 하면서도 부끄러워하지 않았고, 이를 계집시장(女肆)이라고 이르니 풍속이 아름답지 못한 것을 알았다"[4]라고 했다. 대도 외의 지역도 상황은 비슷했다. 특히 남송의 수도였던 항주는 강남 최대의 도시로서 "창우(娼優)들의 구란주사지가(构欄酒肆之家)"[5]가 흥성을 했다. 마르코 폴로도 이에 대해 언급을 하고 있는데, "다른 거리에는 창녀가 모여 살고 있었다. 어찌나 많은지 도저히 셀 수 없을 정도이다. 주요 구획의 근방 일대는 그녀들이 특히 골라 사는 장소가 되어 있지만 여기에만 한하지 않고 성내 곳곳이 그녀들의 집이 되어 있었다. 창녀들의 생활은 호사스러웠으니 많은 하인을 부리며 화려한 집에 살고 향내를 듬뿍 풍기고 있었다. 그녀들은

---

4 『稼亭集』卷6「市肆說」: "始予來都, 入委巷, 見冶容誨淫者, 隨其妍媸, 高下其直, 公然 爲之, 不少羞恥, 是曰女肆, 知風俗之不美也".

5 『元典章』卷57「刑部十九諸禁・禁豪霸・札忽兒夕陳言三件」: "娼優构欄酒肆之家".

 멀티 엔터테이너로서의 중국 고대 기녀

매우 영리하여 손님을 매료시키고 고혹시키는 수단에 능하며 어떤 종류의 손님이라도 적당하게 구슬리는 기술이 있었다. 그러므로 외지의 나그네로서 한번 이곳 창녀의 맛을 들이면 그야말로 한시도 여자로부터 떠날 수 없이 그 귀여움과 매력의 포로가 되어 평생 잊지 못하게 되고 만다"[6]라고 했다.

이처럼 원대에는 기업(妓業)이 성했으며, 송대에 비해 상업적 색채도 더욱 강하다. 전체적으로 원대에는 지방 관기와 시기가 융합되기 시작하였고, 궁기와 가기는 급속히 쇠퇴하였다. 원대의 시기는 '매예(賣藝)' 위주의 구란기(勾欄妓)와 '매신(賣身)' 위주의 평강기(平康妓)로 나눌 수 있

〈항주북관야시도(杭州北關夜市圖)〉
이 그림은 명대(明代) 회화(繪畫)로서 만력(萬曆) 때 항주(杭州) 무림문(武林門) 밖 야시(夜市)의 떠들썩한 광경을 표현한 것이다. 야시의 역사는 당대(唐代)부터 시작되어 북송(北宋)이 변량(汴梁, 지금의 開封)을 수도로 정한 후 전국으로 확산되었으며, 남송(南宋)의 임안(臨安, 지금의 杭州)에서 최고조에 달했다. 이러한 성황은 원(元)과 명(明) 양대에도 이어졌는데, 항주(杭州) 북관(北關)은 그 대표적인 야시로서 '전당팔경(錢塘八景)'의 하나가 되었다. 이 그림에서 원대 항주의 번성도 짐작할 수 있을 것이다.

다. 구란기는 주로 성시의 와사에서 활동하며 가무나 잡극 공연에 종사하고 동시에 색을 팔기도 한다. 『청루집』에는 "안으로는 경사(京師)에서 밖으로는 군읍(郡邑)까지 모두 소위 구란이 있었고, 배우들을 불러 모아 악부에 예속시켰는데, 관객들은 돈을 뿌리며 그들과 어울렸다"[7]라고 했으니 원대 구란기의 성황을 짐작할 수 있다. 평강기는 주로 각 성진(城鎭)

---

6   채의순 역, 『동방견문록』, 을유문화사, 1978, 285쪽.
7   夏庭芝, 『靑樓集』: "內而京師, 外而郡邑, 皆有所謂构欄者, 辟優萃而隶樂, 觀者揮金與之".

문인들의 압기(狎妓)
(明 錢穀, 〈秦淮冶游圖册〉 '歌舞')
네 명의 문인 사대부가 춤추는 두 기녀를 정신없이 바라보고 있다. 문인들 옆의 두 사람은 시동들이다. 바둑판, 송죽(松竹), 가산(假山), 연못 등이 함께 표현되어 있으며, 두 시동 가운데 한 명이 차 소반을 받쳐 들고 있다. 이것에서 당시 문인들의 '압기(狎妓)' 상황을 엿볼 수 있다.

의 기원이나 다방, 주루 및 여관에서 매음을 했다. 또 원대의 관기는 기적(妓籍)을 통일시키고 등급별로 관리하였는데, 의무제와 매매제로 나누었다. 의무제는 관부의 '당번승응(當番承應)'에 무조건 응해야 하며, 이를 '응관신(應官身)' 또는 '환관신(喚官身)'이라 불렀는데, 주로 입궁하여 각종 연회에 참석하거나 외국 사절을 접대하는 일을 하였다. 지방 관기에게 있어 '응관신'은 가장 중요한 의무로써 위반하거나 태만하면 벌을 받는다. 잡극 〈남채화(藍采和)〉에는 남채화가 승응에 불응했다가 낭패당하는 장면이 나온다. 관청에 끌려간 남채화는 무릎을 꿇린 채 관리에게 "네 죄를 알렸다! 관부를 따르지 않고 관신(官身)의 부름을 거부하면 잡아다가 관청에 감금하고 곤장 40대를 때려야 하니, 큰 몽둥이를 대령하거라!"[8]라는 호통을 듣고 있다. 매매제는 관기가 관료 이외의 손님에게 색

---

8   〈藍采和〉第2折(『元曲選外編』, 975~976쪽) : "(做見跪科孤云)你知罪麼! 不遵官府, 失悮官身, 拿下去扣廳打四十, 准備了大棒子者!"

을 팔아 돈을 버는 것으로
성격상 시기와 같다. 원
대의 가기는 당송대의 성
황과는 비교가 되지 않을
정도로 위축되었다. 일
부 관료 사대부가 가기를
축양하기도 했으나 당송
시기의 그러한 낭만적인

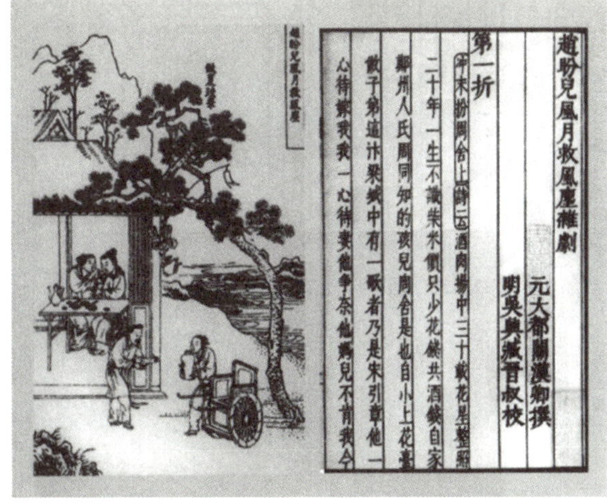

〈구풍진(救風塵)〉 삽도

풍류는 기대하기 힘들었으니, 잠자리를 함께 하는 시녀로 전락해갔다.
이것은 한족 사대부 계층의 몰락에 기인한 것이라 하겠다.

도시가 발달하고 경제가 성장하면 기녀의 수요도 따라서 증가하는
데, 그러다보면 관리를 벗어난 음성적 기녀도 생기기 마련이다. 잡극
〈구풍진(救風塵)〉에는 주사(周舍)가 점소이(店小二)에게 "관기든 사과자
(私科子)든 좋은 기녀가 너희 가게에 오면 바로 나를 불러"9 라는 대사가
있는데, 여기의 '관기'는 공식적으로 관청에 등록된 기녀이고, '사과자'
는 등록되지 않은 기녀를 말한다. 성종(成宗) 때 정개부(鄭介夫)가 상서
하기를 "지금 저자거리에는 가게를 차려 술을 팔며 아내에게 음란한 짓
을 시키니, 몰래 창기 짓을 하면서 공공연히 돈을 받는데, 이를 '사내에
게 시집간다[嫁漢]'고 부릅니다. (…중략…) 또 양가 여자를 사서 의붓딸
[義女]로 삼아 길러서는 서너 명씩 무리지어 손님을 유혹하여 낮에는 술
마시고 밤에는 잠자리를 하면서 스스로 기생집[娼戶]과는 다르다고 하
는데, 이를 '앉은뱅이[坐子]'라고 부릅니다. 도성 아래 열 집 가운데 아홉

---

9   關漢卿, 〈救風塵〉(『元曲選』, 200쪽) : "不問官妓私科子, 只等有好的來你客店里, 你便
來叫我".

집, 각 로(路)의 군읍 등에서는 다투어 서로 모방하니, 이러한 풍속은 심히 불미스럽나이다"[10]라고 했다. 이것은 몰래 횡행하고 있는 비공식적인 매춘의 실태를 언급한 것인데, 술집에서의 음성적인 매춘과 양가 여자들을 매수하여 의붓딸로 꾸며 매춘을 시키는 두 가지 형태를 말하고 있다. 여기의 '창호(娼戶)'는 공식적인 관기를 말하고 '좌자(坐子)'는 소위 암창(暗娼)을 말하는 것으로, 도성에는 이처럼 공식적 기녀와 비공식적 기녀가 혼재되어 있었으며, 이는 다른 도시도 마찬가지였다.

원대의 기녀도 대부분 전쟁의 포로나 죄인의 자식들이었다. 특히 전쟁이 갓 끝난 원대 초에는 포로의 비중이 절대적이었다. 중통(中統) 2년(1261) 8월에 원나라 조정은 "부녀를 포로로 잡아와서 창기로 만드는 것을 금한다"[11]는 명을 내렸으니, 이는 역설적으로 그러한 예가 많았음을 반증하는 것이다. 그 후로는 생활고에 시달리는 양가 여자들이 기녀로 전락하는 경우가 많아졌는데, 그러자 다시 지원(至元) 13년(1276) 10월에 "양인을 창기로 만드는 것의 금령을 거듭 천명한다"[12]고 했다. 『원사(元史)』에는 여러 차례 이러한 금령을 내린 기록들과 이를 어긴 사람들을 처벌한 기록들이 등장하는데, 이로 보아 원초 이후 기녀는 양갓집 여자가 특히 많았다고 볼 수 있다. 원대에는 전대와 마찬가지로 노비(奴婢)나 창우(倡優)는 천민이고, 나머지는 모두 양인이었다. 원대의 법령은 양인을 사거나 고용하여 기녀로 만드는 것을 금하였다. 그러나 이러한 금령이 있다 해도 실제로 양가 자제가 기녀로 전

---

10 鄭介夫, 「太平策」(『元代奏議』, 75쪽) : "今街市之間, 設肆賣酒, 縱妻求淫, 暗爲娼妓, 明收鈔物, 名曰 : 嫁漢. (…중략…) 又有典買良婦, 養爲義女, 三四群聚, 扇誘客官, 日飮夜宿, 自異娼戶, 名曰 : 坐子. 都城之下, 十室而九, 各路郡邑, 爭相仿效, 此風甚爲不美".
11 『元史・世祖本紀一』 : "禁以俘掠婦女爲娼".
12 『元史・世祖本紀六』 : "申明以良爲娼之禁".

락하는 경우는 없어지지 않았다. 그것은 파산한 집안이 많았기 때문으로서, 이러한 집안에서는 생계 때문에 자식을 파는 경우가 많았으니 여자는 대부분 시녀가 되거나 기녀로 팔려나갔던 것이다. 이러한 과정에서 법을 피하기 위해 변형된 방식도 등장했는데 그것이 이른바 '과방(過房, 양자나 양녀로 삼는 것)'으로서, 앞서 언급한 정개부의 상서에 등장한 경우이다. 무한신(武漢臣)의 잡극 〈옥호춘(玉壺春)〉에 등장하는 명기 이소란(李素蘭)도 어릴 때 '과방'하여 이마마(李媽媽)의 의녀가 되고, 후에 손님을 받고 있다. 이처럼 '과방'이란 실제로 매매인 것이다. 대덕(大德) 10년(1306)에 중서성(中書省)에서 "과방하여 길러달라는 명분으로 양민을 파는 행위를 금한다"는 명을 반포했고, 연우(延祐) 3년(1316)에 감찰부(監察部)의 한 문건에 "중원 및 강남의 주와 군에서는 근년에 양가 자녀가 과방하여 길러달라고 했다는 것을 명분으로 삼고 통례가 있음을 믿고서 공공연히 이리저리 판매를 하여 종종 종으로 만들어버리니, 참으로 슬프고 가련하다"[13] 라고 했다. 이것에서 이러한 풍조가 중원과 강남, 즉 남북에 두루 퍼져 있었음을 알 수 있다. 그 가운데 기원으로 들어가는 여자도 많았으니, 앞서 말한 이소란이 바로 그러한 예이다. 원대에는 또 "양가녀에게 가무를 시키고 연회 시중을 들게 하거나 억지로 창기 노릇을 하게는 자는 곤장 일흔일곱 대에 처하고, 여자들은 모두 집으로 돌려보낸다"[14] 라는 전문적인 법령이 있었지만 실제 법이 제대로 집행되지는 않은 듯하다.

이처럼 원대의 기녀들도 노비처럼 매매되면서 비참한 일생을 보냈고,

13　『元典章』卷57「刑部十九」: "禁治乞養過房爲名, 販賣良民", "中原, 江南州郡, 近年以來, 良家子女假以乞養過房爲名, 恃有通例, 公然展轉販賣, 致使往往陷爲驅奴, 誠可哀憫".

14　『元史·刑法志二·戶婚』: "良家女爲人歌舞, 給宴樂, 及勒爲倡者, 杖七十七, 婦人并歸宗".

〈금선지(金線池)〉 삽도

잘해야 양인의 첩이 되는 처지였다. 가중명(賈仲名)의 잡극 〈옥소기(玉梳記)〉에는 기녀 고옥향(顧玉香)이 현령(縣令)으로 출세한 서생 형초신(荊楚臣)과 우여곡절 끝에 그의 부인이 되는 장면이 나오는데, 사실 이것은 작자의 바람을 담은 것이지 현실에서는 관리가 기녀와 결혼할 수가 없다. 또 기녀는 관부의 소환에 응해야 하고 술시중이나 잠자리 시중까지 들어야 했으니, 『철경록(輟耕錄)』에도 "요즘에는 기녀를 관노(官奴)로 삼으니, 곧 관비(官婢)이다"[15]라고 했다. 관한경(關漢卿)의 잡극 〈금선지(金線池)〉나 양경현(楊景賢)의 잡극 〈유행수(劉行首)〉 등에는 모두 이러한 예가 나오는데, 이것은 "용인주(龍麟洲) 선생이 복건(福建)을 지날 때 헌부(憲府)에서 연회를 베풀어주면서 관노 소옥대(小玉帶)에게 술시중을 들라고 명했다"[16]라는 기록에서 더욱 분명하다. 용인주는 원대의 유명 학자 용인부(龍仁夫)이며, '헌부'는 복건렴방사(福建廉訪司)인데, 감찰기관인 염방사조차 기녀에게 술시중을 시키고 있으니 다른 기관에서는 더 말할 필요도 없을 것이다. 이러한 기녀들은 관

---

15   『輟耕錄』卷7「官奴」: "今以妓爲官奴, 卽官婢也".

16   『輟耕錄』卷22「先輩風致」: "龍麟洲先生過福建, 憲府設宴, 命官奴小玉帶佐觴".

  멀티 엔터테이너로서의 중국 고대 기녀

부에 의해 잠자리 시중까지 들면서 아무런 보상도 받지 못했으며, 심지어 돈을 갈취 당하기도 했다.

기원에서 영업을 하는 기녀들도 힘들기는 마찬가지였다. 기원에는 '보모(鴇母)', '보아(鴇兒)', 또는 '건파(虔婆)'라고 불리는 기생어미가 있었다. 기녀를 제재로 한 원잡극에는 거의 대부분 이러한 '보모'가 출현하는데 이들은 기녀를 돈 버는 도구로 삼는다. 〈백화정(百花亭)〉에서 보모는 "우리 집 사람들은 단지 저 계집들에게 의지하여 밥을 먹는데, 하루라도 손님을 받지 않으면 그 날은 돈을 못 벌지요"[17] 라고 했고, 〈옥소기〉에서 형초신은 "천하의 기생어미 가운데 돈 안 좋아하는 사람이 어디 있겠어?"[18] 라고 했다. 기생어미들은 수단방법을 가리지 않고 기녀에게 접객을 강요하고 돈벌이를 시키는데, 대부분의 기녀들은 이러한 굴레에서 벗어날 수가 없었다. 〈금선지〉에서 기녀 두예낭(杜蕊娘)은 "이 불의(不義)한 우리 집안에 무슨 장사 경영이랄 것이 있겠소? 자본도 없이 전적으로 다섯 글자에 기대어 돈을 벌어들인다오. 그렇다면 그 다섯 글자가 뭐겠소? 바로 악(惡, 악랄하고), 열(劣, 비열하고), 괴(乖, 괴팍하고), 독(毒, 독하고), 한(狠, 사납다)이지요"[19] 라고 했다. 이렇게 힘들게 일해도 "단지 옛 사람을 보내고 새사람을 맞이하면서 웃음을 팔아 겨우 먹고 입는 것을 해결하는 정도라오"[20] 라는 말처럼 고단하게 살 수밖에 없는 것이 기녀들의 처지였다. 이것은 당시 기녀들의 일반적 상황이었으니, 그래서 기녀들은 "언

---

17   〈百花亭〉(『元曲選』, 1429쪽) : "俺這門戶人家, 單靠那妮子吃飯, 一日不接客, 就一日不賺錢".

18   〈玉梳記〉(『元曲選』, 1423쪽) : "天下老鴇, 哪一个不愛錢的".

19   〈金線池〉(『元曲選』, 1253쪽) : "則俺這不義之門, 那里有買賣營運. 無資本, 全凭五个字迭辦金銀. 可是那五个字? 無過是惡劣乖毒狠".

20   賈仲名, 〈玉梳記〉(『元曲選』, 1410쪽) : "風月家門, 又無資本, 別營運, 止不過送舊迎新, 凭賣笑衣食穩".

제 머리에 묶은 붉은 비단을 한 쌍의 가시나무 비녀로 바꿔 꽂을 수 있을까?"[21]라며 보통 여자들의 삶을 꿈꾸었다. 그러나 보통 여자들의 생활로 돌아가는 이른바 '종량(從良)'은 매우 힘든 일이었다. 기원에서 풀려나려면 몸값을 치러야 했으므로 풀려나더라도 또 몸값을 치른 사람의 첩이 될 수밖에 없었다. 간혹 출가하여 비구니나 여도사가 되는 경우도 있는데, 이는 상업적 가치가 떨어진 이후에야 가능했고 대부분의 기녀들은 기원에서 여생을 보내며, 종국에는 "오늘은 창가(娼家)의 여자, 늙어서는 버림받는 신세"[22]가 된다.

그나마 이처럼 손님을 맞을 수 있으려면 어느 정도 재색을 갖추어야 했다. 당송대와 마찬가지로 원대도 '압기(狎妓)'를 '풍류락사(風流樂事)'로 여겨 재색을 겸비한 기녀들의 수요가 매우 많았다. 원대의 여러 문학 작품에는 이에 관한 기록들이 적지 않아서 그 상황을 짐작할 수 있다. 현존하는 원잡극 가운데 기녀 제재에 속하는 작품은 약 20편 정도인데, 그 가운데 기녀를 주인공으로 한 작품도 10여 종이나 된다. 이것은 적지 않은 수이니, 당송 양대의 전기소설(傳奇小說) 가운데 기녀를 제재로 한 작품이 겨우 여섯 일곱에 지나지 않고, 명대(明代) 화본(話本)도 10편 정도에 불과하다. 원잡극의 대표적 '기녀희(妓女戲)'로는 〈구풍진(救風塵)〉, 〈금선지(金線池)〉, 〈곡강지(曲江池)〉, 〈사천향(謝天香)〉, 〈백화정(百花亭)〉, 〈홍리화(紅梨花)〉, 〈자운정(紫雲亭)〉, 〈풍광호(風光好)〉, 〈청삼루(靑衫泪)〉, 〈운창몽(雲窗夢)〉, 〈양주몽(揚州夢)〉, 〈동파몽(東坡夢)〉, 〈회란기(灰闌記)〉, 〈옥호춘(玉壺春)〉, 〈양세인연(兩世姻緣)〉 등이 있다. 이들 작품은 기녀의 재색을 칭송한 것도 있고, 기녀와의 애정을 구가한 것도 있으며, 또 기녀로 인해 패가망신한 선

---

21 〈靑衫泪〉(『元曲選』, 882쪽) : "几時將纏頭紅錦, 換一對揷鬢荊釵?"
22 馬祖常, 『石田文集』 卷3 「拾麥女歌」 : "今日娼家婦, 年老爲人棄".

비를 다룬 것도 있다. 14세기 중엽 고려(高麗)의 중국어 교과서였던 『노걸대(老乞大)』에는 원대 사회생활의 면면들을 서술한 문장도 다수 수록되어 있다. 그 가운데 부잣집 자제는 "열심히 살 궁리는 않고 저 아첨하는 맹랑한 연놈들과 못된 패거리를 지어 매일 다방이나 술집을 드나들고, 기생집에서 멋대로 돈을 뿌린다. (…중략…) 안장 앉힌 말을 타고 노복을 거느린 채 몇몇 졸개들과 시시덕거리면서 먼저 큰 술집에 들어가 앉

〈동당로(東堂老)〉 삽도

는다. 이삼십 량의 술과 고기를 먹고는 술이 얼큰히 올라 사심이 동하면 앉은뱅이[座子, 坐子] 기생집으로 간다. 거기에서 저 악기 연주하는 부랑아들에게 놀게 시키는데 짐짓 '어르신, 나리'라고 부르기만 하면 벌써 돈을 뿌리기 시작한다"[23]라고 했다. 앉은뱅이 기생집, 즉 '좌자'는 앞에서 언급했듯이 암창(暗娼)을 일컫는다. 〈동당로(東堂老)〉에는 부잣집 자제 양주노(揚州奴)가 집까지 팔아서 "의시경(宜時景)과 음주환회(飮酒歡會)하러 월명루(月明樓)로 가는"[24] 장면이 있으며, 〈옥소기〉, 〈백화정〉, 〈금선지〉 등

---

[23]　金文京等譯注, 『老乞大』, 日本平凡社, 2002, 8쪽: "不務營生, 敎些帮閑的潑男女, 狐朋狗党, 每日穿茶房入酒肆, 妓女人家胡使錢. (…중략…) 騎着鞍馬, 引着仆奴, 着几个帮閑的般弄着, 先投大酒館里坐下, 二三十兩酒肉吃了時, 酒帶半酣, 引動邪心, 座子人家里去. 到那里, 敎那彈弦子的謊厮每捉弄着, 假意兒叫几个'舍人, 郎中', 早開手使錢也".

도기녀에게 홀린 선비들이 재산을 탕진하고 결국 쫓겨나는 이야기이다. 이것은 모두 재색을 갖춘 기녀와 선비 사이의 이야기들이다.

기녀희의 대표적 극작가들로는 관한경(關漢卿), 교길(喬吉), 마치원(馬致遠), 이행보(李行甫), 석군보(石君寶), 대선보(戴善甫), 오창령(吳昌齡), 고무경(高茂卿), 장수경(張壽卿), 가중명(賈仲明) 등이 있다. 그 가운데 관한경은 여러 편의 기녀희를 창작했으니, 그가 창조한 조반아(趙盼兒)와 같은 기녀의 형상은 오랫동안 회자된다. 이 외에 산곡으로 기녀를 묘사한 작품도 수없이 많은데 제목으로만 봐도 〈영준기(咏俊妓)〉, 〈증가기(贈歌妓)〉, 〈증노기(贈老妓)〉, 〈증주렴수(贈朱簾秀)〉, 〈증명시수(贈明時秀)〉, 〈증옥지춘(贈玉芝春)〉, 〈증천금노(贈千金奴)〉, 〈증교방주려(贈敎坊姝麗)〉, 〈청루영기(青樓咏妓)〉, 〈기녀축국(妓女蹴踘)〉, 〈조흑기(嘲黑妓)〉, 〈조기호수(嘲妓好睡)〉, 〈기원(妓怨)〉, 〈권창(勸娼)〉, 〈권기녀종량(勸妓女從良)〉, 〈자제매심기청루애인(子弟每心寄青樓愛人)〉 등이 있다. 이러한 원곡 작가들은 대부분 실의한 한족 문인들로서 '서회재인(書會才人)'으로 불리는데, 그들은 "명성과 지위가 높지 못하여 선비와 창우(倡優) 사이에 있었다"[25]고 하였다. 뿐만 아니라 원대에는 수십 년 동안 과거(科擧)가 폐지되어 선비들은 "이쪽으로 현자의 길도 막히고 저쪽으로 벼슬길도 막혔다"[26]는 〈왕찬등루(王粲登樓)〉의 대사처럼 생계조차 막막하였다.

이처럼 역사의 주역에서 주변인으로 밀려난 원대 지식인들은 비슷한 처지의 기녀들과 공감하며 서로 깊은 교감을 나누었다. 이에 대해 이상림(李祥林)은 "기녀 제재가 고전희곡 속에서 상당한 비중을 점하면

24　秦簡夫, 〈東堂老〉(『元曲選』, 215쪽) : "去月明樓上與宜時景飮酒歡會去了".
25　王國維, 『錄曲余談』 : "名位不著, 在士人與倡優之間".
26　〈王粲登樓〉 : "這壁攔住賢路, 那壁又擋住仕途".

서 인구에 회자되고 있는데, (…중략…) 이러한 풍진여자(風塵女子)들이
희곡에서 재삼 묘사의 대상이 되는 중요 원인 가운데 하나는 봉건시대
실의한 문인의 처지 및 심리상태와 관련이 깊다"[27]고 했다. 벼슬길에
실의하고 지기도 없었던 원대 문인들은 재예(才藝)가 있으면서도 상대
적으로 속박 받지 않는 '풍진여자'들 속에서 위로 받으며 동병상련의
감정을 공유했던 것이다. 관한경과 주렴수(珠簾秀), 교길과 이지의(李芝
儀), 백박(白樸)과 천연수(天然秀) 등이 모두 그러한 예이다. 관한경은 더
욱 공공연하게 다음과 같이 노래하고 있다.

我是个普天下郎君領袖,

　　　　　　나는 온 천하 바람둥이의 영수요,

盖世界浪子班頭.　온 세상 한량들의 두령이로다.

愿朱顔不改常依舊, 원컨대 홍안 변치 않고 여전하며

花中消遣,　　　꽃 속에서 세월 보내고

酒內忘憂.　　　술 속에서 근심 잊기를.

分茶攧竹,　　　분차(分茶)와 전죽(攧竹),[28]

打馬藏閹,　　　타마(打馬)와 장구(藏閹),[29]

通五晉六律滑熟,　오음(五晉)과 육률(六律)에 모두 능숙하니,

甚閑愁到我心頭?　무슨 한가한 근심이 마음에 닥치겠소?

件的是銀箏女銀臺前理銀箏笑倚銀屏,

27　李祥林, 『性別文化學視野中的東方戲曲』, 天馬圖書有限公司, 2001.
28　分茶는 茶百戲, 湯戲, 茶戲라고도 하는데, 차를 다리면서 각종 무늬나 모양을 내는 놀이
　　의 일종이며, 攧竹은 대나무 통에 산가지를 넣어 흔들면서 하나를 뽑아 승부를 가리는
　　도박의 일종이다.
29　打馬는 말 이름을 새겨 넣은 둥근 패를 던져서 승부를 겨루는 놀이이며, 藏閹는 藏鈎라
　　고도 하는데 손 안에 어떤 물건을 감추고서 그것을 알아맞히는 놀이이다.

은대(銀臺) 앞에서 은쟁(銀箏)을 켜며 은병(銀屛)에 기
대 미소 짓는 은쟁녀(銀箏女)와

伴的是玉天仙携玉手幷玉肩同登玉樓,

옥수(玉手)를 잡고 옥견(玉肩)을 나란히 하며 옥루(玉
樓)를 오르는 옥천선(玉天仙)과

伴的是金釵客歌金縷捧金樽滿泛金甌.

〈금루(金縷)〉[30]를 노래하며 금준(金樽)을 잡고 금구(金
甌)에 가득 술을 따르는 금채객(金釵客)과 어울린다네.[31]

你道我老也,	너희들은 말하지 내가 늙었으니
暫休.	잠시 쉬라고.
占排場風月功名首,	그러나 풍월공명(風月功名)의 무대에서는 장원을 차 지하니,
更玲瓏又剔透.	더욱 영롱하고도 총명한 걸.
我是个錦陣花營都帥頭,	
	나는 비단 나풀거리고 꽃 흐드러진 기생집의 영수로서,
曾玩府游州.	일찍부터 이 고을 저 마을로 노닐었다네.[32]

관한경의 이러한 모습은 송대 유영(柳永)의 모습과 겹친다. 앞서 인용
한 유영의【학충천(鶴沖天)】사와 대비해 읽어보면 더욱 확연하니, 두 사
람은 각각 다른 시대에서 똑같은 삶의 지향과 삶의 방식을 보여주고 있
는 것이다. 이처럼 관한경이 추구한 삶은 유영처럼 일생을 기녀들과 어

---

30 〈金縷〉는 曲調名으로, 〈金縷衣〉 또는 〈金縷曲〉으로도 부른다.
31 銀箏女, 玉天仙, 金釵客 등은 모두 기녀를 가리킨다.
32 【南呂・一枝花】「不伏老」 중의【梁州】.

울리며 풍류적 삶을 사는 것이었다. 따라서 관한경이 그의 잡극 〈사천향 (謝天香)〉에서 유영을 주인공으로 설정하고 있는 것도 우연이 아니라 할 것이다. 이것은 모두 세상에서 자신의 가치를 표출할 수 없었던 지식인 의 '양광(佯狂)'이다. 이러한 '홍안지기(紅顔知己)'가 실의한 문인에게 한 위로는 비슷한 처지의 고민을 서로 토로하는 방식이었는데, 이것은 실 의한 문인들 사이에 상당히 보편적인 일이었다. 기원을 출입하는 문인 들은 기녀들의 삶을 깊이 이해하며 사회 최하층에 속한 기녀들의 비참 한 운명을 함께 탄식하였으니, 증서(曾瑞)는 다음과 같이 노래하고 있다.

春花秋月,　　　　꽃피는 봄이나 달뜨는 가을날에도,

歌臺舞榭,　　　　늘 노래하고 춤추는 무대 위에서,

悲歡聚散花開謝.　기쁨과 슬픔 속에 모였다 흩어졌다 하는데 꽃은 또 피고 지누나.

恰和協, 又离別,　마침 마음 맞았는데 또 이별인가.

被娘間阻郎心趄.　기생어미가 방해하니 임의 맘도 흔들리네.

离恨滿怀何處說.　이별의 한은 가슴 가득한데 어디서 하소연할까.

娘,　　　　　　　어미는

毒似蝎.　　　　　전갈처럼 독하고

郎,　　　　　　　임은

心似鐵.　　　　　쇠처럼 차가운 마음이구나.[33]

　이 산곡은 사대부 문인의 작품이지만 깊이 기녀의 처지를 헤아리고

---

[33]　曾瑞, 【中呂·山坡羊】「妓怨」.

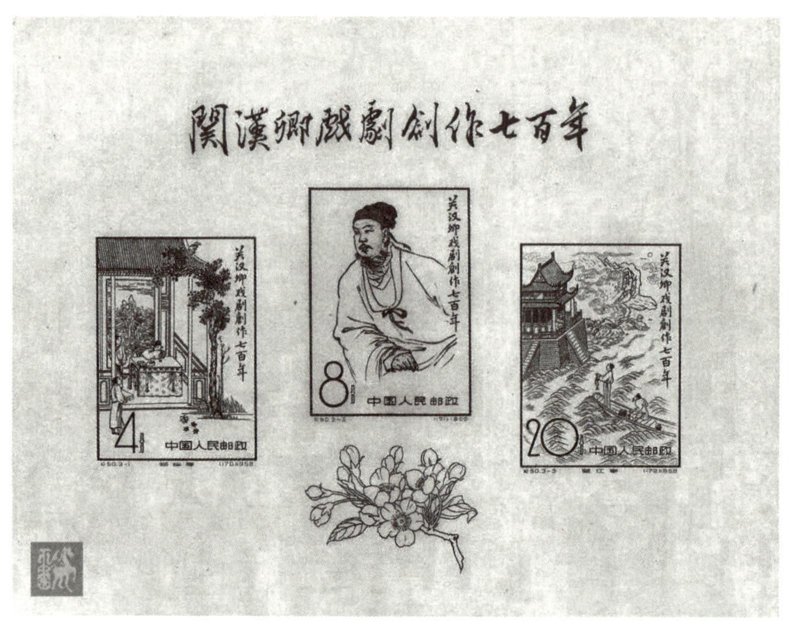

1958년에 발행된 〈관한경희극창작칠백년(關漢卿戲劇創作七百年)〉 기념우표.
중간의 관한경 초상화를 기준으로 왼쪽 그림은 그의 잡극 〈호접몽(蝴蝶夢)〉 삽도이며, 오른쪽 그림은
〈망강정(望江亭)〉 삽도이다. 명대(明代) 황응광(黃應光), 황응서(黃應瑞), 황덕진(黃德珍)의 원 그림을 바
탕으로 재도안한 것이다.

있다. 기녀의 입을 빌어 그들의 한을 직접 토로하는 방식을 취하여 더
욱 동감할 수 있다. 이처럼 기녀들은 기생어미의 감독 하에 연애조차
할 수 없었으니, 종일 억지웃음을 팔며 하루하루를 연명한다.

'팔창구유(八娼九儒)'의 비슷한 처지에 있었던 원대 문인들이 기녀의 처
지에 대해 매우 동감했음을 알 수 있는 또 하나의 예는 원잡극 작품이다.
여기에 등장하는 기녀들은 바로 그러한 이해의 결과물로서, 그 대사를
보면 언어적으로 기녀의 말을 대변하면서 동시에 내심의 진지한 감정을
담았으므로 자연히 사람들을 감동시킨다. 원잡극 속의 기녀들은 다양한
모습으로 형상화 되어 있다. 〈백화정〉의 하련련(賀憐憐)이나 〈운창몽〉
의 정옥련(鄭玉蓮), 〈홍리화〉의 사금련(謝金蓮) 등은 진실한 사랑을 추구
하는 기녀들이다. 또 운명에 맞서 불굴의 투지를 보이는 기녀도 있으니,

그 대표적 예가 〈옥호춘〉의 이소란(李
素蘭)이다. 그녀는 기생어미가 돈 많
은 상인에게 시집보내려고 자신이 사
랑하는 옥호생(玉壺生)을 내쫓자 "오
늘 아침부터 검은 머리카락을 잘라서
다른 사람에게 시집가지 않겠다는 진
심을 밝히리라"[34]고 다짐한다. 〈곡강
지〉의 이아선(李亞仙)도 서생 정원화
(鄭元和)를 내쫓자 "우리 어미는 바로
사람 골을 파먹는 풍류 악귀이고 사람
껍질을 벗기는 어미 귀신이로다. 기

〈곡강지(曲江池)〉 삽도

름칠 한 머리에 분바른 얼굴은 사람을 내려치는 몽둥이니, 웃음 속에 감
춘 칼로 껍질을 벗기고 살을 도려내며, 부드러운 솜 속에 숨긴 바늘로 골
수를 빼내고 힘줄을 발라낸다"[35]라고 걸쭉하게 욕을 한다. 〈자운정〉의
한초란(韓楚蘭)은 자신의 사랑을 지키기 위해 기생어미와 몸싸움까지 한
다.[36] 이들은 권력 있고 돈 많은 사람을 찾는 것이 아니라 자신을 이해해
주는 진실한 남자를 원했는데, 예를 들면 〈옥호춘〉의 이소란은 가난한
서생에 빠져 산서(山西)의 부상(富商) 심사(甚舍)의 요청을 거절한다. 또 일
단 마음에 들면 오히려 남자보다 더 적극적이다. 〈곡강지〉의 이아선은
정원화와 합석하여 술을 마시자는 제안을 먼저 하였으니, "매부, 저기 낮

---

34 〈玉壺春〉: "今朝截下靑絲發, 方表眞心不嫁人".
35 〈曲江池〉: "俺娘呵則是个吃人腦的風流太歲, 剝人皮的娘子喪門, 油頭粉面敲人棍, 笑
    里刀剮皮割肉, 綿里針剔髓挑筋".
36 〈紫雲庭〉第二折의 "卜兒打撞了"라는 지문으로 볼 때 韓楚蘭이 기생어미를 때리는 것
    으로 보인다.

선 사람이 있는데, 합석해도 뭐 어떻겠어요?"[37] 라고 했다. 〈백화정〉의
상청행수(上廳行首) 하련련은 봄놀이 갔다가 풍류서생 왕환(王煥)을 우연
히 만나 단번에 사랑에 빠져 먼저 시를 읊어 마음을 전하니, 서생은 기뻐
하며 "그녀가 나를 먼저 유혹하는데 물리치는 사람이 어리석지. 그녀와
나의 네 눈이 서로 바라보며 두 마음 맞았네"[38] 라고 했다.

당송대 기녀들이 사대부와의 교유과정에서 소극적인 기다림의 자세
가 주류였다면 원대 기녀들은 이처럼 자기주도적인 적극성이 두드러진
다. 사랑을 위해 적극적으로 항거하기도 하고, 대담하게 먼저 사랑을 찾
기도 하는 등 비교적 대등한 관계 속에서 교유하고 있는 것이다. 이것은
몽고족 통치 하의 원대 사회가 유가적 봉건윤리로부터 비교적 자유로웠
을 뿐아니라 기녀와 교유하는 문인들의 사회적 위치가 상대적으로 많이
하락했던 것도 주요 원인이라 할 것이다.

2. 『청루집(靑樓集)』의 예인들

원대 기녀들에 관한 가장 자세한 기록은 하정지의 『청루집』[39] 이다.
『청루집』은 비록 단편적인 서술이기는 하지만 당시 유명 기녀들의 신상

37　〈曲江池〉: "妹夫, 那里有个野味兒, 請他來同席, 怕做甚么?"
38　『百花亭』: "他把我先勾拽, 引的人似痴呆, 我和他四目相窺兩意協".
39　이 글에서 텍스트로 삼은 판본은 孫崇濤·徐宏道 箋注로 1990년 中國戲劇出版社에서
　　출판된 『靑樓集箋注』이다. 이 책은 가장 널리 통행되었던 淸末 葉德輝의 『雙梅景闇叢
　　書』本을 저본으로 삼고, 각종 판본을 참고본으로 활용하여 異同을 교감하였으며, 기타
　　관련 자료들도 모두 수록하고 있다.

명세와 더불어 특기나
자질, 연기평 등이 기
록되어 있어서 당시
기녀의 엔터테이너로
서의 면모를 알 수 있
는 가장 좋은 자료이
다. 특히 각 기녀의 다

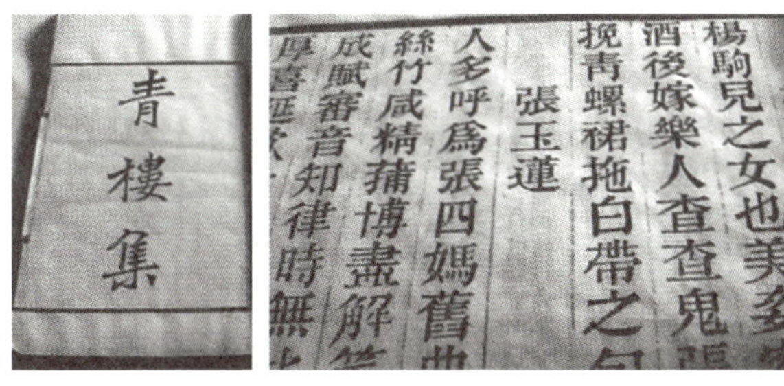

가장 널리 통행되었던 청광서백지정각본(淸光緒白紙精刻本)
쌍매경암총서(雙梅景闇叢書)의 『청루집(靑樓集)』

양한 기예를 비교적 자세하게 설명하고 있어서 원대 예인을 종합적으로
기록한 자료라고도 할 수 있다. 따라서『청루집』의 기녀를 살펴보게 되
면 원대의 기녀를 파악할 수 있을 뿐 아니라 원대의 다양한 문예에 대해
서도 개괄할 수 있다.

　『청루집』은 "만나서 알고 있는 자나 들어서 알고 있는 자"들을 기록
했다[40]고 했듯이 작자 하정지가 보고 들은 당시의 예인들, 그 중에서도
주로 여예인들을 기록한 책이다. 따라서 서명도 '청루집(靑樓集)'이라
했는데, 남예인은 주로 여예인들과의 관계 하에서 단편적으로 언급되
고 있다.『청루집』에 기록된 이러한 남녀 예인들은 모두 154명으로, 여
예인이 117명, 남예인이 35명, 재인(才人)이 2명이다. 이 154명의 예인들
은 잡극을 비롯하여 가무, 만사(慢詞), 소창(小唱), 제궁조(諸宮調), 탄창(彈
唱), 남희(南戲), 원본(院本) 등 다양한 특기를 가진 예인들이 총망라되어
있으니, 이를 도표화하면 다음과 같다.

40　『靑樓集』「靑樓集志」: "僕聞靑樓于芳名艶字, 有見而知之者, 有聞而知之者".

<table>
<tr><th colspan="4">『靑樓集』藝人[41]</th></tr>
<tr><th>번호</th><th>이름</th><th>기예</th><th>비고</th></tr>
<tr><td>1</td><td>梁園秀</td><td>歌舞, 談謔, 文墨</td><td>其夫從小喬, 樂藝亦超絶云</td></tr>
<tr><td>2</td><td>張怡雲</td><td>詩詞, 談笑</td><td>名重京師</td></tr>
<tr><td>3</td><td>曹娥秀</td><td>賦性聰慧, 色藝俱絶.</td><td>京師名妓</td></tr>
<tr><td>4</td><td>解語花</td><td>慢詞</td><td>京城</td></tr>
<tr><td>5</td><td>珠簾秀</td><td>雜劇, 駕頭, 花旦, 軟末泥</td><td></td></tr>
<tr><td>6</td><td>趙眞眞・楊玉娥</td><td>諸宮調</td><td></td></tr>
<tr><td>7</td><td>劉燕歌</td><td>歌舞</td><td></td></tr>
<tr><td>8</td><td>順時秀</td><td>雜劇爲閨怨最高, 駕頭, 諸旦本亦得體.</td><td></td></tr>
<tr><td>9</td><td>小娥秀</td><td>小唱, 慢詞</td><td></td></tr>
<tr><td>10</td><td>杜妙隆</td><td>"歸來聞說妙隆歌, 金陵却比蓬萊渺歌"</td><td>金陵佳麗人</td></tr>
<tr><td>11</td><td>喜春景</td><td>姿色不逾中人, 而藝絶一時</td><td></td></tr>
<tr><td>12</td><td>聶檀香</td><td>姿色嫵媚, 歌韻淸圓</td><td></td></tr>
<tr><td>13</td><td>南春宴</td><td>駕頭雜劇</td><td>京師之表表者</td></tr>
<tr><td>14</td><td>李心心―楊奈兒, 袁當兒, 于盼盼, 于心心, 吳女, 燕雪梅, 牛四姐</td><td>京師之小唱</td><td>京師之小唱</td></tr>
<tr><td>15</td><td>宋六嫂</td><td>與夫合樂, 善謳</td><td>張嘴兒(父)</td></tr>
<tr><td>16</td><td>周人愛―玉葉兒(며느리), 瑤池景, 賈島春, 王玉帶, 馮六六, 王榭燕, 王庭燕, 周獸頭, 劉信香</td><td>京師旦色, 姿藝幷佳</td><td>京師旦色</td></tr>
<tr><td>17</td><td>秦玉蓮 秦小蓮</td><td>諸宮調</td><td></td></tr>
<tr><td>18</td><td>司燕奴―班眞眞, 程巧兒, 李趙奴</td><td>雜劇</td><td></td></tr>
<tr><td>19</td><td>天然秀</td><td>閨怨雜劇, 花旦・駕頭</td><td></td></tr>
<tr><td>20</td><td>國玉第</td><td>綠林雜劇, 談謔</td><td>敎坊副使童關高之妻, 得名京師</td></tr>
<tr><td>21</td><td>張玉梅―蠻婆兒(며느리), 小婆兒(딸)</td><td>皆擅美當時</td><td>得名湘・湖間</td></tr>
<tr><td>22</td><td>王金帶</td><td>色藝無雙</td><td></td></tr>
<tr><td>23</td><td>魏道道</td><td>勾欄內獨舞, 妝旦色</td><td></td></tr>
<tr><td>24</td><td>玉蓮兒</td><td>歌舞談謔, 文楸握槊之戲</td><td>名冠京師.</td></tr>
<tr><td>25</td><td>樊事眞</td><td>京師名妓</td><td>『樊事眞金篦刺目』[42]의 실제 주인공</td></tr>
<tr><td>26</td><td>賽簾秀</td><td>雜劇, 古今絶唱</td><td>朱簾秀之高弟, 侯耍俏之妻</td></tr>
<tr><td>27</td><td>天錫秀―天生秀(딸), 賜恩深, 張心哥</td><td>綠林雜劇</td><td>侯總管之妻</td></tr>
<tr><td>28</td><td>金獸頭</td><td>湖廣名妓</td><td>湖廣名妓</td></tr>
<tr><td>29</td><td>周喜歌</td><td>貌不甚揚, 而體態溫柔</td><td></td></tr>
<tr><td>30</td><td>王巧兒</td><td>歌舞顔色, 稱于京師</td><td>稱于京師</td></tr>
<tr><td>31</td><td>王奔兒</td><td>長于雜劇, 然身背微傴</td><td></td></tr>
<tr><td>32</td><td>時小童―童童(딸)</td><td>善調話, 小說</td><td></td></tr>
<tr><td>33</td><td>于四姐―朱春兒</td><td>琵琶, 合唱</td><td>得名于淮・浙</td></tr>
<tr><td>34</td><td>平陽奴―郭次香・韓獸頭</td><td>綠林雜劇 / 雜劇</td><td>一目眇, 四體文繡. 皆馳名金陵者.</td></tr>
<tr><td>35</td><td>趙偏惜</td><td>旦末雙全</td><td>樊字闌奚院本)之妻, 江・淮間多師事之</td></tr>
<tr><td>36</td><td>連枝秀―閭童</td><td>能歌舞</td><td>京師角妓,</td></tr>
</table>

No.	이름	기예	기타
37	王玉梅	慢詞, 雜劇	
38	李芝秀	雜劇, 旦色	
39	朱錦繡	雜劇旦末雙全,	侯耍俏之妻, 歌聲墜梁塵, 雖姿色不逾中人, 高藝實超流輩.
40	樊香歌	妙歌舞, 善談謔	金陵名姝
41	小玉梅－區區(딸)·寶寶(손녀)	雜劇	獨步江·浙.
42	楊買奴	美姿容, 善謳唱	楊駒兒[43]之女
43	張玉蓮－倩嬌(딸)·粉兒(딸)	絲竹, 笑談, 南北令詞, 卽席成賦, 審音知律	昆山
44	趙眞眞－西夏秀	雜劇	馮蠻子之妻, 得名淮, 浙間
45	李嬌兒	花旦雜劇(風流旦)	王德名妻
46	張奔兒	花旦雜劇(溫柔旦)	李牛子之妻
47	龍樓景·丹墀秀－芙蓉秀)	南戲－戲曲·小令, 雜劇	皆金門高之女
48	賽天香	歌舞	李魚頭之妻
49	翠荷秀	雜劇	自維楊來雲間
50	趙梅哥－和當當·鸞童(和의 딸)	歌舞	張有才之妻, 京師
51	陳婆惜－觀音奴(딸)	彈唱, 談笑, 應對	能彈唱鞋韃曲者
52	汪憐憐	雜劇	湖州角妓
53	米里哈	旦色, 貼旦雜劇.	回回旦色
54	顧山山	花旦雜劇	松江
55	李芝儀－童童(장녀)·多嬌(차녀)	工小唱, 尤善慢詞－兼雜劇	維揚名妓
56	李眞童	色藝無比	張奔兒之女, 名動江·浙
57	眞鳳歌	善小唱	山東名妓
58	大都秀	善雜劇, 外脚	其夫張七
59	喜溫柔－喜溫柔(江西)	姿色端麗, 而擧止溫柔	曾九之妻, 淮·浙馳名
60	金鶯兒	善談笑. 撏箏合唱	山東名姝
61	一分兒	歌舞絶倫	京師角妓
62	般般丑	善詞翰, 達音律,	馳名江, 湘間
63	劉婆惜	頗通文墨, 滑稽歌舞	樂人李四之妻, 江右[44]
64	小春宴	勾欄中作場	自武昌來浙西.
65	孫秀秀	都下小旦色	都下小旦色
66	事事宜	姿色歌舞悉妙	其夫玳瑁臉, 其叔象牙頭, 皆副淨色, 浙西馳名.
67	簾前秀	雜劇甚妙	末泥任國恩之妻. 武昌, 湖南
68	燕山景	樂藝皆妙	田眼睛光妻
69	燕山秀	旦末雙全, 雜劇無比.	其夫馬二, 朱簾秀之高第.
70	荊堅堅	善唱. 工于花旦雜劇	
71	孔千金－王心奇(며느리)	善撥阮,[45] 能慢詞－善花旦, 雜劇尤妙	
72	李定奴	歌喉宛轉, 善雜劇	其夫帽兒王, 雜劇亦妙

---

41 『靑樓集』 본문에는 예인의 이름을 표제자로 하여 총 72조가 수록되어 있는데, 그 가운데 세 조는 두 사람을 표제인으로 내세웠다. 따라서 『靑樓集』에 이름이 등장하는 154명의

먼저 가무 예인을 보면 양원수(梁圓秀), 유연가(劉燕歌), 옥련아(玉蓮兒), 금수두(金獸頭), 왕교아(王巧兒), 연지수(連枝秀), 민동(閩童), 번향가(樊香歌), 새천향(賽天香), 조매가(趙梅哥), 일분아(一分兒), 유파석(劉婆惜), 사사의(事事宜) 등을 들 수 있다. 이 가운데 양원수, 옥련아, 번향가 등은 가무는 물론이고 '담학(談謔)'에도 능했는데, 양원수는 "문묵을 가까이하길 좋아하여" '작자(作字)', '소시(小詩)', '악부(樂府, 散曲)', '은어(隱語)' 등에 뛰어났고, 옥련아는 "단아하고 지혜로웠으며"[46] "문추악삭지희(文楸握槊之戲)"[47]를 잘 했다. 또 번향가는 "서사(書史)를 섭렵"[48]한 "금릉명주(金陵名姝)"였으며, 유파석은 "문묵에 두루 능통"하고 "골계가무(滑稽歌舞)"가 월등했다. 왕교아, 조매가, 사사의 등은 가무에 더하여 "자색(姿色)"으로써도 명성을 날렸으며, 새천향과 일분아는 각각 "풍도(風度)"와 "총혜(聰慧)"로써 명성을 날렸다.

『청루집』에는 가창과 관련된 예인이 가장 많은데, 이는 만사, 소창,

예인 가운데 표제인으로 기록된 예인은 75명이며, 나머지 79명은 각 조 속에 附記되어 있다. 『청루집전주』에서는 또 부기된 예인 가운데 42명의 女藝人을 해당 표제인 뒤에 괄호로써 별도 표기하였다. 저자는 표제인은 짙은 글씨로 처리하였으며, 『청루집전주』의 괄호 속 예인은 '―'이하에 부기했고, 또 그 예인에 대해 별도의 기예를 언급하고 있을 경우에는 '기예'란에서 '―'이하에 적시하였다.

42 지금은 실전되었으며, 王國維가 그의 『曲錄』에 이 『靑樓集』의 기록을 근거로 수록한 뒤로 다른 여러 책에도 실리게 되었다.

43 楊駒兒는 秦檜와 岳飛 고사를 제재로 한 잡극 〈東窓事犯〉의 작가로 알려져 있는데, 張可久와 친했으며, 대략 貫雲石(1286~1324)과 동시대의 사람이라 여겨진다.

44 江右는 본래 長江 하류 서쪽지역을 말했는데, 후에는 江西省을 이렇게 불렀으며, 여기에서는 바로 江西省을 가리킨다.

45 "阮"은 阮咸이라는 撥弦樂器로 고대 비파의 일종이다.

46 『靑樓集』: "端麗巧慧".

47 握槊은 고대 博戲의 일종으로 南北朝 시대에 天쓰에서 들어온 것인데, 후에 "雙陸"으로 변했다. 文楸는 雙陸 놀이하는 장식된 판을 말한다. 따라서 文楸握槊之戲는 이 雙陸을 말하는 것으로 이 놀이는 주사위를 던져 나오는 대로 말을 써서 먼저 궁에 들여보내면 이기게 된다.

48 『靑樓集』: "涉獵書史".

제궁조 등 가창예술은 물론 탄창과 같은 악기연주까지 모두 포괄한 것으로, 장이운(張怡雲), 해어화(解語花), 조진진(趙眞眞), 양옥아(楊玉娥), 소아수(小娥秀), 섭단향(聶檀香), 이심심(李心心), 양내아(楊奈兒), 원당아(袁當兒), 우반반(于盼盼), 우심심(于心心), 오녀(吳女), 연설매(燕雪梅), 우사저(牛四姐), 원수(元壽), 송육수(宋六嫂), 장취아(張嘴兒), 진소련(秦小蓮), 진옥련(秦玉蓮), 소파아(小婆兒), 우사저(于四姐), 주춘아(朱春兒), 왕옥매(王玉梅), 양매노(楊買奴), 장옥련(張玉蓮), 천교(倩嬌), 분아(粉兒), 진파석(陳婆惜), 관음노(觀音奴), 이지의(李芝儀), 동동(童童), 다교(多嬌), 진봉가(眞鳳哥), 금앵아(金鶯兒), 반반축(般般丑), 공천금(孔千金) 등이 있다. 이 가운데 만사에 능한 예인으로는 해어화, 왕옥매, 공천금, 소창에 능한 예인으로는 이심심, 양내아, 원당아, 우반반, 우심심, 오녀, 연설매, 우사저 등과 진봉가이며, 이 양자에 모두 능한 예인으로는 소아수와 이지의가 있다. 제궁조에 능한 예인으로는 양립재(楊立齋)의 극찬을 받은 조진진과 양옥아, "기예가 한 시대에 빼어났다"[49]는 평을 받은 진소련과 진옥련 등이 있다. 그리고 원수(元壽)는 "경사(京師) 창사(唱社)의 거두"였으며, 송육수의 아버지 장취아(張嘴兒)는 필률공(觱篥工)이었고, 공천금은 만사에 능했을 분 아니라 비파의 일종인 완함(阮咸)을 잘 탔다. 또 "탄창"을 잘 했던 진파석과 관음노 모녀는 달단곡(韃靼曲, 타타르 노래)을 탄창할 수 있는 "남북십인(南北十人)"에 들었고, 우사저와 금앵아는 각각 비파와 쟁(箏) 연주에 능한 동시에 합창에 뛰어났으며, 장옥련과 반반축은 음률까지 통달했던 예인이다.

이 밖에 설화예인(說話藝人)으로는 시소동(時小童)과 동동(童童) 모녀

---

49   『靑樓集』: "藝絶一時".

가 있는데, 시소동은 "조화(調話)"[50]에 뛰어났을 뿐 아니라 소설(小說, 說話의 일종)도 "판자 위에 구슬을 굴리고 물이 기와 홈 사이로 떨어지듯 유창"[51]했다. 또 남희에 뛰어난 용루경(龍樓景)과 단서수(丹墀秀)는 연창이 출중하였으니, "용은 들보위의 먼지를 떨어지게 할 정도의 우렁찬 음성이었고, 단은 구슬을 길게 꿰어 놓은 듯 유연한 소리"[52]였으며, 부

---

50   聲腔의 高低와 快慢을 맞추는 說話技藝의 일종.
51   『靑樓集』: "如丸走板, 如水建瓴".
52   『靑樓集』: "龍則梁塵暗歗, 丹則驪珠宛轉".

용수(芙蓉秀)는 남희, 소령, 잡극에 두루 능통했으며, 남예인인 후사초(侯要俏)와 번패란해(樊字闌奚)는 원본에 뛰어났다.

이러한 『청루집』의 예인들을 평가하는 용어 가운데 가장 자주 등장하는 것이 바로 "색예(色藝)"이다. 이 용어는 용모와 기예라는 두 가지 측면을 동시에 말한 것으로, 조아수의 "색예구절(色藝俱絶)", 주인애의 "자예병가(姿藝幷佳)", 이진동의 "색예무비(色藝無比)" 등이 그 예이다. 이외에 추상적 분위기를 평하는 "풍신(豊神)", "의도(意度)", "풍격(豊格)" 등의 단어와 몸가짐을 뜻하는 "거지(擧止)"도 기녀를 비평하는 용어로 사용하고 있으니, 천연수는 "풍신이 고아하여, 특히 임하풍치(林下風致)가 있었다"고 했고, 이교아는 "자태와 용모가 곱고 의도가 한아(閑雅)하다"고 했으며, 장분아는 "자태와 용모, 풍격이 한 시대에 빼어났다"고 했고, 이진동은 "거지가 온아(溫雅)하며, 말이 심기를 상하게 하지 않아 규각(閨閣)의 풍치가 탁월하였다"고 했으며, 희온유는 "자색이 곱고, 거지가 온유하다"[53]고 했다. 이것은 당송대 기녀들에게서 요구되었던 것과 크게 다르지 않다 할 것인데, 미색과 기예는 물론 사람을 끄는 분위기와 몸가짐도 중요한 자질이었다. 실제로 엔터테이너의 아름다운 용모와 분위기는 관객의 눈길을 사로잡는 유리한 조건이 된다. 고안도(高安道)의 "또 구란의 붕사(棚肆)에 가서 배우에 탐닉하나니, 아름다운 춤과 맑은 노랫가락을 감상하고, 하얀 치아와 반짝이는 눈동자의 미인을 엿보노라"[54]라는 말은 이러한 점을 잘 설명해 주는데, 구란에 가서 희곡을 보는 목적이 바로 "묘무청가(妙舞淸歌)"의 감상 외에 "호치명모(皓齒明

53　이상 『靑樓集』: "豊神艶雅, 殊有林下風致", "姿容姝麗, 意度閑雅", "姿容豊格, 妙于一時", "擧止溫雅, 語不傷氣, 綽有閨閣風致", "姿色端麗, 而擧止溫柔".

54　【般涉調·哨遍】「嗓淡行院」(『全元散曲』, 1110쪽): "且向棚闌翫俳優, 賞一會妙舞淸歌, 瞅一會皓齒明眸".

眸)”의 미인을 힐끔거리는 즐거움 때문이라고 토로하고 있는 것이다. 따라서 『청루집』에서 “색예”를 강조한 것은 바로 당시 예인들에게 요구된 실질적 조건이자 관중의 보편적 취향을 반영한 것이다. 이것은 순시수에 대한 각가의 평에서도 잘 드러나는데, 하정지는 “자태가 한아하며, 잡극은 규원(閨怨)이 최고이다”고 했고, 도종의(陶宗儀)는 “색예가 매우 빼어나서 교방의 백미이다”[55]고 했으며, 고계(高啓)는 “자태와 용모, 그리고 가무가 모두 빼어났다”[56]고 했고, 장광필(張光弼)은 “교방의 여악 순시수가 어찌 노래로써만 천하에 이름을 전했겠는가? 의태(意態)가 원래부터 아무리 보아도 충분하지 않을 정도였으니, 주렴을 걷자 반쯤 드러난 얼굴은 이미 경국지색이라네”라고 하며,[57] “색”과 “예”에 대해서 거의 이구동성으로 칭찬하고 있다.

이러한 소양을 겸비한 『청루집』의 예인들은 귀족 관료나 유명 문인과 교유하면서 당시 문예계의 중추적 역할을 했다. “경사명기(京師名妓)” 조아수는 절동선위사경력(浙東宣慰司經歷), 절강성도사(浙江省都事), 태상전부(太常典簿) 등의 벼슬을 지낸 선우백기(鮮于伯機)와 서로 이름을 부를 정도였고, 주렴수는 선위(宣慰) 호자산(胡紫山)과 대제(待制) 풍해속(馮海粟) 등을 비롯하여 고관을 지낸 왕추간(王秋澗)과 노소재(盧疏齋), 극작가 관한경 등과 긴밀하게 교유했으며, 순시수는 “평생 왕원정(王元鼎)과 친밀했다”고 한 동시에 대제(待制) 유시중(劉時中), 참지정사(參知政事) 아노온(阿魯溫), 한림직학사(翰林直學士) 우집(虞集) 등과도 교유했다. 또

---

55   『南村輟耕錄』卷19「妓聰敏」：“色藝超絶, 教坊之白眉”.

56   『高太史全集』卷8「聽教坊舊妓部郭芳卿弟子陳氏歌」：“姿容歌舞總能奇”.

57   이상『青樓集』：“姿態雅閑, 雜劇爲閨怨最高”；『南村輟耕錄』卷19,「妓聰敏」：“色藝超絶, 教坊之白眉”；『高太史全集』卷8,「聽教坊舊妓部郭芳卿弟子陳氏歌」：“姿容歌舞總能奇”；『張光弼詩集』卷3,「輦下曲」：“教坊女樂順時秀, 豈獨歌傳天下名？意態由來看不足, 揭簾半面已傾城”.

금옥부(金玉府) 장총관(張總管)의 측실로 갔다가 장이 죽자 "다시 창기가 되었다"고 한 이지수는 산곡작가로 유명한 장가구(張可久)와 교유했으며, "호주각기(湖州角妓)" 왕련련은 경력(經歷) 열고백(涅古伯)이 사모하여 그의 측실로 들어갔고, "유양명기(維揚名妓)" 이지의는 중승(中丞) 왕계학(王繼學)이 매우 아꼈을 뿐 아니라 산곡작가 교몽부(喬夢符)와 교유하기도 했다. 그 외 천연수는 "특히 백인보(白仁甫, 白樸)와 이개지(李漑之)에게 애상(愛賞)되었다"고 했고, 이교아는 "강절부마승상(江浙駙馬丞相)이 항상 돌봐주었다"고 했으며, 손수수는 "명공거경(名公巨卿)이 모두 애지중지 했다"고 했다.[58] 이러한 예는 『청루집』의 기녀 외에도 수없이 많았으니, 상호 교유하며 열렬한 팬이나 후원자의 역할도 했던 것이다.

　『청루집』의 기록은 대부분 미담이지만 전성기가 지난 기녀들은 또 심한 모욕을 당하는 경우도 많았다. 일예로 유문경(劉文卿)이 약간 곱사등인 잡극배우 왕분아(王奔兒)에게 "팔 가치도 없다[買得不值]"는 농을 한 것이나 가창예인 양매노가 관산재(貫酸齋, 貫雲石)에게 백대질(白帶疾, 냉대하증) 때문에 놀림을 당한 것 등[59]은 기녀로서의 자질이 떨어진 데 대한 조롱으로서, 당시 관료나 문인들의 기녀에 대한 의식을 짐작케 한다. 그러나 기녀들은 이들의 칭찬을 끌어내어야 자신의 명성을 높일 수 있었기 때문에 양자는 상호 필요에 의하여 활발한 교류가 이루어졌다. 『청루집』에 관료나 문인이 예인에게 주는 증정곡이 많이 수록되어 있는 것도 바로 이러한 상호 의존성을 반영하는 것으로 배우들의 교유 관계의 폭은 명성과 비례한다고 할 수 있다. 특히 극작가로 연명하던

58　이상 『靑樓集』: "尤爲白仁甫·李漑之所愛賞", "江浙駙馬丞相常眷之", "名公巨卿, 多愛重之".

59　이상 『靑樓集』: "身背微傴. (…중략…) 劉文卿嘗有"賣得不直"之誚", "憔悴而死. 貫酸齋嘗以"鬢挽靑螺, 裙拖白帶"之句譏之, 蓋以其有白帶疾也".

관한경 같은 유생들은 사회적 지위 면에서 배우들과 마찬가지로 최하층 신분이었으므로 일종의 동업자적 의식 하에 상호 교감했으니, 이들은 결국 원잡극 발전의 공조자였던 셈이다.

예인들은 때로는 엔터테이너로서, 또 때로는 기녀로서 활동하며 생계는 해결할 수가 있었으나 특권층의 노리개로 전락하는 정신적 고통은 더욱 컸다. 『희곡우령사(戲曲優伶史)』에서는 원대 '예령(藝伶)'을 네 종류로 구별했는데, 의봉사(儀鳳司)나 교방사(敎坊司)에 예속된 '궁정악부예령(宮廷樂府藝伶)', 지방정부의 예안령사(禮案令史) 관할인 '지방지후관기(地方祇侯官妓)', 관료귀족들이 축양하는 '가령(家伶)', 그리고 각지를 유랑하며 매예(賣藝)하는 '노기(路岐)' 등이다.[60] 이 중에서 원잡극 공연의 중심을 이루는 것은 궁정악부예령과 노기인데, 특히 노기는 관객을 찾아 전국각지를 유랑하다가 명성을 얻게 되면 또 그 명성 때문에 강제로 관에 들어가 황가의 노리개가 되었다. 이것을 "승응(承應)"이라고 부르는데, 앞서 언급했듯이 이 승응은 절대적 명령이었다. 이러한 승응으로 인해 궁정에는 교방사(敎坊司)가 관할하는 방대한 희반(戲班)이 조직되어 수많은 민간 예인들이 이곳에 묶여 있었다. 고계(高啓)의 「청교방구기곽방경제자진씨가(聽敎坊舊妓郭芳卿弟子陳氏歌)」는 당시 궁내의 상황을 짐작할 수 있게 하는데, "문황(文皇)의 재위 시는 태평한 날이어서 상원(上苑)으로 순유하는 수레가 자주 나갔도다. 호위대 가운데에 악부(樂部)가 오천 명이었으니, 새 노래를 제일 잘 부르는 이 누구였던가? 연국가인(燕國佳人) 순시수(順時秀)는 용모와 가무 모두 빼어났다네"[61]라고

---

60   『戲曲優伶史』, 115~116쪽 참고.
61   高啓, 『高太史大全集』 卷8 「聽敎坊舊妓郭芳卿弟子陳氏歌」: "文皇在御升平日, 上苑宸遊駕頻出. 仗中樂部五千人, 能唱新聲誰第一? 燕國佳人號順時, 姿容歌舞總能奇".

했고, 소천작(蘇天爵)의 『자계문고(滋溪文稿)』에는 "무종(武宗) 황제가 즉
위하면서 인종(仁宗)은 황태자가 되었는데, 배우들을 진상하여 가까이
에 시중들게 했다"[62]고 했다. 문황[文宗]의 순유 행차에 딸린 악부가 오
천 명이고, 황태자 곁에서 배우들이 시중든다고 했으니, 당시 궁정의
악부 규모와 공연상황을 충분히 짐작할 수 있겠다. 이처럼 순시수는
승응으로 입궁한 기녀 가운데 한 사람이었으며, 또 왕금대(王金帶)는 교
방에 승응될뻔 하다가 가까스로 풀려나기도 했다. 이러한 승응은 부부
를 생이별 하게 만드는 경우도 많았으니, 양윤부(楊允孚)의 「난경잡영
(灤京雜詠)」에는 "낭군을 이별하니 어찌할거나, 교방의 명령으로 흥화
(興和)[63]에 들어가게 되었네. 당시에는 우정(郵亭, 역사)에서의 이별의 한
을 믿지 못했지만 우정에서의 원한이 이리 많음을 비로소 깨달았다
네"[64]라고 했는데, 이것에서 당시 예인들의 승응으로 인한 고통을 알
수 있다.

　당시의 대소 관료들 역시 걸핏하면 예인들을 불러서 연회에 시중들
게 하거나 기예를 바치게 했는데, 이것을 매우 일상적인 일로 여겼다.
따라서 조아수는 항상 당시의 강절행성(江浙行省) 도사(都事)였던 선우
백기(鮮于伯機) 등에게 불려가 술시중을 들었으니, "호귀(豪貴)들에게 불
려가 묘예(妙藝)를 바치고 청환(淸歡)을 보좌하느라고 하루도 한가한 날
이 없었다"[65]고 했다. 더욱 심한 사람은 권력자에 의해 강점당하여 개
인 소유가 되기도 했는데, 번사진(樊事眞)은 이러한 횡포에 대항하여

62　蘇天爵, 『滋溪文稿』: "武宗皇帝卽位, 仁宗爲皇太子, 近侍以俳優進".

63　興和는 興和置로서 敎坊司에 속한다.

64　楊允孚, 「灤京雜詠」: "別却郞君可奈何, 敎坊有令趣興和. 當時不信郵亭怨, 始覺郵亭
　　怨轉多".

65　王惲, 『秋澗先生大全文集』 卷43 「樂籍曹氏詩引」: "爲豪貴招致, 逞妙藝而佐淸歡, 日
　　弗暇給".

"뾰족한 칼을 뽑아 왼쪽 눈을 찌르는"[66] 자해를 하기도 했다. 따라서 유시중(劉時中)도 「상고감사(上高監司)」에서 "집집마다 은과 옥을 뿌리니 모두 호사스럽고, 사람마다 양 삶고 기생 끼고는 풍도를 과시하네. 손을 당겨 어루만지며 가는 곳마다 인물이라 칭찬하고는, 장단색(妝旦色)을 취하여 마누라로 삼는다네"[67]라며 호족 관료들의 횡포를 비판하고 있으니, 귀인의 첩으로 들어간 희춘경(喜春景), 금수두(金獸頭), 왕분아(王奔兒), 이지수(李芝秀), 취하수(翠荷秀), 왕련련(王憐憐), 고산산(顧山山), 유파석(劉婆惜) 등의 『청루집』 기녀들도 모두 자의든 타의든 개인에게 강점당한 예가 될 것이다.

이들은 사회적으로 악호(樂戶)나 악부(樂部) 등의 비천한 별명을 달고 다니며 고통스러운 생활을 해야 했다. 따라서 이들은 늘 탈적을 꿈꾸었지만 현실은 그렇지 못했다. 이들의 출신을 보면 가정희반의 예에서 보듯이 배우나 예인을 부모로 둔 운명적인 경우가 많았지만 의식주를 해결하기 위해 부득이 몸을 판 양가의 자제들도 적지 않았다. 예를 들면 고산산(顧山山)은 "본래 양갓집 자손으로서, 아버지가 죽은 뒤 몸을 망쳤다"고 했고, 또 천연수(天然秀)의 어머니 유씨(劉氏)는 "일찍이 사개부(史開府)를[68] 모셨다"고 했으니, 천연수도 가정의 변고 때문에 악부로 떨어진 것으로 보인다. 고산산은 처음에 악인(樂人) 이소대(李小大)와 결혼을 했지만 남편이 죽어서 화정현장(華亭縣長) 합자불화(哈剌不花)의 측실로 들어갔고, 그 후 다시 악적(樂籍)에 들어가는 과정을 거쳤고, 천연수는 처음에 행원(行院) 왕원초(王元俏)와 결혼했고 남편이 죽은 후 또 초

---

66   『靑樓集』: "乃抽金篦刺左目, 血流遍地".
67   「上高監司」, 『全元散曲』674쪽: 【塞鴻秋】 一家家傾銀注玉多豪富, 一個個烹羊挾妓誇風度. 撇摽手到處稱人物, 妝旦色取去爲媳婦".
68   "開府"는 三公이나 大將軍 같은 고위 관리를 말한다.

태소치중(焦太素治中)에게 재가하였으나 두 번째 남편마저 죽어서 결국 다시 악부로 떨어지는 과정을 거치고 있다.[69] 이상 두 양가 출신 배우의 인생유전에서 알 수 있듯이 "악적"이나 "악부"는 이들의 최후 귀숙지였던 것이다.

3. 산곡(散曲)작가로서의 원대 기녀

이상의 기녀들은 다양한 분야에서 멀티 엔터테이너로 활약하였으니, 원대 기녀들의 문학적 재능도 당송대 못지않았다. 『청루집』에 나오는 기녀만 봐도 장이운(張怡雲)은 "시사(詩詞)에 능했다"고 했고, 장옥련(張玉蓮)은 "남북영사(南北令詞, 사와 산곡)를 즉석에서 지어 읊었다"고 했으며, 양원수(梁園秀)는 "문묵(文墨)을 가까이하길 좋아하였고, 서예에서는 해서(楷書)가 아름다웠다. 간혹 소시(小詩)를 읊기도 하였는데 역시 아름다웠다"라 했고 해어화(解語花)는 "특히 만사(慢詞)에 뛰어났다"고 했고, 또 반반축(般般丑)은 "사한(詞翰)에 뛰어났으며, 음률에 통달했다"고 했다.[70] 이처럼 원대 기녀는 시사는 물론 서예와 음악까지 문예적 소양을 춘 기녀들이 적지 않았음을 알 수 있다. 이러한 문예적 소양

---

69 이상『青樓集』: "本良家子, 父殂而失身. (…중략…) 始嫁樂人李小大. 李沒, 華亭縣長哈剌不花, 置于側室. 凡十二年. 後復居樂籍", "母劉, 嘗侍史開府. (…중략…) 始嫁行院王元俏, 王死, 再嫁焦太素治中. 焦沒, 復落樂府".

70 이상『青樓集』: "能詩詞", "南北令詞, 卽席成賦", "喜親文墨, 作字楷媚, 間吟小詩, 亦佳", "尤長于慢詞", "善詞翰, 達音律, 馳名江湘間".

을 알 수 있는 예로 장이운과 장옥련을 들 수 있다.

　　장이운은 시사에 능하고 담소를 잘하며, 기예가 다른 사람보다 빼어나서
명성이 경사에서 두드러졌다. 조송설(趙松雪), 상정숙(商正叔), 고방산(高
房山)[71] 등은 모두 〈이운도(怡雲圖)〉를 그려 주었으며, 여러 명공의 제시(題
詩)도 널리 퍼져 있었다. 요목암(姚牧庵)과 염정헌(閻靜軒)[72]은 매번 그녀
의 집에서 잠시 술을 마시곤 했다. 하루는 종루가(鍾樓街)를 지나다가 사중
승(史中丞)[73]을 만났는데, 중승이 길에 내려 웃으면서 "두 선생께서 가시는
곳을 제가 가도 될까요?"라고 묻자, 요가 "중승께서도 말에 오르시죠"라고
했다. 사는 이에 시종을 물리치며 속히 집에 돌아가서 술과 안주를 가져오
게 하고는 함께 해자상(海子上)[74]에 있는 장이운의 거처로 갔다. 요와 염이
"이운아! 오늘 가객이 있으니, 그 분은 바로 중승 사공자시다! 우리가 마땅
히 너를 위해 주인노릇을 하리라"라고 소리쳤다. 장은 곧 술을 가져 와서 먼
저 사에게 축수하고, 또 "雲間貴公子, 玉骨秀橫秋[운간의 귀공자, 빼어난 옥
골이 가을 하늘에 가득 차 있네]"라며 【수조가(水調歌)】 한 결(闋)을 노래하
자 사는 매우 기뻐하였다. 조금 지나 술과 안주가 도착하자 사는 은 두 냥을
노래의 답례로 주었다. (…중략…) 또 일찍이 귀인의 술자리를 받들 때에 요
와 염 두 사람이 거기에 있었다. 요가 우연히 "모추시(暮秋時)"라는 세 글자
로 운을 떼자 염이 "이운이 이어서 노래하게"라고 했다. 장은 성운에 맞추어

71　趙松雪(1253~1321)은 元代 유명한 화가이자 書法家인 趙孟頫이고, 商正叔은 유명한
　　산곡작가이며, 高房山(1248~1310)은 화가로서 위구르족이라 한다.
72　姚牧庵(1238~1313)은 산곡작가로 이름을 날렸고, 閻靜軒(1236~1312)은 『靜軒集』 50
　　卷을 남긴 문학가이다.
73　생애는 미상이나 史天澤(1202~1275)의 여덟 번째 아들인 史彬이 中書左丞을 지냈고,
　　또 앞의 두 사람과 나이가 비슷하므로 史彬으로 추측된다.
74　지금의 北京 什刹海 일대.

【소부해아(小婦孩兒)】를 지어, 한편으로는 노래하며 한편으로는 “暮秋時, 菊殘猶有傲霜枝, 西風了却黃花事[가을 저녁에 국화는 시들어도 서리를 이긴 꿋꿋한 가지는 남아 있나니, 서풍이 국화를 쓸어버렸구나]”라고 이었다.[75]

장옥련은 사람들이 대부분 “장사마(張四媽)”라 불렀다. 옛날 곡 가운데 그 음이 전하지 않는 것도 모두 가락을 찾아 운에 맞게 노래할 수 있었다. 사죽악기에 모두 정통했고 각종 박희(博戲)를 전부 이해하고 있었으며, 담소가 사람들을 빨아들이는 흡인력이 있었고 글도 고아하여 빛났다. 남북영사(南北令詞)를 즉석에서 지어 읊었으며, 음률을 이해하고 파악하는 것은 당시에 비길만한 이가 없었다. (…중략…) 반언공(班彦功)[76]과 친하게 지냈는데, 반의 임기가 다되어 북으로 떠날 때 장은 소사(小詞)【절계령(折桂令)】을 지어 증정하면서 말구에 “朝夕思君, 淚點成班[아침저녁으로 그대를 그리워하니, 눈물방울이 얼룩이 되었네]”라고 했으니, 또한 스스로 만족할 만 했다. 또 한 연에서 이르기를 “側耳聽門前過馬, 和淚看簾外飛花[문 앞으로 말 지나가는 소리에 귀 기울이며, 눈물어린 눈으로 주렴 밖의 날리는 꽃을 보네]”라고 했는데, 더욱 인구에 회자된다.[77]

---

[75] 『靑樓集』: “張怡雲－能詩詞, 善談笑, 藝絶流輩, 名重京師. 趙松雪, 商正叔, 高房山, 皆寫〈怡雲圖〉以贈, 諸名公題詩殆遍. 姚牧庵, 閻靜軒, 每于其家小酌. 一日, 過鍾樓街, 遇史中丞, 中丞下道笑而問曰, ‘二先生所往, 可容侍行否?’ 姚云, ‘中丞上馬.’ 史于是屛騶從, 速其歸携酒饌, 因與造海子上之居. 姚與閻呼曰, ‘怡雲今日有佳客, 此乃中丞史公子也! 我輩當爲爾作主人.’ 張便取酒, 先壽史, 且歌‘雲間貴公子, 玉骨秀橫秋’【水調歌】一関. 史甚喜. 有頃, 酒饌至, 史取銀二定酬歌. (…중략…) 又嘗佐貴人樽俎, 姚, 閻二公在焉. 姚偶言‘暮秋時’三字, 閻曰, ‘怡雲續而歌之.’ 張應聲作【小婦孩兒】, 且歌且續曰, ‘暮秋時, 菊殘猶有傲霜枝, 西風了却黃花事’”.

[76] 원대 산곡작가로 汴梁(혹은 松江) 사람인데, 생졸년은 미상이다.

[77] 『靑樓集』: “張玉蓮－人多呼爲‘張四媽’. 舊曲其音不傳者, 皆能尋腔依韻唱之. 絲竹咸精, 蒲博盡解, 笑談亹亹, 文雅彬彬. 南北令詞, 即席成賦, 審音知律, 時無比焉. (…중략…) 班彦功與之甚狎. 班司儒秩滿北上, 張作小詞【折桂令】贈之, 末句云, ‘朝夕思君, 淚點成班’亦自可喜. 又有一聯云, ‘側耳聽門前過馬, 和淚看簾外飛花’, 尤爲膾炙人口”.

〈취소사녀도(吹簫仕女圖)〉
(元 趙孟頫)

피리 부는 기녀의 모습은 자주 다루어지는 화제(畫題)로서, 악기 연주가 기녀의 기본적인
소양임을 알 수 있다. 앞의 인용문에서 조맹부가 〈이운도〉를 그렸다고 했으니, 기녀 장이
운이 이 그림의 모델일 가능성도 있다 하겠다.

이상 두 예는 시문을 수답할 수 있는 원대 기녀의 문학적 능력을 보여주는 것이다. 장이운이 노래한 사는 금(金)나라 채송년(蔡松年)의【수조가두(水調歌頭)】로서 작자는 원래 이 구로써 친구의 고상한 인품을 노래했는데, 장이운은 이를 사중승에 비유하는 식견을 보여주었으며, 또【소부해아(小婦孩兒)】의 가사도 스스로 잇고 있으니 창작 능력도 확인할 수 있다. 남북영사, 즉 사와 산곡을 즉석에서 지을 수 있었던 장옥련은 그 작가적 능력이 더욱 탁월했으니,【절계령(折桂令)】의 "누점성반(淚點

成班)"에서의 '반'은 반언공(班彥功)의 '반'으로서, 눈물자국을 의미하는 '반(斑)'과 교묘히 해음(諧音)하고 있다. 이를 보면 그의 작품이 "인구에 회자"되는 것은 당연하다 할 것이다.

이러한 사 작품 외에 주렴수는 "시권(詩卷, 시집)"이 있었다고 했고, 장이운은 "시사(詩詞)에 능했다"고 했으며, 양원수도 간혹 "소시(小詩)"를 읊었다고 했지만 문학가로서 원대 기녀의 활동은 산곡에 집중되어 있다. 그것은 당송대의 시사처럼 원대를 대표하는 노래이자 운문 장르가 산곡이기 때문이다. 가수 활동과 연계하여 보면 당대 기녀가 시인으로 활약하고 송대 기녀가 사인으로 활약했듯이, 원대 기녀들은 주로 산곡 작가로서 활약한 것이다. 『전원산곡(全元散曲)』에는 소령 3,853수와 투수(套數) 457수가 수록되어 있다. 이 가운데 기녀를 제재로 한 작품은 소령이 380여 수, 투수가 170수로 각각 전체의 10%와 37%를 점하고 있다. 이러한 비중은 당송대에 비해 매우 높은 수준으로서 원대의 기녀문화가 매우 활발했음을 알 수 있다. 그러나 상대적으로 기녀의 창작은 매우 적은데, 현재 남아 전하는 작품은 소령이 9수이고 투수가 3수에 불과하다.[78] 그러나 작품의 내용면에서는 또 원대 기녀의 문학적 재능을 충분히 알 수 있을 정도로 빼어난 것이 적지 않다.

원대 기녀들의 산곡은 당송대의 시사와 마찬가지로 주로 연회석상에서 지어져 노래 불렸는데, 『청루집』의 다음 기록은 그 대표적 예이다.

유연가(劉燕歌)는 가무를 잘했다. 제참의(齊參議)[79]가 산동(山東)으로 돌

---

78 이상 熊篤의 「論元散曲中的青樓詞兼論元代妓女特點」, 『重慶工商大學學報』 第24卷 第5期, 2007 참고.
79 이름이 榮顯이고 字가 仁卿이며 山東 聊城人으로, 東平路總管府參議를 지낸 적이 있다.

아갈 때, 유는 【태상인(太常引)】을 읊으며 전별하기를 "친구가 나를 떠나 양관(陽關)을 나서며, 조각된 말안장을 매니 어찌할거나. 예나 지금이나 이별은 어려우니 누가 먼 산 같은 내 눈썹을 그려줄까? 이별주 한 잔에 두견새 울음 한 마디, 적막하고도 봄을 시들게 하는구나. 명월이 작은 누대 사이를 비추니 첫날밤 그리움에 눈물을 뿌리네"라 했다. 지금까지 인구에 회자된다.[80]

일분아(一分兒)는 성이 왕씨(王氏)로서 경사의 각기(角妓)이다. 가무가 절륜하고 총명함이 비길만한 이가 없었다. 하루는 정지휘(丁指揮)가 재인(才人) 유사창(劉士昌)과 정계선(程繼善) 등을 강향원(江鄉園)에서 만나 잠시 술을 마셨는데, 왕씨가 술시중을 들었다. 그 때 소희(小姬)가 「국화회(菊花會)」라는 남려곡(南呂曲)으로 "紅葉落火龍褪甲, 靑松枯怪蟒張牙"라고 노래했다. 정이 말하기를 "이것은 【심취동풍(沈醉東風)】의 수구(首句)로구나. 왕씨가 충분히 완성할 수 있겠지"라고 하자 왕이 "紅葉落花龍褪甲, 靑松枯怪蟒張牙. 可詠題, 堪描畵, 喜觥籌.[81] 席上交雜. 答剌蘇, 頻斟入, 禮廝麻, 不醉呵休扶上馬[단풍에 불이 붙어 용이 비늘을 벗는 듯 하고 청송이 괴상하게 말라서 이무기가 아가리를 벌린 듯하네. 시도 읊조릴 만하고, 그림도 그릴 만하니 즐겁게 술을 마시세. 자리 위에 뒤엉켜서 답자소(答剌蘇, 술)가 거듭 예시마(禮廝麻, 술잔)[82]로 들어가니, 취하지 않으면 말 타고 돌아갈 생각일랑 마시죠"라고 응성(應聲)했다. 모든 좌객이 감탄하였고, 이로 말미암아 성가가 더욱 높아졌다.[83]

---

80 『靑樓集』: "劉燕歌－善歌舞. 齊參議還山東, 劉賦【太常引】以餞云, '故人別我出陽關, 無計鎖雕鞍. 今古別離難, 兀誰畵蛾眉遠山. 一尊別酒, 一聲杜宇, 寂寞又春殘. 明月小樓間, 第一夜相思淚彈.' 至今膾炙人口".

81 觥籌는 원래 술잔과 酒令籌게임을 해서 벌칙으로 술을 마시는 것을 酒令이라 하고, 거기에 사용하는 산가지를 籌라 한대로서 여기서는 飮酒를 범칭한다.

82 答剌蘇와 禮廝麻는 모두 몽고어로서, 술과 술잔을 뜻한다.

유파석(劉婆惜)은 (…중략…) 자못 문묵에 통달했는데, (…중략…) 전보암살리(全普庵撒里)[84]가 그 뜻을 가엽게 여겨 들어오게 했다. 그 당시에 손님과 친구가 좌중을 가득 메우고 있었으며, 전은 모자 위에 청매(靑梅) 한 가지를 꽂고서 술을 돌렸는데, 전이 즉석에서 【청강인(淸江引)】 곡의 "靑靑子兒枝上結"이라고 노래하며 손님과 친구들에게 계속 이으라 했다. 뭇 사람들이 응수를 하지 못하자 유가 옷소매를 거두며 앞으로 나아가서 "첩이 한 문장 지어도 될까요?"라고 했다. 전이 "괜찮다"고 하자 유가 "靑靑子兒枝上結, 引惹人攀折. 其中全子仁, 就里滋味別, 只爲你酸留意兒難棄舍[푸르고 푸른 열매가 가지 위에 맺혀 있으니, 사람들이 올라가 꺾고 싶도록 유혹하네. 그 가운데 '전자인(全子仁)'은 맛이 특별하니, 마음속에 신맛이 돌아서 포기하기 어렵다네]"라고 응수했다. 전이 크게 칭찬하였고 이로 말미암아 총애하여 측실로 받아 들였다.[85]

첫 번째는 송별곡의 예로서, 당송대 기녀들이 송별시사를 지어주었듯이 원대 기녀는 이처럼 송별곡을 지어주고 있으니, 산곡이 당송대의 시사 역할을 대신하고 있다 할 것이다. 두 번째와 세 번째 예는 모두 기

---

[83] 『靑樓集』: "一分兒 姓王氏. 京師角妓也. 歌舞絶倫, 聰慧無比. 一日, 丁指揮會才人劉士昌, 程繼善等于江鄕園小飮. 王氏佐樽. 時有小姬歌「菊花會」南呂曲云, '紅葉落火龍褪甲, 靑松枯怪蟒張牙.' 丁曰, '此【沈醉東風】首句也. 王氏可足成之.' 王應聲曰, '紅葉落花龍褪甲, 靑松枯怪蟒張牙. 可詠題, 堪描畵, 喜觥籌. 席上交雜. 答刺蘇, 頻斟入, 禮廝麻, 不醉呵休扶上馬.' 一座嘆賞, 由是聲價愈重焉".

[84] 字가 子仁으로 高昌(지금의 新疆 吐魯番縣 동쪽 哈拉과 卓保) 사람으로, 『元史』「忠義傳」과 『錄鬼簿續編』에 傳이 있다.

[85] 『靑樓集』: "劉婆惜 (…중략…) 頗通文墨, (…중략…) 全哀其志, 而與進焉. 時賓朋滿座, 全帽上簪靑梅一枝行酒, 全口占【淸江引】曲云, '靑靑子兒枝上結', 令賓朋續之. 衆未有對者, 劉斂袵進前曰, '能容妾一辭乎? 全曰, '可.' 劉應聲曰, '靑靑子兒枝上結, 引惹人攀折. 其中全子仁, 就里滋味別, 只爲你酸留意兒難棄舍.' 全大稱贊, 由是顧寵無間, 納爲側室".

주렴수(珠簾秀)의【수양곡(壽陽曲)】시화
(趙宋生, 『元曲三百首書畫集』)

녀들의 산곡 창작 능력을 보여 주는 것으로서, 연회석상의 응수의 예이다. 일분아의 산곡은 몽고어로써 운자를 맞추면서도 주연의 질펀함을 은근히 드러내어 주흥을 돋우고 있다. 유파석은 더욱이 죄인의 신분으로 다른 마을로 이사하다가 전보암살리의 명성을 듣고 우연히 연회에 참석했다가 산곡을 잘 지어서 그의 측실이 되고 있다. 그녀는 전보암살리의 자가 '자인(子仁)'이라는 사실을 알고 '푸른 매실'과 대를 짓고 특별한 맛이라는 사실을 강조하여 그를 감동시키고 있는 것이다.

원대 기녀 가운데 문예적으로 가장 명성을 떨친 이는 주렴수이다. 그녀는 잡극배우로서는 말할 것도 없고 문학적 측면에서도 단연 돋보이는 기녀문인이었다. 호자산(胡紫山)이 「주씨시권서(朱氏詩卷序)」를 지은 것에서 알 수 있듯이 주렴수는 '시권'이 있었던 것으로 보인다. 그러나 주렴수의 시는 현재 전해지지 않아서 실체를 확인할 길이 없으며, 현존하는 작품은 산곡 소령 한 수와 투수 한 수가 전해진다. 그녀의 소령은【수양곡(壽陽曲)】으로서 노지가 한림학사(翰林學士)가 되어 양주를 떠나면서 지어준 이별가에 답가를 한 것인데, 각각 다음과 같다.

纔歡悅.　　　　　이제 겨우 즐거워졌건만

早間別.　　　　　　벌써 이별이로구나.

痛煞煞好難割捨.　　애통하구나. 정말 어려운 이 이별.

畫船兒載將春去也.　화려한 배 당신을 싣고 떠나니 봄도 가버리고

空留下半江明月.　　강에 반쯤 잠긴 밝은 달만 덩그러니 남아 있다.

山無數,　　　　　　무수한 산,

煙萬縷.　　　　　　자욱한 안개.

憔悴煞玉堂人物.　　초췌한 옥당인물.[86]

倚篷窓一身兒活受苦,

　　　　　　　　　　선창에 기댄 외로운 이 몸도 이별에 가슴 아프니,

恨不得隨大江東去.　장강을 따라 동으로 함께 갈 수 없음이 한스럽네요.[87]

앞의 작품은 노지의 「별주렴수(別珠簾秀)」로서 주렴수가 배를 타고 떠나는 과정에서 노지가 강변에서 그 아쉬움을 읊은 것이다. 두 사람의 애정을 봄에 비유하여 주렴수가 배를 타고 떠나는 것을 봄날이 가버린다고 비유하였으며, "겨우[纔]"라는 단어로써 두 사람의 기쁨이 잠깐이었음을 말하고, 또 "벌써[早]"라는 단어로써 이별이 뜻밖임을 표현하였다. 그리고 "덩그러니[空]"나 "반쯤[半]"으로써 이별한 뒤의 적막과 불완전함을 표출시키고 있다. 뒤의 작품은 주렴수의 답가인 「답노소재(答盧疏齋)」로서, 노지의 것과 한 구씩 섞어 부르기를 연상할 정도로 어구나 감정이 잘 조화되어 있다. 먼저 "무수한 산"과 뱃길의 "자욱한 안

86　'玉堂人物'은 노지를 가리킨다. '玉堂'은 원래 관청명으로, 漢代에 侍中이 공무를 보는 곳이 '玉堂署'였다. 송대 이후로는 翰林院을 이렇게 불렀는데, 노지가 翰林學士가 되어 떠나므로 이렇게 부른 것이다.

87　『全元散曲』 131쪽의 【雙調‧壽陽曲】 「別珠簾秀」와 354쪽의 「答盧疏齋」.

개"로써 떠나기 싫어하는 자신의 감정을 은유하여 노지의 짧은 기쁨과 빠른 이별의 감정과 조화시켰고, 이어서 "초췌한 옥당인물"로써 노지의 "정말 어려운 이 이별"의 심정을 이해하고 있음을 드러내면서 자신도 "이별에 가슴 아프다"고 말하고 있다. 또 노지가 "화려한 배 당신을 싣고 떠나니 봄도 가버린다"고 하니 "함께 장강을 따라 동으로 흘러갈 수 없음이 한스럽다"고 대답하고 있다. 따라서 두 작품을 대조하여 읽으면 마치 대화를 주고받는 듯하다.

주렴수의 문학적 재능은 다음의 투수에서 더욱 두드러진다.

【正宮·醉西施】

檢點舊風流,	풍류스럽던 지난날을 되새겨 보면
近日來漸覺小蠻腰瘦.	
	지금은 점차 소만(小蠻)⁸⁸ 처럼 허리 야위어 감을 깨닫는다.

檢點舊風流,　　　　풍류스럽던 지난날을 되새겨 보면
近日來漸覺小蠻腰瘦.
　　　　　지금은 점차 소만(小蠻)[88] 처럼 허리 야위어 감을 깨닫는다.
想當初萬種恩情,　　생각해 보면 처음의 온갖 은정이
到如今反做了一場僝僽,
　　　　　지금은 오히려 한바탕 원망으로 바뀌었나니
害得我柳眉顰秋波水溜,
　　　　　나의 버들잎 같은 눈썹 찡그려지고 가을 물결 같은 눈
　　　　　에서 눈물이 흘러
淚滴春衫袖.　　　　방울방울 봄 적삼을 적신다.
似桃花帶雨胭脂透,　빗방울을 머금은 복사꽃처럼 눈물이 연지로 스며드는데
綠肥紅瘦,　　　　　잎사귀가 무성해지고 꽃은 야월 때이니

88　소만은 白居易의 舞妓로서, 버들 같은 가는 허리에 아름다운 자태였으며, 춤을 잘 추었다고 전해진다.

正是愁時候.　　　　　마침 근심스러운 시절이로다.

【並頭蓮】

風柔,　　　　　바람 부드럽고

簾垂玉鉤.　　　　　주렴은 옥고리에 걸려있네.

怕雙雙燕子,　　　　　쌍쌍의 제비,

兩兩鶯儔,　　　　　짝을 지은 꾀꼬리,

對對時相守.　　　　　마주보며 언제나 서로 지켜주고 있는데,

薄情在何處秦樓?　　　　　매정한 내 님은 어느 기관(妓館)에 있을꼬?

贏得舊病加新病,　　　　　묵은 병에 새로운 병을 더하고

新愁擁舊愁.　　　　　새로운 근심이 묵은 근심을 에워싸네.

雲山滿目,　　　　　눈물이 가려 산도 구름 낀 것처럼 보이니

羞上晚粧樓.　　　　　저녁 화장하려고 누대에 오르기도 부끄럽네.

【賽觀音】

花含笑,　　　　　웃음 띤 꽃,

柳帶羞,　　　　　수줍은 듯 하늘거리는 버들,

舞場何處繫離愁!　　　　　춤추는 곳 어디에나 이별의 시름만 메여 있네.

欲傳尺素仗誰修?　　　　　편지라도 전하고 싶지만 누구에게 부칠까?

把相思一筆都勾!　　　　　그리움을 한 번에 모두 지워 버리자꾸나!

見凄凉芳草增上萬千愁.

　　　　　처량한 방초를 보니 온갖 근심이 쌓이네.

休休,　　　　　그만두자,

腸斷湘江欲盡頭.　　　　　애간장 끊어지는데 상강(湘江)은 끝이 없구나.

【玉芙蓉】

寂寞幾時休?　　　　　이 적막함은 언제나 그칠런가?

盼音書天際頭.	먼 하늘 끝에서 소식오기를 기다리노라.
加人病黃鳥枝頭,	가지 끝의 꾀꼬리는 사람을 더욱 병들게 하고
助人愁渭城衰柳.	위성(渭城)의 시든 버들은 사람을 더욱 근심스럽게 하네.
滿眼春江都是淚,	봄 강물을 바라보니 온통 눈물 뿐,
也流不盡許多愁,	눈물도 이 많은 근심을 씻어버리지 못하네,
若得歸來後,	만약 돌아오신다면 그 후에는
同行共止,	함께 다니고 함께 머물며
便是牡丹花下死,	모란꽃 아래에서 죽어
做鬼也風流.	귀신이 되더라도 풍류스럽겠네.
【餘文】	
東風一夜輕寒透,	밤사이 봄바람에 가벼운 한기 스며들고
報道桃花逐水流,	복사꽃은 떨어져 강물을 따라 흘러가는데,
莫學東君不轉頭.	한번 가면 돌아보지 않는 동군(東君, 봄)을 본받지 마세요.[89]

이 투수는 임과 이별한 여인의 고통과 원망, 그리고 바람 등을 차례로 노래하고 있다. 첫째 곡은 임에 대한 그리움을 노래한 것으로 처음의 사랑이 오히려 원망으로 바뀌었다는 표현으로써 임을 떠나보낸 여인의 심리적 변화를 묘사하였고, 둘째 곡은 구체적인 경물을 등장시켜 내심의 고통을 표현하고 있는데 원망과 희망이 뒤섞인 여인의 복잡한 심정을 적절하게 표현하고 있다. 셋째 곡은 지난날의 즐거웠던 추억과 현재의 일을 대비시켜 이별의 근심을 표현하였으며, 넷째 곡은 감정의

---

[89] 『全元散曲』, 354~355쪽.

곡절이 심한데, 차례로 희망, 시름, 바람을 말하고 있다. 여성 특유의 섬세한 필치와 심리 묘사를 통하여 임과 이별한 여인의 마음을 애틋하게 묘사하고 있으며, 시름과 기쁨, 애정과 질투, 절망과 희망이 교차되는 복잡한 심리변화를 잘 포착하고 있다. 이 투수가 낯설지 않은 이유는 전대 유명 사인의 사를 화용(化用)했기 때문이다. 이 투수에는 구양수(歐陽修)의 "不見去年人, 淚濕春衫袖[지난해 그 사람은 보이지 않고, 눈물만 옷소매를 적시는구나, 【生査子】]", 이청조(李清照)의 "知否? 知否? 應是綠肥紅瘦[아느뇨? 아느뇨? 잎사귀가 살찌면 꽃은 야윈다는 것을, 【如夢令】]", 진관(秦觀)의 "便做春江都是淚, 流不盡, 許多愁[봄 강물이 눈물이라 한들 이 많은 근심 다 흘려보내지 못하리, 【江城子】]", 엄예(嚴蕊)의 "花落花開自有時, 總賴東君主[꽃이 피고 지는 것은 때가 있으니, 늘 동군이 주도하네, 【卜算子】]" 등을 화용하고 있는데, 전체적인 내용과 문맥에 잘 조화시켜 유명 작가의 솜씨에 뒤지지 않는다.

이 외에 또 자신의 생활에 대한 혐오스러움을 절실하게 표현하며 현실에 대한 굳은 의지를 드러낸 기녀도 있는데, 진씨(眞氏)가 그러하다. 그녀는 건녕(建寧, 지금의 福建 建甌) 사람으로서, 원래 양가녀였으나 가정이 몰락하며 기녀로 팔려갔다. 그녀의 다음 곡은 집현대학사(集賢大學士) 요수(姚燧)와의 연회석에서 응수하여 지은 것이다.

奴本是明珠擎掌,　저는 본래 집안에서 애지중지한 딸이었는데,

怎生的流落平康.　어쩌다가 평강(平康, 기녀들이 사는 곳)에 빠졌나이다.

對人前喬做作嬌模樣,

다른 사람 앞에서 억지로 애교를 부리지만

背地里泪千行.　뒤돌아서서 눈물을 흘리지요.

三春南國憐飄蕩,　　삼춘(三春) 동안 남국(南國)에서 가엽게 떠도나니

一事東風沒主張.　　오로지 동풍(東風)을 섬기며 제 주장은 펼 수 없었지요.

添悲愴,　　　　　　슬픔이 더하나니

那里有珍珠十斛,　　진주 열 곡(斛)[90]으로

來贖雲娘.　　　　　운낭(雲娘)[91]을 구제해줄 분 어디 계시나요?[92]

　이 소령은 양가녀에서 기녀로 몰락한 자신의 처지를 한탄하면서 빠져나오기를 갈망하고 있다. 특히 자신의 처지를 '삼춘(봄 세 달)' 동안 '남국'에서 '떠도는[飄蕩]' 신세로 비유했는데, '삼춘'은 젊고 아름다운 시절을 비유하는 것으로서, 그것이 길지 않음을 은연중에 말하고 있고, '떠도는' 것은 버들솜[柳絮]을 의미하는데, 버들은 이별의 대명사로서, 그 이별의 주연에 이리저리 끌려 다닌다는 사실을 암유하고 있다. 또 '남국'은 버들이 늘어선 기원과 이별의 주연이 많은 강남지방을, 그리고 '동풍'은 기생어미나 손님을 의미한다. 그래서 자신의 의지와 상관없이 동풍에 이리저리 휘둘리는 자신의 신세를 한탄하고 있는 것이다. 이처럼 진씨의 산곡은 적절한 비유로써 자신의 처지를 절실하게 하소연하고 있으니, 마침내 요수의 마음을 움직일 수 있었던 것이다. 요수는 몸값을 지불하고 그녀를 기원에서 빼내주었으며, 후에 그녀는 한림원 관리에게 시집갔다고 한다.

　이 외에 대도가기(大都歌妓) 왕씨(王氏)의【중려(中呂)·분접아(粉蝶兒)】「기정인(寄情人)」은 이별의 아픔과 기녀의 슬픈 운명을 절실하게 표현

90　晉나라 豪富인 石崇이 '진주 열 곡[珍珠十斛]'으로 家姬 綠珠를 샀다는 고사를 빌어 자신의 몸값이 매우 높음을 비유하고 있다.

91　雲娘은 본래 唐代 澧州官妓 崔雲娘을 말하는데, 여기서는 자신을 비유하고 있다.

92　『全元散曲』 1144쪽,【仙呂·解三醒】.

한 작품이며, 장씨(張氏)의 투수【남려(南呂)·청납오(青納襖)】「투기(偸期)」는 남자의 입을 빌어 상사병에 걸린 사내의 사랑 고백과 성취 과정을 묘사한 작품으로서, 표현이 은근하면서도 고상하다. 또 무명씨의 소령【쌍조(雙調)·전전환(殿前歡)】과 투수【쌍조(雙調)·수선자(水仙子)】「잡영(雜咏)」 등도 분명한 기녀 산곡으로서 진솔하면서도 섬세한 표현이 돋보인다. 이처럼 원대 기녀의 문학 활동은 주로 산곡에 집중되어 있었는데, 특히 원대 기녀의 산곡은 매우 직설적이고 진솔하며, 심지어 원초적인 속마음까지 주저 없이 드러내고 있다. 이것이 원대 기녀 산곡의 특징이라 할 것이다.

4. 잡극배우로서의 원대 기녀

이처럼 원대 기녀들은 창작의 소재가 되기도 하고 작가로 활동하기도 했지만 더욱 주목할 것은 기녀가 잡극 무대의 배우들이었다는 점이다. 원대 문예는 잡극이라는 공연예술이 대표한다. 원대의 잡극은 이전 시대의 공연예술과 달리 형식과 내용이 완비된 본격적인 공연예술이라는 점에서 중국희곡문학의 시작이라고 보며, 또 가장 활발하고 대중적인 환영을 받은 장르이므로 원대를 대표하는 문학으로 일컬어지는 것이다. 그것은 이민족 지배 하에서 정통문학이라고 하는 시문이침체되면서 잡극의 성과가 상대적으로 두드러지기 때문이기도 하지만 잡극의 이야기 자체가 대부분 당송 시대부터 있었던 익숙한 민간 전설이나 역사 고사라는 점을 생각해보면 공연 예술적 측면에서의 매력적인 요소가 원대를 대표하는 장르로 만들었다고 할 수 있다. 그것은 무대예술, 그 중에서도 배우들의 퍼포먼스인 가창과 연기 등에서 그 원인을 찾아야 할 것이다. 그리고 그 배우들은 바로 여기에서 논하는 기녀들인 것이다.

1) 『청루집』의 잡극배우

이상에서 보듯이 『청루집』에는 당시 유행한 다양한 장르의 예인들이 망라되어 있는데, 이들은 대부분 잡극 공연에도 참여했을 것으로 여겨진다. 왜냐하면 잡극은 모든 기예가 망라된 종합예술로서 가창과 가무, 설화 등은 창(唱, 노래), 과(科, 동작), 백(白, 대사)이라는 중국희곡 3요소의 기본을 이루기 때문이다. 즉, 가창은 잡극의 가장 중요한 연출방식이고, 가무는 무도화 된 동작이나 삽입성의 무도 등으로 자주 활용되며, 설화는 극의 대사에 관여한다고 할 수 있다. 또 가창이 위주가 되는 잡극에서 악기반주가 필수적이었음은 말할 필요도 없을 것이다. 따라서 『중국창기사(中國娼妓史)』에서도 『청루집』의 기록을 보고서 "곧 당시 창기들은 한 사람도 잡극에 통달하지 못한 이가 없었다"[93]고 했던 것이다.

이처럼 『청루집』에 기록된 154명의 예인들이 대부분 잡극을 공연한 배우라고 여겨지지만 구체적인 기록을 통하여 잡극배우로 확정할 수 있는 예인은 총 60명 정도이다. 이 가운데 남자 배우 9명이 포함되어 있

---

[93]　『中國娼妓史』, 192쪽 : "則知當時娼妓幾無一人不通雜劇".

 멀티 엔터테이너로서의 중국 고대 기녀

으므로 기녀로서 원잡극 배우로 활동한 사람은 모두 51명이다. 이 가운데, 주렴수(珠簾秀), 순시수(順時秀), 남춘연(南春宴). 주인애(周人愛), 사연노(司燕奴), 천연수(天然秀), 국옥제(國玉第), 위도도(魏道道), 새렴수(賽簾秀), 천석수(天錫秀), 왕분아(王奔兒), 평양노(平陽奴), 한수두(韓獸頭), 조편석(趙偏惜), 왕옥매(王玉梅), 이지수(李芝秀), 주금수(朱錦繡), 편편(匾匾), 조진진(趙眞眞), 이교아(李嬌兒), 장분아(張奔兒), 부용수(芙蓉秀), 취하수(翠荷秀), 왕련련(汪憐憐), 미리합(米里哈), 고산산(顧山山), 동동(童童), 대도수(大都秀), 소춘연(小春宴), 손수수(孫秀秀), 염전수(簾前秀), 연산수(燕山秀), 형견견(荊堅堅), 왕심기(王心奇), 이정노(李定奴) 등 35명은『청루집』에서 '잡극'에 능하다거나 기타 구체적인 잡극의 종류 및 각색 등을 언급하고 있다. 나머지 16명은『청루집』에 구체적인 언급이 없지만 기타 자료의 기록이나 용어의 분석 등을 통하여 잡극 배우로 인정할 만한 예인들로서 조아수(曹娥秀), 반진진(班眞眞), 정교아(程巧兒), 이조노(李趙奴), 천생수(天生秀), 사은심(賜恩深), 장심가(張心哥), 곽차향(郭次香), 소옥매(小玉梅), 보보(寶寶), 서하수(西夏秀), 화당당(和當當), 난동(鸞童), 이진동(李眞童), 희온유(喜溫柔), 강서(江西) 희온유(喜溫柔) 등 16명이다.

상기 표에서 보듯이 이들 잡극배우들은 여러 지역에서 광범위하게 활동하였다. 잡극배우의 출신이나 활동 지역을 언급한 경사(京師), 도하(都下), 연국(燕國), 연산(燕山) 등의 지역명은 모두 당시 수도였던 대도(大都) 지역을 말하는 것이며, 평양(平陽)은 지금의 산서(山西) 임분(臨汾)을 말하는 것으로 이 두지역은 원잡극의 초기 흥성을 주도했던 북방지역이라 할 수 있다. 이 외에는 주로 장강(長江) 유역을 중심으로 한 남방지역이 많은데, 회절(淮浙), 강절(江浙), 강회(江淮) 등의 표기가 주종을 이룬다. '회'는 주로 안휘(安徽)의 회하(淮河)이고, '절'은 절강(浙江)의 전당강(錢塘江), '강'은 장강(長江)을 말하는 것으로 지금의 행정구역으로 보면 안휘, 강소(江蘇), 절강, 상해(上海) 등 옛날 오월(吳越) 지역을 일컫는다. 그리고 무주(婺州), 호주(湖州), 금릉(金陵, 南京), 절서(浙西), 무창(武昌), 호남(湖南), 유양(維揚, 揚州), 운간(雲間, 松江), 강서(江西) 등 보다 구체적 활동지를 적시한 경우도 많다. 이들을 종합하면 대도를 중심으로 하는 북방지역과 양주(揚州)와 항주(杭州)로 대표되는 강회와 강절 지역, 즉 남방지역으로 나눌 수 있다. 잡극배우들의 활동지역을 남북으로 구분해보면 대도를 중심으로 한 북방지역에서 활동한 배우로는 조아수, 순시수, 남춘연, 주인애, 사연노, 반진진, 정교아, 이조노, 천연수, 왕원초, 국옥제, 위도도, 왕분아, 이지수, 화당당, 난동, 대도수, 손수수, 연산수, 형견견 등 19명 정도이며, 나머지는 대부분 남방지역에서 활동한 배우이다. 이것은 『청루집』의 작자 하정지가 주로 남방에서 생활했고 또 『청루집』을 사작할 당시는 문화 중심지가 남방으로 옮겨오면서 잡극도 상대적으로 남방지역이 더 활발했기 때문이라고 여겨진다.

잡극배우들도 일반 기녀와 마찬가지로 사회적으로 천대받았다. 다만 공연을 위주로 하다 보니 일반 기녀들의 삶과는 조금 달랐다. 이들에 관한 『청루집』의 기록을 보면 특히 가족이나 친척 관계에 있는 예인이 많음을 발견할 수 있다. 상기 잡극배우 가운데 부부관계가 기록된 경우는 모두 32명인데, 이 가운데 부부 모두가 잡극배우인 경우가 6쌍으로, 천연수-왕원초, 새렴수-후사초, 주금수-후사초, 편편-안태평, 염전수-임국은, 이정노-모아왕 등이며, 잡극배우와 기타 예인들 간의 결합으로는 국옥제-동관고[敎坊副使], 천석수-후총관, 도풍년-동동[說話藝人], 곽차향-진덕선, 한수두-조황선, 조편석-번패란해[院本演員], 조진진-풍만자, 이교아-왕덕명, 장분아-이우자, 화당당-장유재, 고산산-이소대, 대도수-장칠, 희온유-증구, 연산수-마이 등 14쌍이다. 그 외 왕분아, 이지수, 취하수, 화당당, 왕련련, 이진동 등 6명은 귀족 관료의 측실로 들어가기도 했다.

이러한 통계에서 알 수 있듯이 배우들의 결혼은 크게 두 종류로 대별되는데, 하나는 같은 예인들 간의 결혼이고, 또 하나는 귀족 관료의 측실이 되는 경우이다. 전자는 정식의 혼인관계이긴 하지만 사회적 지위가 낮은 예인들 간의 결합이므로 생계를 위해 괴롭고 힘든 세월을 보내야 했고, 후자는 권력이나 재물이 풍족한 사대부나 관료의 첩이 되는 것으로 상대적으로 생계유지는 가능했지만 정실부인과의 관계나 나이 든 이후의 냉대 등으로 정신적 고통은 후자보다 훨씬 심했다. 앞서 언급한 천연수와 고산산은 이러한 두 종류의 결혼을 모두 겪은 잡극배우들이며, 남배우 후사초는 또 새렴수와 주렴수를 모두 아내로 맞기도 했다. 이러한 결혼 상황은 낮은 사회적 지위에 따른 것으로 생계를 위한 어쩔 수 없는 선택이었다. 특히 측실로 간 배우들은 행복한 결혼생활을 한 경우를 찾아보기 힘든데, 측실은 결국 노비의 변형된 형태에 불과하므로 이러한 불행은 필연적이었다. 따라서 하정지도 걸리가아첨사(杰里哥兒僉事)에게 시집갔다가 시집의 반대 때문에 버림받은 이노비(李奴婢)에게 "부인은 부인이고, 노비는 노비이니, 어찌 부인이 될 수 있겠는가?"[94]라고 한탄했던 것이다. 이들은 주인이라 할 수 있는 남편의 죽음에 따라 또 다시 살 길을 모색해야 했는데,『청루집』의 기록에 따르면 재가하는 경우도 있지만 비구니나 도사로 출가하거나, 살 길을 찾아 강호를 유랑하거나, 다시 악적으로 떨어지기도 했다. 예를 들면

---

[94]　『青樓集』: "李奴婢, (…중략…) 予亦「水仙子」與之云, "夫人是夫人分, 奴婢是奴婢身, 怎做夫人?"

왕련련은 "머리를 깎고 비구니가 되었다"고 했고, 이진동은 "다시 도사가 되었다"고 했으며, 왕분아는 "강호를 유랑했다"고 했고, 고산산과 천연수, 이지수 등은 결국 다시 기녀가 되었다.[95] 주렴수 같은 유명배우도 마지막에는 전당도사(錢塘道士)에게 시집갈 수밖에 없었으니,[96] 다른 배우들은 더 말할 필요도 없을 것이다. 그러나 이들 중에는 자신의 운명에 맞서거나 정실부인 못지않은 고결한 품위를 유지한 경우도 있었다. 왕련련은 비구니가 된 후에도 권세가들이 여전히 괴롭히자 "그 모습을 상하게 하여 뭇 사람들의 광적인 생각을 그치도록 했다"고 했고, 취하수는 남편이 죽은 뒤 "다른 사람에게 재가하지 않겠다는 맹서를 하고 종일토록 사당을 청소하고 분향하며 경을 낭송했다"고 했다.[97]

이처럼 배우들의 낮은 사회적 지위는 그들의 생활조차 어렵게 만들었다. 따라서 이들은 가족 중심의 극단을 구성하여 전국 각지를 유랑 공연함으로써 생계를 유지하는 경우가 많았다. 이러한 가족 극단을 '가정희반(家庭戲班)'이라고 하는데, 이들은 상설공연장인 구란에서 공연하지 못하는 '노기(路歧)'들이 대부분이었다. 〈독각우(獨角牛)〉 잡극의 "노기(路歧)의 기로(歧路) 두 갈래 아득하나니, 하늘 끝에 다다르지 않고는 쉴 수가 없다네. 능란한 재주 배운 사람, 남쪽 고을 북쪽 고을로 내달린다네"[98]라는 노래는 바로 노기로 구성된 유랑 가정희반의 힘든 삶을 노래한 것이다. 『청루집』에는 이러한 가정희반의 단초를 발견할 수 있다. 그 기록을 보면 앞서 언급한 부부관계의 예인들 외에도 모녀, 부녀, 고부, 자매, 장모와 사위 등 다양한 가족관계를 형성하고 있음을 볼 수

---

95 『靑樓集』: "髡髮爲尼", "復爲道士", "流落江湖", "復爲娼", "復居樂籍", "復落樂部".

96 『綠窓紀事』와 『南村輟耕錄』 참고.

97 『靑樓集』: "毁其形, 以絶衆之狂念", "暫不他適, 終日却掃, 焚香誦經".

98 『獨角牛』第1折: "路歧歧路兩悠悠, 不到天涯未肯休, 有人學的輕巧藝, 敢走南州共北州".

있다. 예를 들면 천석수와 천생수, 소옥매와 편편, 편편과 보보, 조진진과 서하수, 장분아와 이진동, 화당당과 난동, 이지의와 동동 등은 모녀관계이고, 안태평과 보보, 풍만자와 서하수, 이우자와 이진동은 부녀관계이며, 주인애와 옥엽아, 공천금과 왕심기는 고부관계이고, 도풍년과 시소동, 강윤보와 조진진 등은 장모와 사위 관계이며, 대모검과 상아두는 처숙과 질서 관계이고, 동동과 다교는 자매관계이다. 이 외에 『청루집』에는 주렴수가 "항제오(行第五)", 순시수와 천연수가 "항제이(行第二)", 고산산이 "항제사(行第四)"라며 형제자매간의 차례를 밝히고 있는데, 예인에 대한 사회적, 법적 규제를 감안한다면 이들의 나머지 형제자매들도 악적에 얽매인 예인인 경우가 대부분 일 것으로 추정된다. 이처럼 예인의 가족과 친척들은 동업자로서 함께 가정희반을 구성하여 활동했던 것이다.

이러한 가정희반은 하나의 '극단'이라고 하기에는 규모가 작다고 볼 수 있다. 이에 대해 『고극설휘(古劇說彙)』에서는 "송잡극(宋雜劇)의 주요 각색은 네다섯 명에 불과하며, 원잡극은 비교적 복잡하지만 두세 명, 네 명, 많아야 다섯 명이다"[99]라고 전제하고, 『원곡선(元曲選)』의 잡극 100종을 분석하여 희반의 인수(人數)를 통계적으로 설명하고 있다. 즉, 잡극의 한 절(折)과 설자(楔子)를 한 막(幕)이라고 한다면 100종의 잡극을 모두 합쳐 470막이 되는데, 이 중 2인이 등장하는 경우가 37막, 3인이 등장하는 경우가 109막, 4인이 등장하는 경우가 136막, 5인이 등장하는 경우가 77막으로서, 5인 이하가 전체의 약 76%를 차지하며, 10인 이상이 등장하는 경우는 3막에 불과하다고 분석하였다.[100] 이어서 "원잡극

---

[99]　『古劇說彙』, 48쪽 : "宋雜劇的主要脚色不過四五人, 元劇較複雜, 但似乎仍二三人, 四人, 或五人者爲多".

의 각 막에 필요한 전문 배우가 이렇게 적다면 악기 연주자와 기타 스
텝을 합쳐도 모두 30명을 넘지 않을 것이다. 만약 등장인물이 비교적
적은 극본이라면 10여 명으로도 충당할 수 있을 것이다"[101]고 하였다.
이에 대해『중국희반사』에서는『고극설휘』의 극단 인원에 대한 인식
이 너무 너그럽다며, "30명은 근본적으로 필요치 않고, 10여 명이면 공
연하지 못하는 것이 없는 대희반이다"[102]라고 단정하고, 두 가지 예를
들고 있다. 하나는 산서(山西) 홍동현(洪洞縣)에 있는 광승사(廣勝寺) 명응
왕전(明應王殿)의 원잡극 벽화로서, 거기에는 관중에게 인사하는 참장
(參場)의 장면이 그려져 있는데, 모두 합쳐 11인에 불과하다. 또 하나는
호남(湖南) 장사(長沙)의 상극(湘劇) 형성의 모태가 된 안당반(案堂班)으로
서, 이들은 농촌을 유랑하며 공연을 했는데, 극단 인원이 모두 합쳐 9인
이어서 '구조망건(九條網巾)'으로 불렸다는 것이다.[103] 즉,『고극설휘』의
30명을 넘지 않을 것이라는 추론에 대해『중국희반사』에서는 많아야
10여 명이라고 주장한 것이다.『원곡선』의 통계와『중국희반사』의 예
증, 거기에다가『청루집』배우들의 가족관계에 따른 가족 수를 대입해
볼 때 희반의 인원은 10여 명을 넘지 않을 것이라는 추론이 더 타당해
보인다. 남분여장(男扮女裝)이나 여분남장(女扮男裝) 같은 남녀합연(男女
合演)이나 한 배우가 몇 가지 역할을 하는 '겸연(兼演)'이 매우 보편적이
었음을 고려한다면 악기연주자까지 합쳐서 10여 명이면 충분히 하나
의 극단을 구성할 수 있을 것이다.『청루집』배우 가운데 "녹림잡극(綠

---

100 『古劇說彙』, 48쪽 참고.
101 『古劇說彙』, 49쪽 : "元劇每場需要的專門演員旣然這樣少，那末就將奏樂的及其他執
     事人合起來計算，總不會超過三十人. 若果只演人物較少的劇本，十餘人也可應付".
102 『中國戲班史』, 73쪽 : "三十人根本不需要，十餘人就是無不可演的大戲班了".
103 『中國戲班史』, 73～74쪽 참고.

林雜劇)”에 뛰어난 국옥제, 천석수, 평양노나 “가두잡극(駕頭雜劇)”에 뛰
어난 남춘연, “단말쌍전(旦末雙全)”의 조편석, 주금수, 연산수, 또 “가두
(駕頭)ㆍ화단(花旦)ㆍ연말니(軟末泥)” 등에 모두 뛰어났다는 주렴수, “잡
극은 규원(閨怨)이 최고였고, 가두(駕頭)와 여러 단본(旦本)에도 득체(得
體)했다”는 순시수, “규원잡극(閨怨雜劇)이 당시의 최고수였고, 화단(花
旦)과 가두(駕頭)에도 뛰어났다”는 천연수 등[104]은 모두 이러한 ‘남녀합
연’이나 ‘겸연’을 한 대표적 배우라 할 것이다.

　『청루집』에 수록된 배우들은 비교적 명성을 떨쳤던 유명예인들이
다. 따라서 이들이 보통의 노기처럼 이 고을 저 고을로 떠돈 것은 아니
라고 여겨진다. 그러나 “치명회절(馳名淮浙)”의 장심가, “독보강절(獨步江
浙)”의 소옥매, “강호치명(江湖馳名)”의 화당당, “유락상호(流落湘湖)”의 금
수두, “치명강상(馳名江湘)”의 반반축 등[105]에서 보듯이 이들도 공연을
위해 사방을 전전했음을 짐작할 수 있다. 그것은 ‘종사(宗師)’로 추앙받
은 무광두(武光頭)나 유색장(劉色長), 조아수 등과 같은 유명배우조차도
“다음 공연지를 찾아 이 마을 저 마을로 달려가노라”[106]라고 한 것에서
도 확인할 수 있다. 각각 “7ㆍ8세”와 “10여 세” 때 이미 명성을 얻었다는
소파아나 이진동도 달리 생각하면 어린 나이부터 부모를 따라 유랑 공
연했다는 것이며, “늙어서도 쇠하지 않았다”는 희온유, “애꾸눈”의 평
양노와 곽차향, 늙어서도 “젊을 때의 체태”를 간직한 고산산, “중년에
두 눈이 모두 실명되었으나, (…중략…) 눈이 있는 사람도 따르지 못했

104　이상『青樓集』:“雜劇當今獨步. 駕頭, 花旦, 軟末泥等, 悉造其妙”, “雜劇爲閨怨最高,
　　　駕頭, 諸旦本亦得體”, “閨怨雜劇, 爲當時第一手. 花旦, 駕頭, 亦臻其妙”.
105　이상『青樓集』.
106　高安道,【般涉調ㆍ哨遍】「嗓淡行院」:“似兀的武光頭ㆍ劉色長ㆍ曹娥秀, 則索赶科地
　　　沿村轉瞳走”.

다"는 새렴수 등[107]도 역시 늙고 병들어서까지 무대에 오를 수밖에 없었음을 역설적으로 설명하는 것이다. 이처럼 혹사당한 예인들은 요절하거나 불행한 죽음을 맞은 경우도 많았으니, 번향가는 "애석하게도 목숨이 길지 않아 23세에 죽었다"고 했고, 조매가는 "명성은 높았지만 목숨이 길지 않았다"고 했으며, 양매노는 "초췌하여 죽었다"고 했고, 편편도 "항상 우울하게 근심하다가 죽었다"고 했다.[108]

이러한 고통스러운 상황 하에서도 이들은 원대 문예계를 빛내는 별들이었는데, 그 가운데 가장 명성을 떨친 이는 앞서 산곡작가로서도 가장 두드러졌던 주렴수이다. 그녀는 "잡극당금독보(雜劇當今獨步)"로서, 당시에 가장 빼어난 극작가이자 연출가였던 관한경을 비롯하여 유명 문인이자 영향력 있는 희곡평론가였던 호자산(胡紫山), 명사 왕추간(王秋澗)과 노소재(盧疏齋), 원대 대표적 산곡 작가였던 풍자진(馮子振) 등과 깊은 교유를 했는데, 이들은 모두 그녀의 팬이자 후원자였다. 특히 관한경과는 은밀한 연인 관계라고 알려져 있으며, 이에 따라 〈구풍진〉, 〈두아원〉, 〈망강정〉 등 그의 여러 단본(旦本)에서 여자주인공으로 공연을 했을 것이라고 추측하기도 한다.[109] 원잡극은 그 성격상 배우의 가창과 연기에 의해 극의 성패가 갈리는 배우의 예술이라는 점을 생각할 때 관한경이 중국고전희곡을 대표하는 극작가로 평가받을 수 있었던 것도 주렴수라는 명배우를 만났기 때문이라고 할 수 있다.

잡극배우로서 주렴수에 대한 평가는 호자산이 가장 대표적이다. 그는 당시의 고관이자 유명 문인인데, "학도(學道)를 천명하는 사람으로

107　이상『靑樓集』: "老而不衰", "一目眇", "少年時體態", "中年雙目皆無所睹, (…중략…) 有目莫之及焉".

108　이상『靑樓集』: "惜壽不永, 二十三而卒", "名雖高而壽不永", "憔悴而死", "常郁郁而卒".

109　孟廣來 主編,『元明散曲詳注』, 山東文藝出版社, 1990, 60쪽.

서 창우(倡優)와 가까이 하는 말들을 지었으니, 그것이 옥의 티이다"[110]
라는 평가를 받을 정도로 희곡과 그 배우들을 깊이 이해한 사람이다.
특히 그의 연기론은 배우의 연기에 관한 매우 전문적인 이론으로 높이
평가받는데, 그것을 실천한 대표적 예로서 주렴수를 들고 있으니 다음
과 같이 평가하고 있다.

학업전공(學業專攻)은 오랜 세월이 쌓이면 능할 수 있지만 한 가지 기예
만 늙도록 해도 오히려 정통할 수 있는 사람은 없는데, 일개 여자로서 여러
기예를 두루 겸하고 있도다. 높은 관을 쓰면 도사가 되고, 둥근 머리를 하면
스님이 되며, 도포를 입으면 선비가 되고, 무인의 고깔을 쓰면 병사가 된다.
짧은 소매 옷(무인의 복장)을 입으면 준마가 질주하고, 어홀(魚笏)을 차면
귀한 공경(公卿)이 된다. 점쟁이가 되어 화복을 말하고, 의사가 되어 생사를
결정하며, 어머니가 되면 자현(慈賢)하고, 아내가 되면 효정(孝貞)하며, 매
파가 되면 온화한 용모로 교묘히 변론하고, 규문(閨門)에 들면 운기(雲氣)
자욱하니 아름답도다. 사방 오랑캐와 온갖 신령, 여러 고을의 풍속과 여러
지방의 소리, 지난날의 사적과 만대(萬代)의 전형(典型), 하리(下吏)의 오탁
(汚濁)이나 장관(長官)의 공청(公淸) 등을 다 표현할 줄 안다. 갖가지 재물
을 이야기 하면 상인은 장사하러 달려가고 장사꾼은 앉아서 물건을 팔며,
사체를 부지런히 움직여 여자는 베 짜고 남자는 밭 갈며, 집에 거하면 아버
지는 자애롭고 아들은 효성스러우며, 조정에 서면 임금은 성스럽고 신하는
명철하다. 이별연의 비단 자리나 별원의 고즈넉한 뜰에서 춘풍에 비파를 타
고, 명월에 쟁(箏)을 켠다. 추위에 떠는 가난한 집안 여인이 되면 가시비녀

---

110 『四庫全書總目題要』,「集部別集類十九」: "以闡明學道之人, 作媒狎倡優之語, 其爲白
璧之瑕".

를 꽂고 베옷을 입으며, 부유하고 요염한 여인이 되면 금옥(金屋)에 은병(銀屏)을 두른다. 구류(九流)와 백기(百伎), 모든 아름다움과 온갖 빼어남에 대해 밖으로 그 모습을 곡진하게 묘사하고, 안으로 그 정을 상세히 표현할 줄 안다. 삼매경(三昧境)을 심득(心得)하고 자연스러운 노련미를 이루어 한 때의 교양을 드러내고, 백대의 태평성대를 즐긴다.[111]

이 글에서 호자산은 먼저 주렴수가 한가지에도 능하기 어려운 기예를 두루 겸하고 있다고 전제하고, 그 예로써 주렴수가 맡은 각종 역할들을 나열하고 있다. 그 역할들을 보면 도사, 스님, 선비, 무사, 공경대부, 점쟁이, 의사, 자모(慈母), 정부(貞婦), 매파, 규수, 오랑캐, 신령, 탐관오리, 청관(淸官), 장사꾼, 농민, 군신(君臣), 효자, 부인, 빈녀(貧女), 염녀(艶女) 등 삼교구류(三敎九流)에서 백기(百伎)에 이르기까지 거의 모든 종류의 사람이 망라되어 있다. 주렴수는 이처럼 다양한 역할을 '곡진'하고 '상세'하게 표현할 수 있었으며, 『청루집』에서는 또 "가두, 화단, 연말니 등에 모두 빼어났다"고 했으니, 주렴수는 그 당시 남녀 각색을 가리지 않고 모든 방면의 모든 역할을 소화할 수 있었던 만능 배우라고 할 수 있겠다. 이처럼 주렴수는 잡극배우로서 빼어난 재능을 지녔음은 물론 앞서 언급했듯이 사대부 문인과 시문을 주고받으며 교유할 정도의 문학적 재능까지 갖추고 있었다. 따라서 정도의 차이는 있지만 원

111　『紫山大全集』 卷8 「朱氏詩卷序」:"學業專攻, 積久而能, 老於一藝, 尙莫能精. 以一女子, 衆藝兼幷:危冠而道, 圓顱而僧, 褒衣而儒, 武弁而兵. 短袂則駿奔走, 魚笏則貴公卿. 卜言禍福, 醫決死生. 爲母則慈賢, 爲婦則孝貞. 媒妁則雍容巧辯, 閨門則旖旎娉婷. 九夷八蠻, 百神萬靈. 五方之風俗, 諸路之聲音, 往古之事跡, 萬代之典型. 下吏汚濁, 官長公淸. 談百貨則往商坐賈, 勤四體則女織男耕, 居家則父慈子孝, 立朝則君聖臣明. 離筵綺席, 別院閑庭. 鼓春風之瑟, 弄明月之箏. 寒素則荊釵裙布, 富艶則金屋銀屏. 九流百伎, 衆美群英, 外則曲盡其態, 內則詳悉其情. 心得三昧, 天然老成, 見一時之敎養, 樂百代之升平".

대 기녀 역시 당송대와 마찬가지로 멀티 엔터테이너로서의 소양을 겸
비했던 것이다.

중국 희곡은 흔히 배우의 예술이라고 한다. 그것은 중국 희곡의 이
야기가 대부분 익히 알고 있는 역사 이야기나 민간 전설이므로 서양의
연극처럼 이야기의 극적 구성에 의존하는 것이 아니라 배우의 가창과
연기에 의해 극의 성패가 갈리기 때문이다. 이런 관점에서 본다면 관
한경과 주렴수의 예처럼 능력 있는 극작가라도 명배우를 만나지 못하
면 빛을 발하기 어렵다 할 것이다. 따라서 이제까지 중국 희곡사를 작
가나 극본 위주로 바라본 우리의 관점을 조금은 수정할 필요가 있다고
생각된다.

2) 잡극배우로서의 자질과 전문분야

앞서 『청루집』 예인들은 '색예'는 물론 분위기나 몸가짐까지도 매우
중요한 요소라고 했다. 그러나 잡극배우에게 있어서 그것보다 더욱 중
요한 요소는 공연에 필요한 연기와 가창이었다. 따라서 용모가 빼어나
지 못하거나 심지어 선천적인 신체 결함에도 불구하고 빼어난 기예로
써 명성을 날린 배우들도 많았다. 주금수는 "비록 자색(姿色)은 보통 사
람을 넘지 못했으나 높은 기예는 실로 다른 무리들을 뛰어넘었다"고 했
고, 화당당은 "비록 외모는 뛰어나지 못했지만 기예는 매우 빼어났다"
고 했으며, 미리합은 "노래하는 목소리가 맑고 구성져서 신품(神品)에
들만큼 오묘했다. 외모는 뛰어나지 못하나 첩단잡극(貼旦雜劇)을 전공
했다"고 했다.[112] 주렴수와 왕분아는 모두 "약간 꼽추"였으나 주렴수는

오히려 "잡극이 당시의 독보적 존재"였고, 왕분아도 "잡극에 뛰어났다"
는 명성을 얻었으며, 평양노와 곽차향은 "애꾸눈"이었으나 "모두 금릉
에서 명성을 날렸다"고 했다.[113] 또 천석수는 "녹림잡극(綠林雜劇)을 잘
했는데, 발이 매우 작았으나 보무(步武)는 아주 웅장했다"고 했고, 왕옥
매는 "신체가 단소했으나 성운이 맑고 우렁찼다"고 했다.[114] 이로써 볼
때 "색예양절(色藝兩絶)"을 강조했지만 잡극배우에게 있어서는 "예"가
더욱 중요함을 알 수 있는데, 이것은 배우의 연기력과 직결되기 때문이
다. 이것은 또 당시 관객들의 심미안을 반영하는 것으로, 호자산은 "새
롭고 교묘한 웃음거리를 개발하여 천하의 즐거움을 다 발휘해야 오히
려 교방의 본색을 드러낼 수 있다. 이러한 때에 배우노릇 하기는 정말
어렵도다!"[115]라고 하여 당시 배우들의 고민을 대변하고 있다. 이것은
관객의 수준이 매우 높아 끊임없이 새로운 기교를 창출해야 하고 이에
따른 배우의 고통이 매우 크다는 것인데, 이처럼 관객의 높은 심미안이
새로운 기교의 창출과 연기력의 연마를 요구하게 된 것이다. 배우들의
이러한 노력은 신체적 결함이나 용모상의 부족함을 극복하게 만드는
데, 따라서 새렴수는 "중년에 두 눈이 모두 보이지 않았으나 그 문을 나
서거나 집에 들어가는 동작, 걸음걸이 선이나 바느질 동작 등이 조금도
어긋남이 없어서 눈이 보이는 사람도 따르지 못했다"[116]는 평가를 받고

112　이상 『青樓集』: "雖姿色不逾中人, 高藝實超流輩", "雖貌不揚, 而藝甚絶", "歌喉淸宛,
　　　妙入神品. 貌雖不揚, 而專工貼旦雜劇".

113　이상 『青樓集』: "雜劇當今獨步. (…중략…) 蓋朱背微僂", "長于雜劇, 然身背微僂", "一
　　　目眇, (…중략…) 精于綠林雜劇. 又有郭次香, (…중략…) 亦微眇一目. (…중략…) 皆馳
　　　名金陵者也".

114　이상 『青樓集』: "善綠林雜劇, 足甚小, 而步武甚壯", "善唱慢詞, 雜劇亦精致. 身材短小,
　　　而聲韻淸圓".

115　『紫山大全集』卷8 「優伶趙文益詩序」: "發新巧之笑, 極天下之歡, 反有同于敎坊之本
　　　色者. 于斯時也, 爲優伶者亦難矣哉".

있는 것이다. 이것은 젊은 시절에 닦은 연기의 기초가 매우 깊었음을 설명하는 것으로 눈이 먼 상태에서도 연기가 이처럼 정교했던 것이다.

잡극배우에게 연기력 이상으로 중요한 자질은 가창으로서, 앞서 언급했듯이 가창은 잡극의 가장 중요한 표현방식이다. 특히 잡극은 주인공 "일인주창(一人主唱)"의 방식으로서, 배우의 가창력은 극의 성패를 가름하는 결정적인 요소이다. 원잡극은 노래하는 주인공의 성별에 따라 남자 주인공이 노래 부르는 말본희(末本戲)와 여자 주인공이 노래 부르는 단본희(旦本戲)로 나눈다. 그렇지만 노래하는 배우는 모두 여성배우였다고 주장하는 학자[117]도 있을 정도로 가창의 주 담당자는 기녀배우였다. 이것은『청루집(靑樓集)』의 기녀배우가 남자 배역을 겸했다고 기록된 경우가 많은 것에서도 상당히 일리 있는 주장으로 보인다. 이렇게 보면 말본희라 하더라도 노래 부르는 실제 주인공은 기녀배우가 담당했을 가능성이 높다 할 것이다. 이처럼 원잡극에서 가창은 가장 중요한 요소인데,『청루집』의 많은 예인들이 가창으로써 명성을 얻은 것도 이러한 점을 설명하는데,『청루집』에 기록된 117명의 여예인 가운데 가창과 관련된 언급이 있는 사람이 106명으로 전체의 90% 이상을 차지하고 있다. 예를 들면 새렴수는 "소리가 가는 구름도 머물게 할 정도로 고금의 절창"이었고, 화당당은 "늙어서도 노랫가락이 구슬을 꿰듯 높았다"고 했으며, 순시수의 노래 소리는 "금황옥관(金簧玉管)과 봉음난명(鳳吟鸞鳴)" 같았고, 주금수는 "노래 소리가 들보 위의 먼지를 떨어지게 할 정도"였다.[118] 이외에도 가창으로 명성을 날린 예인들은 수

116　『靑樓集』: "中年雙目皆無所睹, 然其出門入戶, 步線行針, 不差毫髮, 有目莫之及焉. 聲遏行雲, 乃古今絶唱".

117　葉玉華, 「說北曲雜劇系由女性演唱」, 『文學遺産』副刊 第21期.

118　이상『靑樓集』: "聲遏行雲, 乃古今絶唱", "老而歌調高如貫珠", "金簧玉管, 鳳鳴鸞鳴",

없이 많으니, 따라서 『청루집』의 예인들이 모두 잡극배우로 활동했다고 하는 것이다. 기녀배우들은 잡극 공연에서의 가창뿐만 아니라 연회 석상에서의 적창(摘唱)이나 청창(淸唱)도 잦았으므로 가창력은 가장 중요한 자질이라 할 것이다. 이처럼 가창의 비중이 높았으므로 청중들의 심미 수준도 매우 높았고, 그에 따라 매우 고도화되고 전문화된 가창력이 요구되었다. 당시 연남지암(燕南芝庵)은 『창론(唱論)』이라는 전문 이론서를 저술하여 가창의 격조(格調), 절주(節奏), 성절(聲節), 성운(聲韻), 성기(聲氣) 등으로 세분하여 이론화하였을 뿐 아니라 선율의 변화와 각종 성강(聲腔)의 처리방법에 대해서도 다양한 설명을 하였다. 또 주덕청(周德淸)도 『중원음운(中原音韻)』에서 곡사(曲詞)의 다양한 종류와 내용을 열거하여 가창자가 가사의 내용과 배경, 감정 등을 숙지할 것을 요구하고 있다. 이러한 가창이론은 청중들의 높은 심미 수준을 반영한 것이라 하겠다. 따라서 기녀배우들은 고도의 수련이 필요했는데, 양유정(楊維楨)은 한 예인이 창을 배우는 과정을 다음과 같이 노래하고 있다.

鸚鸚舌巧言猶獠,	앵무새의 혀가 교묘하나 말은 아직 서툰 것과 같으니,
字字使君親口教.	한 글자 한 글자 그대에게 직접 입으로 가르쳐 주었지.
今日金錢初受賞,	오늘 처음으로 팁을 받았으니,
倚聲同合鳳凰巢.	소리 맞추는 것이 봉황이 함께 둥지에 깃드는 듯하네.[119]

여기의 앵무새는 스승에게 창을 배우는 제자를 비유한 것으로 스승

"歌聲墜梁塵".
[119] 『鐵崖古樂府』 卷16 「演歌」.

이 직접 고도의 훈련을 시켰고, 그 결과 좋은 평가를 받아 손님에게 팁
[金錢]도 받게 되었다는 것이다. 이처럼 원대에도 가창은 기녀의 가장
기본적인 자질이었던 것이다.

이 외에 자주 언급되는 자질은 총명함이다. 조아수와 이지수의 "부
성총혜(賦性聰慧)", 편편의 "자성총명(資性聰明)", 고산산의 "자성명혜(資
性明慧)", 소춘연의 "천성총혜(天性聰慧)" 등과 같은 『청루집』의 기록은
바로 총명성이 잡극배우의 또 하나의 중요한 자질임을 알려준다. 이것
은 다양한 인물과 극목을 연기해야 하는 배우들의 대사암기에 직접적
으로 영향을 줄 수 있는 자질이다. 특히 이지수는 "천성이 총명하여 잡
극 삼백여 단(段)을 암기하였는데, 당시의 단색(旦色, 여배우) 가운데 많
이 암기한다고 일컫는 자들도 모두 따르지 못했다"고 했고, 소춘연은
"천성이 총명하여 기억력이 최고였다. 구란에서 공연할 때, 항상 그 제
목을 적어서 사방의 들보 위에 붙이고는 관객들에게 마음대로 선택하
게 했다. 근세에 많이 암기한다고 하는 자들도 비길만한 이가 드물었
다"고 하였으니,[120] 배우의 총명함은 대사암기를 위한 매우 중요한 자
질임을 알 수 있다. 당시에는 관객들이 원하는 극목을 임의로 지명하
는 "점희(點戱)"라는 관습이 있었는데, 이 때문에 배우들은 많은 극목들
을 외어두어야 했다. 이러한 점희는 당시에 매우 보편적인 관람방식으
로서 보통 두 가지 형식이 있었다. 하나는 구란에 메뉴판처럼 만든 극
목단(劇目單)을 펼쳐서 걸어두면 관객이 보고 싶은 것을 마음대로 선
택하는 것으로, 앞의 소춘연에서 언급된 형태이고, 또 하나는 배우가 자

120　이상『靑樓集』: "賦性聰慧, 記雜劇三百餘段, 當時旦色, 呼爲廣記者, 皆不及也", 217쪽
　　: "天性聰慧, 記性最高. 勾欄中作場, 常寫其名目, 貼于四周遭梁上, 任看官選揀需索.
　　近世廣記者, 少有其比".

신이 공연할 수 있는 극목을 발표하면 관객이 배우 앞에서 직접 극목을 지명하는 것이다. 예를 들면 잡극 〈남채화(藍采和)〉에서 남채화가 〈우우지금수제홍원(于祐之金水題紅怨)〉, 〈장충택옥녀비파원(張忠澤玉女琵琶怨)〉, 〈노령공도대도(老令公刀對刀)〉, 〈소위지편대편(小尉遲鞭對鞭)〉, 〈삼왕정정임호전(三王定政臨虎殿)〉 등의 여러 극목을 점희용으로 소개하고 있는 것[121]과 같다. 어느 방식이든 점희에 대응하려면 많은 극을 암기해야 했으므로 총명함은 특히 잡극배우에게 있어서 빠질 수 없는 조건이라 할 것이다.

이처럼 연기력과 가창력에다 총명함까지 갖춘 잡극배우들은 또 자신만의 전문분야를 특화시키는 경우가 많았다. 『청루집』에 등장하는 가두(駕頭), 화단(花旦), 연말니(軟末泥), 단색(旦色), 규원잡극(閨怨雜劇), 녹림잡극(綠林雜劇), 첩단잡극(貼旦雜劇), 장단색(妝旦色), 단(旦), 말(末), 화단잡극(花旦雜劇), 외각(外脚), 말니(末泥), 부정색(副淨色) 등의 용어는 원잡극의 각색과 관련된 것으로서, 그 전문분야를 설명하고 있다. 이 용어들을 다시 분류하면 가두잡극, 화단잡극, 규원잡극, 녹림잡극, 첩단잡극처럼 작품의 내용이나 인물의 성격을 설명하는 용어 뒤에 '잡극'을 붙여 사용하는 경우와 각색명만을 단칭한 경우로 대별할 수 있다. 가두잡극의 '가두'는 제왕이 행차할 때 앉는 의장대의 보좌(寶座)로서, 제왕을 대칭하므로 주로 제왕류의 제재를 공연하는 잡극을 말하며, 화단잡극의 '화단'은 원래 젊고 아름다운 여자를 말하는데, 주로 기녀를 제재로 한 작품을 말한다.[122] 『청루집』에 "대체로 창기 가운데 묵으로써

---

121 〈藍采和〉第1折(『元曲選外編』, 972쪽) 참고.
122 明 朱有燉의 〈香囊怨〉 제1절에 末이 旦에게 "화단잡극을 하자做個花旦雜劇"라고 하자 旦이 〈銀箏怨〉·〈金線池〉·〈東墻記〉·〈留鞋記〉·〈販茶記〉·〈玉匣記〉 등 기녀를 제재로 한 작품을 예로 들고 있다. 또 『太和正音譜·雜劇十二科』(『中國古典戲曲論

그 얼굴에 꽃무늬 화장을 한 자가 화단이다"[123] 라고 하여 화단의 얼굴 화장을 설명하고 있고, 주렴수, 천연수, 이교아 등과 같은 유명배우들이 '화단'으로 명성을 얻은 점을 볼 때 당시 매우 인기 있는 각색이었음을 알 수 있겠다. 첩단잡극도 이와 비슷한 종류로 보이며, 규원잡극은 규방에 갇혀 지내는 양가 규수들을 제재로 한 작품을 말한다. 그 외 녹림잡극의 '녹림'은 원래 산적 무리나 관군에 대항하는 의적을 말하는데, 수호영웅(水滸英雄)들을 녹림호한(綠林好漢)으로 부르는 것과 같은 용례로서, 주로 녹림호한으로 분장하는 각색을 말한다. 이처럼 '가두', '화단', '첩단', '규원', '녹림' 등은 모두 작품의 제재나 내용에 따른 분류라 하겠다.

각색명을 단칭한 경우는 남배우가 맡는 각색과 여배우가 맡는 각색으로 양분할 수 있는데, 말니나 연말니, 부정색 등이 남배우의 각색이다. 말니는 말니색(末泥色)이라고도 부르며, 원래 송잡극의 남자 주인공으로서,[124] 남희(南戲)의 생(生)이나 원잡극의 정말(正末)에 해당되며, 연말니도 말니색의 한 종류로서, 선량하고 여린 성격의 남자 주인공을 말하는 듯하다.[125] 부정색 역시 송잡극이나 금원본에서 해학적인 대사와 골계적 동작을 주로 하는 각색으로서, 원잡극에도 그대로 사용되는 각색명이다. 단색, 단, 장단색[126] 등은 모두 여자 배우의 각색으로서 원

著集成』제3책, 24쪽)에서도 "十一日 煙花粉黛(卽'花旦'雜劇)"이라 하였으니, 花旦은 煙花妓女類의 각색임을 알 수 있겠다.

123 『靑樓集』: "凡妓, 以墨點破其面者爲花旦".

124 『夢梁錄』卷20「伎樂」(『東京夢華錄·夢梁錄等』, 176쪽) : "雜劇中末泥爲長. (…중략…) 末泥色主張".

125 朱有燉의『香囊怨』제1절에 "做一個泣樹的田眞是軟末泥"라는 대사가 나오는데, 田眞은 선량하고 여린 성격의 남자주인공이다.

126 『宦門子弟錯立身』의 "題目"에 "沖州撞府妝旦色"이라는 말이 있는데, 이는 金院本 여배우 王金榜을 가리키는 것으로 旦의 별칭이다. 이는 生을 末泥色이라고 부르는 것과 같

잡극에서는 정단(正旦), 부단(副旦), 외단(外旦), 첩단(貼旦), 이단(二旦), 대단(大旦), 소단(小旦), 색단(色旦), 차단(搽旦), 노단(老旦) 등과 같이 매우 세분화되었는데, 이를 모두 포괄하는 것으로 이해해야 할 것이다. 이 외에 「청루집지(青樓集志)」에는 "잡극에는 단과 말이 있다. 단본은 여자가 공연하는데, 장단색이라 이름하며, 말본은 남자가 공연하는데, 말니라고 부른다. 그 나머지 함께 보이는 자들은 모두 외각(外脚)으로 공연한다. 가두, 규원, 보아(鴇兒, 기녀나 기생어미), 화단, 피병(披秉, 관리), 파삼아(破衫兒, 가난하고 고통 받는 인물), 녹림, 공리(公吏), 신선도화(神仙道化), 가장이단(家長里短, 집사나 노비) 등의 종류가 있다"[127]고 했다. 여기의 '외각'이란 남자주인공 정말(正末)과 여자주인공 정단(正旦)을 '정각(正脚)'으로 보고, 그에 상대되는 각색을 말한 것으로 보인다. 이렇게 볼 때 말니나 단색 가운데 정각을 제외한 가두, 화단, 첩단, 규원, 녹림, 단색, 말니, 연말니, 부정색 등은 모두 '외각(外脚)'이라 할 수 있을 것이다. 이러한 외각의 구체적 나열에서 각 배우들은 각자의 특성에 맞는 전문분야를 공연했음을 알 수 있는데, 『청루집』의 기록에 따르면 한 가지를 전공한 일기형(一技型)과 여러 가지를 겸한 다기형(多技型)으로 나눌 수 있다.

먼저 일기형의 기녀배우를 보면 이교아, 장분아, 고산산, 형견견, 왕심기, 미리합 등은 화단 또는 첩단잡극에 뛰어났고, 국옥제, 천석수, 평양노는 녹림잡극에 뛰어났으며, 남춘연은 가두잡극에 뛰어났다. 또 위도도는 장단색에 따를 자가 없었다고 했다. 이것은 당시 배우들의 연

은 용례라 할 수 있다.

127 『青樓集』「青樓集志」:"雜劇則有旦·末. 旦本女人爲之, 名妝旦色, 末本男子爲之, 名末泥. 其餘供觀者, 悉爲之外脚. 有駕頭·閨怨·鴇兒·花旦·披秉·破衫兒·綠林·公吏·神仙道化·家長里短之類".

기에 대한 전문성을 설명하는 것으로 각자의 특성에 맞는 한 가지 특기를 집중적으로 수련한 결과라 할 것이다. "비록 들판이나 산촌 사람들일지라도 담소를 알고 춤과 오락을 이해했다"[128]는 호자산의 말에서 알 수 있듯이 관객의 높은 심미안이 이처럼 배우의 전문성을 요구하게 된 것이다. 특히 당시 관객들은 작품의 내용 보다는 배우나 희반을 보고 선택하였으므로 배우들은 연기의 전문성을 갖추지 않을 수 없었던 것이다. 반면에 두루 탁월한 능력을 발휘한 이도 있으니, 순시수는 규원잡극이 최고였지만 가두나 여러 단본에서도 "득체(得體)"했고, 천연수는 규원잡극이 "당시제일수(當時第一手)"였으나 화단과 가두도 뛰어났으며, 조편석, 주금수, 연산수 등은 모두 "단말쌍전(旦末雙全)"이었다. 또 이미 여러 차례 언급했듯이 "잡극당금독보(雜劇當今獨步)"의 주렴수는 가두, 화단, 연말니 등에 두루 뛰어나 최고의 배우로 일컬어지고 있다. 이러한 다기형이 생긴 원인은 주로 가정희반 중심의 노기 생활에서 찾을 수 있을 듯하다. 앞서 언급했지만 노기는 전국을 유랑하여 희반의 규모가 클 수 없었으므로 남녀합연이나 겸연이 관례화 되었고, 그에 따라 여러 방면에서 두루 능력을 발휘한 배우가 나오게 된 것이다. 그러나 그렇다 하더라도 주렴수처럼 모든 분야에 특출한 배우는 아주 드물었으며, 순시수나 천연수 같이 보통은 한 가지 탁월한 전문분야가 있고, 그 나머지는 역할의 소화 정도에 그치고 있다. 이것은 역시 당시 관객들이 장분아와 이교아를 "온유단(溫柔旦)"과 "풍류단(風流旦)"으로 구분할 정도의 높은 심미안을 갖추었기 때문으로서, 배우들은 관객의 눈높이를 맞추기 위해 자신만의 고유한 전문분야를 끊임없이 갈고 닦

128　『紫山大全集』卷8「優伶趙文益詩序」: "雖郊野山村之人亦知談笑, 亦解弄舞娛嬉".

아야 했다.

　이처럼 잡극배우로 활약한 기녀들의 경우에는 나이가 들어 미색이 떨어지더라도 공연을 통하여 밥벌이를 할 수 있었으므로 특히 기예의 학습과 전수가 매우 중요하였다. 『고극설휘』에서는 "우인(優人)들은 늙어서 교사가 되거나 전공을 바꾸어서 악기를 잡는데 이는 아마도 행원(行院)의 전통적 관습인 듯 하며, 명청 시대에도 그러하였다"[129]고 했는데, 이처럼 잡극배우들은 사승(師承)이나 가전(家傳)을 통하여 기예를 학습하고 전수하였다. 『청루집』에는 사승관계를 유추할 수 있는 예를 쉽게 찾아볼 수 있으니, 왕분아는 "교사로서 생을 마쳤다"고 했고, 조편석은 "강회 지역에서 대부분 그녀를 스승으로 섬겼다"고 했으며, 고산산은 "후배들이 또 그녀의 가르침을 받았다"고 했다.[130] 이것에서 사승을 통한 기예의 전수를 짐작할 수 있는데, 『청루집』에는 또 스승과 제자를 구체적으로 밝혀놓은 경우도 많이 보인다. 예를 들면 새렴수와 연산수는 모두 "주렴수지고제(珠簾秀之高弟)"라고 명시되어 있고, 미리합은 희온유에게 "그 묘를 전수했다"[131]고 했다. 또 "소천연(小天然)"으로 불린 이교아와 "소순시수(小順時秀)"로 불린 형견견은 각각 천연수와 순시수의 제자일 것이며, "무기(武技)"로 명성을 날린 사은심과 장심가도 녹림잡극과 "무기"에 뛰어났다는 천석수에 부기되어 있으므로 이들도 그녀의 제자로 보인다. 특히 순시수는 진씨(陳氏)를 비롯하여 의시수(宜時秀)와 금문석(金文石) 등을 제자로 두었는데,[132] 의시수를 노래한 양기

---

[129]　『古劇說彙』, 50쪽 : "優人老而作教師或改操樂器似是行院中傳統的習慣, 明淸猶然".
[130]　이상 『靑樓集』: "爲敎師以終", "江・淮間多師事之", "後輩且蒙其指敎".
[131]　『說集』本 『靑樓集』 「喜溫柔」 條 : "回回旦色末(米)里哈傳授其妙".
[132]　陳氏가 順時秀의 제자라는 사실은 元 高啓 「聽敎坊舊妓郭芳卿弟子陳氏歌」의 "燕國佳人號順時, 姿容歌舞總能奇" 句로써 확인할 수 있는데, 여기의 郭芳卿은 『靑樓集』에 "姓郭氏, 字順卿"이라 한 順時秀이다.

(楊基)의 시에 "눈물을 거두며 나지막이 성명을 말하고는 열두 살에 곽방경(郭芳卿, 順時秀)에게 노래를 배웠다고 하네"[133]라고 했다. 또 『녹귀부속편(錄鬼簿續編)』에는 "금문석은 (…중략…) 유년부터 명희(名姬) 순시수를 쫓아 가창했다. 그 음과 가락이 청교(淸巧)하여, 조금의 차이도 없었으며, 절주와 억양은 간혹 그녀를 능가했다"[134]는 기록이 있다. 이처럼 의시수는 열두 살부터, 금문석은 유년부터 순시수에게 배웠다고 했으니, 매우 어려서부터 사승을 통한 학습과 전수가 이루어졌음을 알 수 있다.

『청루집』에는 또 가족을 통하여 기예를 전수하는 가전의 예도 많은데, 특히 모녀 사이가 많이 보인다. 예를 들면 화당당의 딸 난동은 "능히 엄마의 기예를 전할 수 있었다"고 했고, 조진진의 딸 서하수는 "또한 회절에서 명성을 얻었다"고 했으며, 천석수의 딸 천생수는 그 어머니에게는 "조금 미치지 못했다"고 했다.[135] 이러한 모녀간의 기예 전수는 연령적으로 사승에 의한 전수보다 훨씬 빨랐을 것으로 짐작된다. 그것은 태어나자마자 자연스럽게 어머니의 연기나 가창을 접할 수 있기 때문인데, 유시중(劉時中)의 산곡 「가희미씨소자사사(歌姬米氏小字要要)」에는 이러한 상황을 다음과 같이 읊고 있다.

舉眉動眼般般兒通透,

눈썹을 올리고 눈을 돌리는 등 갖가지 동작에 통달했고,

---

133 『靑樓小名錄』 卷5 「宜時秀」 條의 明 楊基 「聽老京妓宜時秀歌慢曲」 詩 : "收淚從容說姓名, 十二歌學郭芳卿".

134 『錄鬼簿續編』 「金文石」 : "幼年從名姬順時秀歌唱. 其音・律調淸巧, 無毫厘之差, 節奏抑揚, 或過之".

135 이상 『靑樓集』 : "其女鸞童, 能傳母之技云", "其女西夏秀, (…중략…) 亦得名淮・浙間", "女天生秀, 稍不逮焉".

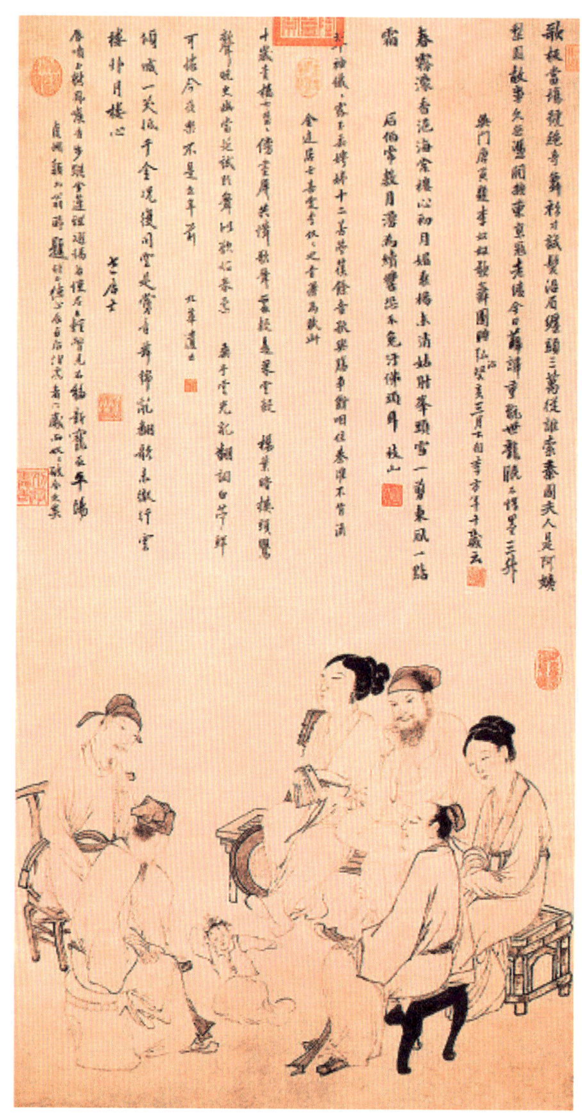

가무도〈歌舞圖〉

명(明) 오위(吳偉)의 그림으로서, 그림 속의 춤추는 소녀는 이제 겨우 열 살
된 가기(歌妓) 이노노(李奴奴)인데, 여러 사람에 둘러싸여 춤을 추고 있다.
관객에 둘러싸인 이노노는 상대적으로 매우 작게 표현되어 있어 애처로움
을 자아내는데, 원대에도 이처럼 어려서부터 기예를 익혀 공연을 한 기녀
배우들이 많았다.

安手下脚色色兒風流,

　　　　　　　손을 두거나 발을 내딛는 등 동작마다 풍류가 있으니,

出胎胞蓐草上早會藏鬮.

　　　　　　　태어나자마자 벌써 장구(藏鬮, 놀이의 일종)를 익혔도다.

臥在被單學打令.　　홑이불에 누워서 타령을 배우고.

坐着豆枕演提齁,　　두침(豆枕, 작은 침상의자)에 앉아서 제후(提齁, 인형
　　　　　　　극)를 공연하나니,

刁天撅地所事兒有.　천방지축 가는 곳마다 일을 벌이네.[136]

　　이상은 미씨(米氏)라는 가희(歌姬)의 어린 시절을 노래한 것으로, 예인 가족 속에서 자연스럽게 기예를 익히는 과정이 나타나 있다. 미씨 가족은 가정희반을 꾸리고 있는 것으로 보이는데, 이러한 가정희반은 기예의 학습과 전수에 있어서 매우 좋은 학습장이었을 뿐 아니라 어릴 때부터 공연에 참가하여 일찍 명성을 날릴 수 있는 기반이 되기도 하였다. 예를 들면 이진동은 "10여 세에 곧 강절에서 명성을 날렸다"고 했는데, 이처럼 어린 나이에 명성을 떨칠 수 있었던 것은 바로 "화단잡극"에 뛰어나 "온유단"이라 일컬어진 장분아의 딸이었기 때문이었다.[137] 이러한 가정희반에 의한 가전의 대표적 예는 소옥매 집안인데, 사위 안태평(安太平), 딸 편편, 외손녀 보보(寶寶) 등 삼대가 잡극배우이다. "강절을 독보했다"고 한 소옥매를 엄마로 둔 편편은 "잡극은 한번 보기만 하면 그대로 맞추어 할 수 있었다"고 했으며, 엄마의 이름을 따서 '소지매(小

136　『全元散曲』, 656~657쪽, 【中呂・紅繡鞋】「歌姬米氏小字耍耍」.

137　이상『靑樓集』: "張奔兒之女也. 十餘歲, 卽名動江, 浙", "善花旦雜劇. 時人目奔兒爲'溫柔旦', 李嬌兒爲'風流旦'".

枝梅)'로 불렸다. 또 "기예가 그 엄마에게는 미치지 못했다"고 한 보보 역시 '소지매'로 불렸으니,[138] 호칭에서도 대를 이어 기예를 전수했음을 확인할 수 있다. 또 가창으로 명성을 떨친 이지의의 첫째 딸 동동은 "잡극을 겸했다"고 했고, 둘째 딸 다교(多嬌)는 "더욱 총명했다"[139]고 했으니, 역시 가정희반을 통한 가전의 예가 될 것이다.

희곡발전사적 측면에서 이러한 가정희반의 의미는 지대하다. 이들은 전국각지의 관객과 직접 접촉하면서 관객들의 기호에 맞는 예술적 매력을 표출하기 위해 끊임없이 기예를 단련하고 비법을 전수했다. 가정희반은 기예의 단련과 전수라는 면에서는 매우 효과적인 공동체였으며, 유랑공연을 통하여 잡극을 전파시키는 데 결정적인 역할을 했다. 따라서 가정희반은 원잡극의 공연형태나 연기력을 확립시킨 학습장이자 원잡극을 대중이 향유하는 민중예술로 만든 매개자라 할 것인데, 이것이 또 배우로서의 원대 기녀의 의미라 할 것이다.

5. 에필로그

원대 기녀들의 일반적인 상황은 당송대와 크게 다르지 않다. 다만 몽고족지배하에 한족 사대부 문인의 지위가 기녀와 비슷한 처지로 떨어지

---

138 『靑樓集』: "性劉氏. 獨步江, 浙. 其女匾匾, 資格嬌冶, 資性聰明, 雜劇能迭生按之. 號'小枝梅'. 後嫁末泥安太平, 常郁郁而卒. 有女寶寶, 亦喚'小枝梅', 藝則不逮其母云".

139 『靑樓集』: "女童童, 兼雜劇. 間來松江, 後歸維揚. 次女多嬌, 尤聰慧, 今留京口".

면서 양자는 거의 대등한 동업자적 관계를 맺게 되었다는 점이 특기할 만하다. 당송대의 사대부 풍류문화가 극도로 위축되었으며, 이에 따라 기녀의 연회석상에서의 수요도 줄어들었으니, 노래를 부르거나 시사를 주고받는 경우는 당송대에 비해 현저히 줄어들었다. 귀족 관료의 연회에는 여전히 이러한 풍조가 있었지만 그나마 사는 또 노래로서의 기능을 상실하였으므로 산곡이 그 역할을 대신하였다. 따라서 원대 기녀문인은 대부분 산곡 작품을 남기고 있는 산곡작가로서 활동하였다. 원대 기녀의 산곡은 당송대의 시사에 비해 현전하는 작품이 많지 않지만 직설적이고 원초적인 감정표현으로써 원대 산곡을 다채롭게 만들었다.

원대 기녀에게서 가장 주목해야 할 것은 원대 문예를 대표하는 잡극의 공연자로 활동한 잡극배우였다는 점이다. 원대 기녀들에 대해서는 『청루집』을 통하여 그 면모를 살펴볼 수 있는데, 특히 잡극배우로서의 여러 기예를 강조한 것이 당송 기녀와 구별된다. 당송 기녀들이 사대부 문인과 교감하면서 많은 시사 작품을 남기고 있는 데 비해 원대 기녀들은 잡극배우로 활동하면서 사대부 문인, 특히 실의한 한족 문인과 '극작가와 배우'라는 동업자적 관계를 맺고 있다. 이들의 삶과 인생역정도 당송대와 별반 다르지 않지만 잡극 배우로서의 역할이 중심이 되면서 예인들 간의 결혼이 많이 등장하고 가정희반이 더욱 활성화 되었다는 점이 차이라면 차이이다. 예인들 간의 결혼은 생계를 위한 자연스러운 동업 형태이며, 결혼을 기초로 구성된 가정희반은 가족 협업 형태로서 관객들을 찾아 전국 각지를 유랑하였다. 이렇게 해서 명성을 얻게 되면 또 특권계층의 노리개가 되는 기생의 역할을 해야 하거나 강제소환의 일종인 '승응'이 기다리고 있었다.

이처럼 낮은 사회적 지위와 그에 따른 고난 속에서도 잡극배우들은 민중과 함께 호흡하며 중국의 희곡 발전을 이끌었는데, 그것은 관객들의 미감을 촉발하는 '색'과 자질적 요소인 '예', 대사암기나 '점희'에 요구되는 총명함, 사대부와 교유할 수 있는 문학적 재능 등을 기본 소양으로 하면서 연기력과 가창력까지 겸비한 멀티 엔터테이너였기에 가능한 일이었다. 이러한 자질들은 당시 관객들의 높은 심미 수준을 반영하는 것으로서, 관객들의 수요를 충족시키기 위해 피나는 훈련과 연습을 해야 했을 뿐 아니라 사승과 가전을 통하여 기예를 학습하고 전수하면서 전문연기분야를 구축해야 했다. 원잡극은 이러한 기녀배우들로 말미암아 광범위한 관객층을 형성할 수 있었으니, 수준 높은 관객과 뛰어난 자질을 갖춘 배우들이 합작하여 원잡극을 중국고전문학의 대표적인 공연예술로 만들었던 것이다.

중국문예사 속에서 당·송·원 시대는 중국의 문학예술이 그 생동감을 유지하면서 계속 변화 발전하는 시기였다. 그 시대의 시·사·산곡 같은 운문 장르와 가무희, 강창, 송금잡극, 원잡극 등의 공연 장르는 그 변화와 발전의 징표이다. 특히 시가로 대표되는 당대는 운문문학의 황금기이고, 원잡극으로 대표되는 원대는 공연예술의 황금기인데, 두 조대 사이에 낀 송대는 사로써 당대의 운문문학 장르를 확장시키고, 소희로 대표되는 여러 강창과 송금 잡극으로써 공연예술의 황금시대를 예비한 조대이다. 본서는 이러한 시기에 기녀의 문예사적 역할을 탐토한 것인데, 기녀는 각 시대의 여러 문예 장르를 두루 섭렵한 멀티 엔터테이너였다.

중국문예사 속에서 기녀는 커튼 뒤의 존재였다. 실체가 있긴 했지만 가려져 보이지 않았으므로 이제까지 애써 그 존재를 외면해 왔다. 커튼 뒤를 조금씩 엿보기 시작한 것은 사대부 문인 중심의 문예사에서 채워지지 않는 부분에 대한 갈증 때문이었다. 스포트라이트 아래의 사대부 문인에 비해 상대적으로 어둡고 모호하다. 현존하는 작품이 많지 않고 전해지는 기록도 '야사'라고 부르는 좀 외진 문헌에 흩어져 있다. 유교 봉건사회의 "여자는 재주 없는 것이 덕이다婦女無才便是德"라는 관념에다 사회적으로 가장 아래였던 비천한 신분에 눌린 결과이다. 그러나 가만 보면 엄연히 그녀들이 존재했고, 그 존재를 증명하기나 하듯이 가슴을 싸하게 만드는 여러 작품과 이야기가 흘러 다니고 있다. 그것이 종종 허전한 문예사 한 구석을 메워준다.

본서는 이러한 기녀들에게 바치는 헌사이다. 저자가 과장되게 이들을 감싸고 도는 것도 이해 바란다. 이제까지 너무 내팽개쳐두지 않았던가! 알고 있으면서도 말이다. 이들은 원해서 기녀가 된 것이 아니다. 어떻게 되길 바라거나 무엇을 꿈꿀 수도 없는 존재들이었다. 살다가 그냥 가끔 울거나 소리 지르거나 했을 뿐이다. 그런데 그 울음이 아름다운 꽃으로 피어나고, 그 소리가 하늘에 닿아 별이 되었다. 이들을 찾는 발길과 이들을 올려다보는 눈길이 시간마다 공간마다 이야기로 맺혀 있다. 그냥 지나쳐버려서는 안될 중국문예사의 조각들이다. 이것을 주워들고 맞추다보면 이들은 참으로 요즘의 엔터테이너와 닮아 있다. 노래와 연기와 예능까지 섭렵하는 멀티 엔터테이너가 각광받는 요즘의 대중문화계를 반추해보면 그렇단 말이다. 이런 멀티 엔터테이너 아이돌이 대중의 사랑에다 돈과 명예까지 차지하는 반면 우리의 '기녀'들은 붉은 주렴 뒤에서 내일의 생계를 걱정하며 하루하루를 버텨 내었다. 신분은 바닥인데 일하는 곳은 당상이었다. 그래서 거기에 어울리는 엔터테이너로서의 소양을 길러야 일하러 갈 수 있었다. 요즘 아이돌도 힘든 연습생 시절을 거쳤다지. 이들은 매까지 맞으며 힘들게 수련했다. 그리고 때로는 노래하고, 때로는 공연을 하고, 때로는 시를 짓고, 때로는 사를 짓고, 때로는 곡을 짓고, 또 때로는 사대부들의 친구가 되어 어깨를 토닥여 주고.

이들이 있어서 중국문예계는 더욱 다채로웠다. 문화주도층이라고

하는 사대부 문인에게 이들의 존재는 친구이기도 했고 동업자이기도
했다. 두 존재가 만들어 낸 여러 문예 성찬들을 이제까지 의심 없이 사
대부 문인이 다 차렸다고 여겼다. 그들의 솜씨로 보이지 않는 것들은
애써 외면했다. 본서를 계기로 이 문예 성찬들이 어떻게 만들어졌는지
좀 더 객관적으로 이해하는 계기가 되기를 바란다. 이들의 엔터테인먼
트에 대해서도 눈길을 주고 고개를 끄덕여주잔 말이다. 그것이 힘들게
버텨내며 중국문예계의 고운 꽃을 피우고 빛나는 별을 만든 기녀들의
지난 삶에 가장 큰 위로일 것이다.

2014년 어느 날.

참고문헌

關漢卿 等, 『元人雜劇選注』, 宏業書局, 1983.
權應相, 「唐代歌妓與文人交感及詩風變遷」, 『南京師大學報』 第5期, 2001.
譚正璧, 『中國女性的文學生活』, 光明書局, 1930.
______, 『中國女性文學史話』, 百花文藝出版社, 1984.
唐圭璋, 『全金元詞』, 中華書局, 1979.
______, 『全宋詞』, 中華書局, 1999.
陶慕寧, 『靑樓文學與中國文化』, 東方出版社, 1993.
陶宗儀, 『輟耕錄』, 世界書局, 1987.
董每戡, 『中國戲劇簡史』, 藍燈文化事業公司, 1987.
廖美雲, 『唐伎硏究』, 台灣學生書局, 1995.
劉達臨, 『中國古代性文化』, 寧夏人民出版社, 1993.
李祥林, 『性別文化學視野中的東方戲曲』, 天馬圖書有限公司, 2001.
林語堂, 『中國人』, 學林出版社, 1994.
林河, 『"九河"與沅湘民俗』, 三聯書店上海分店, 1990.
梅鼎祚, 『靑泥蓮花記』, 黃山書社, 1998.
孟廣來 主編, 『元明散曲詳注』, 山東文藝出版社, 1990.
孟元老 著, 김민호 역, 『동경몽화록』, 소명출판, 2011.
武舟, 『中國妓女生活史』, 湖南文藝出版社, 1990.
____, 『中國妓女文化史』, 東方出版中心, 2006.
班友書, 『中國女性詩歌粹編』, 中國文聯出版社, 1996.
北京大學古文獻硏究所, 『全宋詩』, 北京大學出版社, 1991.
司馬遷 等, 『二十五史』, 上海古籍出版社, 1987.
謝無量, 『中國婦女文學史』, 台灣中華書局, 1928.

徐君・楊海, 『妓女史』, 上海文藝出版社, 1995.

蘇者聰, 『宋代女性文學』, 武漢大學出版社, 1997.

孫望・常國武, 『宋代文學史(中國文學通史系列)』, 人民文學出版社, 2006.

修君・鑑今, 『中國樂妓史』, 中國文聯出版公司, 1993.

隋樹森, 『全元散曲』, 中華書局, 1981.

______ 編, 『元曲選外編』, 中華書局, 1992.

梁乙眞, 『中國婦女文學史綱』, 開明書店, 1932.

楊海明 著, 송용준・류종목 역, 『唐宋詞史』, 신아사, 1995.

梁會錫, 『中國戲曲』, 민음사, 1994.

嚴明, 『中國名妓藝術史』, 台灣文津出版社, 1992.

嚴明等, 『中國女性文學的傳統』, 台灣紅葉文化事業有限公司, 1999.

葉玉華, 「說北曲雜劇系由女性演唱」, 『文學遺産』副刊 第21期.

葉一靑 等, 『中國歷代名妓大觀』, 延邊大學出版社, 1993.

葉長海, 『中國戲劇學史稿』, 上海文藝出版社, 1986.

倪鍾之, 『中國曲藝史』, 春風文藝出版社, 1991.

吳汝煜, 『唐五代人交往詩索引』, 上海古籍出版社, 1993.

王啓興, 「唐代詩人和音樂」, 『武漢大學學報・社科版』 1988.5.

王國維, 『王國維戲曲論文集』, 中國戲劇出版社, 1996.

王寧, 『宋元樂妓考』, 新星出版社, 2003.

____, 『宋元樂妓與戲劇』, 中國戲劇出版社, 2003.

王書奴, 『中國娼妓史』, 生活書店, 1934.

______ 著, 신현규 편역, 『중국창기사』, 어문학사, 2012.

王小盾, 「唐代酒令與詞」, 『文史』, 1988.

王延梯, 『中國古代女作家集』, 山東大學出版社, 1999.

熊篤, 「論元散曲中的靑樓詞兼論元代妓女特點」, 『重慶工商大學學報』 第24卷 第5期, 2007.

陸昶, 『歷朝名媛詩詞』(12卷), 乾隆38年 刻本.

李劍亮, 『唐宋詞與唐宋歌妓制度』, 杭州大學出版社, 1999.

李冶・薛濤・魚玄機, 『唐女詩人集三種』, 上海古籍出版社, 1984.

任半塘, 『唐戲弄』, 上海古籍, 1984.

張庚, 郭漢城, 『中國戲曲通史』, 丹靑圖書有限公司, 1985.

張發穎, 『中國戲班史』, 學苑出版社, 2004.

莊一拂 編著, 『古典戲曲存目彙考』, 上海 : 上海古籍出版社, 1982.

臧晉叔 編, 『元曲選』, 中華書局, 1991.

鄭振鐸, 『揷圖本中國文學史』, 商務印書館, 1961.

趙光宧・黃習元, 『萬首唐人絶句』, 書目文獻出版社, 1983.

趙崇祚, 『花間集』, 四印齋所刻詞本.

鍾嗣成, 『錄鬼簿』, 世界書局, 1987.

鍾惺, 『名媛詩歸』(36卷), 明刻本.

周光培, 『歷代筆記小說集成』, 河北敎育出版社, 1995.

周力等, 『女性與文學藝術』, 遼寧畵報出版社, 2000.

周白, 『中國劇場史』, 長安出版社, 1976.

周眙白, 『中國戲曲發展史綱要』, 上海古籍出版社, 1984.

中國戲曲硏究院, 『中國古典戲曲論著集成』, 中國戲劇出版社, 1980.

曾永義, 『古劇說彙』, 學海出版社, 1943.

______, 『曾永義學術論文自選集』, 中華書局, 2008.

陳寅恪, 『元白詩箋證稿』, 北京三聯出版社, 2009.

陳曉藝, 「命蹇情殤詩愈工 : 論薛濤和溫琬」, 『黃石敎育學院學報』 第19卷 第1期・第2期, 2000.12.

陳曉藝・周茶仙, 「論宋代女詩人溫琬詩歌中美的意蘊」, 『江西社會科學』, 2005.6.

車吉心, 『中華野史』, 泰山出版社, 1999.

蔡毅, 『中國古典戲曲序跋彙編』, 齊魯書社, 1989.

蟲天子, 『香艶叢書』, 人民文學出版社, 1994.

彭定求 等, 『全唐詩』(增訂本), 中華書局, 1999.

夏承燾, 『姜白石詞編年箋校』, 上海古籍出版社, 1998.

夏庭芝, 孫崇濤・徐宏圖 箋注, 『靑樓集箋注』, 中國戲劇出版社, 1990.

R. H. Van Gulik, 『中國古代房內考』, 上海人民出版社, 1996.

권응상, 「중국고전희곡배우의 성격규명을 위한 시론」, 『중국문학』 23집, 1995.

______, 「『靑樓集』 譯註」, 『중국희곡』 3집, 1996.

______, 「『靑樓集』을 통한 元雜劇 俳優 硏究」, 『中國文學』 제26집, 1996.

______, 「『靑樓集』 잡극배우의 활동시기와 지역」, 『中國文學』 제30집, 1998.

______, 「唐代 妓女詩人의 범위와 문학사적 성격」, 『중국어문학』 제38집, 2001.12.

______, 「唐代 妓女－시인과 시가전파자로서의 만능 엔터테이너」, 『중어중문학』 제31집, 2002.12.

______, 「宋代 妓女의 문학 예술적 역할 규명을 위한 시론－詞의 형성과 발전을 중심으로」,

『중국어문학』제51집, 2008.6.

______, 「宋代 妓女文人과 그 문학사적 성격」, 『중국어문학』제53집, 2009.6.

______, 「溫琬의 삶과 문학예술」, 『중국어문학』제55집, 2010.6.

______, 「溫琬 시의 내용과 특징」, 『중국어문학』제56집, 2010.12.

______, 「연자루(燕子樓) 이야기의 형성과 변주」, 『중국어문학』제65집, 2014.4.

김수희, 「明代 妓女詞에 나타난 기녀 모습과 그 의미」, 『중국어문학지』제37집, 2011.12.

김우석, 「諸宮調 研究」, 서울대 박사논문, 1996.

라오번, 오수경 외역, 『중국 고대 극장의 역사』, 솔, 2007.

러셀, 버트런드(Russell, Bertrand), 김영철 역, 『결혼과 성』, 간디서원, 2004.

루링, 이은미 역, 『중국 여성－전족 한 쌍에 눈물 두 동이』, 시그마북스, 2008.

백응진, 『老乞大』, 한국문화사, 1997.

안상복, 「宋金代 雜劇 院本 研究」, 서울대 박사논문, 1996.

양인리우, 이창숙 역, 『중국 고대음악사』, 솔, 1999.

오수경, 「宋元南戲研究」, 서울대 박사논문, 1992.

유희재, 『唐代女流詩選』, 문이재, 2002.

이능화, 이재곤 역, 『조선해어화사』, 동문선, 1992.

이봉상, 「당대 기녀와 백시 속의 기녀」, 『중국문학연구』제37집, 2008.12.

이창숙, 「雜劇의 틀과 원리」, 서울대 박사논문, 1995.

이태형, 「白居易 작품에 나타난 妓女 형상」, 『한중언어문화연구』제13집, 2007.6.

정명기, 「北宋代 詞의 位相 提高에 관한 小考」, 『중국학논총』제33집, 2011.8.

조미연, 「關漢卿 작품 속에 나타난 세 가지 妓女形象」, 『중국학연구』제25집, 2003.9.

최남선, 『민속문화론』, 경인문화사, 2013.

최재영, 「唐後期 長安의 進士層과 妓館 形成－『北里志』를 중심으로」, 『국제중국학연구』제
45집, 2002.8.

최진아, 「기녀, 견국부인이 되다－중국 중세 서사문학에 숨겨진 여성의 욕망」, 『여성이
론』통권 제6호, 2002 여름.

______, 「기녀, 견국부인이 되다－당(唐) 전기(傳奇)「이왜전(李娃傳)」에 대한 또 다른 독
해」, 『중국어문학』제45권, 2005.

______, 「唐 傳奇에 투영된 長安의 현실지리와 심상지리」, 『중국소설논총』제28집, 2008.9.

폴로, 마르코, 채의순 역, 『동방견문록』, 을유문화사, 1978.

헤로도토스(Herodotus), 박광순 역, 『역사』, 범우사, 1996.